输给了年的爱情谁

小说作家方阵丛书

杨逍 著

中国财富出版社

图书在版编目（CIP）数据

那年的爱情输给了谁/杨逍著．—北京：中国财富出版社，2014.3
（写实派小说作家方阵丛书）
ISBN 978-7-5047-5098-3

Ⅰ．①那… Ⅱ．①杨… Ⅲ．①长篇小说–中国–当代 Ⅳ．①I247.5

中国版本图书馆 CIP 数据核字（2014）第 009965 号

策划编辑	李慧智	责任印制	方朋远
责任编辑	张彩霞	责任校对	饶莉莉

出版发行	中国财富出版社		
社　　址	北京市丰台区南四环西路188号5区20楼	邮政编码	100070
电　　话	010-52227568（发行部）	010-52227588 转 307（总编室）	
	010-68589540（读者服务部）	010-52227588 转 305（质检部）	
网　　址	http://www.cfpress.com.cn		
经　　销	新华书店		
印　　刷	北京兴星伟业印刷有限公司		
书　　号	ISBN 978-7-5047-5098-3/I·0120		
开　　本	710mm×1000mm 1/16	版　次	2014年3月第1版
印　　张	14	印　次	2014年3月第1次印刷
字　　数	266 千字	定　价	28.00元

版权所有·侵权必究·印装差错·负责调换

目　录
{Contents}

第一部分

第一章　小九的噩梦 ……………………………………… 1
第二章　韩奕与梦 ………………………………………… 10
第三章　大宗归来 ………………………………………… 17
第四章　方捷的安慰 ……………………………………… 25

第二部分

第五章　韩奕来了 ………………………………………… 30
第六章　那个叫泰安的塑胶厂 …………………………… 36
第七章　等待小然 ………………………………………… 42
第八章　初识陈子妮 ……………………………………… 50
第九章　小然的彷徨 ……………………………………… 57
第十章　寻找小然 ………………………………………… 65
第十一章　爱情谎言 ……………………………………… 72
第十二章　他失去了小然 ………………………………… 80

第三部分

第十三章　远去的琴声 …………………………………… 88
第十四章　在泰安 ………………………………………… 96

第十五章　去苏奈尔 …………………………………… 103

第十六章　小九的爱情 ………………………………… 109

第十七章　苏奈尔 ……………………………………… 117

第十八章　报复罗玉松 ………………………………… 125

第十九章　小然回家 …………………………………… 134

第二十章　逃离或回归 ………………………………… 141

第四部分

第二十一章　跟踪罗玉松 ……………………………… 148

第二十二章　春节 ……………………………………… 156

第二十三章　误入歧途 ………………………………… 164

第二十四章　奔跑与微笑 ……………………………… 174

第二十五章　三十六度歌厅 …………………………… 183

第二十六章　小然在哪儿 ……………………………… 191

第二十七章　苏生石的消亡 …………………………… 197

第二十八章　小然永远走了 …………………………… 205

第一部分

第一章 小九的噩梦

苏小然斜躺在松软的木质床上,半睁着眼睛,很好的阳光从窗外洒进来,打在她的睫毛上。她的身体蜷缩得像一只毛毛虫。暗黄的亚麻布窗帘在清风中晃动着沉醉的气息。十平方米的房间,简单干净。靠门的墙上挂着一面长镜子,躺在床上,就能看见自己的样子。她看到昨夜疯狂之后留下的一片狼藉,已经干净如初:桌子上整齐有序,地板有擦过的痕迹。

其实,半个小时前她就已经醒了。那时,她发现方捷正坐在床边抽烟。她也是刚刚才醒,甚至一手还揉着眼睛。这是她的习惯。每天睁眼的第一件事便是抽烟。有时窝在被子里,有时在房子里来回走动,有时就坐在椅子上或是床边。她总是按照自己喜欢的方式做事。

方捷早起抽烟的时候,一直光着身子,即使在苏小然面前也是如此。苏小然就像一个年幼的孩子,并不影响她的生活习惯。她的皮肤不太白,却有能让女人羡慕的光洁,腰部没有三十二岁的女人惯有的松弛和赘肉。她的长发凌乱,潦草得像一把晒干的苜蓿,蓬松而略显微黄,顺着颈部倾泻下来搭在后背。

抽着烟的方捷,整张脸上写满了破碎,像是隐痛着的憔悴。苏小然透过镜子看到了她的脸以及她的胸部。由于抽烟酗酒以及不规律的生活,使得她的脸部看起来比她的实际年龄还要老。她抽烟的样子似乎是深刻的压抑之后的刻意张扬,表情有夸张的成分,每吐出一口烟的时候,明显能看见一种收敛着的疲惫渐次退却的虚无。随后肩头耸动,饱满的乳房随着呼吸轻微颤动,这个瞬间你就发现她并不是平庸的女人。

苏小然看见方捷抽烟的时候,又悄悄闭上了眼睛。她知道在这个时候和她交谈,是不合时宜的举动,况且她并不想在大清早面对一个光裸着身子抽烟的女人。她对抽烟并不反感,却也没有足够的承受能力。她有时候喜欢方捷抽烟的样子。她静静地坐在她的对面,看着烟雾缭绕过她的面部,像是进入一次幻境，会令人产生扑朔迷离的错觉，她觉得那时候的方捷才是最真实的。而有时候却会产生厌恶，尤其是她们相拥而眠的时候，方捷的烟味令她沮丧。

小然索性又回到了想象。她喜欢这种假想，独自一个人把头埋进被子里，嗅着自己的身体散发出来的气味，把自己拉回到孤独而又兴奋的隐秘中，想自己愿意想的，期待某种快感降临。

她的想象先是天马行空，她和方捷在一起的许多趣事便像电影片段一样不断地闪现出来，令她深深陷入那种无法言传的温暖中而不愿翻身。

可后来她的想象竟不知不觉地回到了昨晚的泥泞——那场令人感动而又充满内疚的小小聚会。她们每个周末都会聚一次，平时小然住在苏奈尔鞋厂的职工宿舍里。尽管方捷多次希望小然能搬来和她长久地同住。她说："宿舍的条件太差，除了闷热和不安全之外，单是那种漫溢着的发霉的味道就让人忍无可忍。"但小然还是婉然拒绝了她的好意。她说："如果长久地住在一起，是一件危险的事，我不知道什么时候我会离你而去。"方捷无奈，只好随她。

那种带有绝望的兴奋除了快乐，更多的却是罪恶。很多次，小然并不想让这样的生活延续下去。它的糟糕会让她产生烦躁的扭动，她在内心里说了很多次："方捷，我不想这样。"可她还是无法说出口，也许是另外一种期待在作祟吧。她的无聊使她无法抗拒方捷的一切。小然被水淋湿的样子令方捷着迷。在方捷面前，小然几乎就是一只盲目的找不到出口的小动物，很多时候渴望被爱和抚摸。

想着想着，她突然感觉很沮丧。温暖的气息似乎转瞬就落荒而逃了。她所有的渴求和拒绝，都是为了逃避她的空虚和无聊。她知道她绝对是自欺欺人。

是什么时候再次醒来的，小然没有明晰的记忆。

方捷从客厅进来，端着早餐。她穿着一件宽松的暗灰色T恤，下着黑色紧身短裤，光脚穿着拖鞋。头发在脑后挽成一个髻，看上去干净而又神清气爽，眼睛里又泛起清澈的光泽。

"该吃早餐了，小懒虫。"方捷冲着小然吐了吐舌头，带着一种孩子气的顽皮，和夜晚的她判若两人。

小然靠着床头坐起，向后理了理头发："我刚才梦见你了，你突然变成了一个泼妇的样子，在车间里骂人呢。"

"别，打住，打住，大清早的咒什么呢，我是什么人我还不知道，要你给我的未来作展望。"方捷作势要打小然。

小然拥起被子护住肩膀,把头缩下去。"真的,我还看到你龇牙咧嘴的样子呢,就跟那个班长一样。"

方捷知道小然所指的班长就是曾经刁难过小然的那个女人,尽管时过境迁,尽管那个女人在小然上班后的第二个星期就辞职了,小然甚至还没有记住她的名字,她就不见了,但小然还是耿耿于怀,毕竟,那是她刚到苏奈尔鞋厂的时候,遇到的第一个对她使狠的女人。所以,小然便总拿那个女人和她眼中的恶人相提并论,这也包括她和方捷之间开的玩笑。

"那我骂的是谁啊?"方捷笑着问。

"还能有谁,除了我,你还想骂谁啊?我都是被你在梦中骂醒的。"

"骂你还不如打你呢。"方捷放下手中的盘子,扑到床上和小然闹作一团。

这时,小然的电话响了,《琵琶语》的轻音在床头回旋。方捷这才放了她。小然拿起电话一看,就丢在了一边:"又是催命的。"

"不会又是苏武吧?"方捷说着拿起电话看了一眼,来电显示上正是苏武的名字。她二话没说就接了电话。苏武疲惫的声音从那头传来:"小然,你什么时候能把我的钱还上啊,我最近真的困住了,没办法。"

苏武的声音带着哭腔和乞求,这是他一贯的做法,他从来都是假惺惺地在人前装孙子,人后当爷。小然对他这一套了如指掌。他这样跟小然要钱,在这四年里,几乎不下二十次了。但小然却总是找各种借口拒绝他。

其实,并不是小然给不起那八百块钱,关键是她觉得憋屈。小然觉得苏武没有遵守承诺。当初他领着自己从下苏村来乌石的时候,他都是拍着胸脯给家里人打过保证的,他说:"只要到了广东,那就是我的地盘,我说了算,放个人进工厂还不是小菜一碟,再说,我已经领过十几次人了,都没出过漏子,大小几百号人都能送进厂,难不成这次不行。"他信誓旦旦的豪言壮语,基本上欺骗了几十个大人,那些待在家里从未出过门的村里人,都被苏武的豪气感染了,纷纷表示感谢,甚至感激涕零地对苏武说:"把孩子交给你,我们就放心了。"

小然的母亲李玉华对苏武更是佩服得五体投地。虽然小然表示过怀疑,她觉得一个小小的苏武,只不过二十出头的样子,他能把广东的天遮住半边,简直是异想天开,广东是啥地方,岂是你说了算的。可李玉华却执拗得像一头牛,她站在院子中央,双手叉腰,训斥小然:"人家年龄小,可干的事情大,你不看人家财大气粗吗,这两年他领人挣得多了,你不服不行。"

小然当时正上高中二年级,虽谈不上品学兼优,却也不差。若不是父亲苏三翔从建筑工地的高架上失足落下,摔断了腿,她也不用看苏武的脸色。

苏三翔曾答应小然，一定要供她上大学的。可世上的事谁能说得准，苦难说来就来了，你不接都不行，接不住也得接。小然姐弟五人，她是姐姐，最大。苏三翔断了腿，日子一下子变得艰难起来。李玉华口口声声说养不活她们姐弟了，要挑出两个送人。小然在操持家务的同时内心愤恨不平，只好决定去广东。

和她同来的有二十九个女生和五个男生，苏武向他们每人收八百的领路费，其中包括近三百块的车费和路上花销。大多数人都给苏武交了现钱，而苏三翔拿不出那么多，他只好给苏武买了一包十元的烟，央求他暂时赊下账，等小然在广东挣钱了再还也不迟。当然，这样的人并不是小然一家，他们都说孩子是要出去挣钱的，只要有活干，钱总能还得上。苏武没法，只好答应他们。

苏武把人领到乌石以后，却没有兑现他的诺言。正如小然说的那样，他在乌石什么都不是，连只蚂蚁都不如。大量招工的苏奈尔鞋厂如果有初中毕业证，只要是女人，只要体检合格就都很容易进，根本不需要人介绍，而没有毕业证的，年龄小于十四岁的女生你就是托人也进不去，所以苏武的领路便形同虚设，仅仅是把他们从北方用火车倒腾到了南方而已，对小然似乎意义不大。小然觉得自己是靠自己进厂的，她后悔跟着苏武走冤枉路，要不是跟着他，也不用把三十二个小时能走完的路转化成四十七个小时，中间还在武汉的候车室里待了一夜。到了乌石，又七八个人挤在一间发霉的小屋子里吃了三四天的馒头。所以，她就一直拖着苏武的八百块不给，一晃就过了四年。

"大清早的哭丧呢，一天到晚就知道要那无中生有的八百块，还能不能弄出点新花样啊。"方捷冲着电话大吼大叫。她讨厌苏武，觉得他是个狡诈的人，当初骗那么多人来广东，钱骗了不少，还在乎这八百块，况且之前小然已经给了他三百块的路费了，还整天吊在嘴边要，真不是个男人。她气愤地挂了电话。

小然在方捷挂掉电话之后咯咯大笑，仰面躺在床上。"看看，和我昨晚梦见的一样吧，还说你不是泼妇的样儿。"方捷一听中计了，就又大吼一声扑向床去。

可电话又响了第二遍，方捷说："不要管，他有时间就叫他打吧。"她们静下来，听着音乐在房间里颤动。等到第三次响起的时候，小然忍无可忍，抓起电话就喊："催命啊，等我有钱了就还你。"她刚要挂，却听见有人说："小然姐，出事了。"是小指的声音。"怎么了？""小九自杀了，现在在医院里。"小然一下子惊呆了，胸口发闷，喘不过气来。

短暂的安静之后，小然猛然坐起，说："我马上就来。"然后迅速穿衣，连洗脸刷牙都没顾得上。

坐摩托车赶到乌石医院时，小然已满头大汗，薄薄的丝质长袖衫紧贴着她的前胸和后背。她给司机扔了十块钱，没等找钱，就向住院部跑。苏武和小指两个人正在楼道里抽着烟来回走动，看到她就迎上来。

"到底怎么回事？人怎么样了？"小然情绪激动，声音有点大。

"小然姐，你先别急，正在抢救呢。"小指拉住小然的胳膊。

"医生说还有救。"苏武补充道。

一听还有救，小然稍微缓和了一下紧张的心绪。她才发觉她的双腿不由自主地打战，酸软无力。她一手扶在小指的肩膀上，把右腿提起来，用脚尖着地，可那样一来，腿的抖动更加厉害了，甚至不能控制。小然无奈，只好扶着小指坐在走廊里的蓝椅子上。

"怎么回事？"她问。

"是小九的房东打来电话，说她出事了，我才赶过去的。"苏武有点急于请功的意思，"我正准备去三元镇呢，有几个朋友等着有事商量，我都撂下了。"

"别说那么多废话，谁问你的那些琐碎事呢，赶紧说正题。"小然白了苏武一眼。苏武低下了头，有些不好意思。接着说："我赶过去的时候，小九已经不省人事了。她用刀片在左手腕上划了一下，血流了一大片。她的女房东正在给她的手腕上扎毛巾，她说是翻了小九的电话，第一个看到我的名字才打给我的。女房东说，她正在房间里冲凉，就听见小九撕心裂肺的大喊大叫。她说以前也听到过小九这样无节制的歇斯底里，所以没有在意，她还以为小九发神经呢。可小九的喊叫持续了约一分钟，不像之前那样短暂，然后竟突然悄没声息了，她觉得出事了，就赶过去，房门是开着的。她正好看见小九划手腕，可没来得及阻止。"

"我上医院的时候才叫的小指，他离小九最近。"小指听着苏武的话，点了点头。"当时医院说要交钱，不然就不给治，他妈的，一张口就要五千，我哪弄那么多去，只好求人家先治，再想办法弄钱，才给你打的电话。"

小然一听愤怒起来："狗日的医院，狗眼看人低。不救人反而先要钱，我们的命不是命吗？"

小指再一次制止了小然的怒发冲冠。他向急救室使了使眼色："小点声，惹怒了这帮人，他们不管了，对我们没好处。"

"他敢？"

"没什么不敢的，听说以前有人被砍伤了，送进医院后，没有看护的人，最终医院也没处要钱去，只好不了了之。后来，他们就吸取了经验教训，凡是住院的，不管有多急，一律都是先交钱。我刚才向人家求情，虽然急诊科的主任答应了，但还是跟另一个大夫说悄悄话，并向我使脸色，我估计是要看住我。后来我才给你打电话的。"苏武一脸委屈的样子。

小然无语。这样的情形她又不是不知道。在乌石，他们从北方来的打工者在医院还不如一条本地的狗。除非你有现金，先交钱后住院，否则就只能被人家怀疑和拒绝，甚至有的大夫还故意在写处方时开上一些无关紧要的营养药，诸如氨基酸、果糖之类。他们根本就瞧不起他们这些来自异地的流浪者，无论你穿着如何光鲜，只要一张口，蹩脚的普通话就暴露了你的身份，而人家的广东话始终让你摸不着北。

他们暂时沉默下来。期间，两个护士从急救室进出了两次，她们抱着医疗器具和瓶瓶罐罐的药品在他们面前走过。小然浑身湿透，她坐在急救室外面焦急不安。

不知过了多久，急救室的门再次打开，主刀医生走了出来，边走边摘口罩，等到了小然面前的时候说："谁是病人家属？"小然站起来："我是。"医生叫来一个护士，护士拿着一份协议书，指了指上面苏武的签字："你们赶紧去交钱吧。不然我们不能用药，病人还很虚弱，流血过多，随时都会有生命危险。"

小然站在医生面前，竟然觉得矮小了许多，一滴汗从她的额头落下。她接过护士递来的药费单子，说了声："谢谢。"

另一个护士推着担架车从急救室里出来，担架车上的点滴瓶无序地晃动着，小九安静地躺着，她的脸色苍白，嘴唇发青。小然把单子塞给苏武，和护士一起把小九推进了病房。苏武和小指跟在后面。

小然让苏武把小九抱到床上，盖好被子。护士说："你们都出去吧，想办法交钱，她还很虚弱，不能说话，你们不要打扰她。"

小然说："就让我留下来陪她一会儿好吗？就我一个人。"护士看了看她，略作思考："好吧，你尽量不要和她说话。"然后转身，赶苏武和小指出去。

小九仍然处在昏迷状态，容颜憔悴，隐藏很深的痛苦还遗留在她的眼角深处。小然揭开被子，看到她刚刚受伤的胳膊，上面裹紧白纱布。小然一时内心五味杂陈，有一种大哭一场的冲动，她不知道小九为何要做出这么愚蠢的举动，她应该是知道自杀并不能解决任何问题的。之前她还多次向小然说过自杀是没脑子的人干的傻事，可她为何偏偏选择了这样。

小然猜想，小九的痛苦肯定和那个叫高寒的男人有关，她是小九唯一爱着的男人，她为他付出了太多。她几乎把全部的工资都花在了那个男人身上。可小然讨厌那个男人，她曾经告诫过小九别把自己陷得太深，她觉得那个男人靠不住。小然说："人家是来寻开心的，你还以为他会把你娶进家啊。"可小九总是满脸不在乎："你怎么把人都想得那么阴暗啊。我们之间根本就不是你想的那样，我们的爱与别人不一样。"

难道这就是不一样的结果吗？不一样的爱就非要把人逼到死亡才能体现出与众不同吗？小然怎么也想不通，为了爱，连自己的生命都不要了，那爱又有什么意义呢？还不如不爱或者让爱死去。因而四年来她很少和男人交往。她怕男人的言行不一。

想着想着，小然突然觉得很沮丧，有一种落魄的感觉。她觉得小九简直就是自欺欺人，她一定预先知道自己要受伤，可她不懂得保护自己，放弃则更难。她就是这样一个令人可气又可怜的女人。

小指在门外喊小然。小然出去，小指说："小然姐，人家让交钱呢，怎么办？"

小然知道小指没钱。小指和小然是同一个村的，刚进苏奈尔时还找过小然借生活费。他刚来乌石才三个月，因为年龄不够进厂资格，前段时间还跟着苏武混吃混喝。一个月前，他好不容易熬到了十五岁，苏武花三十元给他弄了一个假的初中毕业证，他才混进苏奈尔，至今还没有发工资。

苏武就更不用说了，要不然他就不会早早地打电话向她要钱了。况且他是个一毛不拔的人，出出力就已经不错了，出钱无疑是要他的命。而小然这个月的工资还没发到手，本来一直是十五号发的，可这次听说董事长在越南耽搁了，一时回不来，没人签字，就发不了工资，这一拖就是三四天。小然也是按月给家里办的农行的卡上打钱，只留一两百的零用钱，吃住都在厂里，花钱也不多，况且家里一大家子人还指着她呢。她刚来的时候，一个月不寄钱，李玉华就会在电话里骂她花钱如流水，一点都不知道家里人的苦之类的愤恨的话，这让小然心里很不是滋味。她也知道苏三翔的苦楚，一个跛腿的男人，要养着四个孩子，要吃饭，要上学，他有什么办法呢？

护士又过来催了一遍："大夫等着开药呢。"小然没法，只好给方捷打电话。

十分钟后，方捷气喘吁吁地来了，她和小然交完钱，苏武已经在楼梯口等她们："现在应该没什么问题了，我还有事，要先走。"小然白了他一眼，刚要骂。方捷却说："你先忙去吧，待着也没用。"

苏武连说"谢谢"，转身就走。小然在他走出不远又叫住他："你喊上小指一起去吧。"

再次坐在病房门口的蓝椅子上，小然把头靠在方捷的肩膀上，像一个温顺的孩子。她们都没说话，小然隐约能听见自己的心跳。

三天后，小然接小九出院。小九仍然没有多说一句话。她像一尊神一样被小然扶着上楼梯，方捷在后面拎着一大包东西。为了方便照顾小九，也为了防止小九再做傻事，小然决定搬来和小九同住。小九没有表示反对也没有表示欢迎，完全是一副无所谓的态度。

小然找了条新床单铺在床上，撤掉了那条沾染了血渍的粉红色床单，让小九躺在床上，然后打发方捷回去。她觉得她实在是对不住方捷，人家一个大忙人，整天跟着她做一些乱七八糟的小事，还任劳任怨，即使不说什么，她也不好再求人家。

随后，小然对小九的房间做了一次彻底的整理。她说："一定要把影响小九情绪的破烂清理出去，免得睹物伤神。"

这个不足十平方米的小房间里，充斥了那个男人的东西，他的坏气息到处飘荡：床头上有他的两个茶杯，一个是精致的带手柄的双层玻璃杯，一个是深红色的铁质保温杯，并排放着。玻璃杯内还有不知什么时候残留的茶水，并因着时间的关系而在杯子的半腰滋生出一圈黄褐色的茶渍，进而显现出类似地沟油的质地来。还有一个硕大的玻璃烟灰缸，上面积满了烟灰。旁边放着那个男人神采奕奕的相片。床上有他的内裤，小然在整理床铺的时候把它扔到了地下。床下塞满了杂物，大多是男人的旧鞋和劣质的香烟空盒子与啤酒瓶。小然找来了一个潮湿的拖把弯身到床下把它们全都拨拉出来，然后把那些杂物收拾进黑色的大塑料袋扔进了楼下的垃圾桶。她反复把地板擦了三遍，直至看不见一丝血迹。

小九坐在床上，看着小然忙进忙出，像是在看一部无聊透顶的电影，不带任何感情色彩。她的眼神木然浑浊，失去了原有的灵敏光泽。

忙完了一切，小然就问她："想吃点什么？"小九只是把目光移向小然。很淡然。

小然又问："他还会来吗？"小九的嘴唇翕动了一下，本想说点什么，可她在喉咙滑动之后却没有发出声音。

小然急了："那你有钱吗？"小九憋了半天，终于沙哑着嗓音慢慢地说："我为什么要活？"她的质问微弱却让人心惊。

小然只好不再言语。她原本不想在这个时候提钱，可小九不说话，小然闷得慌。她把委屈憋在心里就会变成疙瘩，那会憋出病来。既然小九说话了，那问题就有解决的途径了，起码不似之前那样盲目了。

小九躺下来，慢慢闭上眼睛，她的眼泪汹涌而出，是一种无声的涌动。

眼泪自脸的两侧滚进枕头，她薄薄的嘴唇颤动着，颤动着……巨大的悲伤居高临下地把她笼罩起来。

"他为什么要离开我呢？是我做错了什么吗？"小九在无以复加的孤独中一遍又一遍地质问自己。她怎么也想不明白，他要把这一责罚推向她的原因。在他们相处的一年时间里，她几乎奉献了她的全部。她把每月的工资都交给他，任由他花销，她几乎在这一年里没有给家里一分钱。她把他看成是自己此生的全部，除了爱他，她一无所有。而他只在他们共同的小窝里坐享其成，但她毫无怨言，因为她喜欢看他喝酒抽烟的样子、说话的神气以及发小脾气时唇角上扬的与众不同。她包容了他的一切缺陷。她误以为他也会像她一样爱她。他又凭什么弃她而去呢？

这是四年前和她同来乌石的小九吗？是那个单纯的毫不掩饰自己的女生吗？小然惶惑起来。

小九睡觉的时候，小然就坐在她床前的凳子上，看着她。她熟睡的样子像一张照片，反而让人觉得真实。她的头发漆黑而凌乱，脸色苍白，身体散发的气味残留着薰衣草的清香，混合着一股浅淡的汗液的迷离。她曾经对生活充满了热情。在她身上，你总是找不到半点迷惘和孤独。而同时，她却会把你带进触手可及的温热中。

她们一同来的乌石，四年前那个天刚蒙蒙亮的早晨，就已经相识了。

中巴车上，小九穿着绿色的棉大衣，后面戴帽子的那种。里面露出黑色的厚棉长袖，手腕上戴着一只银白色的手镯。车内闷热，她把大衣的扣子敞开，蓝色牛仔裤的腰带全部显露出来，很宽的那种白色腰带。她化着淡淡的妆，和周围的女子气息不同。薰衣草的味道从她的头发里浅浅地飘散出来。

她们很快就聊了起来。小九说她的家在一个叫王李的村子。小然知道那个地方，在山的那边，交通不便。小九说那是个糟糕的地方，她真希望这一走，就一辈子都不要回来。她的语气里充满了愤然。

小然不好多问，她也不是喜欢主动询问和倾诉的人。她的生活范围狭小而被动，除了上学，几乎足不出户。她对人与人之间的紧密接触抱有戒备心理，生怕被欺骗或是被人一眼看穿，不大喜欢那些有事没事就坐在一起疯闹的人。安静已经成了她的习惯。她把头扭向窗外。

小九没有理会小然的冷漠，她开始述说自己远在新疆一年的一些趣事。她不隐藏自己，一开始就亮出真实的东西。这些真实在乌石，得到了证实。她说她只读到初中二年级。十四岁去的新疆，在牛肉面馆里洗盘子，那样的工作坚持了两年。她说她已经十六岁了，十六岁的年龄足以承担一切。她不喜欢新疆，那里风沙很大，出门要戴口罩，女人们大都捂得严严实实，风中有喧嚣而凛冽的声音。她向往南方，她觉得她的爱情一定要从那里开始才显得正式而浪漫。

小然静静地听着，觉得这一切离奇而又遥远。她觉得小九像极了一枚闪烁着光华的玻璃小球。从此，她们便成了彼此唯一的朋友。

初到乌石，她们始终同进同出。小九喜欢在乌石的三条街上一圈一圈地转，看着黑瘦小巧的本地人，游手好闲，除了在路边打麻将，就是摇着蒲扇喝茶，小九就愤恨地说："这太不公平了。"小然说："这就是命。"

这果然是命，小然想着。四年下来，就把一个人变得面目全非，那些残留在内心深处的纯真，早已一去不复返。

第二章 韩奕与梦

他叫韩奕，这一年夏天，他在金城的一所大学里，即将毕业。

他经常做同一个梦，与苏小然有关。

那是发生在四年前的一个真实的故事：夏天的早晨，他像贼一样悄悄从小然的房子里溜出来，小然为他开了大门上的锁，然后为他挡住那条高大的黄毛狗。他贴着院墙，紧张地盯着狗的尾巴和她家上房的门，心里害怕极了。来自任何一方的声音都使他产生眩晕的虚脱。他屏住呼吸，慢慢地挪动脚步，绕过墙根的那棵杏树。快要到大门口的时候，那条已经温顺的狗却突然狂吠起来。不安的叫声吵开了上房的门。小然的父母看见了他，他们怒气冲天，不顾一切地冲上来，一个向他挥舞着拳头，另一个则揪住他的衣襟，破口大骂。他眼前一黑，仰面跌倒在地。他们的暴力和咒骂将他掩埋，而他无法解释，不能申辩，只能咬着牙硬撑。后来，那条黄狗挣脱了缰绳，撞倒了小然，向他扑来……

他悚然睁开眼睛，看到自己赤裸的身子浸泡在惨白惨白的灯光里，呼吸正在奔跑，手和脚向上举着，一身冷汗豆粒似的滚落下来，洇湿了床和身上的大红色内裤。他被一片潮湿包围了，迅速地冷起来，冷得牙齿打战。他心里充满了愧疚。他忘不了小然父亲的愤怒，那个跛腿的男人激动得说不出话来，只是无力地挥舞着拳头。而她的母亲则大喊大叫，口口声声要他还小然清白。小然木然地坐在地上，面无表情。他不知道她将要承受什么样的责罚，只知道他害了她。

事情的真相被突然的发现遮蔽了。小然的父母根本不想知道真相。他们认为他给他们的脸上抹黑了。而真相却永远留在了他的内心深处，像一条蛇一样吞噬着他的灵魂。他向他们发誓，他什么也没有做，但他们不信，或者不愿相信。

梦中的事，发生在那个叫石板川的小镇上。

县二中所在的石板川镇，曾一度是西北最繁华的牛羊皮交易市场之一。那永远挥发不尽的牛羊皮的酸臭味充斥着每一个角落，同时也养活了众多的牛皮贩子，他们在皮子上赚足了钱，就把自己标榜成城里人，在小镇上呼风唤雨，而他们那些学习一塌糊涂的子女则仗势欺人，为所欲为。住校生暗地里把他们称为皮子群。当时皮子群的领军人物叫二瓮子，因为长得矮小浑圆而得名，那是个打架不要命的人。

二瓮子一伙在韩奕送小然回家的一个晚上狙击了韩奕，让他始料未及。

小然说，有几个男生总是尾随在她的后面，她有些怕。韩奕当时义愤填膺，拍着胸脯说有他在，什么都不用怕。那晚，他把小然顺利地送回了家，并在她家门口依依不舍，直到小然的气息被那扇铁门隔离，他才转身回去，一路上他异常激动，可就在他的豪气干云还未消尽的时候，二瓮子就在众人的欢呼声中把他摁进水渠里，拳脚一齐涌来，漂着牛羊毛的硫酸味极浓的泔水不住地呛进他的嘴里，他来不及反抗或者说连挣扎的机会都没有，只能死了一般地承受着，窄小的水渠由于韩奕的阻塞没了规矩，泔水沿路面四处散开，皮子群狂笑着，唱着"妹妹你坐船头，哥哥我在岸上走"，骑上自行车消失在夜色里。

一段很长的时间里，韩奕都无法顺利地把自己从水渠里挪腾出来，索性就躺在里面。四下里静极了，天上的星星耀眼，韩奕遭遇袭击的事件似乎从来就没有发生过。除了水流声就只剩下他急促的呼吸了，可这又能证明什么？韩奕惊讶于自己的平静，这时他想做的并不是大声地诅咒或是对着空荡荡的麦地无谓地叫嚣，事实上，他想到了父亲和母亲，想象着母亲也许正在为他纳一双新布鞋，并询问父亲自己能否吃饱的事。其实，他真正想诅咒的人是他自己，他恨自己是个孬种，并且从那一刻起，他开始瞧不起自己。

小然的去而复回使韩奕尴尬万分，他在无尽的惊讶之余一跃而起。污水自身上滑落，酸臭的味道在他们二人短小的距离中肆无忌惮，韩奕冷起来，不由自主地抖动，就像一个强奸犯。

小然选择了拥抱。

她的拥抱来得太突然，韩奕没有丝毫准备。也许是头一次和一个女人拥抱的缘故吧，他憋红了脸，满是泥巴的手伸展在空中，无处着落。

小然在拥抱的时候开始哭泣。

韩奕呆呆地站着，他认为他的双手不应该搂住她的腰肢或是双肩，那是一双懦弱的手，他怕它们会因此而玷污小然的纯洁。

可小然的决定却让韩奕无比受用，她说："跟我回家吧。"韩奕没有拒绝，他浑身湿透，别无选择，只好答应了她。

他们偷偷回到小然家里的时候，小然一家人都已经睡了。小然为他找来了父亲的衣裤让他换上，然后又把他的衣服放进洗衣盆里，擦上肥皂，揉搓干净，搭在房子里。那晚，他坚持要坐在床边看上小然一夜。可小然不肯，要他们一起挤在窄窄的单人床上。韩奕无奈，只好照办。他贴着小然躺下来，单薄的衣衫让他心惊肉跳。他听着小然清晰的心跳，闻到了她身上散发出来的淡淡的清香。他仰面躺着，一动不敢动，紧张极了。而小然却悄悄握紧了他的手，触到了他手心的汗。她说："你喜欢我吗？"韩奕点点头。那一刻，他觉得他是最幸福的人。

韩奕又一次想到了小然。这四年来，他几乎无时无刻不在想她。她就像一个音符，始终停留在他的记忆里，挥之不去。也许，记忆已经被四年的时光冲刷得愈来愈模糊，可他还是想。思念已经成了一种本能。

四年来，他每个学期都会收到来自小然的两封信，有时她还会在信封里夹上几张钱，或者几张照片。她的来信十分简单，只是关心他目前的状况，却很少提及她的生活。他每次都要回信，也只是淡淡地说一些无关紧要的小事，然后关心她的现状。从表面看起来，他们就像是两个对峙着的螳螂，任何一方都不轻易把触角延伸过去，似乎淡如止水，却又温情脉脉，他们就以这种方式彼此牵挂着。

他从不打电话。他怕在电话里相对无言，也怕在赤裸裸的对白里，他说不出自己的思念，更怕她听不懂自己的心。

他们喜欢以写信的方式交流。在他们相识的日子里，他们就是用无数的信说了太多的话。他还能记起她第一次喊他的名字时的样子。

那是个杏子刚熟的季节。他在楼上喊她，他比她高一个年级，正上高二。小然把头仰起，他就看到了她的眼睛。那是一双冷静的眼睛，深沉凝重而又忧郁哀怨。

小然总是喜欢在课间站在阳台上，用胳膊撑在生锈的铁栏杆的干净的地方，支着头，望着远处的西梁山。她静静地站在那里，像被人欺负的小公主，可怜又可爱。

于是，韩奕就在后来的每个课间，也把胳膊撑在栏杆上，不动声色地看她。她一直是一身黑色的衣服。他喜欢黑色。当时注意小然的男生不止韩奕一个，他们因为她的漂亮与特别，都经常站在楼上喊她的名字，起初她还会微微抬头,向上一看,后来就无所谓了,任凭别人乱说什么,也不计较。

那时候流行一种"丢帽子"的游戏,规则是大家可以写好交朋友的字条,或是写上自己的爱情宣言,署上名字,然后向楼下扔,而捡到的人就要回复。即使不愿意回复的,也要写上自己的字条,然后扔向别人。情窦初开的男女,都为这种游戏疯狂。大家各自寻找着属于自己的快乐,于是,有人恋爱了。当然,不能排除有人故意恶作剧。韩奕和小然的爱情则是被人恶作剧之后的产物。

某个下午,韩奕正端着一碗自己烟熏火燎地刚刚做熟的饭,蹲在破烂不堪的学生宿舍前吃得津津有味。和他一起吃饭的有九个人,大家光着膀子,穿着短裤,和五月的阳光打成一片,汗液肆掠。而这时,小然气势汹汹地来了。她站在不远处,盯着满头大汗的韩奕不放,却不说一句话。男生们被小然的样子弄得亢奋起来,他们顿时大喊大叫,吹着口哨,嘴里说着荤话。

韩奕走过去,小然就把一张揉得皱皱巴巴的纸条扔给他:"请你以后不要再做这种无聊透顶的事了。"小然转身飘然离去,她的愤怒空余在身后,令韩奕瞠目结舌。他打开字条,看到了上面歪歪扭扭的字:小然,我爱你。韩奕。

直觉告诉韩奕,他被人捉弄了。男生们跑过来争抢他的纸条,他恼羞成怒,撕碎了纸条。饭后,就洋洋洒洒、深邃博大地向小然回复了纸条,并亲自在那个晚自习之后送到了她的手里。

自此,他们的交往就开始了,小然向他说了对不起。她喜欢上了这个叫韩奕的住校生。甚至莫名其妙地从家里拿来了黄澄澄、熟透的杏子作为礼物。

小然的家距离学校不远,每个晚上下了自习,她就一个人回家,从不和别人同路。韩奕就在那无数个晚上送她。他们两人手牵着手走在黑漆漆的苏家川道上,幸福的味道紧紧缠绕着他们。更多的时候,他们就在黄昏以后,坐在学校后面的西梁山上,吹着细细的暖风,说着学习上的烦恼、儿时的趣事,以及那些让他们永远无法释怀的伤痛。

她说,靠在他的怀里,有一种从未有过的温暖,她曾是那么渴望他能俯下身来,抱住她的头,紧紧地抱住,然后在她的额头乱亲一气。可他从没有做出破格的举动。他仅仅把头低下来,在距离她的眼睛最近的地方,看着她,不说一句话。他能闻到她身上飘出的淡淡的清香。他的目光回旋在她的身上,小心翼翼地想象她的身体隐秘的地方。某个瞬间,他是那么期待她柔软的嘴唇,花朵般轻轻贴近他的脸颊,或是用温热的手抚摸他绷紧的身体。然后,他就会向她说:"我爱你。"可她什么也没做,她在他的怀里简直就是一只需要呵护的小兔子,她是那么地怕惊扰,她总是闭着眼,享受着属于他们的安宁。他们彼此深深地眷恋着。

然而他们的爱情却仅仅持续了一年,从此便天南地北。

最后一次相见,是小然要离开上苏村的前一个早上。她约他去西梁山上。韩奕清楚地记得,那是个阴晴不定的清晨,她说她要走了。二月的北方依然寒冷,十八岁的小然,衣衫单薄,缩着脖子显出萧瑟的样子,黑色带帽的薄棉上衣宽泛地把她包裹起来,她的身材更显瘦弱。她板着脸,眼睛和嘴角有令人惊异的灰暗。她双手插在上衣的口袋里,勾着头,站在那儿,踢着路上的石子。韩奕一下子疲惫起来,焦躁不安。

他说:"真的要走吗?"他的声音已经颤抖。那时,韩奕真想扑过去把她搂在怀里,而不知不觉间却泪流满面,双腿如柱,无法动弹。

她点点头,很内敛,像往常一样。他清楚地记得她闪烁着的泪花,充盈着鲜活的、丰厚的无奈。韩奕心中涌动着的希望,在那一刻突然变得缥缈而稀松。他蓦然有种逃避现实后的失望,他觉得他们的爱情要在那时产生深深的距离。救助或者抚慰只不过是一种幻想罢了。他们谁都没有冲动,就那样安静地嗅着彼此熟悉的气息。他只说:"常来信。"

小然从身后的书包里,掏出韩奕写给她的所有信件,交给他,让他代为保存,她说,等他们重新在一起的时候,这就是证据。然后,她独自一人跑下山去。

韩奕看着那厚厚一沓信件,竟然惶惑不安。他也有同样多的信件,他把它们深藏在自己小小的柜子里,压在隐秘的地方。想她的时候就拿出来看看,随便抽取一封,他都能读出其中的满足来,都能驱走停留在内心的虚无。不用表达,只有甜蜜的味道伴他入睡。

可韩奕还是作了一个冲动的决定,他在山的一个背风处,烧掉了它们,就像要遗忘一样,或者是更深一次地隐藏。他突然觉得,所有这些终究会由于小然的离开而烟消云散。

生活里,本就有很多转瞬即逝,像在车站的告别,刚刚还相互拥抱,转眼已各自天涯。很多时候,我们都不懂,就这样,突然间变了,变得一无所有。

而梦里出现的那段真实的早晨,使韩奕固执地认为,是他毁了小然的未来。"我要去找她。她很早以前就已经和我有关了。"韩奕在逐渐平静下来之后反复地说。

决定给小然打电话的那个晚上,韩奕最后一次和同学聚会,他们在一起疯狂地喝酒,相互倾诉,每个人都被离别带来的悲伤笼罩着,几乎看不到任何希望，有人暗自落泪。韩奕头一回觉得自己竟然如此空虚。

他起身出门，在皎洁的月光下，羞涩而尴尬地拨通了她的电话号码。他真想听听她的声音。

电话通了，他说："小然，你好吗？"

小然"哦"了一声，她的声音总是给韩奕一种旷远的感觉。她显然还没有反应过来。

韩奕又说："小然，我想你。"这是他第一次真正说出这句话。说完，他竟然流下了暖暖的眼泪。如同一次期待已久的胜利。

电话那端一阵沉寂。良久，小然才说："韩奕，你好吗？"

"小然，我想你。"韩奕在那头语无伦次。

"你在哪儿？还好吗？"

"小然，我控制不了自己。"接着，他哭出了声，他说，"我必须要把自己的想法告诉你，不然，我会后悔的。"他一边说一边哭，"我快要毕业了，到时就去乌石看你。"他还不断地重复："你是我的，我不允许任何人让你受伤。"

之后，他们一起沉默，不说话。

韩奕坐在学校门口的马路牙子上，垂着头，眼睛里一片朦胧。手机在他的耳边不知什么时候已经挂断了，但他仍然保持着刚才的姿势，嘴里念叨着含糊不清的话。他的表情在灯光的阴影下模糊而值得同情。他胃里的酸水一阵一阵地向上泛起，他咂着嘴唇吐着口水。在这个漆黑的晚上，他终于做了一件自己一直想做的正儿八经的事。他的情绪好极了，竟然放声大喊大吼起来，甚至还唱了几句京戏。最后被闻讯赶来的同学强拉带扯架走了。

小然一直很清醒。她清醒地听着韩奕的倾诉。她为这场在她看来中断了四年的爱情而流下了肆无忌惮的泪。她逐渐把自己蜷缩起来。这个遥远的说着醉话的男人的一切便逐渐清晰，她仿佛看到了四年前，他在她面前故作轻松地耸着肩膀，然后一脸严肃地说："小然，你好吗？"

挂断了电话，小然便惊慌起来。她清楚地知道，她的生活已经变得混乱而没有头绪。

小九坐在沙发上冷冷地看着她。一个多月的时间过去了，小九已然度过了那段颓废的时刻，她手腕上的伤疤已经结茧脱落了，只留下一道清晰的印痕。如同不小心的划伤一样，并没有触目惊心的困扰。她知道，有些伤，终究会随时间而飘散，变成可有可无的沉默。而另一些来不及走远的刻骨铭心的痛，还是会像浑浊水桶中的泥沙一样，慢慢沉淀下来，直至所有的水变得清澈如初，它们将变成她一个人才会承担的冷淡，充满敌意却不为人所知。

小九说:"再不会有什么能让我生出绝望的念头了。"她变得坚强起来,"因为自我折磨根本不能得到任何人的同情,即使有,那也只是一种陌生的幸灾乐祸,只不过是披上了怜悯的外衣罢了。"

什么是爱情,当她再次回头看的时候,却发现自己是那样的清醒。所有的一切陌生得没有形状,就像是不小心走错了路,然后又退回到了起点,重新走,而之前走过的则不复存在。她已经觉察了自己的行为是多么的愚蠢可笑。当初的歇斯底里以及突如其来的情绪崩溃简直就像一次真切的镜头表演。她说:"我是多么愚蠢,竟然在被别人扔进了垃圾桶后才发现那不是我想要的。"

小然坐在墙角,听着小九的话,觉得太过遥远。她一言不发,脸色发黄,眼皮红肿,唇角干燥,眼睛失去光泽。

"你怎么了?"小九惊讶地问。直到此时她才发现,小然比她更加委靡。她竟然学着抽烟。

小然又换上了一根烟,淡淡地说:"韩奕要来了。"

"来就来吧,又不是要死人,搞那么悲惨干什么?"

"我心里很乱。"小然把头转向小九。

"有什么乱的。你又没有亏欠他什么。"

小然没有说话,她不想向小九提起余可,更不想提起方捷。

"就觉得不知道该怎么办。"她故作轻松地说。

"还能怎么办?和以往一样啊。"

"可我觉得我们都变了,几乎快要陌生了。"

"陌生了,就重新再来。有什么不好?"

"能重新再来吗?肯定是找不到当初的那种感觉了。"

"什么感觉?"

"甜美的感觉啊。"

"哈,别说笑话了,还甜美呢。不伤心就不错了。"小九发出嘲笑的声音。

"也许,再也不能回到以前了。"

"那就让他不要来啊。"

小然沉默良久,说:"可我们一直是相爱的。"

"你这人,一会儿左,一会儿右的。既然还爱着,就让他来,可他要来了,却又发愁。不让他来吧,却舍不下。这样肯定不会有什么好下场。"

小然望着小九坚决的语气,越加紧张起来。一口烟吸进去呛得她流出了眼泪。她的手心里已是黏黏的、冰冷的汗。焦灼遍布她的周身。

第三章 大宗归来

碰到大宗的那天，正是周末。小然去三元镇给小九买了些零食，刚回到乌石，一下车，就看到了一个身材壮实的家伙，留着板寸，白衬衫只系了一个扣子，胸部古铜色的肌肉展露出来，脖子上挂着一串小拇指般粗的金黄色的链子，一脸横肉上罩着一副黑墨镜，手插在裤兜里，看着小然嘿嘿发笑。

小然眼睛不大好，有三百度的近视，但她不习惯戴眼镜，尽管苏奈尔有很多人戴近视眼镜，而且有些人的眼睛并不是近视得很厉害，但他们喜欢装出读书人的样子，他们想在众多的没文化人中充当知识分子的角色。小然认为他们太肤浅。

那人走过来，嬉皮笑脸，右腿不住地抖动，有挑衅的味道。这样的二流子小然见得多了。他们喜欢装出一副天不怕地不怕的架势吓人，碰见漂亮女生，还会走近说挑逗的话，或是老远打口哨。直到把小女生吓跑了，他们才跟在后面哈哈大笑。

小然没理他，径直往前走，可不料那人却跟了上来，在距离她不足三米的地方，一言不发。走过了第一个拐角，小然停了下来，这个地方有几个卖水果的小摊，人多，小然就不怕。

她猛然转身，那人未曾防备，差点就碰在她身上。他突然大笑出声，取下眼镜。

"大宗，怎么是你？"小然如释重负，脸上掠过一层喜色。

"吓坏了吧？"大宗一脸坏笑。

"你以为你是黑社会啊。"小然笑着去踢大宗，大宗身子向后一扯，没踢着。

"我还以为你死了。很久没见到你了。"

大宗干笑两声，显得难为情。他说："前些日子不小心犯事了，我去了趟珠海。"

"又怎么了？打架？"小然对此见怪不怪。

"不是，是抢手机时出了差错。"他顿了顿，接着说："那个狗娘养的小婊子，不知怎么搞的，偏偏把手机攥得那么死。我原以为她在打电话，趁她不注意，我从侧面过去，可一把没有夺过来，本来我应该跑掉的，可我不甘心，她的那个诺基亚还是个新货呢。等我第二次再回头去抢，就有治保会的人围过来了。幸好有朋友用摩托车接我，不然我就进去了。"他讲这个故事的时候表情淡然，完全是一种置身事外的口吻。

"又是抢。抢，抢，抢。你抢到什么时候才是个头啊。"小然露出鄙夷的神色。她就想不明白了，一个好端端的大男生，身强力壮，为什么要干那些非法的勾当呢？把命当儿戏，还瞒着家里人，万一哪天运气不好，家里人非得急死不可。她曾经劝过大宗，可他就是不听。反而因为她的多舌，对她有些疏远。小然想，最好别来找我，免得我跟着受牵连。

打、砸、抢——刀尖上玩命的日子，大宗已经过了三年。当初和小然跟着苏武来的时候，他还腼腆得跟个小姑娘一样，说话的时候脸容易红到耳根，除了个头大，简直就是个孩子。他说如果不是苏武在下苏村夸口说乌石就是他的地盘，那他肯定不来乌石。

谁都不知道，苏奈尔鞋厂对男工的需求量极小，而且选拔非常严格。但苏武在招工时遮蔽了这一点。他只看重每个人的八百块。苏武当时到处充孙子，求人办事，弄假证，好不容易才把身强力壮的大宗弄进了做橡胶鞋底的六分厂。起初，大宗还真想好好干上几年，然后回家娶媳妇，盖房子，这一辈子也就值了。可工厂的事，不是他能预料到的。第一次进车间，他还浑身欲望，想着一展身手的机会到了，一定要好好挣钱。可当他站在轰隆隆响着的机器前，流水线上的转盘有条不紊地走着，他也像别人那样脱光了上身，赤着膀子，攒了满把的劲，抓住黑黝黝厚重的模具的时候，他懵了。他竟然没有提起来。他想着可能是自己大意了，使劲不够。于是，第二次，他就吸了口气，使出了吃奶的劲，可那模具还是稳稳当当地像屁股很大的女人一样令他泄气。他压根就不能把一个模具从线上拉出来，更不用说搬动了。那个下午，在计件工资的紧张氛围中，大宗呆呆地坐在闷热的机器旁，任汗水漫过了后背，从裤子里浸进去，他的着急令他的下身像泡进水里一样。他懊恼极了。

下午，他去找苏武，说要换个工种，可谁想苏武吃着一盘炒面条，喝着一瓶啤酒，龇牙咧嘴地说："能进苏奈尔就已经不错了，还挑三拣四，你以为我是神啊？"他边喝啤酒，边摆出一副老大的架势对大宗说教："你以为出来混是那么容易的吗？不是流血就要流汗，哪有现成的钱往你的兜里钻呢，再过两三年，你就知道人间的辛苦了。"说完，他还用油腻腻的脏手在大宗干净的白衬衫上拍了拍。大宗当时被苏武唬住了，他对干活失去了信心，可是敢怒不敢言。

大宗在人生地不熟的乌石选择了沉默，他觉得坚持下去自己肯定会成功的。于是，他就坚持锻炼自己的臂力。开始的时候，他想了一个妙招，在更换模具的时候，把它们拆成两片，拿下来，把要换上的别的型号拆开搬上去，再重新组装。这样下来，他虽然比别的人干的活少，但也不至于毫无成绩。坚持了两个月后，他就已经能勉强搬动模具了。大宗当时的刻苦，在一段时间里，几乎影响了苏武领来的所有人，他们都以大宗为榜样，跟着他一起努力挣钱。转眼一年的时间过去了，大宗不但给家里寄了钱，还给自己买了一部诺基亚手机。如果生活不跟他开玩笑，大宗也许是他们这群人中挣钱最多的一个。可在那年的春节，大宗和朋友一起喝酒，回家的时候，遭到了抢劫。那三个气势汹汹的人，说着含混不清的方言。在一个阴暗的拐角，其中一个用一把一尺长的砍刀架在大宗的脖子上，另外两个对他的全身进行了大扫荡，每一处都没有放过。

　　这之后，大宗就像是受了刺激，他没向任何人诉说他的苦闷，当别人问起他的手机的时候，他只轻描淡写地说丢了。而他却在内心里策划了一场报复，这场意外彻底改变了他的人生。一个阳光灿烂的下午，他提早下了班，潜回宿舍，把同宿舍的同事藏在柜子深处的几百元和两部手机顺手拿走，然后在那个地方消失了。他在珠海待了半年才回来。

　　自此，大宗便成了乌石的一只黑手。很多个黑漆漆的夜晚，他都是一个人隐藏在暗处，等着从那儿经过的孤男寡女，然后同样拿着砍刀逼着他们交出值钱的东西。他屡屡得逞，不久后便创下了不小的名声。有人愿意与他结盟，但都被他拒绝了。他喜欢一个人单打独斗。

　　小然没理会大宗，随便聊了几句就走开了。大宗却仍然默默地跟着她。小然实在不想和这样的人打交道，她真怕她和大宗在路上说话，被她的同事看见了又要说闲话。再说，像大宗这样的人，有钱的时候肆意挥霍，请大家大吃大喝，可到了潦倒的时候就伸手向熟识的人要。没人愿意给他钱，虽说是借，可大家都知道是有借无还。可不借又不行，他总是跟在你的身后让你无法脱身，即使今天脱身了，明天他照样跟在后面死缠硬磨。再说，他是那种什么事都能干出来的人，惹急了，他还不在你身上下手？尽管这样的事从没有发生过，但谁都不能保证这样的事就不会发生。因此，大家都躲着他，面上和他说说笑笑，私下里却又恨又怕。

　　小然以为大宗又要向她要钱。她曾在两年前给过大宗五十块钱。那时他刚在乌石混日子。尽管后来大宗请她吃过三次饭，那价值远远已经超过了五十，但大宗给她的不良印象却始终挥之不去。她心里担忧，但不露声色，她有把握相信大宗不能对她怎么样。她想一个恶人也应该有自己行凶的底线。

　　就这样走过了半条街，快到翠亨公园的时候，小然终于忍不住了："你跟着我干吗？"

大宗又嘿嘿一笑。他总是这样，在人前装出一副憨厚羞涩的样子。"我想找小九。"

"你找她干吗？"

"我有事。"

"什么事？"

"没什么。"大宗沉吟片刻才说。

"她生病了，不会见你。"小然只想打发走大宗。让大宗进家门，那是必须要经过慎重考虑的。小然听说街上的混混们都是那种六亲不认的人，走的时候随手拿走家里的东西那还是轻的，有时候还会事先盯好，然后再返回撬门撬锁，洗劫一空。至于大宗是不是这样做过，小然不知道，但她觉得他应该也不例外。她必须把他想到最坏处。从内心来说，他不希望和大宗有任何牵连，就连一次小小的碰面最好也不要。她对这个和他一起来的男生存在着绝对的抵触。并不是怕他，她只觉得他是那种不可救药的人，说不定哪天就被抓去了。他身上存在着太多的不安全因素。作为小九最好的朋友，她有义务为小九消除这些不必要的麻烦。

"小九的事，我全知道了，你也不必瞒我。"大宗说着，掏出一些钱，又说，"你要好好照顾她。别的事，我会处理好的。"说完，他突然转身走了。走了几步远，他又转头说："给小九换个安静的地方吧，以免那家伙又来闹事。"

小然愕然地看着大宗远去的背影，一时不明就里。

大宗又干了一件大事。而这次的事则彻底改变了小然对大宗的看法。这与他喜欢小九有关。小九的自由洒脱和雷厉风行令他着迷。他不大能接受小然的阴郁，他觉得小然就是上辈子欠了别人的债，注定要用惆怅来还的。但他尊重小然。

和小九在一起的时候，大宗喜欢看她的脸，她的脸上表情丰富。大宗是个不善言谈的人，他只喜欢静静地看着小九。他的很多想法都是在他安静的时候出现的。他从不告诉别人，他爱着小九。

大宗离开小然之后，在乌石一家破败的小旅馆里做了准备。他买了一把弯月尖刀，然后四处打听那个伤害了小九的男人。在三元镇的范围内，打听一个人对他来说并不是难事。很快就有人向他汇报，说那个男人在三元镇东边的石条街上和人合伙开了一家酒吧。

酒吧在三元镇已经相当泛滥了，是个惹是生非的地方，主人的更换也往往是一夜之间。它们大多依附于自己的小帮派。三元镇上的帮派并不像传说中的黑势力那样声势浩大，无恶不作。无非就是几个不想进厂干活的人，整天聚在一起，无所事事，凭着年轻和大胆，恣意妄为而已。应该算是小团伙，一般都是由一些熟识的老乡结伙而成，或七八人，或十几个不等。也有的并不在外面瞎混，只是圈子里的人有困难时才聚在一起，等解决了然后又各自回厂上班。这是他们能在鱼目混珠的乌石安全生活的唯一保障。因而，这样的小团伙就有极强的凝聚力。他们大多坚持着"人不犯我，我不犯人"的基本原则。苏武就是苏家川道上一群人的头目。那些近年来跟他来乌石的小孩都尊称他为大哥。苏武给他们的团伙起名叫：苏生石。

大宗在石条街上徘徊了几个晚上，精心设计了一场有预谋的报复。在确定了酒吧里共有四个人之后，他查看了石条街周围的状况，考虑了事成之后逃跑的路线，以及他行动时所能遇到的各种情况。最终，在五天后的那个晚上，天上下着毛毛细雨，大宗躲在暗处窥探了大约一个小时，见酒吧里没有外人。那四个人喝着啤酒，在里面疯狂地唱歌。他把尖刀藏在袖子里，冲了进去。那四个人全然没有想到大宗的凶狠。他们甚至还面面相觑，一脸茫然。

大宗刚一进去，就冲那个男人一拳头。那男人没有防备，正好打在鼻子上，登时出血。其他三个人一见，几乎同时向他扑来。大宗就和他们四个扭打。大宗低估了那四个人，他们的齐心协力让他吃惊。随着啤酒瓶子四处碰撞，桌凳倒塌，不多时，他就受制于他们，他们一人抓住了他长长的头发，向后拉扯，另外两人踢他的下路。眼看着那个男人拿起一把凳子向他砸来的时候，大宗趁机抽出了那把尖刀。只听那家伙一声惨叫，大宗就看到了血滴到了他的脸上。那人俯身大叫："我的手指。我的手指。"其他人一时蒙住了。

在那小子哭天喊地的时候，门外涌进了一群人，他们都虎视眈眈地盯着大宗。大宗顺手抓住那个男人的头发。挥一挥尖刀，呵斥他们退后，那些人本来是来助阵的，他们怎么也没有想到会有人来踢场子。一看见大宗拿着刀，便都纷纷后退，让出一条路来。大宗走到街上，让那些人退后了二十几米远，然后甩开疼得哇哇大叫的男人，撒腿跑向了在暗处路口他早已安排好的摩托车。

大宗又一次逃向了珠海。那里成了他的根据地，避难场所。四年来，他几乎有一半的时间在那儿度过。

大宗用砍刀废了别人一根手指的事，第二天就传遍了乌石。那伙人对此咬牙切齿，中午纷纷聚在一起商量对策，他们扬言不报此仇，誓不为人。在他们眼中，这不单单是一个人受伤的事，可以直线上升为对几个来自同一地方的小帮派的挑衅。他们以为他们受到了最为严重的差辱。理由是：竟然让一个北方的小混混唬住了数十个天不怕地不怕的南方人，简直毫无道理。

相反，以苏武为首的苏生石派却暗自惊喜。他们终于能在乌石扬眉吐气了。由于苏武的胆小狡黠，使得他们这个派别在乌石始终处于边缘化的地位。多数小派别对他们不屑一顾。认为他们是胆小怕事的蝼蚁，根本上不了大台面。一盘散沙，成不了气候。因而，在遇到问题的时候，苏武总是强调他们要周旋，要忍。现在，大宗终于干出了一件大事。几乎没有人为大宗担心，他们已经被骄傲和自豪的色彩浓墨重染了。甚至有人走起路来，都要把胸部挺起，做出一副混世魔王的霸道来。

其余派别的人，有认识大宗的，都为他的豪气干云而深深折服，对他另眼相看。不认识的，则都想着法子了解大宗，急于知道他的样子和派头，一致认为他是个能干大事的人。

小然头一次为大宗担心起来。在她看来，大宗做事尽管鲁莽荒唐，但至少这一次他是有明确理由的，并不像之前那样给人产生土匪的感觉。她才相信大宗对小九所说的有关喜欢的话并不是似是而非的调侃。她不知道她是否应该把这一切告诉小九。小九还很虚弱，她不想让她激动。

一周后，小然自作主张，在乌石的第三街选了一间较为干净的房子。距离苏奈尔鞋厂和方捷的房子都比较近。小然说："我不想你一直沉浸在这个房子的黑暗里。换个地方对你有好处。"小九没有反对。

搬家的那天，余可还是来了。小然打算利用下班后的时间收拾东西。因此，她几乎是小跑着上了那段窄小逼仄的楼梯，楼道里发霉的味道直冲她的鼻子。她不小心撞倒了放在拐角处的潮湿的拖把。她把它扶正，再次抬起头来，就发现余可站在门口向她微笑着。午后的阳光穿过走廊里悬挂的衣物，斑斑点点地照在他的身上。他双手插在裤兜里，用右脚顶在屁股上支着墙面，侧头看着小然。他的白色衬衣干净整洁，上面的扣子敞开着，露出白皙的皮肤。

小然一时恍惚起来，竟觉得这个场景似乎在以往的某个瞬间曾经发生过。她怀疑是不是四年前韩奕也像这样等过她。但她却找不到线索，毕竟四年的时间太过遥远。时间能使人忘记许多人们并不想忘记的东西。纵然不忘，也会变得模糊不清。

小然看到余可，没有理他，径直开门进入房子。

小九已经比以前精神多了。她把能带走的东西收拾在了黑色的大皮箱和两个大纸箱子里。她站在皮箱旁边抽烟，对于余可的到来她仅仅是略表讶然。

余可满脸尴尬，站在门口局促不安。他不住地握着双手，踮起右脚尖在发黄的地板上扭动。三个人谁都没有说话。空气沉闷。

  小然抱起其中一个纸箱子，看了看小九，然后出门。小九也同样抱起一个纸箱子，跟着出去了。她没有看余可的脸。待她们下了楼梯，余可才拖着箱子跟了出去。

  正是这个叫余可的男生的出现，把小然搁置于模棱两可的惶惑之中。他是个身材高挑的四川男生，面色白净，眼睛里有纯净的明亮，并不像韩奕的眼睛那样，黑色的瞳孔有着浑浊的暗黄，叫人捉摸不定。他的眼神是小然熟悉的那种，她相信他的眼睛藏不住任何谎言。

  他比小然小一岁，来乌石刚好两年。他一开始就在三分厂的材料室里上班。那时他还很稚嫩，而小然已经是班长了。他第一眼就对小然产生了好感，这是他后来亲口告诉小然的。因而，他对前来领取材料的小然照顾有加。他总是亲自为她挑选质地好的材料，然后清点数目，登记入册，再逐一搬到小然的小拖车上，把她送出门口。若是重一些的材料，他则会帮着小然送到流水线上。小然则坐在他的椅子上，翻看他无聊的时候摘抄的报纸段落，或是翻他的抽屉。他总是向她报以微笑。而对于别人，他仅仅是坐在那里清点登记，那是他的任务。

  小然能明显感到这个腼腆的小男生对她持有的热情，但她始终保持着足够的清醒，也向他报以微笑，故意露出疏远的气场。余可也不是那种不识好歹的人，他对小然保持足够的尊重，从不说过分的话。有时也请小然吃饭，但小然总会拉着小九同去。他们三个就在饭桌上天南地北地胡聊，小九说到高兴的时候还会拍着他的肩膀叫他小孩，他也不生气，反而真像个孩子一样乐得合不拢嘴。小九说："你不如就叫我们姐姐好了。"他当真就"姐姐，姐姐"地叫，声音干净而清脆。

  他是小然在乌石唯一的男性朋友。但凡有跑腿或是出力的活，小然不吱声，小九都会喊他来做，而他毫无怨言，随叫随到。他总是容光焕发，没有一丝疲惫的痕迹。

  五月初的时候，小然和余可之间的关系才出现了逆转。虽然之前他们毫不隐瞒，在他们和小九三人组成的圈子里，他们都亮出了自己最为本真的东西。小然一直把他当做弟弟看待。

  那天小九过生日。下午，小九约了余可和小然一起吃饭。地点选在乌石北面的"壹加壹"超市附近的小饭馆，那儿的老板是余可的同乡。

  二十多平方米的餐厅，摆着六张小桌子。后面窄小的楼梯下，用木板隔开一间小小的厨房。老板是个精瘦的小伙子，单身一人，神情慵懒，穿着拖鞋、短裤、黄色的背心，似乎并不在意饭馆的生意。没事的时候就和别人打牌。余可经常去那儿吃饭，然后和老板一起喝酒打牌，甚至有时候就和他一起睡在二楼的小隔间里，听着隔壁男女做爱时发出的惊心动魄的声音。

　　他们喝了啤酒。小然没有喝过啤酒，但拗不过小九和余可的再三劝说，只好喝了。起初她的心情很好，慢慢地抿着啤酒，听小九说着她的爱情。坏就坏在小九后来提到了韩奕。其实小然明白，小九是想把她和余可牵扯在一起，她只是要用余可的好来证明韩奕对他的疏离。可小九越说越起劲，竟然伴着酒劲有些激动，直至最后数落起韩奕的诸多不是来。小然不知不觉间随着小九的质疑，而把自己带进了无尽的伤感之中。她渐渐无法控制潜伏在内心深处的那种冰冷的寒意，突然觉得胸口一阵阵憋闷。她看见啤酒的瓶子逐渐变成了红色，直至暗红。

　　余可在她眼前晃动起来，慢慢向她逼近，他的眼睛火辣辣地盯着她，有一种坚硬的不可回避。小然突然喘着粗气，用力向余可扑去。她想制止他的轻举妄动。可她却在那个瞬间滑倒在地，打翻了桌子上残留的啤酒，菜汁洒满她的全身。她绿色的外套混杂了污浊的气味，陌生的声音就像一条汹涌的河流把她瞬间淹没。

　　她彻底醉倒在地。

　　小九和余可协同饭店老板把她送到了楼上的小隔间。也许是恶作剧的缘故，他们竟然把余可也锁进屋子，然后扬长而去。

　　余可在屋子里褪下了小然的外套，然后他看见了她高高挺起的胸，以及暴露在外面的小肚子。她沉醉的样子令他难以自持，他竟然鼓起勇气脱下了她的蓝色牛仔裤。他把她抱到床上，让她睡得舒服些，然后第一次认认真真看了一遍她的身体。他的手在她的身上游弋，她炙热的肌肤使他的呼吸粗重起来。他感到了幸福，那是充满着兴奋的恐惧般的复杂体会。他甚至害怕她的脸转过来，虽然她根本不知道他在干什么，但他还是慌乱。最终，他把她脱得一丝不挂。她洁白的身体在昏黄的灯光里丰腴而温暖，所有的线脉和隐藏在身体的秘密都暴露无遗，包括她的后背上那片舌头般大小的深色胎记也清晰可辨。

　　而余可究竟做了什么，小然一无所知。等她醒来的时候，她发现她穿着别人的衣裤。上身的白色衬衣是余可的，而他却光着膀子。他像个无辜的孩子一样睡在她的身边，面带微笑，唇角有甜美的轮廓。小然仔细盯着他看，突然觉得恍如隔世，仿佛在一个瞬间，找到了大而舒适的软床。累了，就顺势躺下来，嗅到了暖洋洋的归宿感。

　　可这种美好的感觉只是短暂地一闪而过，随之而来的羞耻使她咆哮起来。她不顾一切地大喊大叫，她的声音在清晨的宁静中倍显凄厉，她用力捶打着余可的身体，像一只发疯的狼狗，充满了野性，任余可怎么压制都无济于事。

余可急于解释，可小然压根就听不进去，她说："我恨你。"小然因为激动和愤怒，浑身颤抖，呼吸粗重。余可紧紧把她搂进怀里，失声痛哭，喃喃自语："对不起，对不起。"

小然因着歇斯底里之后的筋疲力尽而终于安静下来。一种冷漠的镇静的力量控制了她的身体，她不知道她该怎么做。

之后，小然拒绝和余可接触，她以极其坚硬的态度令他不能靠近。但小然知道，她其实并不恨他，只是那种对于韩奕的愧疚之心令她不安。她深深知道，韩奕不能原谅这样的荒唐，他曾在信中含蓄地提到她只属于他一个人。小然不止一次地翻看过韩奕的信，她仿佛能看到他写字时的样子和神情。那些字就像一束束箭镞，让她心痛。

六月的乌石，天气已经热得不像样子了。苏奈尔的生意按规律在这一段时间里好起来。每晚加班，至少三小时。当然，对于所有的工人来说，加班就意味着他们的春天到来，他们的工资可以在这几个月里每月陡增三四百块。他们就有更多的钱寄给家里，也有更为宽裕的零花钱，然后为自己买像样一点的衣服和化妆品。每个人都忙碌起来，像打仗。

这段时间，小然企图通过忙碌来消减一切不快。除了小九的颓废让她担忧之外，她确定她已经暂时不想韩奕了。她要把他暂时埋进身体深处，让那种灼热的钝重的愧疚蛰伏起来，犹如冬眠。她开始贪婪地吃饭，认真地睡觉。她尽可能把自己控制在一种忘我的忙碌之中，她的身上散发着那种刻意营造的热情。

第四章　方捷的安慰

方捷去上海出差刚回来，就打电话约小然出去吃饭。作为苏奈尔三分厂的副理，她有更多的机会外出。

方捷的电话打来的时候，小然正在做最后的收尾工作——统计剩余的原料数目。她已经是第二组的班长了，手下管着二十五个人。其实，也不能叫管，无非就是从供应室领取原料，有签字权，然后维持生产秩序而已。其他员工都是计件工资，而她则变成了月工资，在思想负担上要比别人轻，并且工资固定而且高出别人一些，干活轻松，这是一年前方捷给她安排的。

小然很爽快地答应了方捷，已经大约有五天没有见到方捷了，还真有些想她，她总是能给自己带来喜悦和好心情。

三元镇的荆江饭店，二楼靠近窗子的地方，方捷抽着烟，眼睛凝视着远方。听见脚步声才转过头来，阴郁的脸上立刻堆满了笑。对坐下来的小然说："怎么才来啊，比咱们陈董都难请。"

小然撒娇地白了她一眼："谁叫你来这么早呢？再说我还要坐车，要是在乌石就好多了，我还没冲凉呢。"

"哈，反倒归罪于我了，我还不是想让你吃点好的。"方捷欠身给小然倒了一杯茶，怜惜地说，"你看你，最近瘦成啥样子了。"

"你也好不到哪儿去，又黑了。"小然喝了一口茶。

"哎，还是烟抽得多了。最近总是觉得心神不宁的。"方捷又在桌子上的555香烟上摸了一把，眼睛看着小然。小然示意她别抽，她只好把伸出的手又缩回去了。

"这两天的应酬太多，上海又太闷，没三元清闲。那个老不死的王总，整天就知道喝喝喝，我不陪不行啊，他肯定会喝死的。"

这时，服务员端上了菜。除了一盘小然最爱吃的鱼香肉丝之外，另外两盘她连名字都说不上，里面有西红柿，还有玉米粒。小然没多问，她不是个喜欢提问的人。她知道有些菜在她和方捷吃饭的时候是做陪衬的，不一定要吃。

小然不管那么多，自顾自吃起来。方捷则只是象征性地夹着几片菜往嘴里送。她还是忍不住点了一根烟。

在小然吃得起劲的时候，方捷说："人事部有个名额，要找一个文员，你去不？"

"工资怎么样？"小然停下来，抬头看方捷，筷子还停在嘴里。

"估计要比现在低些，但轻松，体面。"

"可我主要得靠工资，钱少了就不好办。家里还等着用钱呢，听说明年要盖房子。"

"你就知道给家里寄钱，也不为自己想想。"方捷似乎有些生气。

"我也不想这样，可又有什么办法呢？"小然叹了口气，继续吃饭。

"我劝你还是早点存钱吧，不然等你以后结婚了，想哭都来不及。"

"哎，要不是我爸的腿，我肯定不会像现在这样。"

"你就知道你爸的腿。谁念你的好呢。"方捷猛吸了一口烟。"我只是不想你那么累，流水线上的活太脏了。再说，你妈才不管你的死活呢。"

小然半天没吭声。一提到母亲，她的心里就不是滋味。

"别提她。"小然愤恨地说。

"为什么不提，你辛辛苦苦挣来的钱，还不是叫那个女人挥霍了，勾引男人。"

"没有，我把钱都寄给我爸了。"小然辩解道。

"别自欺欺人了，就你爸那样，还能把钱从十几里外的镇上领回家？"方捷一副不屑的样子。

"你……"小然憋红了脸，说不上话来。

一见小然这样，方捷只好不说话，只是抽烟。

过了一会儿，方捷又变得温和起来，她抓着小然的手说："我只是想让你过得好点，你懂吗？"

"我懂，但我还得往家里寄钱啊。"小然的脸色难看极了。

"那你再好好想想，以后还有机会。"

吃完了饭，方捷领着小然去做足疗，然后一起回家小聚。

韩奕第二次打来电话，小然正躺在床上学着抽烟，脸上蒙着方捷敷上的面膜。方捷在隔壁的屋子里洗澡，隔三差五地大声和她说话。

方捷说："总有一天，我要爱上一个男人，到时候，我就把他带走。"

小然跟她贫嘴："那也要人家愿意啊。"

"他不愿意都不行，如果他拒绝了，我就和他一起去殉情。"方捷的声音从洗澡间传来，朦朦胧胧。

电话响起，小然没看号码，直接接通，她刚要说话，韩奕的声音就传来了。这一次他的声音瓷实而干净："小然，我已经买好了去乌石的车票。一周以后就能到。"

"我接你。"

"不用，你只要告诉我精确的地址，我就能找到你。"

"这儿很难找，是个过站。要从火车站坐汽车到三元镇，然后又坐公交车才能到。"

"没问题，我肯定能找到。"韩奕似乎很轻松。小然几乎能想到他说这话的时候眉飞色舞。

"那好吧，我找好房子等你。"

"好吧。"挂了电话，小然的心里五味杂陈。有一种热切的期待，却又夹杂着混乱的尴尬。她已经想象不出韩奕的样子了，他肯定是变化了很多。她只记得四年前他害羞的样子，留着长头发，身材单薄，除此之外，他的脸已经模糊不清了。小然努力回忆着韩奕四年前的模样的细节，继而为他们的见面设计了诸多场景，她想应该有一个拥抱的环节，或者至少要拉住手半天不放松。可当她努力把自己融进那个现实的时候，却发现一切是那样遥不可及，她沮丧极了。

小然再一次靠进方捷的怀里，浑身颤抖。她总是会从梦中惊醒，那个神情冷淡的女人，在梦中仍然不能放过她。她的梦始终和一把桃木刀有关，那把没有刀鞘的刀，一直停留在她的疼痛深处，尽管没有足够的杀伤力，却缠绕着她，让她看不到光明。

方捷重新把她抱紧，像哄孩子一样拍着她的肩膀。她因为蜷缩而显得更加娇小，又因为抖动而让人怜悯。方捷说："别怕，我的孩子。"

小然仰脸看了看她，又用力抱紧她，泣不成声。

"有我在呢，没人会伤害你。"方捷吻了吻小然的额头。

小然点点头，心情舒展了一些。她也弄不明白，她曾是那样地尝试着坚强，拒绝每一个试图靠近和了解她的人。很多时候，她已经相信她把那些伤心的往事都束之高阁。她让它们进入深不可测的死潭，然后面带微笑，给别人造成快乐和温暖的假象，甚至尝试着说一些不着边际的怪话来显示幽默。除了某个瞬间，她能突然感觉到短暂的绝望之外，她觉得她已经能控制好自己了。

可她的努力在方捷这儿却不堪一击，在方捷的怀里她是完全放松的状态，一切虚假的表象都褪尽。她可以随意哭喊打闹，惩罚自己，她的虚空无助摧毁了她一直构筑的镇静。

小然喜欢靠在方捷的怀里，感受着她身体的温度和切近的心跳。喜欢方捷温热的手指抚弄她的头发，她的身体会有一种泛滥的酥痒的快感涌动。喜欢方捷的抚摸和她眼睛里渗透出来的苍凉的质感，以及她吮吸她的眼泪时的温柔。

她觉得方捷就是母亲。

方捷的手在她的身上四处游弋，她能明显听到方捷愈来愈重的呼吸。方捷的脸开始贴着她的脸，方捷的口气中浓重的烟草气味把她淹没。方捷的嘴唇落在她的脖子里，而手却划开了她单薄的衣服，触及到她温热的皮肤，滑过她的胸部，然后向下，向下……

那一刻，小然在沉醉中惊醒了，她竟然讨厌方捷的粗俗。小然猛然起身，用力将方捷推开，她完全没有顾忌方捷的惊讶和不适。她翻身下床，在地上不停地走动。

小然说："我们不能再这样下去了。"她气喘呼呼。

方捷睁圆了眼睛看她，不知该说什么好。

"我真不想这样。"小然背过身，不去看方捷的眼睛，"这会令我不安。

让我产生罪恶感。"

"你不喜欢我了吗?"方捷终于想起了一句话。

"怎么会呢? 你永远是我最爱的人。"

"那你怎么了?"

"我很矛盾。"小然转过身来。

"你怕了吗?"

小然使劲摇摇头。她说:"韩奕来了。"

一霎时,小然看见了方捷眼中旋转的泪花。她咬咬牙,突然拿起东西乱砸。她说:"因为他,你就要离开我吗?"

"不会的。"小然躲闪着地上飞溅的物件。

"你一定是要离开了。"方捷摇着头,异常激动。她说:"我知道早晚会有这一天,可我不甘心。我对你的好,你都忘了吗?"她的目光有沮丧的僵硬,令小然难过。

"早知道这样,我就不该这样用心。"

小然想冲过去拦住她的疯狂,可她却说:"你走,走得远远的,永远不要再回来。"

小然真没想过方捷会这样,她吓坏了。方捷惯有的善良在此刻荡然无存。她不知道方捷要干什么,蓦然觉得,方捷身上竟然有了李玉华的影子,叫她望而生畏。她大叫一声,跑了出去,如同受伤的小鹿,消失在楼梯的尽头。

方捷躺倒在松软的床上,用被子盖住了头。

第二部分

第五章　韩奕来了

　　韩奕终于登上了前往乌石的火车。火车逼仄而拥挤。韩奕用一只手臂压在小小的桌面上趴着睡觉，把脸朝向窗外。他异常清醒，在昏黄的灯光里想着乌石的样子，他的内心有一种不明方向的漂泊感。

　　三天后，火车抵达广州。城市的炙热令他猝不及防，刚下车，一股热流扑面而来，令人有一种短暂的晕厥，陌生的城市和人群竟然出现寂静无声的假象，像是拒绝。出了站口，有三个妇女小跑着过来，向他散发传单。两个中年男人挥舞着小红旗，向一群人说话，韩奕在车上买好了去往乌石的汽车票，和这群人混杂在一起。一个小女孩跑过来抱住韩奕的腿，向他兜售小盘子里的绿箭口香糖。拿着红旗的男人不断地大叫："大家待在原地。"然后愤愤然地驱赶那几个和他们不相干的人。另外几个年轻男子也都帮着那男人，冲他们吼。那些人面对着巨大的排斥，悻悻地走了。那男人再一次清点人数，一边骂着："狗日的，想搅老子的场，门都没有。"

　　这样紧张的场面，让韩奕误以为是谍战片的某个镜头，他惶惑而怀疑。大家都脱了外套，卸去残留的北方的余味，满头大汗。一行人整顿停当，就跟着那两个男人浩浩荡荡地奔向一个地下汽车站。他们被分配进了不同的站口。两个小时后，才坐进了开着空调的大巴，向那个名叫乌石的小镇开去。

　　下午六点，才到乌石。韩奕咨询了司机，直接在汽车经过乌石的时候从高速路上下了车。众多的载人摩托车等候在路旁，一见韩奕，便迫不及待地围过来，问他去哪儿。韩奕说去苏奈尔。其中一个五十开外的男人说两块钱。韩奕二话没说就上了车，其他人缓缓散开。摩托车从一个并不宽阔的街面上斜插进去。

　　韩奕并不着急，下车后，背着那个蓝色的小包，走遍了乌石的三条小街。四十分钟后，他到了苏奈尔鞋厂的门口，才打电话给小然。

　　约五分钟后，小然就从第二条街口出来了。她老远就看见了韩奕，心跳随着向他靠近而越发剧烈,她不得不暂停片刻,做了一次深呼吸。他留着短发,面色白净,戴着眼镜。白色的纯棉衬衣上撒上了树叶斑驳的光影。衬衣的后摆是几年前流行的扁桃形,微微翘起,给人一种古旧的感觉,令小然想起了多年前的熟悉和亲切。蓝色的牛仔裤是崭新的,配着大红色的球鞋,醒目而张扬。

韩奕左顾右盼,一转眼,就发现了小然。他一下子满脸通红,和四年前的羞涩没什么两样。小然同样戴着眼镜,穿着月白的长裙。她笑着,站在他的面前。在明晃晃刺眼的阳光下,他们同时搓了搓手,竟然出现了意想不到的严肃。继而相视一笑。

"来了?"小然尽量克制着自己。

"来了。"韩奕微微皱了一次眉毛。

又一次同时笑出声来。

"你怎么也戴着眼镜?"韩奕说。

"还不是怕认不出来你才戴的。"小然略显尴尬。她顿了顿,接着说:"那走吧。"

"去哪儿?"

"回房去。"小然就在前面走开了。韩奕跟在后面,看着她的背影,不说话。

乌石到处都是私人出租的小楼。路边高大的椰子树像镂花麻布纱窗,斑驳的光影洒在铁栏杆上,马路空荡荡。路上看见几个悠闲的人打麻将,黑瘦的脸面,男人大都光着上身,穿着短裤。一个赤着脚的女人,向他们投来平淡而慵懒的目光。

租的房子是陈旧的单间小房,租金按天计算。楼梯窄小而陡峭,楼道里随处堆积着一些日用的破烂:不像样子的旧鞋和工作服,积满灰尘的玻璃鱼缸,潮湿的拖把和垃圾桶。空气里充斥着废弃物发霉的味道。

他们慢慢穿过楼道。小然打开门。前任用户丢弃的垃圾堆积在门后,劣质的地板裂开了缝子,卫生纸随处可见。墙面大多剥落。木质的双人床油漆黯然,缺损的地方和床的垫子一样显出了黑色。床头上方钉着一台风扇,遍布灰尘。阳光从窗户里透进来。狭小的房间容易给人造成流离失所的悲伤。

房东在半个小时后来了一次。是个戴眼镜的小个子男人,他冲着门口喊:"注意卫生,不要大声喧哗,晚上十二点之前回房。"他把钥匙交给小然问:"大概要住多久?"小然挠了挠头,浅笑了一下,耸了耸肩说:"不一定,先住一个月吧。"然后背对着韩奕掏钱给房东。房东点了点头,转身下楼。在楼梯的拐角,他回头说:"注意安全,如果不进厂,最好先办个暂住证。"

接着,他们一起打扫卫生,小然不时侧着头看看韩奕。她问及他的现状,韩奕含糊地说了一些,只说想她。然后,他们去外面买了一些生活必需品。那个天热得只能听见心跳的下午,他跟在她的后面,像个孩子,看着她娴熟地和每一个店主讨价还价,然后温柔地唤他拿好东西,他的心里飘起了莫名的幸福。

那天晚上,小然依旧像四年前的样子,做出小女孩的乖巧和可爱,她在韩奕的眼前跳来跳去,叙说和模仿她在这个地方学会的一切,她说她学会了跳舞和滑旱冰,说了一些滑旱冰时所要掌握的技巧和跳舞时遇到的几则趣事,硬拉着韩奕要在蒸汽腾腾的窄小房间里跳上一曲,尽管韩奕以没有音乐为由拒绝了好几回,但还是在她的软磨硬泡下屈服了,韩奕被她强拉起来,由她摆出几个僵硬的动作,然后在她的连拉带拽下转圈。韩奕总是踩到她的脚,她就大叫起来,然后笑得前仰后合,韩奕红透了脸,浑身的汗不停地滑下来,陪着尴尬的笑,她摸着韩奕湿透的白衬衣,说:"你变了,你身上阳光的气息不见了。"

小然安静下来,坐在床边直直地看着韩奕。她说:"我要好好看看你。"小然也不知道自己多少次在梦中见到了韩奕,可他的脸却越来越模糊,及至近段时间毫无理由地想不起来了,不管怎么努力,她都觉得出入太大,她为此在睡梦中哭过三回,每次都哭醒,她是多么希望韩奕那时就在她的身边看着她,为她舔去泪水,轻抚她散落下来的头发,而韩奕却是如此遥远。

小然看着韩奕,慢慢哭出了声。她把头靠过去,偎在他的怀中,一任肆虐的泪和汗水一起在他的胸前撞击。

韩奕紧张极了,虽然四年前他也曾以同样的姿势拥她入怀,在西梁山背风的角落里,掩人耳目式地亲吻过她的脸,但这都不能作为而今的资本,那时激动的心情和此时的紧张根本不是同一个感受。他甚至不知道应该是搂着她的背,还是抚摸她的头发,抑或再次吻吻她的脸。而无论如何,他都觉得整个身子要比刚才跳舞时更加僵硬,任何一个动作都有可能破坏这种让他极度兴奋的紧张。他被感动了,他不曾想到日夜思念的爱情竟然坚若磐石,所以,隐藏在小然眉目间的那一丝做作和不自然都已经不重要了。

温存中,他说:"你能留下来吗?"他望着她的脸,停顿了一会儿,又说:"我不大习惯这儿。我还有好多话要给你说呢。"

小然愣了愣神,韩奕鼓起勇气,把脸凑过去,打算亲亲她的额头,小然却突然起身,她说:"我累了,以后吧。"

小然走后,韩奕略有怅然,但很快又沉浸在无限的温暖之中,韩奕想他必须和过去做一次了断,如果不以干净的心态来和小然再续前缘,那他就是个混蛋。韩奕从电话簿众多的联系人中找出了一个叫林子的女人,给她发了一个长长的永别的短信,但韩奕还是在其中透露了他会永远想她的某个情绪。紧接着就收到了她急切的询问,韩奕还来不及看完,她的电话就打过来了,《琵琶语》的铃声一遍一遍地响起,韩奕心乱如麻。韩奕为自己走时未能见她一面而后悔,当时韩奕想到了她有她的家庭,那个爱她的男人至今还蒙在鼓里,还有她可爱的女儿还一直亲热地喊他叔叔。韩奕觉得他不能为了一时冲动而答应娶她,尽管现在看来那是个多么荒唐的想法,而当时他真的想到了。她说,不管韩奕怎样一无所有,她都会坚定地跟韩奕走,韩奕后怕了,所以逃走了。

韩奕还是决定拒绝来自她的任何消息。他关了电话,下楼买了张本地的电话卡,抽出那张代表了青春浮躁的小片,轻轻一弹,把它扔进了路边的垃圾箱。

最初的日子里韩奕被小然所营造的温馨感动着,尽管他身无分文。韩奕每天在早上七点钟等候小然推开他的房门,而那时他已经洗完脸,刷了牙,坐在床边抽着烟等她。他们在房间里稍作逗留,说些昨晚的梦和夜晚肆虐的蚊子,然后互道相思,之后韩奕跟在小然后面,在楼下的早点摊上喝一碗豆浆,吃一片千层饼。

小然并不多吃,看着韩奕,低眉垂眼。她总是给人一种瞌睡乏力的感觉,不时打着哈欠,而韩奕被饥饿控制着,吃饭的时候很专心,虽然早上起来胃口不是很好,但他还是尽最大可能,努力吃饱,他深知把早点当做午饭来吃的重要性,因而他未曾把小然的疲惫看在心上。也有一次,韩奕就此对小然作过试探性的询问,小然说:"最近总是加班到深夜,所以才累。"韩奕心疼她,嘴上却什么也没说。

小然走后,韩奕就进入了绵长的等待状态。小然要他走走,熟悉一下环境,她说:"没工作是好事,就当是给自己放了一次小假,你可以尽情地享受自由。"而事实上,韩奕为自己的捉襟见肘深为苦恼,他甚至连坐公交车的钱都拿不出来,为了节俭,他几乎改掉了一天一包烟的劣习,变成一天两三根,也改掉了早起喝茶的大瘾,渴了就着自来水管豪饮一气。尽管如此,韩奕还是保持着应有的大男子主义,从不主动向小然要一分钱。

韩奕接受了小然的建议,打算看看这个南方小镇。在此后十天的时间里,韩奕徒步在乌石和三元之间穿梭,由南向北,由东向西,甚至沿着望不到头的高速公路走过整整一天。

走路使韩奕充实起来,他像一个苦行僧,把能见到的都仔仔细细看了一遍，然后在下午六点，准时站在苏奈尔门口，从众多如流水般涌出来的各色女子里等待小然，而小然则往往从背后蒙上他的眼，爬上他的背，让他背着走。韩奕就听她的话，背着她在人群中穿行，然后一起到一家陕西面馆里吃刀削面。这时，小然总是很兴奋，似乎全身心松弛下来，睁大眼睛，要韩奕讲今天走过的地方和见到的新鲜事，韩奕就如数家珍般地说，她的眼睛渐渐睁得更大，不无惊讶："我在这个地方整整四年，却怎么从没有见过你说的这些？"韩奕就在她的怀疑中洋洋自得。

晚饭后，他们一起逛街。韩奕跟在小然的后面，陪着她去滑旱冰，唱歌喝酒。小然能喝三瓶啤酒而面不改色，有时还会撒娇般地抽一根烟，她抽烟的动作竟是韩奕意想不到的优雅。这期间，小然总是有很多电话，但她只是扫上一眼，然后不屑地摁掉，有时，铃声响个不停，她就坚决关掉。小然说："我喜欢我们两个人在一起的时光，像是回到了旧时。"韩奕也应和着，虽然旧时的感觉已然一去不复返了，韩奕也找不到那种足以让他流泪的幸福了，但他还是在局促中倍感安慰。

小然离开的时间总是在十点以前，不管韩奕还有多少话要说，都不能阻拦她的离开，韩奕也多次要求她留下来，但都被她拒绝了，她说："厂里的规定很严。"她走的时候总是很急促，而且从来不要韩奕送她。韩奕也只好在楼下看着她从拐角处消失，然后上楼睡觉。

就这样，韩奕稀里糊涂地过了十八天。第十九天的早上，小然发来信息说："我今天很累，想休息，你自己吃早餐吧。"

头一回面对没有小然的日子，韩奕不知所措，虽然之前他也想过如果他一个人了该怎么办，但鉴于这并不是当务之急，他也就稍稍犹豫了一下便弃之脑后。可谁料想，这事来得这么突然。

韩奕真不知道他应该做什么。他只好再次躺下，假寐了两个小时，本来打算借着睡眠来打发饿意，可饥饿还是按照原先约定好的那样慢慢向他靠拢，并把灾难加重。时至中午，他觉得眼前发黑，实在躺不下去了，只好出门。

韩奕先去了苏奈尔门口，他期望小然能冷不丁地又从背后捂住他的眼睛，可半小时过后，等苏奈尔上班的铃声响起，面对空空如也的厂门和健壮硕大的四个保安，韩奕连着吞了三次唾沫。然后，他花三元钱在路边的小摊上吃了一碗凉面，吃完后，他数了数兜里的钱，仅有十二块八角。他想他应该随便找个能上班的地方，不计较工资，只要能混口饭吃就行了。

韩奕悲哀地环顾四周，蓦然发现，街道已然空空如也，远处只有一个捡垃圾的老人佝偻着背，在一堆罩满苍蝇的塑料上拨拉。阳光挤满了街道，他头顶的椰子树也已不知不觉地移走了一片阴凉。他突然发觉这段时间他就是一只寄生虫，连那个捡垃圾的老人都不如，除了等待小然的救济，他不知道该干什么。当然，之前韩奕也曾经向小然提起过要找工作的事，可都被她温柔的笑声挤压进去了，她说："工作到处都有，有什么可怕的。"韩奕也就没有再声张，现在看来，一定要为日后谋条出路了。

正如小然说的那样，找一份糊口的工作并不像传说中的那样困难。沿着中街向前走，每一家工厂都向任何打算出卖劳动力的人敞开着，所有的门口都如出一辙地贴着招工启事，总有人在门口徘徊，出厂的和进厂的人每天交替着。

韩奕漫无目的地向前走着，没走多远，就被一群争先恐后的人吸引了。在一个叫泰安的塑胶厂门口，十几个人手里拿着表格和证件，有两个保安使劲拦着他们。韩奕看到窗子里面，一个韵味十足的清秀女人正仔细地看着表格。那女人三十出头的样子，齐耳短发，穿着工厂里的白底蓝格短袖衫和蓝布裙子。那女人一抬头，恰好与韩奕的目光相撞，她略一愣神，就又转向那群人，一边喊着安静，一边取过一叠表格，眼角的余光不时向韩奕扫来。

韩奕被饥饿控制着，挤不过那些身强力壮的人，只好靠在一棵椰子树上，远远看着他们，暗想：这儿应该是声誉良好而又靠得住的地方吧？他没作思考，就决定在这里试一试。

韩奕几乎不费周折，就谋到了一份企划的工作。他和其他人一起，在保安的监督下，站成一排，在白花花的阳光里，他们像被贩卖的牛羊。接着，就有人来把他们挑走。

韩奕最后才被一个自称是贺小菊的女子带到了四楼的车间。那女子鼻子很尖，长得有点像猴子，她用很挑剔的目光打量着韩奕，边走边告诉他，主管这个部门的经理姓卢，并告诉他要有礼貌。

卢经理看起来还不满四十岁，鼻子很大，身材健硕。脖子里套了串金黄色的链子，面色和蔼。

他看了看韩奕，又翻了翻他的简历，说："就做企划吧。有问题找贺小姐。"然后把简历扔在桌子上，起身出去了。

晚上，韩奕打电话给小然，想约她出来共同庆贺一下他找到工作的事，小然却关机了。韩奕无奈，只好买了两个饼子算是当做晚饭，然后早早睡觉。

第六章　那个叫泰安的塑胶厂

第二天七点上班，韩奕六点就去了。他在保卫室里报到，那个保安头儿比昨天温和了许多，他打了个电话，不多时管宿舍的来了，是个小个子年轻人，眼睛笑成一条缝，脑袋尖尖的，嘴角微微上翘，神情慵懒。

韩奕跟着他从综合办公室的门口经过，进入餐厅，然后从餐厅的楼道上去。二楼是女生宿舍，门口挂着两个厚重的深绿色军用被子。两个年轻的女工提着水桶下楼。舍监说她们刚下夜班。及至到了三楼，韩奕才大吃一惊。

男生宿舍只是在二楼的基础上用厚厚的铁皮包装而成，并不能和宿舍的概念相提并论。里面放了大约四排高架铁床，一溜有二十多个，估计能住二百多人。三条巷道里挤满了破旧的木质柜子，一股腥臭的味道扑面而来。铁皮墙壁上，五六个抽风机，震耳欲聋。

有人起床，也有人准备睡觉。昼夜班交替使得宿舍的秩序极为混乱。有人睡在过道里，只穿一件内裤，浑身流汗；有人在他们的身边穿着裤子，吹着口哨，口哨的声音夹杂在抽风机的巨响中，似有似无。

韩奕小心翼翼地跟着舍监往里走，大约走了五六个床位，舍监便指着一个空着的下铺说："你先住这儿吧。柜子随便找，有空闲的就是你的。"舍监说完就往外走，刚走几步，他又反身说："你应该住干部宿舍，但现在没有床位了，只能委屈一下，等以后有了我再通知你。"韩奕木然地站着没动，一时没有反应过来，连同舍监那有些诡异的一笑都没有觉察。

韩奕还真有点担心自己严重的神经衰弱能否在这里入眠。好在他租住的房子还能将就些日子，不必急着搬进来。事实上，他不久还是要住在这里的，他别无选择。他已经到了山穷水尽的地步。他在乌石二十一天了，来时剩下的钱本就不多，这几天除了吃饭，他几乎没有任何花销。头发长了，两鬓已经盖住了耳朵。加上乌石的闷热使他水土不服，脸上出现了许多水痘，额头的地方尤为严重，即使他的长发垂下来也遮掩不住。由于不断走路，鞋子已经断底，侧面开胶，遇上下雨的时候，便无法出门。

但韩奕还是不想把自己的窘态告诉小然，怕她瞧不起他。他尽可能地把自己伪装起来，不让她发觉真相。他不知道接下来的日子要怎么熬，按公司规定，他只能等到五十天以后才能领取一个月的工资。而这五十天将是多么漫长啊。韩奕想着，就觉得头皮发麻。

韩奕一边为自己盘算着，一边在宿舍里走着。他慢慢从一些熟睡的人身上跨步过去，竟然有一种悲怆苍凉的意味从心底渐次升腾。他们的脸上，疲惫的影子显而易见，竟是韩奕未曾预料到的坦然自若与漫不经心，清晨的亮光从窗子里斜射进来，有人还在梦中发笑，嘴角流着口水。这一大堆身份不明的人，在拥挤的空间里嘴唇发干，皮肤粗糙。巨大的噪音和汗液的刺鼻气味像潮水一样，一拨一拨地向韩奕涌来。他感到了他与这个空间的格格不入。

　　在最内侧的第四条巷道的末尾堆积着几只巨大的铁桶，锈迹斑斑，其中混杂着一些废弃物：各色的袜子和旧鞋子，以及破烂的衬衣。地上残留着一些积液，一股骚臭的味道甚是浓重。韩奕刚要转身返回，突然眼前有哗啦啦的流水声，韩奕很吃惊地抬头，看到一个大个子光着上身背对着他撒尿，韩奕一直看着他转身。大个子头发略长，带有点卷发，眉毛粗厚，脸面瘦削而神色刚毅。他冲韩奕笑笑，略有羞赧。

　　他向韩奕打招呼："你是新来的？"韩奕点点头。他提起裤子，浑身颤抖了一下，接着说："怪不得我觉得眼生。你是哪儿的？"

　　韩奕说："你呢？"他还不想暴露自己。

　　他说："我是甘肃的，叫雒大有。"韩奕有点激动，为刚上班碰到家乡人而心情愉悦。

　　韩奕说："我也是，叫韩奕。"大有似乎也感到很意外，双手抹了一把脸，对韩奕微微耸了耸肩。

　　这时，外面响起了铃声。大有慌张地去穿上衣，说："快走。"

　　韩奕不明就里，问："怎么了？"

　　大有说："点名了。"说完就往外跑。可刚跑出几步，发觉韩奕并没有跟上来，就又返身对他说："快跟我走。"

　　韩奕于是跟着大有跑出去，和大有一起迅速站好队。

　　开始点名。工厂按照部门的不同，把员工分成四组，每组大约一百多人。分别由四个保安站在前方的高台上高叫着每一个人的名字，然后大家在底下憋足了劲喊"到"。工厂的喇叭放着"运动员进行曲"。韩奕误以为回到了中学时代。说实话，大学期间他也没有如此紧张地上过一次操。韩奕跟着大有站在一组叫"大底部门"的队伍里，不料却歪打正着听见保安喊他的名字。他为此对大有报以感激的笑。

　　点名的时候周围有很多保安维持秩序。他们眼睛睁得圆圆的，犀利地在人群里扫荡，时不时对应答不够响亮的人挥几下拳头。

　　有几个人迟到了，被挡在队伍外面，怏怏地耷拉着脑袋。一个女孩的头发凌乱，没来得及梳理。有一个小伙子或者说是小男孩甚至一手还在系着裤子，眼睛半开半眯，神色慌张。他趁着保安不注意，便斜插进队伍。他运气不好，刚进去就被那个肥保安揪出来，大声呵斥，那男生低着头，不说话。及至那保安训斥完了，才放他进去。韩奕看见他斜瞪那保安的背影，嘴里咕哝着几句脏话。大有悄悄地对韩奕说："这是胡小亮，咱们老乡。"韩奕刚要问话，那个保安又跑过来，指着大有骂："闭上你的嘴。"大有瞪了他一眼，小声地骂了一句什么。

接着就开始在大街上跑步，自经理以下所有的员工无一例外。台湾老板认为这是有利于员工身体健康的一件必不可少的任务。大家按照保安的安排，分成四列。跑步是顺着人行道跑半里多路，再折回来。跑步的时候不允许说话，但效果仍然和放羊一样。七八个保安根本无法监管好八百多人。人群仍然像潮水一样汹涌出去，在半条街上蔓延开来，嬉闹声不绝于耳，夹杂着保安的呵斥，蔚为壮观。

跑步的时候，韩奕由于鞋子不便，中途停下来一次，保安立刻发现，冲他吼叫，韩奕无奈，只好跟着又跑。

大约十分钟后，大家返回了工厂。然后开始做操，做第七套广播体操。韩奕对体操的一些环节甚是生疏，这是他在初中阶段做过的操，上了高中便已经是第八套体操了。他只好跟着别人的动作，温习以前的步骤，他的动作生硬而滞后。有几个新员工，被保安点名叫了出去，单独在一个角落里教动作。

然后大家扯了嗓子唱厂歌。厂歌借用了一个四川民歌的音乐，填了新的歌词。无非就是我们爱泰安，要好好工作，遵守纪律之类的话。然后是吃早餐，队伍迅速散开，挤向食堂。大家从木质架子上取下各自的碗筷，排成两个长队。今天的早餐是米线。厨师老头用一个大大的筛子伸进大铁桶，使劲一捞，排在前面的人就用勺子向自己的饭盒里拨拉。韩奕挖了整整一大碗，很多人奇怪地看他。

吃饭的时候，保安头儿领着他的手下在偌大的餐厅里巡逻。韩奕和大有在一个桌子上，刚准备说话，大有用眼色制止了他，但他还是叫出了声，立刻有一个保安跨步过来，用电棒指着他的头吼："好好吃饭。"

泰安公司小而破乱，但制度很严。韩奕在后来因为工作需要读公司制度手册时才了解到一些细节：比如点名迟到一次，扣二十元工资；不上早操一次扣五十元，外加全勤奖金五十元也同时扣掉；吃饭的时候，不能说话，不能随意走动，态度要端正；衣服必须要装到裤子里；在工厂吸烟区外吸烟者，按情节处五十到一百元罚款；等等。

大家为了工资，便不得不墨守其规，每个人都小心翼翼，按部就班。

韩奕上班的地方是四楼的大底厂务办公室，包括韩奕在内共三个人。贺小菊主管生产，另一个叫高寒的大个子小伙主管仓库，他是四川人，斯文，不大爱说话。办公室空调的风恰到好处，让人十分惬意，外面的机器轰隆与热流被隔绝得无影无踪。透过办公桌前面的大玻璃，能看清车间的任何一个角落。大家机械地重复着每一个动作，男人们大都光着上身，脖子上挂条毛巾，不时地擦拭。

大有瞧见了韩奕，向他挥手，韩奕向他挤眼。胡小亮也看见了韩奕，他在大有的身后，只是冲他微微一笑，就低头干手中的活。经理的椅子很高大，几乎和他独用的宽大办公桌相平，他的位置在贺小菊的后面，正对着大玻璃。

卢经理不在，贺小菊就说了算。大家对她都很尊敬。有很多人向她汇报情况，让她签报表，她的姿势很傲慢，通常都会唠叨几句，说这不对，那儿不妥。听的人都不住地点头表示马上改正。

韩奕无事可做，他按照贺小菊的指示去熟悉车间。在办公室门口，就像面对大海，除了空旷，他一无所知。韩奕此时才明白他的确是在学校那一扇门里待得太久了。一切都是新的，他必须像个孩子一样，从头开始。

韩奕向他们每一个人询问，问这些机器的工作原理，原料配制，人员管理，工资如何。也会问是哪儿的人，结婚了没有。也许是韩奕的问题太多，也许是太幼稚了的缘故，有的人一挥手，说太忙，不愿意和他说话。而大多数人还是很乐意把自己所了解的东西讲给他听。韩奕极其谦虚地请教聆听。也有的人因为韩奕是从厂务室出来的，对韩奕产生警戒，有人乘机问韩奕，卢经理在不在，贺小菊在做什么，韩奕告诉他们，他们就摇着头大骂婊子。

偶尔在车间里碰见卢经理，韩奕向他问好，他微微点头，然后快速走过，也不多看一眼。

吃饭最是难受。下班的铃声响起，大家就冲锋陷阵般地涌进餐厅。保安站成一排，督促大家排队，他们拿着橡胶棒，警告那些小声说话的人。

食堂的操作间是向大家敞开的，一个五十岁左右的老头和三个肥胖的女人围着黑洞洞的锅台转，汗水混合在油腻里，他们的身上发光，黑黑的衣服隐约可以看见原本的白底色。老头好像有永远也擦不完的鼻涕，他在工作的时候，不时用手拧一下鼻子，擦在拖鞋底上。拖鞋在走动的时候，黏着地板，"吧嗒吧嗒"的声音特别响亮。然后又马上抓住那把巨大的铁锹，艰难地在大锅里翻转。他站在凳子上，不时用铁锹抄一些盐或调料撒在锅里。及至大家排好了队，安静下来，那老头就把炒好的菜铲进大铁桶里，其他的三个女人则各执一桶,用大铁勺敲着桶子,大喊:"开饭了,开饭了。"

大家从门口的竹筐子里领取铁盘子,伸过去,那三个女人依次挖起一勺,使劲地扣在盘子上,似乎有很多气没处撒。大家盛好了菜,然后返身在餐厅中央的铁桶里自己挖取米饭。有多余饭碗的人还能在旁边的另一个铁桶里舀些紫菜汤。

饭桌是按照各个部门划分的,韩奕和贺小菊以及能够自由出入办公室的人一桌吃饭。大家都不说话,把头低下,迅速地吃。餐厅里咀嚼的声音顿时此起彼伏,像是羊群吃草。

韩奕第一次吃午饭,就在青菜中吃出了虫子,他大叫起来,但那个肥胖的保安马上就过来了,他用橡胶棒指着韩奕呵斥:"不许乱叫!"众人的眼光一下子齐射过来,韩奕尴尬极了,怒目相向,质问保安:"为什么吃饭不能说话啊?"肥保安说:"这是规矩。"另一个瘦高个赶过来,厉声说:"再说话就滚出去!"韩奕刚要争辩,一旁的雏大有拉了拉他的衣服,韩奕只好坐下来,周围重新响起了一片咀嚼声,他知道自己别无选择。等保安离开,雏大有才低声说:"狗日的,狗眼看人低。"

吃完饭,韩奕和大有、胡小亮三人躺在餐厅的长条凳上,在固定的吸烟区抽烟。大有在窄窄的长条凳子上泰然自若,他仰面躺着,猛吸一口烟,然后向上慢慢吞吐烟圈,他的烟圈均匀而绵亘不断,像女人的嘴唇在空气中荡漾。韩奕也学着大有的样子躺在凳子上吐烟圈,却怎么也不能闲心静气,努力做了三次都无法像大有一样安逸,他就放弃了。胡小亮似乎也不大稳当,但比韩奕好些。大有说:"慢慢来,以后你也能像我一样。我已经这样躺了三年。中午吃完饭就躺在这里午休。"

贺小菊一开始就给韩奕布置了很多任务。厂务办公室需要值夜班,原本是贺小菊和高寒两个人的事,但韩奕一来,贺小菊就把自己的那一份都交给了韩奕,韩奕把加班看成是讨好贺小菊的一次机会,况且他晚上无事可做,囊中又十分羞涩,加班又能得加班费,何乐而不为?

加班几乎没什么大事,除了接了几个找贺小菊的电话之外,就是记录一些重要的生产批次,这样的事又有生产小组的课长来汇报,也不用操心。剩下的时间就自己打发,可以上网聊天,又能偷着打电话。他告诉父亲这里一切都好,请不要挂念。又打电话给小然,她的电话通了,却没有人接,韩奕每回都打三次,但都不了了之。他的心里充满了失落。

加班一般要到十一点。下班后,冲凉是个必需的功课。倘若第二天有人穿着和昨天一样的衣服上班,别人都会对他敬而远之。

韩奕洗完澡,时间将近十二点。他就混在上夜班的人群中吃夜宵。

大有总是这个时候才从外面回来，看到韩奕，就坐到他的身旁，发一根烟给他。他们便在餐厅里抽着烟聊起来。大有已经三十了，还没有结婚，他说自己运气不好，没有人给他说亲。他自己也找不到女孩，人家都看不上他，他的语气虽然满是调侃，但韩奕觉得不像是说谎。韩奕也理解他。在甘肃的山区里，三十多岁无法结婚的人很多，即使一些十分强壮、十分善良的人也依然避免不了孤身的下场。这主要归咎为两个方面：一是高昂的彩礼。有的地方娶一个媳妇进门，要花掉十万元，而且随着地域的不同，价钱还有上升的趋势。这就使得家道不好，又生了很多儿子的人家注定无力跟世俗作斗争，因此，他们只能妥协。二是地域限制。由于山里人观念的转变，越加贫困的地方，人们越想着把自家的女儿嫁到外面去，让她们脱离昔日的艰难，从而山里的男女数量失衡，导致男子越来越多，光棍越来越多。韩奕对此深有感触，他上大学时曾就此事在社会实践时作过专门研究。

大有说这些的时候，显得很伤感。他说家里还有个六十多岁的老父亲，身体不好，没人照料。韩奕同情他，劝他说机会还有很多。可韩奕也不知道，机会到底什么时候在什么地方才能降临到大有的头上。他只知道，这个高挑潇洒的汉子，他唯一的愿望是有个正常的女人，能给他生儿育女足矣。

大约接近一点钟，韩奕才拖着疲惫的影子回到那个闷热的租的房子里。他打开电扇，热热的风吹向他赤裸的上身，并不舒服，他只好关掉电扇，可躺下来，不多时又被浑身的细汗侵袭了，像是刚从浴缸出来一样潮湿。无奈，他只好再次打开电扇。他想给小然打电话，告诉他工作的事，但拿起手机，又觉得时间不妥，便只好作罢。他浑浑噩噩地躺着，窗外仍然喧嚣，远处酒吧的歌声清晰可辨。韩奕觉得自己像极了一条被人遗弃的狗。

韩奕终于如愿以偿地进出于工厂，像个游手好闲的二流子一样在上班的时间里到处闲逛。在没有具体工作的时候，他就像一只无头苍蝇。他根本就不知道自己要在这个地方干什么，该怎么干也没人能告诉他。他对企划这个职业毫无概念，他时常有一种悬空的慌乱感。好在大有说："只要能混日子，干什么都行，越闲越好。"可韩奕还是觉得日子难熬。

卢经理时常不在，他几乎把所有的权利都交给了贺小菊。他热衷于高尔夫，只要是董事长不在的日子，他总是上班后，喝完贺小菊煮的咖啡，然后命韩奕把球杆背到车上去。这也是韩奕一天中最为重要的工作。有好几次，韩奕借着背球杆的机会，打算和卢经理谈谈，他想讨些具体的事做，可卢经理每次都不待他张嘴就扬长而去。

韩奕只好在车间里混日子，他喜欢和工人打成一片，和他们聊天，帮他们做事，无所谓地折腾，只有那样，才能让他暂时产生充实的错觉。

下班后，韩奕依然和白天一样无所事事。

乌石的街上挤满了焕然一新的男男女女，他们成群结队地从他的眼前经过，满脸喜气。这是个充满诱惑的地方，尤其对于来自北方没有见过世面的韩奕来说，更具神秘。这里有太多的女人，大多是从西北过来打工的年轻女子。她们一个个像粗俗的暴发户，用紧紧的牛仔裤裹挟着小小的屁股，或是由于裤腰太低而露出白花花扎眼的半个腰身，在人群里晃来晃去，一走一颤。她们大都画了眉毛，涂着血红的嘴唇，双耳挂上低档的耳环，有人甚至在两个耳朵上打了大大小小七八个孔，每个孔上又缀满了小小的铁环。她们把头发染成各种各样的杂色。她们的化妆能力有限，化妆品低廉，因而每张脸都有粗劣而诡异的底色。她们学着城里人的样子走着猫步，也像明星一样挎着仿真的提包。她们说着蹩脚的冒牌闽南普通话，舌根翘起，颇为艰难。这些众多的女子在夜晚一下子释放出来，像出世的妖精，妖艳而令人迷惑。

韩奕对她们心生排斥，他不喜欢她们。他希望女人就是一朵开在天山上的雪莲花，美丽而纯洁，在乱糟糟、纷繁的世界里独特挺立，关于男人的肮脏她们不去理睬。当然这不公平，也绝无可能。但他仍然这样期待，至少觉得小然应该是这样的女子。他说，女人不是沙发，不能依靠。女人是床，只能摆平了，小心地躺在上面，睡好了，才觉得踏实。而他却不能在小然这里找到床的安稳。他觉得小然就是飘起来的一棵稻草，他还抓不住她，只能远远地看着她在距离自己不远的地方回旋。

韩奕不想在大街上多作逗留。尽管小然不能来陪他，但他还是期待她的突然到来，他仅仅是在苏奈尔门口稍作观望，就回去了。

第七章　等待小然

尽管韩奕已经能够填饱肚子，也能在下班之后泡上一杯办公室里上好的清茶，然后人模狗样地端着高寒随手送给他的那个长筒玻璃杯，始终如一地伫立在人潮滚滚的苏奈尔门口，但温饱之外的拮据照样困扰着他——越来越长的头发呈现出蓬勃之态，杂乱而略显荒芜；额头上的水痘仍然若无其事地生长着；鞋子彻底坏了；他甚至买不起洗衣粉和洗发水。一切只好由大有接济，暂渡难关。韩奕害怕照镜子，他觉得镜子里的人肯定不是他自己。

偶尔，在他和大有都不加班的时候，他们就一同出去走走。胡小亮一般都跟着他们，从不多说一句话。这个还不到十七岁的孩子，腼腆得像个小姑娘，他进入泰安还不到两个月，对他来说一切都还是那么陌生，他没有大有那样的油腔滑调。他的心愿是在二十岁之前挣够娶媳妇的钱。他说这话的时候，嘿嘿地笑，天真而阳光。

他们一般只会去两个地方，一个是泰安对面的翠微公园。那是乌石唯一的休闲场所，每到夜间，华灯初上的时候，一些人便相约去公园里纳凉，或是在露天的啤酒摊子上唱歌喝酒。大多数情侣多会选择僻静的地方相依相偎，做自己想做的事，旁若无人。当然，一些趁机作乱的人也就随时隐没在暗处，取财劫色，这样的花边新闻时有传言。韩奕刚来时，小然便和他去公园里的草地上坐了一个下午，只是那时由于陌生而感受不深。

另一个去处便是苏奈尔门口。这段时间他们几乎每晚都去，站在那儿看来来往往的女子。大有说，苏奈尔大约有三千多女工。从人潮涌动的趋势来看，大有的猜测不无道理。花枝招展的女子从宽阔的厂门慢腾腾地倾泻而出，蔚为壮观。她们就像无数条鲜活的鱼，从开闸的河水中流放出去，各自寻找各自的轨迹。有人很快就被等候在门口的同伴招呼去了，她们围成一圈，吃着刚买的零食，打打闹闹，笑作一团。也有人出门后径直拐进了那三条小街，买零食或是吃宵夜。其中夹杂着为数不多的几个男生，他们都挺着骄傲的胸膛，斜视着别的等候在外面的男生，有一种特别自信的优越感。也有一部分无所事事的人，出来后，站在马路牙子上，茫然四顾，看着进进出出的人，满脸忧伤，似乎被某种情绪困扰着，一时无法解脱。有几个人还聚拢在韩奕他们周围，和他们一样望着工厂的门口。还有一些打扮入时的年轻女子，有一副好身材和好脸蛋，她们一出门口，就叫出租车，扬长而去，很少结伴。大有对这一部分人观察较多，一旦有人叫出租车，他就急着让韩奕看。等那妩媚的女子走远了，他才说："看看，这些婊子。"韩奕不解。大有解释道："她们都在三元镇的洗头房里做鸡呢。"说完，舔舔嘴唇，狠狠地向身旁的椰子树上砸上几拳。

韩奕对那些没用的东西不感兴趣，他的眼睛总是紧盯着那扇大门，生怕漏掉任何一个进出的人，他觉得小然定会在不经意间从那个地方出来，四下张望。他希望那时他能第一时间出现在她的面前，给她一次惊喜。

可糟糕的是韩奕坚持了一周以后并没有见到小然的踪迹。她除了偶尔打来电话问候之外，没有找过韩奕。而当韩奕打电话过去的时候，却总是关机或是不便接听。"她到底是怎么了，是不是出事了？"韩奕不止一次地问自己。当然，他也只能这样质问自己，除此之外，他没有更好的途径找到小然。她就像是一幕影子，突然间消失了，让韩奕的内心充满了恐慌。

韩奕因此也害怕回到那个孤寂的房子里，他一点都没弄明白，小然莫名其妙地消失到底是为什么。按理说，他们刚刚还一起温习了最初的爱情，她没有理由潜伏在暗处。所以，在开始的大约三天时间里，韩奕并没有为她而担心太多，或者说是韩奕因为得到了新的工作，忙于整顿而忽略了对她的担心。可后来，就在某个时刻，韩奕蓦然觉得小然出事了，最起码是他心里认为的出事——她可能是遇到了什么麻烦。韩奕着急起来，一次又一次地拨打那个在他心里烂熟的号码，可始终找不到她。韩奕只好在每个华灯初上的时候静守在苏奈尔门口，希冀能在某个昏暗的角落里揪出小然，向她问个究竟。

而小然所承受的压力却并非韩奕所能理解。她的焦虑其实从韩奕刚来的那个晚上就开始了。韩奕对她的挽留竟然让她觉得陌生而担忧。那是一种说不清、道不明的紧张。而之后和韩奕在一起的几天里，则更加加剧了她心里暗藏的困惑。她明确地发现，而今的韩奕已经不是当年那个羞涩的少年了，不是那个敢于快意恩仇的直爽愣头青了，而变得优柔寡断，变得没有耐心，她甚至能在他的眼睛里轻易看到一股无缘无故的焦虑和慌乱，她竟然对他产生了怜悯的可悲情绪。尽管她在心里多次反对说："不，不，这不是我要看到的韩奕，不是那个我曾经喜欢的韩奕。"可事实是，当她多次注视着他的背影的时候，她能明晰感到的仅仅是那片在暮色里凝固起来的男人的标记，毫无感觉，就连忧愁或是灼烧的意思都没有。她难过了，失望裹住了她。

当然，小然对韩奕的失望，其中包括了她对不起韩奕的部分。余可带给她的阴影，使她不能像当初一样理直气壮地面对韩奕。她的心里总是觉得比他低一头，她怕他的眼睛，怕他对自己的期待。而韩奕越是对她依赖，她就越是觉得心中不安。

这就是时间造成的疏离。时间在他们没有在意的时候，在他们还相思的时候，就已经悄悄把他们的生活改变了，了无痕迹，令人心痛。

于是，在没有理清头绪的时候，小然选择了逃避。几天里，她没有跨出苏奈尔的大门。而她对韩奕的情况了如指掌，同宿舍的姐妹几乎无时无刻不在监视着韩奕的一举一动。她们都对小然表示不能理解，纷纷在谴责她的同时，默默地关注着这个来自北方的大学生。在她们眼中，韩奕是一个孤傲的文化符号，他的大学生身份令他显示出与众不同来。她们大都在很早以前就从小然口中得知了他的一切。她们说小然真幸福。

在韩奕的房租快要到期的前一天晚上，迫于无奈，小然还是和小九一起找了一次韩奕。路上，小九对小然所持的态度进行了反驳，她说："早知道你这样，就不应该让他来乌石。"

小然说："谁知道会是现在这个样子呢。"

"可既然来了，又怎么能够变卦呢？"
"我也没想着要变。"
"如果你现在离开他，他一定会难过的。"
"我也会难过。"
"他刚来，你就要这样，他怎能受得了？"
"是啊。"
"既然两个人都痛苦，还不如试着接受他。"小九停下来，看着小然的脸，"他真的对你挺好的。"
"我也不知道要怎么办。"小然的语气平淡而生硬。

小九无语，她知道现在对小然说什么都是没用的，她不会听她的话。随着临近韩奕的房门，她们的谈话只能暂时中止。

小然把小九向前推了推，让她敲门。

韩奕开门，房门并没有关，只是虚掩着。韩奕光着上身，手里拿着一本书，抽着一颗烟。他看到小九，脸登时红了起来，不好意思地挠挠头。门外的小然让他惊讶而激动，他对她们的不期而至心潮澎湃，一时不知说什么好。

小然瞬间就做出和以往一样的姿态来，她从韩奕身边挤进门，步入到房子中央，顺手接过韩奕手中的书翻了起来。她没有要向他解释的意思，似乎压根就没有解释的必要。而她的心里却是谁也无法体谅的况味，她无法正视他的眼睛。空气立时沉闷而黏稠起来，流动不畅。

小九打破了僵局，她对韩奕微微一笑，说："你找到工作了？"
"嗯。"
"在哪儿？"
"泰安，做企划。"
"哦，不错。这样的活，他们一般都只招大学生。"小九转向小然，又说："苏奈尔好像也有这个职位吧？"

小然抬头看着小九，点了点头，然后又去翻看那本没有扉页的书。

小九接着说："还习惯吧？"
"慢慢会好起来的。"韩奕的语气不是那么肯定。
"那你是打算搬到宿舍去住吗？"
"当然。"韩奕毫不犹豫地说。"外面租房不划算。"他侧目看了看小然。
"哦，其实，住宿舍也挺好的。"

之后，便是一阵沉默，彼此都不知道要说什么好。小然突然说："我们去看电影吧？"

韩奕和小九都没有接话。半天小九才说："我不想去，你们俩去吧。"

听完小九的话，小然就后悔了。她的提议无非就是要陪着韩奕度过他在外面生活的最后一个晚上，算是她应尽的义务。她本想小九在，还不至于那么尴尬，可没想到她会拒绝。当然，小九有理由这么做，不仅仅是她对电影毫无兴趣。

小九借故离开了。闷热逼仄的房间突然空荡荡的，韩奕盯着小然，不说一句话。小然心里发虚，只好硬着头皮说："走吧，我们去看电影。"

韩奕穿好衣服跟着小然出门。小九匆匆而去，让他们得到了暂时的松懈。他们并排走在热闹的街上，清凉的夜风袭来，韩奕内心的喧嚣才渐渐平息下来，他需要安静和放松。很多人无所事事地在街上散步或是东张西望，大都成双成对，就像他们此时的样子一样令人羡慕。韩奕看着身旁嬉笑的人群，以及他们关注自己的神情，一下子窘迫起来。他问自己，难道这就是自己多年等待的爱情？那些相爱的人，难道也会像自己这样，走在奢求已久的爱人身边，竟茫然无措？他们之间的距离难道仅仅是这一步之遥？

韩奕抽出一颗烟点上，他企图借着烟火来寻求一些干枯的自尊。他抽烟的动作潇洒优雅，却和这个小城的氛围格格不入。他突然想不清楚自己来到乌石的目的了。他刻意追求的生活不应该是现在这个样子，绝不是。如果不是因为小然，说不定他还在金城过着丰衣足食的日子，也许很快他就能得到一份工作，然后拥有朋友，当然还有那令人回味的和爱情相像的快乐。那个大他几岁的女人，在她的婚姻之外已经为他安排好了一切，而他所有的放弃，都是为了小然。他有很多话要跟小然说，应该是倾诉，他觉得小然能理解他，也一定能接受他的倾诉，然后拥她入怀，或是靠在她的腿上，任由她抚摸着他的头发，挑拣着他头上偶尔出现的一根白发，听她小声说话。但这一切却是如此遥远。

两人走着，小然不时与经过他们身边的人打招呼。期间，小然的电话响了一次，小然看了看，随手压掉。没走几步，电话又响了，小然没有看，顺手关机。直觉告诉他，小然现在定然和某个男生有着千丝万缕的关系。他感到隐隐不安。

第三街的小二楼上到处都是私人开办的小放映室。小然领着韩奕在中段僻静的地方，拐进了一家窄窄的巷道，爬上一个木梯的楼道，进入二楼。韩奕在小然的身后，像是跟着主人的邀遇的应侍。楼梯口的大厅里，放着一个二十九寸的彩电，七八个人散开来坐在低低的木质长凳上。画面是一个旧时的功夫影片。周围是两排用木工板钉成的小包间，放了电视机和碟片机，走廊里阴暗潮湿，一缕缕霉臭味直钻鼻孔，随处都能见到新鲜的装着液体的安全套，放置在垃圾桶或者楼道的显眼的地方，嘲笑着每一个来到这里的人。韩奕抓住小然的手在迷宫般的小道里穿行，稀薄的空气把他们压在最低处，让人难受。

这样的地方韩奕在上学时曾经去过。那次他外出太晚，进不了宿舍楼，就只好和舍友到放映厅凑合了一个晚上。他对这种腐烂的味道记忆犹新，而这种味道却暂时把韩奕带到了以往的熟悉中，他反而没有刚才的烦躁了。

其实，韩奕不喜欢到这种地方来。他讨厌被垃圾以及肮脏环绕的空间，也绝不希望在他和小然相处的时候有腐烂的气味充斥。可也只能这样了。

好不容易找了一个空闲的包间。包间并没有韩奕想象中的那样逼仄，相反一应俱全，电视机和影碟机放在门口的小桌子上。靠窗的地方有张小小的铁架单人床，白底红格子的床单和被套，枕头是深红色，由于灯光昏暗，看不清枕头和被单干净与否。他们在床边坐下，闻到了淡淡的汗液和香水混杂的味道，还包括那种始终如一的闷热的霉味。

小然让韩奕先在床上躺着，自己就去楼下找老板，她向老板交了包间费二十元，然后花十元钱租了五张光盘，老板问要什么，小然说随便。老板就随手把放在桌子上的光碟找给她五个。等她返回的时候，韩奕仍然坐在床边。小然熟练地打开了电视机，把光盘放进去，清晰的画面展现出来，题目是《李米的猜想》。然后，她就从手提小包里找出眼镜戴上，躺到床上去了，并叫韩奕也躺下。韩奕便躺下。

接下来是长长的沉默。电视的音质清晰干脆。头顶的风扇转着圈，不时吹动小然白色长裙的一角。空气借助于风扇似乎才能更好地流动。韩奕几乎能听见自己的心跳。他就这样和小然再次躺在了一起，与四年前躺着时一样。窗外的人声混乱而陌生，潮湿的夏天，遥远的故乡，以及北方的小河，这一刻，韩奕才突然想起它们。

一切都记忆犹新，就像当年的场景一样。和无数次出现在韩奕梦中的景象惊人相似。韩奕闭上眼睛，他仿若看到了那个熟悉的单人小铁床，小然仍旧停留在他的视线里，她躺在床上，面色红润，羞赧地盯着韩奕看。那个房间里依然光线昏暗。那时，她说："来，上来，躺在我身边。"

时间都停滞了，电视的进度已经不重要了。他们各自陷进了深深的回忆。直到门口一个男人的声音急促地响起："快，快躲起来，查暂住证的来了。"他们才恍然醒来。

"怎么办？"韩奕惊慌地坐起。

"别怕。"小然的声音清晰坚定。她环顾了四周，说："你先钻到床下去。我有办法。"

47

韩奕只好钻进去。小然依然躺在床上看电视。不多时，响起了敲门声。进来两个粗壮的男人，他们挥了挥手中的治保会证件，对小然说："你的暂住证？"

小然从手提包里取出苏奈尔的员工证，递给其中一个。那人看了看证件，又看了看小然，说："苏奈尔的？"小然说："自己看。"另一个说："还是个班长呢，小丫头还挺倔的。"小然返身坐在床边。前面的人挤进来，看了看房间和电视，说："就你一个吗？"

小然看着他不说话，死死地盯着他。那人被小然看得发毛，说："你怎么是一个人看电视呢？"他的声音压得很低。另一个说："该不会是有人藏在床底下吧。"说着，就要前来。小然听完，装出生气的样子，她撩起床单的前角，说："你最好能亲自爬进去看看。"那人一看小然的样子就停下了。另一个说："应该不会吧。还是算了，走。"

那人顺势说："谅他也不会藏在床底下。"说完，往外走。待到门口，又回头说："不能在外留宿。"然后关上了门。

韩奕在床下听到关门声，才踏实地瘫软在地上。他浑身的冷汗已把他清洗了一遍。过度的紧张与蜷缩，使他的脸色变成了绛紫色，他一点力气也没有了。这与四年前他躲在小然的床下躲避她母亲的情形一样，有令人窒息的害怕。

他从床下钻出的那一刻，小然就站在床前，看着他。他狼狈极了，一如深秋的街头混杂在垃圾里的落叶，颓败不堪。她还看到了他的长发与黑色的眼圈，以及肮脏的衬衣和裂口的鞋子。这一切，令她黯然神伤，心里一酸，竟流下了两行清泪。

韩奕看着小然哭泣，就像是看着一堆破烂的记忆突然顺着纹路裂开绽放一样。那是曾经纯洁干净的心灵隐秘，是令人温暖且无限向往的平静。他慢慢抱紧她，用他强劲的身体把她抱起来，他开始吮吸她的眼泪。小然在半推半就中，一如四年前那样把头埋进了他的怀里。

小然紧张而激动。她的身体开始瑟瑟发抖，竟然不知道这一场突然的变故是否是自己需要的，或者仅仅是为了满足一次韩奕而委曲求全。她想这一切来得有些迟了。

韩奕慢慢吻着小然，从她的眉毛开始。小然面部的清香令他迷醉，他有些控制不住自己的情绪，他的呼吸逐渐粗重起来。韩奕用左胳膊搂着小然，他的右手伸进了她的衣服下面。当他的手指小心翼翼地触及她的乳房的时候，小然本能地用胳膊挡了挡。她的身体突然绷直，屏住了呼吸。韩奕顿了顿，略显尴尬。他没想到这一切会以这样的面目呈现在他的面前，他显得慌乱而幸福。

　　韩奕没有停下来，他坚持进入了小然的身体。但令他没有想到的是，小然在韩奕进入她身体的时候，迅速蜷缩成一条受惊的蛇。她的身体更加剧烈地抖动起来，呼吸不畅，甚至伴随着突然的哽咽。韩奕被这突如其来的景象唬住了，他一下子手足无措。他不知道小然出了什么问题，起初他还以为是紧张的原因，可渐渐地，随着小然近乎休克的呼吸，他以为她病了，他摇着小然的头："你怎么了？"小然一时睁不开眼睛，但她还是支撑着摇了摇头，说："没事。"

　　"那是怎么了？"韩奕一边低声问她，一边草草收起了进入的状态。他把她抱紧在怀里，用手拍着她的后背。

　　小然渐渐有所好转，呼吸渐次平静。她感到了前所未有的疲惫，像是一场大梦初醒。她知道对于一场长达四年的爱情而言，拒绝自己曾经以身相许的男生进入自己的身体是多么不应该的事。但她还是毫无理由地令他扫兴了。

　　其实，从内心来讲，小然明明知道这一场性事是迟早要发生的，她并不排斥韩奕，况且，她也把与韩奕的性事看成是对他的一次补偿。然后，她觉得她才能对得起他不远千里来看他这一事实，那样她就能心安理得地尊重自己内心的真实想法，而没有任何负担。但她偏偏就让这一既成的事实化为泡影，把自己置身于两难的境地。

　　是余可的影子从中作祟，这是小然平静之后得到的结论。她觉得余可几乎改变了她的人生，他总是出现在她的脑海里，在每个紧要关头让她心如乱麻。她无端地在韩奕进入她之后，想起了余可，她觉得余可此时就站在门口看着他们，他的眼睛是那样纯净，而他们的行为却玷污了他的眼睛，这是多么糟糕的事啊。

　　"你还喜欢我吗？"小然在他们都慢慢放松下来的时候，突然问韩奕。她仍然闭着眼睛，头靠在他的肩膀上。她的皮肤柔滑，身材比平时看起来要更加瘦削一些。在韩奕怀里，她就像一个发育不良的小女孩。

　　"当然。"韩奕欠了欠身，侧脸盯着她。他不明白小然为什么会有这样的质疑。他清楚，他对小然的感情已经不是简单的爱，而是与依恋有关的另一种复杂。他永远也忘不了小然在他艰难的高中生活中给他的温暖和帮助，也忘不了他被小然的父亲堵截在院子里时小然的无助，以及小然父亲的愤怒。他觉得他们已经不能分开了。

　　小然尴尬地一笑，她看到了韩奕的惊讶与紧张。她真不知道该如何与韩奕交流这个问题。如果她告诉他，她的感觉出了问题，那他一定不会相信的。她不想让他感觉到她是要拒绝他，因为那也不是她的本意。

事实上，韩奕的感觉也发生了变化，时间改变了一切。他曾努力尝试着在和小然相处的时间里，尽可能自然，尽可能回到最初的状态，但不管怎样，那都已经不可能了，包括小然的身体和呼吸都是那么的陌生。在她身边，就像此刻，他都有着前所未有的压抑和拘谨，他就像是被限制了的奴仆，谨慎而察言观色。可尽管这样，韩奕都觉得这只是暂时的。他把这一切都归咎为时间的痕迹所致。他想，他们一定还能像以往一样相互拥抱。

而小然是悲哀的，来自方捷和余可的压力，让她不敢对韩奕抱有太多的奢求。

"那你喜欢我吗？"韩奕在沉默了良久之后也问小然。小然回头看看韩奕，淡淡一笑，没有回答他。然后她抱紧韩奕的胳膊，闭眼睡去。

第八章　初识陈子妮

韩奕终于搬进了泰安的职工宿舍。

在和小然分别后的第二天下午，他草草吃完了饭，就去租来的房子里收拾东西，他原本是想叫大有给他帮忙的，却又想着小然一定会来送他，若是大有在，反而有诸多不便。再说，他的东西也不多。

韩奕在房间里极慢地收拾着，一边等着小然的到来。他已经身无分文了，他不得不向她伸手要钱。在乌石，她是他唯一的亲人。不然接下来的日子他真不知道该怎样度过。

韩奕坐在床边，点上一颗烟，心中竟然涌起一股悲凉。仿佛这一走，就已经和小然天各一方了，他就像一个待嫁的女子，似乎只要一搬进泰安，他们就再也不能自由地在一起了。

而事与愿违，直至天黑下来，小然都没有来。韩奕等不及了，就下楼去公话亭给她打电话。第一次无人接听，大约十分钟后，韩奕再打，小然却说，今晚加班太累，不想出来。韩奕沮丧地挂了电话，可糟糕的是，他翻遍了所有的口袋，都没有找到四毛钱。韩奕无奈地向老板解释。老板是个肥胖的中年女人，她一边扇着扇子，一边用轻蔑的语气说："没钱还打什么电话？"韩奕说："我不是故意的，我真没钱，明天拿来还你好吗？"他几乎是央求她。可老板不买他的账，她把手一挥，说："别价，我这小店，可经不起你这么折腾。"她把扇子停下来，顿了顿又说，"像你这样的小混混我见得多了，想办法吧，别找借口。"韩奕没法，就杵在那儿不动，额头上渗出了一层冷汗，老板也斜着眼打量他。韩奕无奈，他把自己的近视眼镜摘下来，好说歹说押给老板。那女人起初不肯，他觉得一副破眼镜对他来说一文不值。可韩奕说："对你没用，对我来说，却值一百多块呢，我一定会来赎回的。"老板想了想，也就同意了。韩奕回到房子后，才发现他有一个矿泉水的大桶没来得及还，那桶里还有半桶矿泉水，他也不顾别的了，就把水倒掉，飞快地跑到第一街还了水桶，得了三十元钱，然后，他又赎回了自己的眼镜。

韩奕没再停留，头也不回地离开了那个伤心的地方。

韩奕背着包，经过苏奈尔门口的时候，他停在一个暗处，坐在一块石头上，很难受，想哭却又哭不出来。

回到泰安，已是十点多了，韩奕铺好床铺，得知大有和胡小亮上夜班去了，就去冲凉，之后，他回到餐厅躺在凳子上想心事。

大约接近十二点钟，韩奕才走进抽风机山响的宿舍。大部分人都睡了，依然横七竖八。灯一直亮着，在宿舍的尽头，有四个人围在一起"扎金花"，看到韩奕进来，稍有一些慌乱，但随即又围在一起，韩奕并没有影响到他们。他们也影响不到韩奕，在这样的环境里，即使要大声吼上一段秦腔，也不会惊扰任何人，大家已经习惯了自我隔绝。

韩奕睡不着，只好想今天的事，想小然。这时，他才发现，他已经原谅了她。他想，她也许真是累了，而她又不知道他的实情，怎么能怪她呢？韩奕知道他不能把今晚的事看做是小然对他的伤害，他宁愿相信小然所说的是事实。他想，睡一觉就当做什么都没有发生吧。而此时，除了记忆和未来，他什么也没有。

有一段时间，韩奕并不能把自己融进泰安公司枯燥的工作中，泰安已经像是走入垂暮之年的老人，蹒跚而行，没有活力和发展前景。

韩奕喜欢用"边缘"这个词语来形容他的处境。在这个城市的内核，是与土地一样善良的、生活处于困境的人们，他们用梦和双手辛勤地编织着城市的心情，全然没有城市人的优越和骄傲，韩奕便是其中之一。

韩奕是个无所事事的人，这是一份闲得让人发慌的工作。他不知道公司招聘他干什么，卢经理大多数时间不在，偶尔和客户谈谈生产出货或者质量的问题，大多时间他都去打高尔夫。韩奕觉得自己干得最有意义的事便是帮卢经理搬球杆了，其余的时间便是由贺小菊安排的。她总是指使韩奕去车间里考察。有几次，韩奕也想留在办公室里看看公司的资料，或者帮工人们做一点事，但都被贺小菊制止了，她的理由是，公司聘用大学生并不是要来和工人一起做工的。可到底要做什么,她却闭口不言。

公司里很多人叫苦连天。有人因为加班而过度疲劳,他们经常彻夜不眠,甚至是在上了两天两夜的班之后,只能休息半天,他们往往会在晚上睡得正香的时候,被他们的组长叫醒,揉着眼睛去车间赶着出货。还有人是闷得叫苦,像韩奕这样的,除了夹一个文件夹在车间里晃悠一圈之外,还会做一些别人不敢做的事,比如躲在车间的背阴处抽烟,喝茶,甚至睡觉。有时候他觉得自己就是被人养起来的狗,几乎失去了思想,没有发言权,只能到处乱走。

在此期间,公司接连又招聘了和韩奕一样职位的企划人员,他们分别被安排在"鞋垫""生化""成型"等三个车间,和韩奕所在的"大底"车间遥相呼应。随后就听到一些老员工和几个课长传言,公司要专门成立"企划课",用于改革公司制度和规范员工行为,而具体在什么时候执行,谁也不知道。

韩奕在车间里转悠的时候,经常会碰到那三个人,他们也都和韩奕一样,夹着公文夹,在车间里晃荡,偶尔也见他们和工人一起交谈。三个人,两男一女。韩奕最先碰到了那个女孩。女孩光着脚穿着一双塑料凉鞋,是当下最流行的款式,黑色的条纹一直蔓延到她的脚踝,走路时胸脯挺得极高,戴着紫色边框的眼镜,黄衣蓝裙。他们在二楼的楼梯间相遇。女孩的皮肤很黑,嘴唇较厚,是那种看起来很健康的人,性感却不迷人,不是韩奕喜欢的类型。他们交叉而行之后,又不约而同地回头注视对方,因为在别人都穿着厂服的时候,他们的衣服就显得很另类。韩奕注意到她的眼睛,是热烈而又荒芜的眼神。

她说:"你到哪里去?"韩奕一时没有反应过来,一下子涨红了脸。他也不知道要到哪里去,他只是从四楼下到二楼而已。就在这时,上来一个中年女子,三十三四的样子,穿着蓝布条纹的衬衫和深蓝色的裙子,一眼就能看出是公司的办公室职员。韩奕能感觉出来她是个温柔的女子,她看着韩奕的时候,让韩奕感到了亲切。

她说:"黄小姐好,工作还顺利吧?"

黄小姐立刻雀跃起来,声音很尖锐:"又见到你了,子妮姐姐,我很好,多谢你的关心。你要干什么去?"

"我要去四楼。"接着,被称作子妮的女子,转向韩奕说:"对了,我正好要填一张表,你能帮我搜集几个数据吗?"韩奕说:"我正愁没事干呢。"然后,韩奕跟着她下楼。直至到了楼下一个拐角处,她才停下来,对韩奕说:"我叫陈子妮,你就叫我陈姐吧。"韩奕刚要报上自己的姓名,可陈子妮说:"我早知道你的名字,你是我们公司的大学生,大家都知道你。"韩奕冲着陈子妮"嘿嘿"地笑了两声,他也没想到他能受人关注。

陈子妮侧身向楼梯口看了看,说:"你知道黄小姐是什么人吗?"韩奕摇了摇头。陈子妮接着说:"她是黄经理的侄女,叫黄亚玲,也是刚刚大学毕业。你不能在她跟前乱说话。"

韩奕惊出了一身冷汗,庆幸没有说什么。陈子妮说:"黄经理是个自私的人,她不喜欢别的车间的人在她那儿走动。"

韩奕刚要问为什么,陈子妮说:"这是规矩,大家都知道。所以你要当心,别乱走,别乱说话。"

"那我该怎么办?"

"没事,你就在'大底'车间待着吧。我在'生化'车间,有事可以来找我。"之后,她就独自走了。"大底"和"生化"都是卢经理掌管的部门,韩奕也曾经去过,可似乎没有见过这个女子。

中午吃饭时,韩奕专门找到陈子妮,和她坐一桌。她向他报以微笑,尽管不能说话,但韩奕能感觉到她对他的欢迎。黄亚玲也来和他们凑在一桌。她一坐下就喋喋不休,责怪工作没意思,后来又说公司的伙食太差。她的声音不算大,但在无人发声的餐厅,还是清晰可辨。不多时,就有一个个子高挑的保安来干涉,他大声呵斥黄亚玲,让她闭嘴。黄亚玲似乎也没有想到保安会做出如此唐突的事情,简直就是无礼。她站起来,警告他:"请你说话尊重点。"那保安很折面子,从来只有他管别人,别人哪有还口的机会?公司给了他们一定的权利,他们怎能屈于人下?他们就像监狱里的警官,不允许任何人反抗。他们禁止员工在吃饭时说话、抽烟,一旦发现就会在众目睽睽之下大声呵斥,或者径直出示黄牌,然后工资的一部分就会被减掉。大家对此深恶痛绝,可又无能为力,因为他们会挺起胸脯告诉你,这就是厂规。

那保安拿着保安棒在桌子上狠狠地敲了敲,准备掏出黄牌。黄亚玲大声说:"我又没有大声说话,凭什么要你管。"那保安当场不干,抓住黄亚玲说要去见主管,黄亚玲打开他的手,从兜里掏出一个薄薄的蓝皮小本子,把它甩在他的脸上,说:"第五十七条,你好好看看再来管吧。"说完扬长而去。陈子妮告诉韩奕,那蓝本子就是很久以前的厂规。那小保安气急败坏地招呼他的同伙,同时上去抓黄亚玲。但他被闻讯赶来的保安队长拦住了。保安队长贴着他的耳朵,低声说了几句话,那小保安才压下了气焰,被肥保安拉着去了保卫室。

所有吃饭的人,几乎要为之雀跃了,开始有一阵骚动,即使别的保安出来制止,也无济于事,有人甚至叫出好来。陈子妮说:"那保安队长知道黄亚玲的身份。"

大家在饭后不足十分钟的时间里纷纷躺在长条凳上午休，餐厅里瞬间就变得空荡荡的。韩奕和陈子妮熟悉得很快，他们留在了餐厅的吸烟区休息。阳光一缕一缕地晃动。他们面对面坐着，附近大有和胡小亮在睡觉。韩奕一边抽烟，一边侧脸看着她。她说，她老公是"生化"车间的厂长。韩奕一下子就想起了那个身材壮大的高个子男人罗玉松。他在卢经理的办公室里见过他。他的右脸颊上有一道浅浅的疤痕，他走后，高寒说那是他当兵时和人打架留下的。韩奕觉得他的样子很凶，他走出厂务办公室的时候，还特意瞧了韩奕一眼。

韩奕没想到他们是一对，感觉他们根本不相搭，可人生的事，谁能说得准呢，往往是不相干的事情却会纠缠不清。韩奕由于对罗玉松的第一印象不是很好，反而觉得他和陈子妮之间突然的一次聊天来得过于仓促了。陈子妮似乎看出了韩奕的紧张。才笑着说："没事，他去珠海出差了，要三天才能回来，况且，他在也没关系，我又不会告你的状。"

之后的一个多小时里，陈子妮对着韩奕作了一次倾诉，好像他们已经是相识多年的老朋友了。她说："我是湖南人。你是哪儿的？"

韩奕说："甘肃的。你知道甘肃吗？"

陈子妮回想了一下，用模棱两可的语气说："应该在西北吧。"接着，她摇了摇头，表示不熟悉。

"那你知道《读者》杂志和牛肉面吗？"

"知道。"陈子妮睁大眼睛惊讶地看着韩奕，她不知道这和甘肃有何关联。

"那就是兰州的，兰州是甘肃的省会。"

她"哦"出声来，如梦初醒的样子。她把身子向前凑了凑，似乎很感兴趣。"你们那儿有骆驼吗？"

"骆驼？"韩奕不知道她怎么会问起这个，骆驼对韩奕来说也是个新鲜的动物，他也仅仅是在课本上或者电视中见过骆驼，但他从没有把骆驼和甘肃联系起来。但当他看着陈子妮好奇的眼神的时候，他在心里乐了。"当然，我们那儿有的是骆驼。"

"真的？"她更好奇了。

"不骗你，我们一出门，对面山上就有骆驼，很多人平时上班都骑着骆驼呢。"韩奕在心里笑着，信口胡诌。

"那你们岂不是住在沙漠里？"

"我们住帐篷，就建在沙漠里，风一吹，沙丘移动，我们的家也跟着移动。"韩奕说完，自己就先笑了。陈子妮也跟着笑："你还是个挺幽默的人。"

韩奕说："你是什么时候来泰安的？"

"三年前。"

"你老公呢？"

"应该有八年了吧。"陈子妮略微作了思索。

韩奕说："你怎么不和老公一起早点来？"

陈子妮的神色顿时暗了下来，她的笑容也停止了。她不再说话，安静地看着韩奕，眼睛里发出迟疑的神色。她把身体蜷缩在座位上，仰脸闭上眼睛。良久，才说："我不想说。"

韩奕能感觉到她的感情定然出现过问题。不过，后来，陈子妮还是说了一些有关她的事。她说，她们家姐妹两人，她是姐姐。罗玉松是上门女婿。她父亲是个医生，她家有一个小药铺，每天都有很多人来看病，她的父亲医术高超。她初中毕业后，就留在家里给父亲帮忙抓药。一年里外出的日子也不多。有时候一个人跑到山上采药，看落日，在霞光万丈里，她会发现自己有多幸福。她还有一个六岁的儿子，很可爱。

陈子妮并没有问及韩奕的生活，也许是因为她沉浸在自己过往的美好回忆里。她说，她很怀念在家乡的那段时光。

五天后，韩奕在吃饭时没有见到那个和黄亚玲吵过架的小保安。陈子妮背地里告诉他，那个小保安已经被黄经理开除了。原本像这种开除员工的事都要董事长签字，然后由人事部来安排，可董事长经常不在，就由经理说了算。每个车间的经理都有权利招聘和开除员工。员工们也都习以为常了，每天都有进进出出的人。公司用人，并不讲究能力，也不看学历。他们一致认为，有个初中毕业证就足以操作任何机械，即使再高的文凭，在他们那儿和初中毕业相差无几，甚至在干活上可能还不及那些没有文凭的工人。而那些老员工，也得不到公司的任何特殊照顾，工资和新进来的员工相比差距不大，尽管他们能给生产节省不少时间，但没人在乎这个。在那些经理眼中，只要是每一个岗位上不缺人，就没问题。

黄亚玲在餐厅吃饭时明显就比之前自由了许多，也包括别人不能自由的地方，她有权利进去，没有保安制止她，甚至有几个得意忘形的保安在见了黄亚玲之后，反而显出一定的谦卑来。而黄亚玲吃饭时总是找韩奕一桌，韩奕却总是找陈子妮。直至罗玉松出差回来，陈子妮才和罗玉松以及"生化"车间的生管和仓管坐一桌。黄亚玲是个唧唧喳喳的女子，话多得令人心烦。她毫无顾忌地向韩奕发牢骚，还要求韩奕回应她。韩奕心惊胆战，生怕被某个保安揪出来训斥。事实上，那些保安，明处对黄亚玲尊敬有加，背地里却都咬着牙骂她婊子。因而，他们看见黄亚玲和韩奕交谈的时候，就把心中的怨气埋在了韩奕身上。他们恶狠狠地瞪着韩奕，有人还用电棒示意韩奕小心。韩奕有些后怕，心中没有安全感，他怕那些保安对他下手。

另外的两个企划人员，一个叫廖晓辉，广西人；一个叫唐海峰，四川人。他们在"鞋垫"车间罗经理手下。两个人年龄不大，却表现出绝对的世故圆滑来。罗经理和卢经理都是台湾人，对各自部门的事过问得不多，他们也乐得逍遥自在，而黄经理是湖北人，她是从员工一步一步走上去的，她必须凭借自己的努力来换取生产的成绩。再说，她一个女人，能走到今天的位置实属不易，她不敢掉以轻心。而公司给她的待遇和罗、卢两人相比，真是天上地下。当然，这是董事会的决定，是董事长的特权，没有理由。所以，廖晓辉和唐海峰便像韩奕一样无所事事。但他们不着急，他们都是在江湖的浑水里趟过多少年的人了，并不在乎这样一个薪水并不高的企划职位。他们总是对自己的工作不满意，经常跳槽，所以，他们也逍遥自在。

韩奕是在五楼的标样车间发现他们两个的。那时节，由于无事可做，再加之晚上睡眠不足，韩奕白天上班时总是被无尽的瞌睡困扰着。起先，他还尝试着在宿舍里睡觉。他以为，宿舍里人员混杂，且有白班和晚班倒换，经常有人，他睡在高架床上，便不会有人发现他。岂料在他睡第二次的时候，就被保安队长叫醒了。保安队长为人倒不坏，他只是警告韩奕不能有下次，然后说不会向上反映，也没有在笔记本上记名字。韩奕对他千恩万谢。之后，他便断绝了这种冒险的想法。可总得干点什么吧。整个公司，他能去的地方，他都已经去过了，能说话的地方他也都和员工作了交谈。还能干什么，他不知道。后来，经过思考，韩奕决定给小然写信。

给小然写信的想法一冒出来，韩奕为之一振，顿觉得眼前一片光明。他已经很久没有见到小然了，即使他每晚都去苏奈尔门口，可小然却像蒸发了一样，没有任何音讯，比上次更决绝。仔细一想，韩奕才发现，他对小然几乎不了解。这四年来，在她身上到底发生了什么，她到底变化了多少，他都一无所知。他只是怯懦地和她相处了一些日子。他根本就没有从她那儿得到温暖和欣喜。他们之间拥有的仅仅是一些过往，而现在，那些过往也开始像潮水一样慢慢退却，几乎没有留下任何痕迹。他的孤独已经膨胀了，并慢慢把他吞噬。这时，他想知道，她在哪里，她过得如何。他甚至想听听她的声音。韩奕在那天中午专程给小然打了一次电话。可连着三次，都是以无人接听而结束。搁下电话的一瞬间，他决定，他要写很多信给小然。他想告诉她，这四年来，他所经历的一切，包括所有的幸福和孤独，他要让她绝对地了解他，就像四年前的熟悉一样。他觉得必须勇敢地面对自己的痛苦，有些事，不是轻易能放下的。

韩奕最终把写信的地方确定在了标样车间的大底打样机后面。那一组机械始终不停地空转着，据说是为了打样方便，但韩奕观察到，工人们几乎从不去五楼打样，四楼的机械足够他们做任何事，再说，若是到打样机上打样，就会与四楼的机械存在着温度、湿度等许多方面的差异，反而使得本来在五楼打样配置好的原料，在四楼生产时出现起泡、裂纹等一系列的不合格。所以，那儿几乎是无人问津的地方，但机器仍然转动着。机器的轰鸣声在五楼空旷的车间更加嘹亮，另一侧是"鞋垫"部的打样专区，与韩奕无关。韩奕在打样机的背面曾经尝试了多种活动，包括唱歌、大声说话，以及抽烟，都不会被人发现。

令韩奕没想到的是，他在那儿发现了廖晓辉和唐海峰，他们已经在那儿呼呼大睡了。韩奕没有打扰他们，他躲在柱子的另一侧，开始给小然写信。他从他们四年前分别的那个清晨写起。他觉得，他所做的事是个浩大的工程，这将花费他几个月的时间。

第九章　小然的彷徨

小指看见小然的时候，远远地就喊，嘈杂的街上，他的声音尖细而绵长。当时，小然和小九一起正从厂门里出来，站在那儿商量去处。小九先听到了，她看见对面瘦小的小指挥舞着胳膊，就毫不迟疑地拉着小然跑过马路，险些和一辆摩托车相撞。

不到三个月的时间，小指变化了许多，染了黄色的头发，脖子上带着一串银白的链子，右手的中指上还带着戒指。小然说："小指变得我快要认不出来了。"小指笑笑说："人家都这样，你不这样做，就显得很另类。"他还劝小然也去打扮打扮。小然看出了他刻意做作的老练，其中稚嫩的部分已经隐藏得不易觉察了，但十八岁的气息还在他的周身荡漾。

小指发了工资，说要请小然和小九吃饭。他出手大方，点了五个菜，要了六瓶啤酒，拦都拦不住。小指说："这几个月来，我活得比谁都痛苦。"他喝了一口啤酒，说："我跟着苏武受够了，那家伙为了省钱，就另找了一个用三合板隔成的小房子，只能安置一张小床。我们一直在睡觉，像是等死的猪。"小指说着，狠狠地吃了几口菜。"我就在那个小房子里睡了两个月才进厂，他妈的，整天就吃馒头和榨菜，偶尔吃个方便面就算是改善了，渴了就着水龙头喝就是了，连老家的驴都不如。狗日的苏武，他身上有钱，估计是存起来了，反正他一直说自己身无分文，要和我们熬。他白天出去，干什么，我不知道，有时候晚上也出去，回来得很晚，他从不告诉我干什么去了，也不要我和他一起去，我也懒得出去，即使出去了，也是瞎晃悠，看着人家吃饭只有肚子叫的份。再说连个理发的钱也没有，头发长了，我怕被人家抓起来，哈哈，我就多数时间窝在房子里。他总说没钱了，吃饭的钱也没了，可回来的时候就说吃过了，顺便给我带些面包之类，有时候也有饭菜，我也不问，有口吃的，不被饿死，我管他干什么。现在好了，我有钱了，我要狠狠地花花，补偿一下前段时间受的罪。"

小然看着小指愤愤然的样子，就觉得苏武真损。都这么多年了，他还这样。可反过来想，苏武也不容易，挣一点钱，要操多大的心。小然不想在这个事情上伤脑筋，她觉得这事本就说不清。再说，她还欠着苏武的债呢。

小九向小指敬了酒，感谢他上次对她的照顾。小指一仰脖子，就把一杯啤酒灌到了嗓子眼，一副豪气干云的架势。他说："没事，以后有困难，尽管说。"小然和小九相视一笑。

小然看着小指，就想起了韩奕。不知道他是否也发工资了。这段时间也不知道是怎么过的，虽然那种陌生的感觉挥之不去，但她明白那个男人还是珍惜和爱护她的。她有些不忍，心里一阵黯然。

其实，对于韩奕而言，他并不是不清楚小然对他的淡漠。但他只是把它看成是她的习性而已。他们初次相识时，她也是这样。她站在三楼，趴在栏杆上，用冷冰冰的眼神盯着喊她名字的任何一个男生，看起来充满了愤怒。直至他们相见的时候，她也是那副眼神，是以，韩奕总是猜不透她心里的想法。他们之间一定存在着误会，韩奕这样看待他们的感情。

可韩奕并不知道，真正影响小然的，也正是让小然觉得害怕的东西——余可总是在小然没有防备的时候出现。

小然的心里总是交织着一种烦躁得无以言说的情绪。等待或逃避成了困扰着她的难题。

其实，很多次从苏奈尔出来，小然都是鼓足了勇气，生怕隐藏在马路对面椰子树下暗处的韩奕高喊她的名字，或者径直过来抓住她的胳膊。她往往躲在门口的某个角落，观察韩奕经常等待的地方，然后在他被别人打乱注意力的时候，找个熟识的同事，躲在人家的身后溜出去。有时，小然就改换自己的行头，换上韩奕未曾见过的陌生的衣服或者戴上遮阳帽。她觉得自己还没有做好和韩奕彻底谈一次的准备。

小然常去的地方除了方捷那儿，就只有小九的房间。而这两个地方韩奕都不知道,他只是傻等在苏奈尔门口,向别人打听小然的行踪。

而余可自从帮小九搬了家后,就死皮赖脸地照旧来找小然,在出租屋的楼下守株待兔。他总是穿白色的衬衣、蓝色牛仔和白球鞋,头发剪得很短,很干净,几乎还能看见湿漉漉的亮光。尽管他看起来像个孩子,但笑容英俊、状态极佳,能给人带来愉悦,和韩奕那种故作深沉的复杂表情截然相反。小然故意不理他,他也不多说话,只是在见到小然的时候,随手递给她一些零食或是小礼物,然后站在原地傻笑,这时,小然就会产生深深的不安。

但余可一出现,小然就会想到阳光。她知道,她心里的空缺,需要太多太多的爱才能填满,但她绝不愿轻易说出来。

小然最终还是原谅了余可,她带着对韩奕深深的自责与余可重新回到了过往。他们去歌厅唱歌或是去翠微公园散步。走在路上,余可在前面,小然在他身后半步,不经意的时候,她就把手指放进他半握着的手心里,肌肤之间的温暖瞬间就溢满全身。而他们看起来却像是疏离而平淡的两个人。

小九终于决定去上班了。之前的颓废已经一扫而光。但她不想进工厂。乌石的厂子遍布各处,只要不挑拣,随便哪个都能进,但条件和待遇最好的,还是苏奈尔,尤其是对于女子。所以,小九若是要进厂上班,就只能回到苏奈尔去。但对小九而言,她已经在那里待过四年了,她自杀的事,多少也引起了一些轰动,知道的人太多,她不想让人戳脊梁骨。而三元镇,她又不想去,那里距离小然太远,互相照应起来不方便。再说,小九已经对流水线上的事厌烦了。当然,任何人都可能会厌烦自己所做的事,要不是因为生计所迫,谁会心安理得受人指使呢!可小九不这样想,她要是干不下去了,就一时半刻也不行。

大宗还在珠海,他让小然转告小九,他托人给小九找了一份歌厅帮忙的活。大宗为了小九断人手指的事,三元镇和乌石都传得沸沸扬扬,小九已经知道了一切。所以,她对大宗的帮助欣然接受,心里也对大宗产生了几分好感。

歌厅的老板是个将近三十岁的年轻人,操着一口陕西话,个子高大,戴着纯银的戒指。第一次见到他,小九发现,他是个神情颓丧、生活不规律的男人,她能想象到他生活的混乱。他的头发很长,前面的部分几乎遮住了眼睛,笑容里蕴藏了太多的沧桑,但很吸引人。他没怎么说话,抬头看小九的时候,小九觉得他极易相处。于是,小九决定留在他的歌厅。

他叫南洋,是个有故事的人,小九一开始就这样认为了。朝着第一街一直往前走,经过一家大的超市、小饭馆、培训班、棋牌室、奶茶店、公话亭，然后走一段斜坡，右拐，进入旱冰场所在的巷子，巷子里时常站着一些年轻人，不上班，也毫无目的，耷拉着脑袋，睡眼惺忪，穿着拖鞋，叼颗烟看着旱冰场。旱冰场对面是个小型的电影院，一到晚上，总有来自别处的演艺团，一群穿着暴露的女子在门口跳艳舞，震耳欲聋的音乐和一群欲望强烈的男人纠葛在一起，空气里充满了混乱潮湿的味道。旱冰场的灯光明明灭灭，容易让人想起酒和性。南洋的歌厅就在这个巷子的深处，在几个紧密的歌厅或是酒吧之间，有一个门脸刷成白色的小屋，门顶挂着一串小彩灯，有个陈旧的木牌子，用白色的粉漆写着"三十六度"。

　　南洋的歌厅之前是两个人合开的。"三十六"是南洋喜欢的数字，无中生有的喜欢。之所以加上一个度字，完全是因为好听，后来，南洋才觉得这个三十六度的倾角就像是人一生所走的路，永远都存在着这样一个不紧不慢的斜坡。白天的时候，那门紧闭，南洋一般都是缩在自己租的房里睡大觉。直至天近傍晚，他才开张。和他合伙的人一个月前因为赌博欠债，逃跑前把铺子盘给了他。南洋有时候也做酒水生意，向周围的酒吧批发啤酒，也有时候应邀参加一些小型的活动，为人们唱歌。他有一副好嗓子，每晚开门之后，在没有客人的时候，他就先唱上几曲，闻讯赶来的人，就纷纷进来一试，也有的小姑娘专门为听南洋唱歌而来，她们一群人来，选择靠前的位子，然后要一些饮料，就强烈要求南洋唱歌。所以，三十六度的生意并不坏，南洋一边允诺客人的要求，一边还要做酒水的业务，自然需要一个人来打理店里的杂事。而小九是最合适的人选。

　　歌厅并不大，说是唱歌的地方，其实就是酒吧。四周排列着疏落有致的淡黄色桌凳，中间吊着两个大电视，下面有一个吧台的凳子，话筒放在支架上，唱歌的人就坐在凳子上，或者站在话筒前面，享受着音乐缓缓侵袭的虚幻的感觉。彩灯旋转，像一部电影的片段。

　　南洋在一年前帮过大宗，在大宗抢劫"打油"的那些日子里，他时常会在午夜得手了之后，来三十六度消遣，这是大宗的习惯。大宗总是一人进出，不像那些飞车党，往往是两个人合伙，一人骑摩托车，另一人行动，等得手，便骑车仓皇而逃。也不像杀家帮，三五成群，躲在暗处，等找到合适的机会，就用长约一尺的尖刀指在那些人的后背，然后命令他们举起手来，堂而皇之地搜身。大宗不愿那样，他不大信那些盲目瞎混的飞车党，他觉得他们靠不住，即使此时和你称兄道弟，而彼时便不一定了，大宗亲眼见过那些背信弃义的人。他们往往在被别人逮住或是威逼利诱的时候把持不住，容易出卖同伙。所以，大宗不愿意跟任何人合作。再就是杀家帮，那些人人多势众，不会轻易被他们挟持的人反咬，但他们人多，等到被治保会的人追赶时，又不好脱身，而且目标太大，不好行动，出了事又影响极坏，容易被当做典型来抓。大宗总有自己的一套，他的袖子里总藏着那把明光闪闪的弯月尖刀，他是个极其沉稳的人，遇事从来不慌不乱。因而他喜欢走在明处，跟踪那些单独行走的男女，等到时机成熟的时候，和他们并排走着，然后用尖刀顶在他们的软肋，告诉他们，把能拿出来的东西都拿出来，而那些人，势单力薄，再加上局势本来混乱，便过度紧张，瑟瑟发抖，然后乖乖就犯。

每次得手，大宗都会喝酒压惊，他不会仓皇逃走。可像他这样的人，在乌石何止一个，也有人嫉妒仇恨他，便暗自跟踪大宗，然后挑起事端。一次，大宗成功后，在三十六度刚坐定，就有一群人冲进来，抓起大宗来便打，不由分说。南洋认识其中一个领头的，由于害怕自己的店铺被砸，便好说歹说才算完事，也算是救了大宗一回。大宗知恩必报，后来，凡是南洋有什么事，只要一招呼，大宗就一定能搞定，好几次，都救了南洋的歌厅。所以，他们成了极好的朋友，大宗称呼南洋大哥。大宗说，把小九安置在南洋这儿，他便放心了。

南洋常穿紧身的黑色短袖，旧牛仔洗得发白。身上的肌肉突起，他的脸温和而缺少水分，容易给人干燥的感觉，歌厅里光怪陆离的阴影交织在他的脸上，有些许不易觉察的沧桑味道，那是成熟的男人才有的深沉纹路。店里放着音乐，刘德华的音调一尘不染地散布在四处，男人的妖娆磁性和南洋的神情极为相似。他不唱歌的时候，就坐在吧台的椅子里抽烟喝酒，看着小九进出穿梭，偶尔，也会帮着收一下钱。歌厅的一切事务都由小九处理，他反而像个客人。默默无闻地坐在边上，听着音乐，有时候吃口香糖。

南洋推荐很多经典音乐给小九。那时候，所有在外漂泊的人，都如出一辙地喜欢一个叫陈星的男歌手，大家都被他的《流浪歌》和《离家的孩子》所感染，几乎每个晚上，这两首歌都要播放十几遍，而且音调凄惨，音乐悲伤，若是仔细听，从那些唱歌的不同的男女嘴里，总能酝酿一种流泪的情绪。小九不喜欢这些，她觉得这些只能影响她的心情。后来，她就从南洋推荐给她的那些音乐中，选择了国际大师凯丽金的萨克斯，她喜欢那种曼妙的柔滑的感觉，闭上眼，就能让人感到温暖。

南洋有一个女友，哪儿人，他闭口不提。小九能想象到她一定是个漂亮的女子，他们的爱情一直持续了五年，从他们一起来乌石开始。而两年前，那个他深爱的女子，却和一个陌生男子悄悄地逃离了他的生活，任他百般寻找，都无济于事。他说，她不该那样的，他没有亏待过她。而她悄悄地走了，没有任何预兆，也没有带走任何一件东西。就像是一次出外远行，但她永远都不会回来了。

南洋和小九很快就熟悉了，像是之前见过一样。他们在一起吃盒饭，坐在小板凳上说过去的事，或者一起评论某个唱歌人的好坏，偶尔也互相喝一杯。他把她当自家人，他说就像小妹妹。他们之间有彼此互不熟悉的气息，带有微微生涩的感觉。直至夜深，店里的最后一批客人走了，他们有时候懒得回去，就倒头各自在角落里的沙发上沉沉睡去。小九从不防备他。

小然做了一个奇怪的梦。她看到自己抱着一堆男人的衣服，穿过一个长长的巷子，走进了一个废弃的小院，而后进了一个黑暗的房间，她莫名地把那些衣服放在房间里，等她再次出来的时候，院子里站着三条大狗，清一色的黑，它们望着她，并不吼叫，也不扑来，她小心翼翼地向前走了两步，它们反而后退，可当她下定决心朝着某一条狗时，另外两条却疯叫起来，虎视眈眈。她害怕极了，渐渐地，她被围困，树的大叶片划过她的眼睛，一阵刺痛，脚上被一些植物的茎叶缠绕着，举步艰难，后来，她被绊倒，那三条狗不约而同地扑来。

小然惊悚地睁开眼睛，看到阳光里空气的尘埃飞舞，寂静的宿舍里，空无一人。她摸着额头上的汗，发现自己浑身湿透了。这个星期天的中午，天气依然很热，她午睡错过了工厂吃饭的时间。为了安慰自己，小然梳洗之后，去外面的面馆吃饭。

大街上，明晃晃的阳光刺得眼睛几乎睁不开，是睡得太久的缘故吧。苏奈尔门口一簇一簇地站了好多人，为了方便进出，大多数人的编号牌都拿在手上。他们毫无顾忌地打闹说笑，星期天对每个人来说都是那么珍贵，而像小然一样想把这一天花在睡觉上的人真是少之又少。

小然还是没有忘记对韩奕的观察，发现一切正常后才出了厂门。

大街上，总能看到那些招摇过市的男人。一手夹着即将燃尽的香烟，一手揽着女友的腰，说着不三不四的普通话，发音不准，听起来就像西班牙语，让人产生头皮发麻的不良感觉。拥着女人的乌石男人，他们有着莫名其妙的优越感，有精心打扮的痕迹，从他们身边经过，脂粉的味道浓重，甚至还能嗅出劣质香水的混合气味。他们有比较自豪的轻浮，不管他们怀中的女人漂亮与否，他们都会骄傲地盯视着身边的人，用挑剔或者不屑的眼光对别人评头论足，他们属于真正飞扬跋扈又骄傲自满的人。偶尔还会看见他们当着路人的面，像是炫耀般的当街亲吻，一手插进女人低低的腰身里。有许多微妙的卖弄意味。

小然看到这些，就会产生厌烦的情绪，她对此不屑一顾，觉得他们可笑可怜之极，她逆光走进第三街偏僻的一家陕西臊子面馆，觉得自己就像是在梦游。

余可打来电话，说他要去三元镇，问小然去不去。小然精神状态不好，拒绝了他。小然吃饭时回忆了一下，她发现，每个周末，她的状态都不好，情绪总会受到某种干扰，尽管她也有很多事情可做，但她还是觉得心里空落落的，缺少那种非常自然的兴奋。

小然最近重新办了手机卡，她想彻底和韩奕分开一段时间，等一切都沉淀下来的时候，再来思考他们之间的关系。她的思绪乱极了，她需要安静。

吃完饭，小然去找小九，她发现，一个人的孤独总是会被突然地惊醒。虽然她拒绝余可，而事实上，她的确无事可做。她的脑子里竟然有了一种奇怪的想法，她想，如果此时，有一个笑容英俊的男人，突然伸出手来，要拥她入怀，只要能驱走她的忧郁，即使没有温暖，她可能也不会拒绝。

小然带了一些零食，到了小九的门口，门紧锁着。给小九打电话，好半天，小九才睡意蒙蒙地说，她还在歌厅睡觉呢，昨晚一直玩到了天亮，很累。小然知道该怎么做，于是挂了电话，一个人出来。

空空的大街上，小然盲目地走着。她不知道小九已经是第几次告诉她睡在歌厅的事了，她觉得她不该那样，可又说不清楚。她想到了大宗。她想，爱情也许就是一句空喊的革命口号，仅此而已。

小然漫无目的地又走到了苏奈尔门口，远远地看见一群人围在一起吵吵嚷嚷，有人离开，又有人挤进去。小然不是个喜欢热闹的人，远远地看着。从影影绰绰的缝隙里，能看见一名赤着上身的男子，跪在地上，勾着头。他身后的墙上，贴着一张大白纸，用毛笔写着满满的字。由于太远看不清，可从围观者的神态里大约可以断定，不是寻人启事，便是一次爱情呼叫。这样的事在苏奈尔门口时有发生，但凡有男子跪在那儿，举着告示，便一定是被他钟情的女人抛弃了，而他又不甘心，想求她原谅。这些男人抛却了脸面不要，有人还会哭着喊那女人的名字，只求见她最后一面。

事实上，男人的这种方法非常奏效。不管那女子是真心要离他而去，还是有不得已的苦衷，但一经他们这样的折腾，总觉得丢人，她们知道，男人在不要脸面的时候，简直就是疯子。为了平息风波，她们只好忍着屈辱，出来劝那男人离开，若是男人不肯，她们也会和他一起离开，躲开人们的围观。当然，也有的男人并不是为了爱情，他们就是要钱，像乞丐一样跪着要那女人的钱。他们觉得女人前世欠了他的。这样的男人往往是那种在外面瞎混的人，女人也是不小心上了他的圈套，和他同居，挣钱养他，但当女人的忍耐达到极限的时候，她就选择逃避，离开。而男人怎能容许女人这么随意？他们费了好大的劲，他们觉得自己也不容易，既然要撕开脸面，就要补偿他，不然，绝不放手，像阴魂一样纠缠她。而女人大都是善良的，她们从几年前离家来到乌石，几乎全是家里的希望。她们挣钱往往比自己的哥哥弟弟要多，她们也不忍心自己的父母受苦受累。为了家庭，为了能尽快脱离那无耻的男人，她们只好忍痛，在男人过度纠缠的时候，给他钱。而钱，有时候真能解决很多问题，除了吃饭、穿衣，在乌石，钱，也能买到一个人的尊严。

小然对这样的事没有好感。可她无意间看到了韩奕的身影。韩奕仍然穿着那件白色的衬衣，半圆形的下摆卷曲起来，半腰皱皱巴巴。灰色的休闲裤洗得发白，裤腿挽起，一双镶着白色条纹的蓝色运动鞋，侧面有裂缝，有点脏。韩奕踮起脚尖向人群里面瞧着。鞋的裂纹像青蛙张开的大嘴，很夸张。他的头发已经长到了肩部，乱糟糟的，像极了一个瞎混的二流子。他明显被那跪着的男人吸引了。

小然心里随即一阵酸楚，几欲流下泪来。她怜惜地看着他，几乎要控制不住自己，她差点就要追上去，喊一声韩奕。

一阵骚乱让小然马上理智下来。治保会的人开着车，沿街驱赶那些小摊小贩。等小然回过神来，只看见他们抬起一张破旧的桌子往大卡车上扔，一个中年妇女哭天喊地地坐在地上大哭。他的男人被三个治保会的人押起来，胳膊反勒在后面，一个抽着烟的矮胖子，冲上去对那男人抽了几个嘴巴，指着他骂个不停，那男人极力反抗，却无济于事。别的人，在四下里捡拾散落的杂物。那女人拽着一个人的腿不放，在他腿上狠狠地咬了一口，那男人疼得大叫起来，一脚踢开了女人，随即蹲下来摸着小腿。另外两个人过来，把那女人押起来，拳打脚踢，任凭她哭喊，他们仍然不管不顾，把所有的东西胡乱扔上车，包括那辆八成新的三轮车。其余的便是一些锅碗瓢盆、凉皮、粉条、蔬菜和油盐酱醋，炭火遗落一地。之后，治保会的人把那两口子押上了车，并用棒子打他们的头。

那两个人是卖小吃的宁夏人，他们做生意的时间并不长，由于和小然的家乡距离不远，小然便经常去他们的小摊上吃东西。慢慢相熟之后，就认了老乡。两口子都是极好的人，小吃的味道又不错，所以生意挺红火。那女人对小然很照顾，不是收钱少，就是给的食物多。

可偏偏就出了这样的事。若是那两口子不作太多的反抗，治保会的人也只是没收他们的东西而已，犯不着打人或者把人抓走。也许，是他们太过于计较他们刚刚置办的家具吧，真是不应该。治保会在乌石，简直就是土匪，或者更甚。他们几乎无所不能，处处都能管制。据说，治保会是乌石村委会雇用的治安团。也不知道派出所和警察到哪儿去了，是干什么吃的，但在乌石，只有治保会。他们拘留一个人，根本不用理由，罚款也是随便的事，想罚就罚，至于讲道理或是向他们诉苦，简直就是对牛弹琴。而他们没收的财物，明里说是因为违规，要罚款，可从没听说过谁的东西能被赎回过。甚至，还听说过有草菅人命的事，不一而足。

转瞬间，街道两旁的小摊都无影无踪了，大家散开来，那个跪着的小伙子也不知什么时候消失了，那张写满字的白纸还贴在墙上，明晃晃地刺眼。韩奕也不见了，小然找了半天，也没有找到。

小然心里黯然，无端的紧张侵袭了她，她觉得焦虑而烦躁。空气里飘荡着烟火的味道，像是一个电影剧场慢慢撤离。韩奕给她引起的荒芜，也被金属的撞击声和巨大的呼啸而过的汽车噪音逼退。很多面无表情的脸，不知归宿的生活，让她头皮发麻。

小然听见了自己血管暴跳的声音，疲倦不止一次地掩进她的身体。她逃进了苏奈尔的大门。

第十章　寻找小然

终于熬到了发工资的日子。这对韩奕来说是非常值得纪念的一天。这就相当于，他一个人独自走过了一段长长的没有光明的黑暗甬道，那些没有依靠的时日将一去不返。终于相信，一切苦难总会有尽头，只要坚持，再恶劣的事也会过去。现在，他看到了光明。

有一段时间，韩奕的懒散连他自己都觉得可怕，除了每天晚上例行公事般地去苏奈尔门口守候小然，剩下的时间，就只有昏天黑地地睡觉，很多时候，都会睡到头疼不已。不是无事可做，而是那种由于拮据带来的不安一直占据着他的内心。他经常反复玩味那句"没钱寸步难行"的话，觉得真是经典而又可怕。有时突然醒来，也不愿面对现实的无奈，烟没得抽，虽然他觉得随心所欲地抽烟是一种享受，更不要说喝酒了。他不想见任何人，也不想做任何别的事，就连大有和胡小亮的邀请，他也会毫无理由地拒绝。他不想坐公交车时因为一块钱车费而在他们面前不好意思，尽管他们极力地表示没什么，但他还是被一种尖锐的为难情绪所缠绕，因而脸色灰暗，胡子拉碴，头发油腻。

钱对一个人来说，就是一个恶性循环。越多就越想要，越想要，则会想方设法地越来越多。而对于那些几乎维持不了温饱的人，越是缺少，就越是对任何事失去兴趣，反而一无所有。

韩奕拿到钱，长舒了一口气。先是去外面的面馆吃了两碗面，自欺欺人地要了第三碗，却没有吃完，他摸着鼓起的肚子，恋恋不舍地离去。接着，去"壹加壹"附近的理发店剪了头发，叫理发师剃了胡子，最后，在"壹加壹"买了一套新衣服和一双新皮鞋。晚上的时候，他约上大有和胡小亮去歌厅唱歌。选了较贵的啤酒，一仰脖子喝下去，啤酒的冰凉感冲击喉咙，奔涌向胸口，一直浇到胃部，沁人心脾，舒服至极。韩奕闭上眼睛，听着音乐，听到自己发出的满足的轻微呻吟。那些明亮的跳跃的歌声在暗处如水流动。韩奕接连唱了五首歌，他的歌声充满了发泄的愤怒，没人理解的快感在渐次变换的光线下闪烁着光泽。

出了歌厅，韩奕买了一张新的电话卡。他给小然打电话，想把自己的快感告诉她，想在她面前扬眉吐气，可电话却是空号。他沮丧地听着回音，明晰地感到，小然和他越走越远。

他仍然坚持给小然写信，把他想说的话都写进去，他想告诉她，他不是她看到的样子，而内心的真实依旧是她想要的样子。

廖晓辉和唐海峰已经成了韩奕的死党。他们一起躲进机器轰鸣的车间深处，躲在五楼那个转盘后面，一起说着以往的事，一起大声唱歌、抽烟。所有的人都依然循规蹈矩地工作着，在他们能看见的地方匆匆而过。他们不会影响任何人。疲惫之后，廖晓辉和唐海峰沉沉睡去，嘱咐韩奕下班后别忘了叫醒他们。韩奕则躲在另一边继续写信，他总有些不甘心，极力想挽回远去的一切。韩奕突然发觉，他和小然之间的故事实在少得可怜，而所有繁复的地方，其实仅仅是他的一段记忆而已，里面包括了太多的思念的成分，而显得过于虚假。但他依然想把他想说的一切告诉她。

和韩奕一同被招聘进公司的有一个叫付萌的高个子男孩，他留着长发，笑的时候，牙齿露出太多，看起来要比韩奕小一些。他高中毕业，和韩奕得到了相同的干部级别的待遇。但他被分配到了罗经理的麾下，而罗经理又相对比较器重他，就让他在打样室干活，一个月不到，便叫他负责整个打样室。他工作起来非常拼命，往往为了赶货，工作到凌晨两三点，然后不休息直接上白班。吃饭时，他总是和韩奕坐在一起，偷偷说他工作上的事，他说他的工资肯定会高，加班费也不少。韩奕对他极其羡慕，想着人家既得到了罗经理的赏识，又多挣了钱，心里不是滋味。

付萌有一个身材小巧的女朋友，不管刮风下雨，每晚必在泰安门口等他，就像韩奕每晚要去苏奈尔门口一样，而她比韩奕更执着。当然，她的坚持比韩奕更有意义。那个个头小巧的女人，和付萌站在一起，就像个小孩子，说话的时候，两颗虎牙暴露无遗，一口夹杂着浓重四川口音的普通话，听起来甜甜的。她常带些零食来，傻傻地站在门口等，她来得很早，天还没黑的时候就来了，而付萌一直在加班。韩奕出门时总能碰见她，她就向韩奕打听付萌的情况，而韩奕每次带给她的消息都令她很失望，但尽管这样，她还是要求韩奕喊付萌出来，或是让他把零食带给他，韩奕从没有拒绝过她的要求，但当他完成了她的要求的时候，她仍然站在门口，望着里面，眼睛里涌动着不易觉察的失落。

韩奕暗自为她叫屈，也建议付萌找空陪陪他，但付萌对此不屑一顾，他说，是她缠着他不放，不然，早分了。韩奕问为什么。他说，那个女人太烦人。

韩奕想到了自己的悲哀，他和她一样痴痴地等待心爱的人，而他却连小然的人影都见不到。于是，韩奕决定非要见见小然不可。他想把她从某个角落里揪出来，问上十万个为什么才能解气。

华灯初上，韩奕在第二街碰见了裘少安。他一下子尖叫起来，惊喜、激动、狂热等复杂的情绪瞬息裹紧了他，他握着裘少安的手，半天说不出话。

裘少安比韩奕大两岁，他已经在乌石混迹了许多年，沾染了太多的社会气息，看起来更加老练些。

裘少安和韩奕是初中同学，同学们都叫他裘子。初次认识裘少安的时候，是在初中一年级，那时他们还没有同班，但他们有同一个地理老师，这样他们之间便有了些渊源。地理老师是裘少安的班主任，他可能是不大会讲课的缘故，或者就是晚上受了老婆的气，从来没有大声说过话，操着一口黄牙把方言说得一塌糊涂。但他骂人是最有劲的，很大的声音，那时所有的老师骂人都没有比他更厉害的。听他的课是最为痛苦的事，起先还有很多人逃课，但被他记下了，下次被逮着，不管三七二十一就是一顿暴打，然后骂得逃课者在教室里团团转圈，女生也不例外。鉴于他的暴政，便不会再有人大胆造次了。由于韩奕是课代表，所以更加不敢，却又不得不站在老师一边，偶尔还要帮他记一下逃课学生的名单，甚至被他在课间叫去办公室，询问有没有人说他的闲话之类的事，所以韩奕一面承受着来自全班同学的敌视，一面在他的面前小心翼翼地打着小报告。他说韩奕肯定是个好学生，并多次强调韩奕要在期中考试时把地理考到全年级第一名。而事实上，他想错了，韩奕借着他的上课时间，看完了一本接一本的武侠小说，而对地理一无所知。

那次期中考试，裘少安却如出水芙蓉般地受到了广泛关注。在所有学生没有超过四十分的恶劣态势下，唯独他以八十分的绝高成绩震慑了整个年级，韩奕以四十分的差距暂居第二名。记得那次颁奖大会上，教务主任用分不清是喜还是忧的声调说，这是一种现象。

67

大家都知道这是一种现象，是裘少安考了高分的现象，是他因此考了全年级第二名的现象，是被评为三好学生的现象。从此，韩奕就记住了他。从此每每有人谈及裘少安，韩奕总能马上想到他的地理学得极好。这是韩奕在那个少年时代对裘少安的最深记忆。

　　韩奕起初对裘少安的感觉不是很好，甚至有些讨厌。及至初二，他们在班级的再次划分中成了同桌，日后才成了无话不谈的密友。而自从裘少安被评为三好学生之后，他就显现出极大的骄傲来，他以名人的姿态出现在大家面前，至于旷课、迟到、早退的事时有发生。很多时候，当大家认真做题的时候，班主任就会冷不丁地大喝一声："裘少安，你怎么才来！"全班皆惊，都快要下自习了，竟然有人才来。而此时的裘少安衣服敞开着，头发弄得湿湿的，手插在裤兜里，腋下夹着一个一元钱的红色布袋子，里面装着馒头，一边瑟瑟地抖着腿，一边很无谓地看着班主任。

　　他说，本来能够早点，但写了一封信花了很长时间，睡得迟了。班主任也拿他没办法，只好任其自然。下自习后，班主任走了，裘少安就开始在教室里偷着抽烟，一个初中生在教室里抽烟，简直是天大的事，可对裘少安来说，简直不算什么。

　　裘少安有一个在当时看上去富足的家庭，他的父亲是小镇上税务所的所长，所以有能力翻新自己的房子并且给妻儿一个温暖的家。裘少安则自然而然地成了班里玩具和零食最多的人，但他的母亲却极其泼辣，她给他的父亲带来了生活上和感情上的压力，并不断地给自己的男人戴了很多绿帽子，而他的父亲却又心甘情愿地对她好，毫无怨言。

　　裘少安一度被母亲营造的耻辱困扰着，他憎恨她，他曾经告诉韩奕他的父亲绝对有必要把那个女人痛打一顿，最好是撕破她的脸，然后把她压在水渠里狠狠地踢上几脚，或者把她吊起来用鞭子抽。而他的梦想却一直没有实现。他的父亲在他抱有痛打母亲这个幻想最大的时候，不幸因车祸去世了。父亲的去世消减了他的斗志，因此，他便在很长一段时间里非常抑郁。

　　相较而言韩奕是父亲最为骄傲的孩子，又在家境极度贫困的状态下，坚持上完高中并且读了大学。而裘少安由于思想上的波动和年龄的原因，学习一落千丈。他的母亲痛定思痛后，毅然改嫁，带着他远走他乡，之后，便杳无音讯。今日再次见到，就像是电影里的一次巧合，令人难以置信。

　　见到裘少安的时候，韩奕正独自一人转悠，他想找找小九，看能不能从她那儿得到关于小然的行踪。他当时只是无意间侧脸看了一次路边的小吃摊，瞥见一个妖艳的女子正给头发齐整的男友喂过桥米线。那男子皮肤白皙，面目清秀。多看一眼，完全是因为那女子过低的裤腰。女子的上衣极短，裤子刚好遮住她的屁股，半个腰身显山露水，在夜间的灯光里分外妖娆，能让人牙酸，而那男子的手刚好盖在上面，像一把蒲扇掩住了最秀丽的风光。韩奕忍不住多看了两眼。之后，他便感到了那男子恶狠狠的目光黏在了他的身上，挥之不去。韩奕从他的眼睛里感到了熟悉的气息，但没有认出他来。而那男子在紧盯着韩奕良久之后，眼神一下子回落，恍然大悟般的指着韩奕，叫出了他的名字。

韩奕吓了一跳，根本没想到在这个地方还有一个陌生人能叫出他的名字。他以为是那人弄错了，只是稍稍一怔，没有理会，而那人径直走过来，一把抓住了他的手，不住地叫着"韩奕"。他说："韩奕，我是裘少安啊。"

韩奕像几十年不孕的女人突然间怀了孩子一样兴奋，抓住他的手不放，忘了发烟。裘少安说："兄弟，我请客，去喝一杯。"

韩奕紧紧抱住了他，说不出话来。"你怎么在这儿？"裘少安说。

"来打工啊。"韩奕笑笑，"你还好吧。"

"还好，没想到在这儿碰见你。"那个吃米线的女子走了过来挽住裘少安的胳膊，娇滴滴地说："你干什么去？"

"我找一个人。"

"谁？"

"一个失踪了的女人。"韩奕苦笑着。

"哪儿的，什么人？"

"算是老乡吧，叫苏小然。"

裘少安身边的女子"哦"了一声，她说："我认识她。"韩奕和裘少安都看向她。她把脸侧向裘少安，"就是苏武的那个老乡啊，和另一个叫小九的女子同进同出，很高傲，看人都不用正眼的。"说着，她翻了一次白眼皮，表示不屑。"她都是乌石的老员工了，很多人都认识她。再说，她也好不到哪儿去，名气比脾气大，不喜欢和别人交往。"那女子意犹未尽，似有千言万语，却被裘少安制止了。

韩奕还是头一次听别人评价在乌石混了四年的小然，才发现，在别人眼中小然和他心目中的形象完全不符。他的心情一下子糟糕起来，就像是自己倍加珍惜的珍珠项链被告知是假的一样，让人难以接受。可尽管这样，他还是不愿意相信那女子的话，他觉得有诋毁小然的嫌疑。

他再一次急于找到小然，希望听到她对这种诋毁声音的反驳。

裘少安说他认识苏武，并有不薄的交情。他说，在这儿混的人，只要是甘肃人，就必须认识苏武。他是苏生石派的头儿。韩奕早在上学的时候，就听过苏武的大名，他们方圆几个村子的人，几乎都知道苏武。有人将他传说得神乎其神，说他向广东的工厂里输送工人，挣了不少钱，而且工厂对苏武极其重视，一次性奖励的现金都有好几万块呢。还有人说他在广东如何有能耐，领到钱的时候，就叫保镖跟着，像黑社会老大一样，真叫人羡慕。

裘少安说："你只要找到苏武，就能找到苏小然。"

"可苏武在哪儿呢？"

"我知道苏武在哪儿。"裘少安笑着说。

苏武住在刚进乌石的拐角处，一座二层楼上。门虚掩着，昏暗的灯光洒出来。裘少安没敲门，直接跨步进去。房间里的景象展露无遗。两个人紧紧地搂在一起，嘴巴还未来得及从对方的嘴上撤下来。女孩的肩膀裸露在外面，胸罩已经被撕开了，苏武赤裸着上身。

苏武显然受到了惊吓，对一群唐突来访的人产生厌恶。他抬起头，看着陌生的韩奕，半天说不出话来。那个女孩用一片床单裹住身子，由于仓促，半个大腿没有遮住。

"你来干什么？"苏武对裘少安说。他对他似乎没有好感。

"来看看你啊，苏哥，不欢迎吗？"裘少安向前跨了一步，在床边坐下。他身后的女人也跟着向前跨了一步。

苏武向床里挪了挪屁股，就和那个裹着床单的女子靠得更紧了，窄小的床，一下子变得拥挤了许多。

"他是谁？"苏武看着韩奕说。

"你的仇人。找你算账来了。"

"我又没惹什么人，哪来的仇人。"苏武说着，再次瞟了一眼韩奕，又看了看裘少安带来的女人。

裘少安大笑起来。"你怎会没有人惦记呢，全三元镇的人都想找你算账呢。"

"他们敢？"苏武挺起胸膛，"老子辛辛苦苦把他们带到这儿，是要他们挣钱，又没有卖他们，这些狼心狗肺的人，现在有钱了，反而抱怨起我来了。"

"谁叫你挣了那么多昧良心的钱呢，大家看着眼红呗。"

"有本事自己也去挣，何必记恨我。再说，一人才八百块，还包括车费以及一路上的吃住。我担了那么多心，有谁知道。"苏武满是委屈。

听着他们说闲话，韩奕按捺不住，就每人发了一根烟，帮他们点上。笑着说："我是韩奕，还要苏哥多关照。"

苏武深深吸了一口烟，放松下来，脸色也缓和了不少，说："应该的，在乌石，没有我办不了的事。有事尽管说。"

"我要找苏小然。"

"苏小然？别提了，一提她我就来气。"苏武挥了挥手，"那娘们就是个倔驴，现在还欠着我八百块不还，这还不说，她还鼓动别人也别给我钱。早知道这样，打死我也不会把她领上来。说实话，当时真是看了他爸苏三翔的面，那男人可怜。"苏武又吸了一口烟，"现在她翅膀硬了，有个女人做靠山，全不把我放在眼里，他奶奶的。"说着，苏武把床边的一个空烟盒踢飞。

苏武的女人窸窸窣窣地穿裤子，韩奕刚要转身去外面，却被裘少安叫住了。"这算什么，比这复杂的场面我们都见过，再说，看看又不少什么，不就是穿衣服吗。"他用胳膊碰了一下苏武，两人相视一笑。

"你找他做什么？"

韩奕欲言又止，他不想告诉他。裘少安似乎看出了韩奕的难处，说："你只管按规矩办事，问那么多干嘛。"

苏武尴尬地一笑，不说话。裘少安示意韩奕拿五十块给他，说："另一半，等找到了再给你。"苏武收起钱。裘少安说："你狗日的，就知道赚自己人的钱。在外边连个屁都不敢放。"苏武说："和气生财嘛。你小子也好不到哪里去。"

只等那个女孩穿好了衣服，苏武才说："你去三十六度歌厅找她。"

三十六度歌厅。喧嚣的音乐隐匿了一切浮躁。陌生人的欲望，混在啤酒的清香里，能嗅出他们头发和衣服散发出来的不洁的气味。污浊和发泄，像潮水一样，一波一波地涌来。韩奕和裘少安两个人坐在最暗的角落里，那个妖艳的女子被裘少安打发走了。只有他们两个人，喝着啤酒。很久没有一个人陪着韩奕这样坐着了，他感到了突然的惬意。

他们进去的时候，小九不在，只有南洋一个人认真地唱着《冰雨》。音乐把他带到了一种安静的境界，他闭着眼享受，静静地唱着，有几个小女孩忘情地看着他。裘少安似乎对这里的情形十分熟悉，他径直走到吧台的里侧，拿了四瓶啤酒出来。他说，这个地方他常来，他和南洋很熟。

一首曲子完结，女孩们仰着崇拜的脸鼓掌，尖叫。南洋把话筒交给了一个胖墩墩的男人。裘少安向南洋打招呼，他走过来。裘少安把韩奕介绍给他，然后，韩奕结了酒钱。

直至四瓶啤酒快要喝完的时候，小九出现了，打着哈欠，一脸的睡意。韩奕走过去，说明了来意。小九瞪大了眼睛，好一阵才回过神。她笑着说："我差一点就认不出来你了。你还好吧？"

"还好。小然呢？"

"小然？"小九像是要避开韩奕的眼神似的，回头看了看吧台。"我好久没有见过她了。"

"怎么会呢?"

"我真不知道她在哪儿!"

"别骗我。我必须要找到她。"

"其实,她是不想见你。"小九终于于心不忍。

"为什么?"

"她说没有为什么。谁知道呢!"小九叹了口气。"你还是别强求了。她若是想见你,就自己来找你了。"

"可我现在就想见她。"韩奕很无奈。"我要找她把话说清楚。我有很重要的事跟她说。我来乌石还不是为了她!"

"我知道你的苦衷,但我不能帮你,我答应过她。"小九说着就要去忙。

韩奕没办法,就掏出五封信,分别用泰安厂里专用的白色信封装好,封口。他交给小九,请她一定带给小然,他说:"我相信小然能懂的。"小九答应了。

出了三十六度,韩奕站在旱冰场的门口,从铁丝网里看形形色色的滑冰人。他的身边是蜂拥的看热闹的人。陌生的人群就像一条汹涌翻腾的河流,令他感到一种压迫着的胸闷。

看热闹的人,相互拥挤着,女孩手里的烧烤滴着油渍,男人的香烟弥漫进空气深处,只听见身边的人粗重的呼吸。角落里有一对被爱情蒙蔽了的男女,那女孩穿着朴素,他们各自耳朵里塞着一只耳机,慢条斯理地吃着油炸薯片,女孩有时候会喂一片给男孩,然后,他们盯着滑旱冰的人。旱冰场里,两个黄毛小伙子,因为相互撞倒了,站起来对骂,人们纷纷向他们围拢过去,后来,就听见了打架的声音。这就是乌石一天生活的结尾。

第十一章　爱情谎言

韩奕开始想象小然见到他的信时的样子。他为此设置了不同的场景。他觉得小然一定很兴奋,看了他的信,她就会来找他,然后告诉他,她错了。

于是,韩奕愈加勤奋地给小然写信。他把之前设想的部分重新作了一次规划,他觉得,他想要告诉她的,不应该是最近一段时间里他所经历的艰难,也不应该是简单的一种包括了自我谴责意识的剖析。而应该从他的童年开始,直至现在。他以为,小然定是不了解他的过去,对他的理解有偏差。

她必须要知道这些,或许这样她才能重新回到他身边。尽管这是韩奕的一厢情愿,但也能反映出他对她真正的爱。他认为有必要作出自己应有的努力来挽回他们之间的这一场玄妙的爱情。

韩奕的这个设想是宏大的,他的书写将变得像一部长篇小说一样艰难。但他想,只有这样,才是最有意义的。

黄亚玲发现韩奕的时候,他正陷进自己书写的童年里,童年的辛酸使他泪眼婆娑。他全然不知道黄亚玲什么时候站在了他的身后,也不知道廖晓辉和唐海峰什么时候睡醒离开的。

黄亚玲看了他好一阵子,见韩奕没有发觉,才大声咳嗽一声。韩奕惊起,心想完了。黄亚玲背着手,绕着韩奕转了一圈,以居高临下的口吻质问他:"上班的时候,你怎么能干这些不相干的事呢?"她完全一副黄经理的架势。

黄经理经常在早操集会时训话。她个子娇小、干练,梳着齐耳短发,说话的时候憋足了劲,双手背在后面。她总是穿着白色的衬衣和蓝色的短裙,衬衣束在腰间,穿着白色的球鞋。黄经理训话的内容主要是衣着问题和车间的卫生,以及触犯工厂条例的事。她站在高处,挥舞双手,像是革命者的演讲,振振有词。她要求每个人都要把厂服束在腰间,以达到整体美观的效果。绝不允许有人在上班时间躲在厕所里抽烟,开小差消磨时间。韩奕亲眼见过,她呵斥一个上班打盹的女子,就像一个骂街的泼妇,转着圈在那女子身边吼叫,那女子低着头,哭着,头都不敢抬。

此时的黄亚玲几乎和黄经理完全一样,包括说话的声音和架势。她不断地问韩奕:"怎么可以这样呢?"

韩奕知道,一切辩解在此时已经没有任何意义,总不能说整天没事干才写信来消遣吧。韩奕就像个犯了错的小学生,勾着头。霎时间,一些打样的人都围过来,看他的笑话。而黄亚玲见有人围观,愈加显出了能耐,她说话的声音越来越大,越来越气愤。她说:"这样的事,一定要上报。"

韩奕本来想服软,向她说几句好话,可碍于人多,他没有张嘴。再说,他也心里不服。他想,你黄亚玲凭什么这么嚣张?论资历,我还比你来得早呢,你什么都不是,有什么资格冲我大喊大叫呢?这样想着,他也就挺起了胸膛。同时,他还听见旁边的人对黄亚玲的不屑。

黄亚玲愤愤地走后,大家都冲着她的背影吐口水。白胖子说,她是个什么鸟,管这么多事。方脸说,别理她,你是卢经理的人,怕她干什么。韩奕被大家你一言,我一语,激发得有了悲壮的情绪,说:"怕她是孙子。"

人有时候很奇怪,尽管已经一无所有了,却更加瞻前顾后,做事放不开手脚。韩奕嘴上说着要强的话，可心里早就七上八下了。他明白，他不敢得罪黄亚玲。虽然想着要出事，但真正让他低下头去向黄亚玲告饶，却又抹不开面子，想着以后还要和她一起做事呢，而今自己有了把柄被她抓住，那往后的日子就不好过了。思来想去，韩奕还是强作镇定，静观其变。

事情像韩奕预期的那样发生了，只是比韩奕想到的更糟。第一个找他谈话的是贺小菊。第二天早上，贺小菊板着脸问韩奕在车间里不务正业的事。韩奕知道抵赖不过，只好如实回她。她说："你这就是给卢经理丢脸。而现在，卢经理不在，你就是给我丢脸。"韩奕面对着她的义愤填膺，无话可说。

下午上班，韩奕被黄经理召唤。按理说，黄经理没有直接管理韩奕的权利，但她一向以多管闲事著称，这也是董事会当年决定用黄经理的一大理由：他们认为黄经理是个负责、敬业的人才，能面面俱到。显然，董事会对黄经理的认可大大增加了她的管理欲望，因而她时常会把手伸进别的车间。有人会反对，像罗经理，他很反感黄经理的这一套，他公然在自己的员工面前说黄经理的坏话。他不喜欢别人插手自己的事。鉴于罗经理是台湾人，黄经理自然会听他的意思办事，不敢犯上。而卢经理是个绵软的人，不大刁难人，往往对一些事睁一只眼闭一只眼，只要问题不是太大，能过得去也就算了。这也是贺小菊能在车间里呼风唤雨的原因之一。况且，卢经理对这些小事也不会放在心上，若是有人替他管，他也愿意。因此，有时候，他会迁就帮他做事的人。

黄经理在自己的办公室里签文件，几缕阳光从纱窗渗透进来，给她身后昏暗的书架镀上了一层灰色的反光。黄经理坐在宽大的写字台前，韩奕端正地站在她的对面。

等黄经理做完了手头的事，她才正眼看了韩奕一次。她说："自己说吧。"

韩奕这时反而镇静下来，说："我知道错了，以后一定改。"

"改，谁都会说以后改，可还有以后吗？"黄经理的态度一下子变得冷峻起来。"公司花钱招聘你们这些大学生，难道是来混日子的吗？你有什么权利在上班的时候藏起来写信？"

韩奕不做声，听着她的训斥。大约是韩奕默不作声的态度激怒了黄经理，她说着说着突然激动起来，冲着韩奕吼："一定要严惩。"

下午吃饭，韩奕找陈子妮把今天的事说了一遍。陈子妮不无担心地说："弄不好，她会开除你。"韩奕惊慌起来，他没想到事情会这么严重，他原以为只是批评而已，他还想着他是卢经理的人。可一旦他被开除了，就意味着他又要找一份新的工作。泰安的差事虽然不大理想，但最起码能混口饭吃，再说，他已经在这个公司待了两个多月，还有不多的时日，他就可以从试用工转为正式工，工资马上就会涨很多。他好不容易熬到现在。而找份新的工作虽然不是很难，但仍然要在新的环境里做三个月的试用工，而试用工的工资和正式工的工资要相差几百块，并且，由于他是被开除的，他也不会拿到第二个月的工资。也就是说，每月二十号发工资的话，他的离开就会使他丧失二十多天的薪水。可他现在正是青黄不接的时候。

"该怎么办？"韩奕的心里五味杂陈，他说，"子妮姐，你要帮我。"

陈子妮皱紧了眉头，半天才说："我有难处。"

韩奕真的不想再回到两个月前的生活了。他有点绝望地望着陈子妮："子妮姐，你一定要帮我，要不然，我的处境就很难。"

陈子妮当然清楚韩奕的生活困境，她也觉得于心不忍。说心里话，她还是挺喜欢这个带点小幽默和大忧伤的小伙子。她也不愿他这么快离去，只好答应帮他。

吃完饭，陈子妮把韩奕带到了她在外面租的房子里。房子就在泰安斜对面一幢楼的三楼。一室一厅的房子，布置得很干净。韩奕见到了罗玉松。他微笑着给韩奕发烟，脸上的刀伤像一只小虫子爬在他的脸上，令人产生一种抚摸的欲望。他很谦逊，感觉是熟悉而又安全的人。韩奕这时才发觉，他看起来要比陈子妮大出至少七八岁，是个沉稳的人，容易遮掩自己的悲喜。

陈子妮向他说了韩奕的事，然后冷漠地问："能帮吗？"罗玉松脸上立刻露出尴尬的表情。他吸了一口烟，冲着韩奕讪讪一笑，没有说话。韩奕觉察到他们之间对话的漠然，心想，自己的事一定是给他们添麻烦了，却又不好意思问。

"你要觉得不好帮，就算了。"陈子妮突然又撂出这么一句，看也不看他。

罗玉松似乎是下了很大的决心，才说："好吧。"然后，他站起来换衣服和鞋，没有答理韩奕。暗淡的灯光，沉闷的空气，让韩奕备受压抑，他不知道发生了什么。罗玉松的棉布衬衣散发出一股香水的味道，陈子妮的眼里霎时蕴满了怒色。

罗玉松走的时候，挽留韩奕多坐一会儿，并让他放心，事他一定办好，没事的。韩奕千恩万谢地送他下楼。

韩奕再次回身，却发现陈子妮已经泪流满面，她坐在客厅的塑料拼接板上，胳膊撑着桌子，手放在额头上。韩奕觉得这一切太过突然，他一时还不能适应陈子妮的委屈。他走过去，摇着她的肩膀，轻声问："你怎么了？"可陈子妮始终一言不发，只是不停地流泪，并且由于被安慰的原因，那积攒在心中的委屈竟然像决堤之水，滔滔不绝。韩奕没法，只好愣在原地，看着她哭。

陈子妮的哭就像是一种盲目的极力挣扎。如果说人在绝望的时候，想抓住一颗救命稻草，而她甚至连那颗最小的稻草都找不到，她哭得如此彻底。女人的哭容易产生魔力，能够激发男人强烈的保护欲望。韩奕蹲下来，拍着她的后背。陈子妮竟然趴在他的肩膀上，脸色苍白。她说："我该怎么办？"韩奕举着双手，一时不知道该放在什么地方。他跪下来，换了个让自己舒服的方式。他说："想哭就好好地哭吧，等哭完了，一切都会好起来。"他的肩膀湿透了。此时，陈子妮已经哭躺在了他的怀里。

好不容易等她回过神来，她去洗了把脸。再次回到客厅时，陈子妮就已经好多了，只是很疲惫，像一个面目邋遢、神情懒散的女人。她说："让你笑话了。"

韩奕点了一颗烟，说："你怎么了？不知道的还以为我欺负你了。"

陈子妮淡然一笑，说："他今晚不会回来了。"

"哦，那他去哪儿？"

"谁知道呢。"陈子妮躲开韩奕的眼睛，喝了一口水。

"你们不好吗？"韩奕咬牙说了这句话。陈子妮的脸色又是一阵黯然。韩奕又说："如果你觉得不方便，就不说了。"他冲她一笑。

"不是，只是觉得不知道该怎么说。"她叹了口气，"最初，我们一家人欠他的。可现在，他欠我的。"

"怎么会这样？"

"还能怎么样。大家各有各的苦衷。"她顿了顿，又说："有时候，真会想到离婚，可转念一想，为了孩子，还是再忍忍吧，毕竟，人随着年龄的增大，顾虑就会增多。离婚哪是那么容易的事！"

"你的意思是说，他在外面有别的女人？"

"是啊，这在泰安已经不算是秘密了。"

"你很早就知道这事吗？"

"我就是为了这事才从老家赶到乌石的。"陈子妮说，"早知道这样，还不如假装什么都不知道，反而更好些。"

"你没有和他谈吗？"

"谈过了，可有什么用。他说他不会离开我，要照顾我们一家。再说，他对我和我的家人都还好。"

"就因为这样，你要忍受吗？"

"不忍又能怎么样。我已经忍了很多年，还不是都过来了。三年前，我也是怀着愤恨的心情来的，我觉得我一定能把他拉到我的身边，可谁知道，三年后，他却越走越远了。"

"他们现在还来往吗？"

"他已经不可能回头了。"

"就因为他对你有恩，你才这么迁就他？"

"算是吧。他救过我爸爸的命。我爸爸上山采药，不小心从山上滚落，刚好被他看见，就把他背了回来，又帮着送去医院，还帮着守夜。那时候，他是那么英俊。"陈子妮眼里闪过一丝稍纵即逝的温柔。"他家就在邻村，家里弟兄多，父亲又早死了，家里很困难。我爸爸苏醒过来后，由于脊柱受到了撞伤，一时半会还不能行动，大夫说要等上两三年才能渐渐恢复。他经常来我家。我爸爸觉着他人还不错，就商量着要给我们定亲，就问他愿不愿意做上门女婿，他想都没想就答应了。那几年，家里就全靠他了，那时，我妹妹还在上学。真的，要不是他，我都不知道我们能不能熬过来。"

一阵沉默之后，陈子妮又说："他来乌石的前几年，也不容易，可能比你还要惨。后来，碰到了那个女人，才一步一步走到现在的样子。他也挺难的。"

"那个女人是谁？"韩奕对此很好奇。

"还是别问了，你不知道的好。"陈子妮无奈地说。

韩奕觉得很尴尬，他为自己触到了她的伤心之处而显得难为情，只好沉默不语。陈子妮看出了他的心思，说："没什么，只是刚才憋屈得慌。"

韩奕再次表示了自己的感激之情。陈子妮说："刚才真是忍不住了，我从没有这么哭过，多少年都过来了，可今天却在你面前出丑了。"

韩奕说："谢谢你，把我看成是朋友。不如，你做我姐姐吧。"

"好啊，有你这样的大学生做弟弟，也算不错。"她的脸上终于露出了笑意。

十一点多，韩奕才回到泰安。在门口，他看见付萌的女友还站在那儿，天气有点凉，她只穿着一件短袖衫，瑟缩着脖子，手插在口袋里。她看见韩奕，便打招呼，一副小女孩的稚嫩。

"见到他了吗？"韩奕问。

她摇了摇头，脸上掠过些许失落。

"那你怎么还不回去呢？"

"他说，他十一点半下班。"

韩奕此时却想起小然。他总是见到这个女子，就情不自禁地想起小然，大约是对比太大的缘故，容易引起共鸣。他只能祝她好运。

回到餐厅，大有和胡小亮坐在吸烟区抽烟。大有看见了韩奕，手指着韩奕胡乱说话。他晃着脑袋，舌根发硬。韩奕走过去，才知道他喝多了。

胡小亮说："今天是大有的生日。"韩奕觉得错过了，有些尴尬。

大有斜斜歪歪地靠在凳子上，发出很大的声音。他的手胡乱地指着，眼睛盯着每一个进出的人。斜对面，坐着四个安徽人。那几个人在厂里名声大，韩奕很早就认识。他们和站在不远处的两个女生打情骂俏。他们误以为大有在说他们的不是，就站起来虎视眈眈。而大有见他们瞪着眼睛，就当真指着他们骂。他们也是好事的人，不由分说，就朝大有赶过来。韩奕一看坏了，就凭他和胡小亮，岂是他们的对手。要是大有没醉，或许还可以一试。可眼下，只有吃亏的分。而那些人又都不好惹。再说，公司对于打架斗殴的处罚相当严厉，但凡发现，就无条件开除。而韩奕正求人帮忙呢，怎能打架。

胡小亮当时慌了神，他还小，毕竟没有见过什么世面，对打架也不在行。从本质上来说，韩奕并不怕打架，很小的时候，他就和村里的男孩子组成一个队伍，不断地和别的村子的孩子对打，双方为了争高下，抢地盘，往往是团体性战斗。要么是站在村前小溪两岸的麦地里，拿着弹弓或是石头向对方的阵地上扔"炸弹"，要么是双方的人马汇集在干涸的河床上，像一部战争片一样，英勇地相互扭打。那是他们小时候经常玩的游戏，充满了危险性的刺激。韩奕就是在那样的战场中锻炼出来的。

及至上了高中，就经常和欺负他们住校生的皮子群作斗争。他们宿舍十二个人，曾集体对付过学校的二号人物，把他诱骗到宿舍，然后用麻袋包了他的头，推倒在地，一齐拳脚相加。他们恨他用沾满尿液的手摸他们的头发，恨他把满把的盐偷偷洒进他们刚刚做好的饭菜里，还恨他领着女生公然在他们的床铺上睡觉。当时，有人因为激动和痛恨，哭出了声。而此后，他们就和那些有势力的校园恶霸斗争了整整三年。

所以，一切武斗，对韩奕来说都不算什么。包括现在向他们走来的安徽人。

尽管韩奕有着丰富的战斗经验和战斗水平，但他还是控制了自己。所谓小不忍，则乱大谋。为了这点小事，再次丢了工作，真不值得。

于是，韩奕在那些人施展拳脚的时候，高声喊叫保安。保安三人闻讯赶来，才驱散了即将发生的祸事。但那些人，都在上楼梯的时候，恶狠狠地瞪着他们，仇恨不解。胡小亮说："没事，等大有醒了，他们连屁都不敢放。平日里怕得要命，这阵子却成了人。"韩奕觉得，一定是他们以为在女人面前被大有指着骂，伤了他们的自尊。胡小亮也赞同韩奕的看法。韩奕说：

"狗日的女人。"

胡小亮说:"大有心里烦,家里给他说的亲事又黄了,已经是第五次了。"

为了防止安徽人半夜侵袭他们,韩奕找了平日里和大有关系好的工友,请他们多操点心。毕竟大家几百号人同住在一起,夜间什么事都有可能发生。好在大有平日里和大家相处得不错,他们一条线上的兄弟也都受过他的帮助,加之,大有在泰安也算是老员工了,朋友较多。大家对安徽人纷纷侧目,瞪着他们,那四个人,一看宿舍的气氛紧张,便都默不作声。而大有,仍然大喊大叫,骂着安徽人,说:"老子砍了你。"那是他的口头禅。

抽风机呼呼山响,韩奕无法入睡。这一天发生的事让他很伤脑筋。他一面惦念着明天工作上的事,也不知道黄经理和贺小菊会对他作什么样的处罚;一面为大有担心,他在这个鱼目混杂的公共场所,感到了前所未有的不安全。并且,在乌石,总会听到有关伤害的话题,而且件件惊心动魄,闻所未闻。他入住一个多月以来,已经丢了两个玻璃茶杯,都是他在门口的小超市忍痛买的。前两天还丢了刚刚买回来的洗发水和一瓶牙膏,还有一条黑白相间的内裤。对于丢衣服之类的事在这个环境里已经习以为常了,宿舍里拿着短刀打架的事也偶尔出现,尽管保安对宿舍查得很严,他们会挨个搜查隐藏的凶器,一旦查出,也是开除,但还是有人甘愿冒险,把那些危险的东西藏在秘密的所在。

他迷迷糊糊地睡去,不多时,又迷迷糊糊地醒来。至半夜三点多,则睡意全无。他睁大眼睛,数羊数到三千都无济于事,反而愈加清醒。宿舍里的抽风机已经停止了,只能听见此起彼伏的鼾声,还有从夜班偷跑回来取东西的人,以及半夜下楼上厕所的人和老鼠撕咬、奔跑的声音。有一只硕大的老鼠从韩奕的被子上跑来跑去,如此三次。韩奕能清晰地看到它的样子和睁圆的眼睛及警惕竖起的耳朵。它在某一刻,还和韩奕对视几秒钟,全无惧意。老鼠似乎也沾染了人的脾性,变得和人一样疯狂而肆无忌惮。

后来,韩奕看见大有起身出去,看样子已经酒醒了。可能是刚刚睡起的原因,他走路还摇摇晃晃,咬着牙齿。韩奕想着他去上厕所,没作理会。宿舍外面左拐过去的楼顶,有一片没有用铁皮包裹,四周是洗衣房。中间的场地撑起一些晾衣服的竹竿。晚上,男人女人们都把当晚洗的衣服搭在那里。男人女人的衣服和胸罩、内裤混杂在一起,色彩斑斓。这里有一个好处是,可以有效地隐藏。经常有热恋中的男女在衣服的后面藏起来幽会。尽管保安对这事也查得极严,但还是有胆大的,半夜约好,在某个角落里搂搂抱抱,或者做爱,大家也都习以为常,即使撞见了,也就悄然离开。谁都知道,在那样的环境，即使是夫妻两个，大家为了省钱，也都是住公司宿舍的，周末又怕花钱住小旅馆，而且，小旅馆不方便，需要有暂住证和结婚证才能不担惊受怕。所以，有人为了方便，就偷着和自己老婆在那些衣服的掩映下做一回痛快事。也有一些乱鸳鸯，在某一段时间里，相互对上眼了，突然兴起，也会在那样的地方做一回真事。

自然，夜间上厕所，也在那个地方。没有人愿意在睡眼蒙蒙的时候跑到楼下去撒尿。

韩奕随后又迷迷糊糊地想着心事，有人一阵咳嗽把他再次惊醒。他才发现，大有还没有回来。韩奕心里一阵发慌，莫不是大有酒醉没醒，走路跌倒了？又或者是，遇见了安徽人？韩奕没敢多想，就穿好衣服，去找大有。

就在那片挂衣服的空地上，韩奕看见了大有。他瘦长的个子在夜色中依然清晰。他把内裤褪下来，斜搭在肩上。一边手淫，一边仰头呻吟着走动。不时抓起顺手的胸罩擦拭一下，脸上充满了快感。韩奕惊呆了，躲在拐角的暗处，不敢出声。他怕惊扰了大有，他们脸上都不好看，又怕大有这样明目张胆会被别人发现，坏了名声。他的心一阵阵收紧，紧张得出汗了。

最令人不可思议的是，大有完事后，他把那些脏东西都弄到了一个白色的胸罩上，然后，把它放回了原处。紧接着，他取下女人的内裤，把它们贴在脸上，深呼吸。随之，他试穿了那些不同的内裤，有的由于窄小，他根本就提不起来，只好取下，有的太宽松，他又不中意，后来，他穿了一条黑色的，似乎很合身。他仰脸看了看天空，又套上了自己的内裤，往回走。

韩奕迅速地赶回来，心惊肉跳地躺下，闭上眼，听着大有上床了，他才略微平静。他直挺挺地躺在床上，不敢看他的身子，尽可能地让各种思想疲惫地纠缠着他。他觉得自己的身体比死去还沉重，又或者隐含了某种更大的疼痛，充满了酸涩，使他不愿睁开眼睛。

第十二章　他失去了小然

一切恶劣的思想和行为，注定要在每个夜晚之后消失一次，不然，我们便无法承载太多。

韩奕醒来的时候已是出操的时间了，居然没有听到闹钟。他被大有推醒，脑袋发胀。

早操还是一如既往地混乱。保安大喊大叫，骂着脏话，还是没人理会。

陈子妮换了新发型,把头发在脑后挽起,兀自多了一番风韵,跑操时,她回头看韩奕,冲着他笑。大有一旁喋喋不休地骂着那四个安徽人,并在队伍里寻找他们,说着狠话。韩奕低头跑着,跳过一堆狗屎。空气里有对面小吃店里食物的油腻气味,以及人群中女人身上散发出来的香水味道。人们大多睡眼蒙眬,衣着邋遢。新的一天就这样开始了。

庆幸的是一切顺利。黄经理训话的时候,对韩奕的事只字未提。韩奕还是感激罗玉松。他在人群中找到他,却见他微笑着看着黄经理。

贺小菊对韩奕发出了感叹。他对高寒说:"还是韩奕能耐大,罗厂长都为他求情了,他才来几天啊。"高寒撑了撑眼镜,不知所云。

韩奕开始小心翼翼地进出办公室,在车间里观察。一旦内心有了负疚感,做事便认真起来。这时,他才发现,原来两个多月来,他仍然一无所知。他的任务本来是减少浪费的,但现在,对公司而言,他自己就是一种浪费。

于是,韩奕忙碌起来,他决定要以百倍的激情来补偿自己在这段时间里的荒废。他先从六楼的配料室开始,逐一了解生产的进程和用料原则、用量。他认真地作记录,若是有人故意不配合他,闪烁其词,他便停下来,帮着人家做事,直至他开口说话为止。他把自己看成每一道工序里的一员,亲自融进他们之中,和他们一起讨论生产环节中的漏洞和不足,他几乎做遍了所有的活。等卢经理回来,他就积极地向他报告,并且提出自己的意见,卢经理对此非常满意,希望他能做出一份彻底有效地改善生产状态的企划案。

韩奕时常也去"生化"车间,罗玉松对他甚是客气,但并不多聊。陈子妮是后勤送样的,活并不多,闲来无事,他们就在厂务办公室里坐下说话,她告诉了韩奕很多与生产有关的事。

裘少安突然频繁地找韩奕,约他一起喝酒唱歌或是去三元镇。他是一个熟悉社会的人,知道什么地方好玩;知道哪儿的妓女最多,哪儿的最便宜;知道什么人最厉害,哪个团伙最强;也知道那些隐藏起来的暗区做着什么样的交易最赚钱,如此等等。韩奕便对他佩服之极。韩奕跟在他的后面兴致勃勃,觉得他就是乌石的一部百科全书。不好的是,裘少安为人吝啬,出门在外,时常口袋里空空如也,他总是找借口,说忘了带钱包,可韩奕有时也见到他拿着钱包,里面却没有钱。韩奕并不在意这些,虽然他也不怎么富足,但公交车费和三两瓶啤酒钱还是能支付得起,况且,他自认为跟着裘少安也学会了不少东西。他明白,即使最不起眼的收获,都是要付出代价的。

这天中午,裘少安来找韩奕。阳光不温不火,风徐徐地吹着,天气已经微微转凉。大街上空荡荡的,裘少安阴着脸抽烟,见到韩奕就说:"出事了。"

"出什么事了？"韩奕吃惊地问。

"那个女人怀孕了。"他很无奈。

"哪个？"

"就前两天跟着我的那个。"

"哦，那你打算怎么办？"韩奕稍稍安心了一点。

"肯定是要做掉，总不能生下来吧。"

"那她同意吗？"

"不同意也要做，又不是一个人的事。"他说得很肯定。但接着，又显出为难的样子来。他说："可这要一笔钱。我这几天手头紧。"

韩奕明白了他的意思，就问："你要多少？"

裘少安没说话，只伸出了一把指头。

"五百？"

他点了点头，说："至少要五百。"

五百对韩奕来说，已经算是天文数字了，他至今还不宽裕。他说："我没那么多。"

"你们不是刚发工资了吗？"裘少安不满地说。

"工资的确是这两天发，可老板不在，没人签字，听说还要等两天。"韩奕说着，心里就犯嘀咕，他觉得裘少安真是本事通天，他自己都不知道公司的工资具体到什么时间发，可他却算得那么准。

裘少安显得很失望，说："我还以为今天发呢。"他的声音不大。他低头踢飞了脚下的一块小石头，又说："那你先借我二百吧。"他有些急躁。

"我只有一百块，你若要，就先拿去。"韩奕也不忍心不帮他，毕竟同学一场，况且，他算是自己在这个地方最亲近的人。他不帮，谁帮？

裘少安眼中闪过了一丝隐秘的冷淡，半天才点了点头。韩奕觉得有点对不住他，说："等发了工资，我再拿给你。"

裘少安拿着钱，软塌塌地走了。

这时，大有出来了，冲着裘少安的背影吐了口痰，骂了一句："狗日的。"问韩奕："他是不是找你借钱了？"

韩奕点了点头，奇怪大有也神通广大了。大有说："那狗日的，真不是他娘养的，到处骗钱。"

"他到处骗钱？"韩奕瞪大了眼睛。

"说了你也不信，等时间长了，你就知道了。"大有说完，不屑地进了厂门。

韩奕半信半疑。直到看着裴少安的背影消失在街口的拐角，才回过神来。

晚上，大有和胡小亮加班。韩奕独自去了三十六度歌厅。他想问问小九，小然看了他的信后是什么反应。

小九当时正痴情地望着唱歌的南洋，脸上布满了愁情。韩奕就站在她的身后，默默地等她，没有说话。小九在某个瞬间莫名地回了一次头。她大约是突然回过神来，想看看身后的小姑娘们是什么表情吧。但这时，她就看见了韩奕，她的表情竟然一下子回到了零下十度，满脸的幸福瞬间就不见了。她说："你怎么像个幽灵。"

韩奕不想和她拌嘴，就问："她看了我的信了吗？"

"信？"

韩奕瞪大眼睛看她。小九像是突然想起的样子，哦了一声。

"怎么了？"韩奕很着急。

"没什么。"小九把头转了回去，有逃避的嫌疑。

"那她怎么说？"

"她没说什么啊。"

韩奕对小九的话半信半疑，但也无可奈何。看着她又一次聚精会神地望着歌厅中央的南洋，韩奕突然觉得小九并不能帮他找到小然，或者说他把希望搁置在小九身上的想法显然是错误的。韩奕也隐隐感到，小九说不定还在阻碍他寻找小然呢。他转身出了歌厅。

夜晚的黑暗使韩奕的孤独更加具体了。他的身边是那些说说笑笑的女子，吃着零食，有一个女孩倒退着走，碰在韩奕的身上，后面的女孩尖叫起来。

韩奕觉得，小然避而不见的行为毫无道理。准确地说，他根本就没有明白她的意思，她究竟要干什么。如果说，他们的爱情存在着让人无法接受的漏洞，那她又何必诚心诚意地让自己从金城来乌石呢？但既然他来了，她却为何要突然之间隐藏起来？难道不能把问题说清楚吗？韩奕的心中有了一点小小的愤恨。

韩奕沮丧地返回苏奈尔门口。这已经成了他的一个习惯，每个晚上，如果不在这儿走一遭，他就觉得心里空落落的。他始终相信，小然定然会从这儿出来。

小九看着韩奕远去，心里也很烦乱。她真不知道该怎么告诉韩奕真相。她也多次责备过小然，说她不近人情。小九反而觉得韩奕挺不错。她说："人家还是大学生呢。"可小然对此似乎更加气愤，她说："大学生又能怎样，还不是混不到饭吃，现在的大学生比驴都多，人模人样的有几个？"尽管小然的话不无道理。但小九还是觉得大学生和打工者之间是有区别的，要不，为什么现在的人都对读书越来越重视了，对待孩子也不惜一切代价？这说明，读书肯定有它的好处。再者，从小九的角度看，大学生属于高雅的人群，有激情和浪漫的气息，他们不像那些社会上混日子的人——满口脏话，小偷小摸，素质极差。他们做事大多都有自己的梦想和目标，而贫穷则是暂时的。小九觉得韩奕是个能靠得住的人，有责任心，不然，他不会到这个举目无亲的地方来的，还不是为了什么狗屁爱情。她同情韩奕。可她又有什么办法呢？小然叫她什么也别说，她跟小然急，可小然不吃这一套，只说："我自有分寸。"小九很怕见到韩奕，她差点就告诉他，他的所作所为都是无谓的牺牲，但话到嘴边，她还是没有说出口，谁叫小然是她的姐妹呢！

　　韩奕躲起来，他站在了第一街右侧的马路牙子上，远远地从黑暗中盯着苏奈尔门口，身后是一家关闭了的奶茶店。

　　九点钟的苏奈尔，正是人潮涌动的高峰。刚刚加完班的人梳洗完毕，换上干净漂亮的衣服，满脸笑容地走出来。这时候，他们的生活才刚刚开始。一天的劳累和尘埃散去，他们的面色再一次鲜活起来。逛街的，约会的，喝酒的，无所不有，一片繁荣景象。

　　韩奕不放过任何一个人。他的运气不错，当他从几个熟识的面孔上回过神来，就发现了一个貌似小然的女子。韩奕认为的貌似，仅仅是对于一个背影的判断。他从她的姿态和身高上觉得那是一个熟悉的背影，有些小然的气息。他差点大叫出声。那个女子披散着头发，像是刚刚洗过的样子，穿着一身白色的运动衣。即使他没有见过小然穿白色的运动衣，但他还是以为她就是小然，或者说很像。她的身边有个男人骑着摩托车，七八成新，不是专门拉人赚钱的那种，载人的摩托车前后都有一个揽客的标示，但他的没有。他们在一起商讨着什么。韩奕按耐不住自己的激动，快步向他们走去。

　　在刚要过马路的时候，突然听见了一阵喊杀声。紧接着，一个二十多岁的男子，满脸鲜血，仓皇奔逃，从韩奕面前闪过。不远处，一群人手执着明晃晃的砍刀，大约十几个人，大叫着，紧追不舍。在追近韩奕的时候，韩奕本能地迅速退回来。所有人都朝着这群人赶过来，看热闹永远是人的本性。前面逃跑的男子，不知什么原因，突然间就跌倒了，正要爬起来，就被那群人赶上，霎时被他们包围了，只听一阵拳脚，一阵金属撞击的声音十分清亮，看热闹的人顿时把他们围了个里三层外三层。那男子再想逃命，已经不可能了。大家大叫起来，兴致勃勃。有人在外层起哄，鼓励他们往死里打。圈子里的情况已经看不见了，只能听见那男子一声声的惨叫和别人得意的咒骂。韩奕被这突如其来的情形吓坏了，他想离开这是非之地。

韩奕转身，却被一个陌生的中年男子按住了肩膀。韩奕诚惶诚恐地看着他。那男子手里拿着一个托盘，上面有一些零碎的钱。他说："请赏脸。"韩奕不明白发生了什么事，四下张望，就看见另外三个人牵着两只瘦小的猴子挡在了他的面前，其他人纷纷躲开。那两只猴子一齐向韩奕的腿上抓来，韩奕抬腿躲闪。另一个男子拉住韩奕的胳膊说："多少给点吧。"韩奕说："我什么都没看见。"那个先按住韩奕的男子说："你明明刚才看见了猴子的表演，怎么装作不知道呢？"另一个接着说："多少都行。"然后，就看见两个牵猴子的人，手里晃动着刀子。韩奕无奈，只好掏出两元钱扔进托盘里。那拿着托盘的男子说："太少了吧，打发叫花子呢。"他脸上的态度已然大变。韩奕只好又掏出一张十元的，他本想掏出五元，可惜，没有五元的面值。他身上只有十元的。韩奕慢慢地扔进托盘，那人才说："谢谢了。"转身离去，向下一对男女走去。这时，韩奕才发现，所有的人都幸灾乐祸地看着他。

韩奕再看对面，貌似小然的那个女子已经不知去向了，那儿站着一个抽烟的年轻男子。韩奕着急了，转着圈看，却没有任何踪迹。他从那辆摩托车刚才停放的方向分析，想着他们一定是去了三元镇。

韩奕快步走着，企图能看见他们的影子。而这个方向，正好就到了泰安公司。直到这时，他才觉得要追上那辆车已经不可能了。

翠微公园像往常一样喧嚣，路边的歌厅歇斯底里。

韩奕找了个僻静的地方坐下来，听别人唱歌。这是他两个多月来找到的最好的消遣方式。劣质的音响，一曲三元。这里的生意格外好，大约是临街的缘故，演唱者和围观者太多，歌唱者喜欢听众为他鼓掌喝彩。听众也都是花不起钱进歌厅的人，他们以观赏的名义来打发无聊的时间。蠢蠢欲动的夜，谁都难以入眠。

韩奕往往坐在暗处，慢慢抽着烟，听着各式各样的声音，听着他们的欢笑和忧伤，白日里那些挤压在内心深处的无奈总是在此时碎裂成片，他默默地想着心事，挺好。

清凉的夜，一切如常。那个貌似小然的女子带给他内心的翻腾，在嘈杂的音乐里微微淡了一些。附近的桌子周围，坐着喝酒的男男女女，他们吵吵嚷嚷地点歌，吃喝，享受着自以为是的幸福。韩奕想，生活不也就是这么一回事吗？

就在韩奕逐渐趋于平静的时候，无意间，他又瞥见一个女子，她正拉着身边男友的衣角，喂他吃冰激凌。他蓦地发现，这个女子多像小然啊！简直就是凭空多出来的又一个情节，比刚才那个穿白色运动衣的女子更像。韩奕觉得可笑，明明刚才那个貌似小然的女子已经乘着摩托车去了三元镇，可现在又有了一个貌似小然的女子，莫非是自己眼花了。

老实说，小然的样子对韩奕来说已经模糊了。他们已经一个多月不曾见面了，而之前也仅仅是不多的几次会面，也就是说，整整四年多来，他和小然在一起的日子也就为数不多的几个小时而已。而在最初他们相见的时候，他都由于紧张和尴尬没有好好地打量她，而小然又是每天变化着衣服的种类和发型，致使她在韩奕的印象中杂乱起来。是以，韩奕有理由对小然的样子作一些误判。

这个貌似小然的女子穿着碎花裙子、平底凉鞋，头发在脑后高高挽起，脖子白皙，个头不高。她喂那男子的时候，踮着脚，背朝着韩奕，加之光线太暗，韩奕的观察不大清晰。由于那男子吃冰激凌时不小心和女子送来的冰碰在了一起，使得冰激凌沾在了他的唇角，女子就又一次踮起脚，小心地为他擦拭。之后，那男子把貌似小然的女子搂在怀里，笑着走远了。

韩奕的心再一次提到了嗓子眼，他觉得十分诡异，他怎么能在同一个时间段里见到两个貌似小然的女子呢？尽管这不可思议，但他还是想看个究竟。韩奕跟在他们后面，大约二十米的距离，不敢惊扰他们，只是看着他们的背影和他们亲昵的动作，偶尔还能听见那男子的声音，但貌似小然的女子却一直和小然一样，声音压得低沉，并不张扬。

韩奕从那女子的背面神态觉得她太像小然了。他加快了脚步，一股钝重的感觉侵扰了他，而重要的是，他仿佛能感到她身上的气息，越来越近的距离中，以往小然的影子不断地在他的大脑里闪现。他想到了那座空旷的西梁子山的落日，想到了那一个个金黄色的杏子，想到了小然看他的陌生的眼神和那间房子里的担忧，他觉得他要哭了，不管前面的女子是不是小然，他都觉得一切即将毁灭。

他在他们身后越来越近，韩奕觉得自己是小跑着的，而事实上，他像是被人拖着后腿，举步维艰，他的呼吸被抑制在胸口，窒息一般。终于，在他们将要走出翠微公园的时候，韩奕喊叫了一声："小然。"那女子回过头来，惊讶万分。她僵在原地，脸色难堪。这一张熟悉的脸，突然间变得狰狞起来，不说话，足以寒冷世界。韩奕吐出一口长气，血冲上了他的头。

韩奕在她还没有反应过来的时候，抢起胳膊，重重地扇了她几个耳光，把这么多日来所有的怨恨都摔在了她的脸上。她竟然没哭，斜斜地站在那里，一脸愕然。韩奕大骂起来："小然，真的是你！你知不知道我找了你这么多天，有多辛苦！为了找你，我几乎废了我自己，可你倒好，竟和别的男人在一起鬼混。"韩奕顿时被自己疯狂的情绪所感染，百感交集，豆大的眼泪夺眶而出，滑出了近视镜的边缘。

小然看着慢慢矮下去的韩奕，惊慌失措，她不知道该说什么。她明明知道她的逃避将会给双方带来巨大的伤痛，却万万没想到会是这种结局。她原本不想伤害韩奕，因为他至今还这样爱她。可就是因为她的怯懦，才给他造成百倍的痛。这一刻，她多想扑上去，向他道歉，多想把他拥在怀里，说这一切都是假的。她竟然想到了和他重新来过，就像没有离开一样。

余可压根就没明白发生了什么。只是没想到，一个莫名其妙的男人在他的面前扇了小然的耳光，简直就是向他挑衅，作为一个血气方刚的男人，他没有理由无动于衷。于是，就在韩奕慢慢蹲下去的时候，他迅速地把韩奕击翻在地。韩奕还沉浸在无尽的悲恸之中，他的力气已经在扇小然耳光的那一刻消耗殆尽，他失去了还手的机会。余可的拳脚骤如雨下，疯狂地打在韩奕的身上，像是踢毁一个大型玩具，韩奕缩紧了身子，大腿扣在胸前，双手抱头，在余可的肆意击打中不停地扭动。

他们什么时候走开的，小然到底有没有安慰过自己，韩奕已无清晰的印象。他倒在地上，缩成一团，心痛如刀绞。肉体上的创伤对他来说不算什么，尽管他的鼻子破了，流了很多血，血浸染了他白色的衬衣，但他仅仅是感到了寒冷，犹如北方的冬天。他就那样躺在地上，瑟瑟发抖。

如果爱情是一场游戏，而这个结局却超出了他的想象。并不是韩奕无力反抗来自余可的袭击，而是他觉得一切回击都已失去意义，倒不如承受一场暴力来得痛快。

晴朗的夜色，潮湿的乌石。一场暴力缓解了韩奕内心的冷。

时间过了很久，围观的人逐渐散去。大哭一场的欲望也慢慢消退。韩奕站起来，望着天上的浮云，才觉得原来他一直这样孤单。

第三部分

第十三章　远去的琴声

　　韩奕后来无数次地质问自己："我究竟是在怎样地生活？是活在一个虚无的梦里，还是活在爱情的执着里？"他觉得这一切来得太快了，几乎是猝不及防。之后的几天里，隐隐的疼痛始终挥之不去。除了闷头抽烟，他真不知道还能干什么。三天后的那个午后，一场滂沱大雨淹没了整个乌石，韩奕站在翠微公园的门口，任凭雨水从他的头顶倾泻而下，他在狂乱的风中剧烈发抖。那一刻，他才知道一切都结束了。

　　陈子妮把他从大雨中救回了家。韩奕并不知道陈子妮是路过还是专门来救他，总之，他在略作了反抗之后跟着她走了。在她的房间里，她看着他，把他的头抱过来，抚摩着他湿透的头发，她说："别想了，好好睡一觉就没事了。其实，她也许只是一时糊涂，说不定，她还是爱你的。"

　　韩奕说："她不要我了，我真的想哭。"

　　陈子妮说："想哭就哭出来吧。哭完了就当什么都没有发生。"

　　韩奕努力地想哭出来，可当他作了几次尝试才发现，他根本就没有眼泪，也不能发出哽咽的声音。但他能明晰地感到，眼泪已经流进了他的心里。他甚至能听见自己内心哭泣的声音。

　　韩奕并不想把自己的痛苦转嫁到别人身上，在陈子妮为他拿了罗玉松的衣服要他换上的时候，他突然转身出门。他对陈子妮说："我不想让你看到我的狼狈。"

　　走在路上，雨停了，阳光说有就有了。韩奕突然有了一个连他自己都觉得吃惊的想法：或许，他和小然之间只是一场误会；或许，小然有着无法言说的苦衷；或许，她只是故意要这样让他难堪……总之，他想不出任何她要伤害他的理由。他坚持认为，小然还爱着他，一如陈子妮说的那样。

　　韩奕本来已经绝望的心受了陈子妮的安慰而再次复活了。他觉得自己十分有必要找到小然，把这一切弄明白，她一定要给自己一个合理的解释。如果说之前的等待小然仅仅是换回他们即将泯灭的爱情,那么,现在的寻找就变成了一次质问,一次悲壮的决然。韩奕更加坚信了自己写信给小然的做法是正确的,那些都将作为他质问她的有力证据。韩奕觉得小九、苏武、裴少安,所有的人,都是那么的不可靠,唯有靠自己才能真正揪出小然来。

事实上,韩奕所受到的伤害,也超出了小然的预料。她没想到自己费尽心思逃避的爱情竟然会以这样一种毫无预兆的结局呈现。他更没想到余可会对韩奕施以拳脚。而更令她没想到的是,韩奕在面对余可的攻击的时候,不堪一击。她心里对韩奕抱有的最后一丝希望就在那一刻幻灭了,她当时竟没有想到安慰韩奕,就随着余可的愤怒匆匆离开了。尽管她责备余可不能随便打人,可余可却一脸正义地说他要保护她。小然知道,这原本就不是余可的错,要有责任,也是因她而起。

所以,对于小然来说,躲避韩奕已成了一个铁的事实,要说之前的躲避,还有余地可言的话,现在的躲避就显得十分迫切。她已经没有退路了,若是再和韩奕相见,肯定是怒目相向。她不愿这样的事出现。

小然躲进方捷的怀里,神情不安。

方捷因为小然的到来,异常兴奋。她已经很长时间没有这样搂着她了。望着无助的小然,她的心里升腾起一股短暂的温暖。最近,她想了很多,那种前所未有的寂寞也纠缠了她很久。从内心来说,她真的不愿放弃小然。她在小然身上倾注了太多的爱,用孤注一掷这个词来形容,并不过分。不知从何时起,她就反感那些言不由衷的男人了。她瞧不起他们,尽管有人还是喜欢她,但她还是觉得那么不可靠。唯有小然,才能完全属于她。她是那样娇柔,那样乖巧,即使偶尔和她赌气,也都是小孩子一贯的做法,她能容忍她的一切,甚至把它看成是一种撒娇。有时她觉得,她再也不能离开小然了。

可小然终究还是要走属于她的路。她不可能听命于她,从她开始反抗以来,从她躲避她以来,她觉得她真的要远走了,伤感纷至沓来。小然就像是她养大的鸟,如今翅膀硬了,注定要高飞,这是她阻拦不了的。当然,方捷并不是无情且不可理喻的人,她觉得她应该尊重小然的选择,就算是她给自己找了一条后路,不然,等小然真的挣脱了,她反而两手空空,连小然的一次原谅都不能得到。

小然说:"姐,我该怎么办?"

"你还爱他吗?"方捷指的是韩奕。

小然点了点头,接着又摇了摇头。说真的,她自己也不知道。

"那就放弃吧。"

"可我不忍心。"

"我能确定，你的不忍心其实是对他的愧疚，而不是爱情。"

"我只是觉得，我真不该这样丢下他。"

"但很多事，一旦发生了，就不能回头。"

"是，我明白，可……"小然抬起头盯着方捷的眼睛说，"姐，你总是这么清醒。"

"那是因为我很理智，自欺欺人是愚蠢的做法。"

小然站起来，理了理头发，说："我决定了，我要离开这儿。"

方捷的心情立刻消沉起来，她看着小然整理自己，最后终于说："那就和他一起走吧。"她顿了顿，又说："走之前能让我见见他吗？"

"谁？"小然故作轻松地问。

关于余可的事，她一直隐瞒着方捷。也许，她早已经有所察觉了，只是没有捅破这张纸而已。小然只是担心，方捷会和她争吵。前两年，也有男生喜欢她，当她告诉方捷的时候，她竟然愤怒地摔碎了手中的碗，碗里的米饭散落一地，她还不甘心，用脚去踢那些碎片，不料，划伤了脚。血渗出了白色的丝袜。她呵斥小然离她远点。那时起，小然就在方捷面前小心翼翼，她根本就没想到她会那么冲动。所以，在后来的日子里，小然都不会提到任何一个男生的名字，即使是方捷提到了，小然也仅仅是随意一听，并不多说。关于余可，她仍然只字未提。

小然不知道方捷从哪个途径觉察到了，只是感到惊异，但没作任何解释。

有些事，一旦决定了，就必须速战速决，离开也一样。也许，这是逃避韩奕的最好办法。小然托人在厂里办理了病休，厂里按规定付了小然所有的工资和押金。她搬出了苏奈尔，住在小九的房子里，开始整理东西。她在这里生活了四年多，所有的东西加起来，几乎塞满了小九房间里的所有空隙。好在，小九经常不回来，她大多时候都在三十六度待着。小然把这些东西逐一分类，然后把大多数挑出来送人，重要的就留给小九。她说，她不想把这里的不安带进她新的生活里去。

换一种生活，这本身就具有新意。小然并不奢望爱情或者结婚，只要能和一个可以信赖的人共同开始另一种生活，相互分享彼此的一切，就好。

想起以前和小九刚来乌石的时候，她们手挽着手，新奇地看着街道上的店铺，看着成双成对的男女，心里感叹，等挣钱了，就买自己想买的东西，吃自己想吃的零食。可真正挣到钱了，却又心有不甘，省吃俭用地节约下来，把几乎全部的钱都寄回家里，指望着父母能在一封信或是一次电话里，表扬她们。就那样过了很久，才发现父母并没有表扬什么，但向家里寄钱却已经成了一种习惯。父母总是来消息说，家里穷，要节约花钱，除此之外，不再多问。而贫穷的烙印已经镌刻在她们的心里，生根发芽。只有努力赚钱，才能使她们心安。如今回头来看，四年的时间里，她仍然空空如也。

所以，并不能奢求未来能拥有更多，只要幸福的余光能波及生活的浅处，已经足矣。

小然整理好了自己的包裹，把它们放进木板床下的深处，然后，把房子还原到之前的样子，才坐在床边给余可打电话。小然从来没有主动找他做过什么。这个沉默坚定的男人，总是如影随形般地出现在他应该出现的地方，包括时间、地点和心情都合乎时宜。他从没要求过小然为他做什么。正因为这样，小然才不能确定余可的想法，她不知道他会不会像她想象的那样，义无反顾地跟她走。他们之间更多的是一种默契。而面临一种选择的时候，谁都不能保证对方会真正为自己作出牺牲。

余可在二十分钟之内赶到了。他急切地向小然表达了他对她的担心，他怕她出事。他的额头甚至有了一层细汗。

小然淡淡地说："我决定离开乌石。"

"到哪儿去？"余可似乎毫不意外。

"我也不知道，只是还不想回家。"

"你一个人走吗？"

"嗯。"

之后，便是良久的沉默。他们各自面对面坐着，看着对方。

过了一会儿，余可说："我们一起走吧。"

小然没有回答他，仍然紧盯着他的眼睛，她希望能从那里看出他内心的真实。

"不管去哪儿，我都陪着你。"余可的语气平静而又不容反抗。他掏出电话，打给另一个人说："明天请帮我办理退厂的手续。"对方是一个女人的声音，似乎很惊讶，想继续询问，余可却挂了电话，对小然说："是我姐姐。"

"姐姐？你还有个姐姐？在苏奈尔？"小然从没听过这事。

余可笑了笑，说："这没什么，我没有提起过，只是找她办理退厂的事方便些。"

"那总会有姐弟聚会的时候吧？"小然很不解。

"其实，我们关系并不好。她恨我母亲。"

"怎么了？"

"我们是同母异父的两个人。我母亲当初生下她之后，就和我的父亲结婚了，至于当初是什么原因迫使她再嫁，谁都说不准，母亲也没有提过。但她忘不了姐姐，偶尔还会去看她。姐姐的父亲后来一直没有再娶，据说因经常喝酒闹事，又不好好干活，生活潦倒。不管母亲对姐姐如何照顾，姐姐却始终恨她。她不愿和我们任何人来往。直至我来了乌石，我们才相认了。但也仅仅是相认而已，并没有过多的交往。"余可说着，叹了口气。

小然没想到这一问，竟然问出他的家事来，惹他伤心，便不再多问。这儿的一切马上就要和她无关了，一段别人家的往事不提也罢。

小然看出了余可的真诚，她被感动了。这种感动令她不适应。这个男人帮她做了所有麻烦的事，照顾她，迁就她，愿意为她放弃一切，这就已经够了。小然转过身去，背对着余可，走到窗前。夜晚慢慢热闹起来，远处的灯火愈加迷人。她竟然感到眼眶湿润，她不动声色地轻轻擦掉那些将要溢出的液体，在心里和韩奕告别。

那个晚上他们住在一起。在小九的房间里。从来没有男人在这儿过夜，甚至，除了南洋之外，就只有余可来过这个房子。最近，小九也很少来。

小然也惊讶于自己唐突的决定，但内心里，她并不感到害怕，反而有一丝急于求成。她始终是那样清醒。也许，在她看来，她之所以这样做，多少也有着还债的想法。她不希望，在她离开乌石之后，留下遗憾，即使余可并不能随她而去，或者，他根本就不爱她，仅仅是愿意照顾她而已。而她真的不想欠他什么，她不想韩奕的事在余可的身上再次发生，那样的话，她将背负着两座沉重的负担，她定然受不了那种揪心的折磨。

小然从床底下取出半瓶白酒，标签上全是英文字母，看也看不懂。小九总是会从南洋那儿带来客人留下的各种各样的酒。有时，她们就两个人坐在地上，说着话喝上一些，等迷迷糊糊睡去，也不管谁压着谁，一觉醒来，又各干其事。小九说："酒是止疼良药。"

余可显然不谙此道，在他们相对而坐的时候，他的脸色绯红，在突然以这样私人的行为面对小然的时候，他多少都有点局促不安。而小然则能很好地驾驭现在的氛围，她觉得在他们即将彼此拥有对方身体的时候，已经没有什么欲望可以对他隐藏了。

小然一边喝酒，一边对余可说着那个名叫韩奕的男人，从那个杏子黄了的时节开始，一直说到余可对他施以拳脚的那个晚上。她一边说一边哭。她不断地重复一句话：我对不起他，可我不爱他。她说："我已经给了他那么多的机会，我肯定不能再爱他了。"小然喝了很多酒。

余可此时才发觉，他对小然了解得太少，她的过往还有多少忧伤，她的爱情是否真的是为他而停留，他反而有些迷惑了。

余可把小然扶到床上，脱掉她的鞋子，他本想脱掉她有些肮脏的牛仔裤，但犹豫了片刻，还是停住了。他给她盖好被子，倒了一杯冰水放在床头，然后躺在她的身边，轻轻拥过她的头，让她枕在自己的胳膊上。

　　直到这一刻，余可依然没有想到做爱，尽管在他们喝酒的最初，他还是对做爱充满了渴望，况且小然也作了某种暗示。但他却喜欢这种身体相互紧靠在一起的温热的感觉。

　　人是奇怪的动物，往往对于某些事情之前已经期待很久，但当真正拥有的时候，反而觉得稀松平常，做爱也一样，有时候，人们就会被那种莫名的兵荒马乱的感觉扫了兴致。

　　小然口干舌燥地醒来的时候，大约是凌晨四点多。她惊异于时间过得飞快，并庆幸自己度过了一个睡眠质量很好的晚上。她一口气喝完了那杯冰水，看到了身边睡得正香的余可，他的身体里流淌出清新的味道，与方捷所散发出来的烟草的味道迥然有别，这是一个单纯而又洁身自好的男人特有的气味。小然慢慢镇静下来，梳理了一下思绪，才明白了一切。她走到窗前，看到外面深蓝色的夜空，心中不免怅然。她再次反身，回到余可的身边躺下，没有惊扰他。

　　再次醒来，已是早上十点。小然被电话声吵醒，迷糊中接过电话，是余可。他说，他一早出去办完了离厂的手续，想问问小然有没有作好决定。小然这才回过神来，看了看身边，发现余可早已不见了。她说："下午我带你去见一个人。"

　　"谁？"余可觉得很突然。

　　"到时候你会知道的。我们必须和她道别。"

　　余可说："好吧。"

　　"你会后悔吗？"小然想了想又问。

　　"不会。"余可的回答很坚定。

　　小然说："那你到底有没有仔细地想过呢？"

　　"没有。"余可坦白地说，"我只凭感觉。"

　　"那你怎么知道我们肯定会幸福？"

　　"我有直觉。"余可说，"至少我知道我爱你。"

　　"那好吧，下午见。"

　　挂了电话，小然重新躺下，阳光透过玻璃，强烈地照在她的脸上。她想她应该起床了。

　　中午，小然没有约任何人，她想一个人再看看乌石让她留恋的地方，说不定，这一去，真的就再也回不来了。她毕竟在这里生活了四年，她把青春中最美好的时光都留在了这里，真到走时，却有些不舍。

　　为了安慰自己，小然去了第三街的一家服装店。第三街的铺面本来就生意清淡，再加之上班期间，中午也很少有人逛街，每个厂里午休的时间都很紧张，不允许员工有闲情逸致。服装店里没有客人。女店主正在看着头顶的电视，小然走到她的身后叫了一声，她才回过神来。老板娘和小然很熟，他们曾经在同一条流水线上干过。她嫁了个有本事的男人，就在外面开了店。小然是她的常客。小然转来转去，选了一条粉色的布裙，布料质地很好，柔软的感觉令人心情愉快。

从服装店出来，迎着阳光站在当街，小然竟然产生了一种无法遏制的冲动：她多想再看看韩奕，她想知道他的工作和生活，她想看看他的脸，因为有那么一刻，他的脸在小然的印象中竟然也会模糊不清。她真担心，她走后不久，她就会忘记他。

所以，小然义无反顾地向泰安公司走去。不远的一段路，小然觉得自己走了太久，以致浑身出汗。等她走到门口的时候，才发现，厂门紧闭，守卫森严。她凑近门缝向里看，没看清任何一个人影，就被保安呵斥。待呵斥了两三声没有见到效果时，那个小个子保安就径直走过来，用警棒捅了捅小然，问她要干什么。小然的心情一下子糟透了，就连那种急于见到韩奕的想法也突然消失了。

她狠狠地瞪了一眼保安，转身走开。那小保安小声嘀咕："神经病。"小然并不和他一般见识。她远远地走开，站在马路牙子上，手倚着椰子树，向楼上的车间看。她真的看到了几个人影在玻璃窗子前走动，其中一个很像韩奕。小然生怕韩奕从窗子里看到她，就又躲到树的后面，再次看时，却什么都没有了。

就这样，小然怀着失望的心情离开了。寂静中她很迷茫。她问自己，这样的结果是我想要的吗？我到底爱不爱余可？和余可在一起会比和韩奕在一起更加快乐吗？我要到哪儿去？哪儿才是我的归宿？难道仅仅是为了逃避吗？小然一下子觉得很乱，她发现自己竟然是个需要被同情的人，对于这个她生活了四年的地方，至今她还是一个陌生人，而且是那样的一目了然。

小然迅速地回到住所，突然很累。她没有试穿衣服，把头藏在被子下面，迷迷糊糊睡去。

下午见面的事，方捷已经准备好了，仍然是三元镇的荆江饭店。只要是她们相处，方捷总会选择那儿，方捷说她喜欢那个二楼靠近窗子的地方，能看到远处。其实，那儿是小然答应方捷要和她好好相处的一个开端之处。

余可显然经过了一番精心的打扮，头发黑亮，一丝不乱，棕色的休闲皮鞋不沾尘埃。他先行在三元镇的上岛咖啡屋门口的大十字路口等待。那是小然要求的。小然不想和余可一起出发，因为她不想碰见熟人，也许是上次碰见韩奕留下的后遗症吧，她仍然对和余可同行感到胆战心惊。

上岛咖啡屋在荆江饭店的隔壁。小然到时，天色已经暗下来。十月已过，天气依然闷热，她的心里竟然有了莫名的烦躁。也许，这样糟糕的情绪在她出发时就已经有了，只是她故意没有那样想而已。或者，是她排斥这种情绪的原因，之前并不觉得就可恶，而现在当她和余可经过上岛咖啡屋墙壁的镜子时，才发现走在人群里的自己是那样的突兀和惶惑。她竟然有些害怕了。如果不是余可跟上来伸出手扶住她的肩膀，并且她的目光刚好落在余可白皙的手指上的话，她定然会十分颓丧。但，他的手指显得那样温暖，她竟不知不觉间跟上他躲开了那面镜子。

事情发生得很快，结局是谁都没有预料到的。

小然刚进入二楼，方捷把头扭向窗外，不良的气味就在瞬间蔓延过来。方捷一回头，她脸上的表情竟立刻有了一百八十度的转变，由喜而惊，太快了，那喜色甚至还停留在她的眉宇之间，但她却睁圆了眼睛，目光拐过小然，径直落在余可身上。余可也停下来，吃惊地望着方捷。

小然刚好走到桌边，她看了看方捷，又看了看身后的余可。她疑惑地看着他们，说："怎么了？"

余可从后面跟上来，对方捷说："怎么是你？"

方捷怀疑地把目光转向小然。她想知道小然是不是故意捣鬼，余可对她来说简直是太不可思议了，这是一个多么遥远的概念，她从未曾想过和小然交往的这个男生竟然会是余可。她突然觉得小然是向她开了一个天大的玩笑。她感觉到她一时控制不了局面。她问："真的是他吗？"

小然点了点头，又看了看余可，然后坐在方捷的对面。余可还是站着，站在两个女人中间，他觉得自己对眼前这个他喜欢很久的女子还是无法把握。

小然打破僵硬的气氛，起身让余可坐到里面去。说："怎么了？你们认识吗？"

方捷转过头，继续看向窗外，接着点燃了一颗烟。

余可说："算是吧。"他的眼神有些焦虑。

"怎么还抽烟呢！"小然用一种近乎撒娇的语气对方捷说。说完，她站起来，企图拿掉方捷手上吸了半截的香烟。不料，方捷却突然转过头来说："你不会是故意这样做吧？"她面带愠色。"总不会是合伙来气我吧？"

"什么啊？"小然大叫起来。她质疑地看着余可。

余可低下头，说："她是我姐姐。"

"什么？姐姐？"小然觉得自己一下子没了力气，跌坐在椅子上。就在这时，大滴的眼泪就从她的眼眶里流了下来，还来不及破碎，打在她的手背上，冰冰凉凉的。

　　谁都无法理解小然此时的绝望。她的心里原本有那么多的柔情和希望，她想把这一切都交给身边的这个男人。也就是说，她要跟眼前这个和她厮守了将近四年的女人诀别。她想走离她的影子，她觉得自己已经长大了，能自己决定自己的命运和爱情了。她并不是一个喜欢和女人纠缠不清的女子。老实说，她并不喜欢来自女人的爱抚，但很久以来，她都是这么做的。可谁又能想到，她选择的爱情最终还是停留在她的阴影里。这个令她孤注一掷的男人竟然是她的弟弟，简直就是笑话。

　　小然以为自己已经没有理由待下去了。她发现眼前的一切仍然是那么陌生。结局已经出来了，她不可能和这两个人继续在感情上有任何延续了，她又回到了韩奕没有来时的状态。区别只是，现在连个起码的念想都没有了。那时是因为寂寞，而现在却是没有边际的孤独遍布全身。一切让人迷惘起来，就像一个人参加聚会，而周围却全是陌生的面孔。

　　小然站起来说："我要走了。"

　　余可也跟着站起来。而小然对他说："让我一个人先走吧。"

　　余可问："你怎么会哭呢？"

　　小然苦笑了一下，泪花闪着晶莹的光，离开了座位。余可在身后大喊："那你要我怎么办？"

　　小然说："问问你姐姐吧。"然后头也不回下了楼梯。

　　凌晨两点，小然收拾好了行李，坐上了去往广州的汽车，她要在早晨六点，坐上回家的火车。她知道，除此之外，她别无选择。她想回家看看。

第十四章　在泰安

　　泰安公司的整治势在必行。韩奕在近二十天的时间里收集了大量的资料，从配料到包装的整个流水线上，他都进行了仔细的观察。他发现原料的浪费和熟练员工的流失是造成生产成本增加的主要因素，对此他写了缜密的汇报材料。同时，他对每个流程的用料作了严格而详细的估算。

　　韩奕在卢经理的举荐下，参加了董事会。会议室在行政大楼一楼。大厅里全是各个部门的中层管理员，他们都穿着蓝领的衬衣，女的配有深蓝色的布裙，和车间里红领的员工截然不同。衣服就决定了他们的身份，他们的眼中有着普通员工所没有的慵懒和自豪，看人的样子很乏力，只是抬抬眼皮，含混着不屑的鼻音。韩奕还没有领到上班服，他依然穿着刚来时的那件白色的衬衣，最上面的一颗扣子没有扣上，灰色的休闲裤，膝盖发白。看起来就是一个潦倒的人。

会议室的豪华与外面的格局大相径庭，巨大的椭圆形桌子周围坐满了泰安公司的高层干部，有几张陌生的面孔，室内鸦雀无声。董事会一周一次，像是皇帝上朝，固定不变。有几个人神情严肃，像是改朝换代的严峻。

韩奕和黄亚玲、廖晓辉、唐海峰四人坐在后排的凳子上，像是候审的嫌疑犯。黄亚玲小声对身边的廖晓辉说着话，廖晓辉紧张地看着周围，不敢应和。不多时，董事长进来，后面跟着她的秘书姚梅。大家都站起来，等董事长坐下了，才各自坐下。董事长是个秃顶的男人，年龄超过了六十，魁梧而白皙，目光炯炯。女秘书是个嘴巴略大的女子，身兼着公司的财务，韩奕在第一次核实工资的时候见过她一面，给人一种冷漠的感觉。当初的印象并不好，公司员工传言，她是董事长安排在公司的眼线，有生杀大权，大小事务都由她向董事长汇报，就连罗经理都对她有所顾忌。

会议开始后，各个部门对最近的业务作了简要的汇报。然后卢经理提到了成立企划课一事。他示意韩奕把他写的材料作一简要概述。韩奕站起来，正要发言，就被董事长制止了。他说："今天就成立企划课，不知大家对课长的人选有什么意见？"

董事长话音刚落，黄经理就说："我看让黄亚玲担任吧。"她示意黄亚玲站起来，"她对工厂的情况已经非常了解了，而且在三元镇的工厂里做过企划，有些经验。"

"怎么能让一个小女孩担此大任呢，韩奕已经对搞好企划有了自己的想法，而且都十分具有针对性，我看让他来做吧。"卢经理争辩道。

董事长看了看黄亚玲和韩奕，低头沉思了片刻，说："这是一个很重要的部门，刚刚进来的员工还不熟悉，不如就让姚秘书暂任课长吧。"说完，他宣布散会。

大家都走了，会议室里只剩下了姚梅和韩奕、黄亚玲、廖晓辉、唐海峰五人，算是企划课的全体成员。姚梅首先拿出了事先制定好的制度和计划，宣读了一遍，就要求大家商讨，看有没有需要改进的地方。黄亚玲对此十分不屑，她的心里还憋着一股气，她对姚梅的设想作了诸多不合理的辩驳。两个人在会议室里争来争去，谁都不服谁。韩奕和廖晓辉、唐海峰都闭口不言，看着她们争吵。姚梅在万般无奈的情况下宣布散会。她要求大家把办公的地点由原来的车间搬到行政大厅，她在右侧的边上腾出了四个空位。

下午，姚梅领着众人在各个车间里训话，召集所有的员工，在机器的轰鸣中，她鼓足了气，讲了这次企划课整顿的目的和坚决性，希望大家都能好好配合。她的声音因为大喊的缘故，十分尖利，惹得几个员工偷着笑。韩奕他们躲在队伍的后面，也跟着笑。

企划课整治的第一项便是卫生。垃圾成堆已是困扰泰安的一个大问题。由于不断地更换工人，使得每一条流水线的员工几乎每天都发生着变化，这不但影响了生产的进度，并且由于操作不熟练，制造了太多的不合格产品，这些塑胶制品统一堆放在院子的角落里，加之清理不及时，严重影响了员工的生活。不大的空闲地带就显得愈加窘迫，唯一的篮球场地因此便成为垃圾场。当然，泰安多年来积累下来的废品并不止这一处，各个车间的仓库更是乱得不像样子。姚梅一面带领大家对车间进行卫生监督，对没有及时清理的地方贴上红牌，若有某个员工对这样的检查置之不理，便以扣除奖金作为惩罚。由于她监管着财务，任何人的工资都要经过她的审核方能送去董事长签字，所以，大家便不得不全力以赴保持自己的周围干净整洁。另外，姚梅督促各个仓管彻底清除仓库，把废旧物品归类统一处理。她持有尚方宝剑，无人敢不从，尽管大家对这次变革怨声载道，但也只能小声嘀咕，不敢顶撞。这样做的好处是，企划课在短短的几天内便备受大家瞩目，地位一下子提升到了任何部门之上，任何人都对企划课另眼相看，敢怒不敢言。韩奕他们因而得到了所有人的尊重，包括那些狐假虎威的保安，更是想法讨好他们。

姚梅在这次整顿中树敌太多，这与她挟天子以令诸侯的霸气有关。大家对她避之唯恐不及，任何一个与她有所沾染的人，都会成为公敌，所有人都在背地里骂她几辈子祖宗。韩奕也不得不跟着众人的风向走，背地里说上几句她的坏话。有人传言，姚梅是董事长的情人，甚至有人添油加醋地说得十分详细，几个人津津有味地仰着脸听着，咬着牙，痛骂她是婊子，骂完了才觉得十分解气。

黄亚玲是公开和姚梅作对的人。当然也只有她这样具有极好背景的人才敢做出头之鸟。黄亚玲是个口齿伶俐的女子，和人争执起来就像泼妇骂街，毫不温婉贤淑。每每开会，她总是和姚梅打口水战，即使姚梅咄咄逼人，但在黄亚玲得理不饶人的攻击下，还是显得捉襟见肘，每显败象。而每当这时，姚梅便以散会来挽回局面，及至黄亚玲离开了，她又叫住韩奕等人，继续讨论。廖晓辉和唐海峰抱着混日子的心态，一言不发，面对两个女人的争吵，他们总是微笑着，看她们像两只斗败的公鸡怏怏散去。对于姚梅要讨论的问题，他们也从不发出别样的声音。如果被安排了，就慢腾腾去做。他们还以世故圆滑的姿态告诫韩奕：少说话，多做事。韩奕最初也想学着他们的样子，看姚梅孤军奋战，但他最终还是忍耐不住，他的顾虑太多，他怕如此混下去，到最后，在他一无是处的时候，被人家一脚踢开，他又会回到原点，他珍惜这份工作。再说，他觉得自己有责任，他不想让自己又一次变得无所事事。于是，在工作中，韩奕试图接近姚梅，和她一起讨论方案，尽管这样做可能会使他招人臭骂，会让大家感到他是可耻的，但他还是要做，因为这是他的工作。

韩奕的日子就这样充实起来。跟着姚梅和大家一起例行检查之后，剩下的时间还是自由而充足的。韩奕仍然躲进五楼的打样机后面，沾沾自喜地给小然写信。他的信已经写到了他刚上大学的某个温暖的午后。阳光穿过北京杨发黄的叶子，点点斑驳地照在陈旧的操场路面上，他坐在水泥看台上，读着小然从乌石寄来的信，信中还夹着一百块钱，他仰起头，对着阳光看那张红色的钱，看着看着，就觉得十分恍惚。小然的信是带着清香的信纸，他把它贴在脸上，试图嗅到她的气味。她在信中说："请原谅我最后一次离开你时，你还蒙在鼓里，我并不是有意悄然离去，而是你的爱让我感到了压力，你是那样的优秀，而我却一无是处，你知道吗？不过现在好了，我又一次能鼓起勇气面对你了，我们之间又一次公平了。"

那是小然离去七个月零十天后，韩奕第一次收到的有关她的信息。他知道小然在联系他的过程中费尽了周折。他被感动得一塌糊涂。当时韩奕就想，他们的爱情定然能天长地久。

韩奕写道："这样的一幕场景，熟悉得就像是在梦里演练过无数回一样，我看完信，哭过了，就在操场上一边小跑着一边大笑。我想告诉每一个人，我的心里充满了幸福，是一种近乎疼痛的幸福，我把信贴在脸上，不忍睁开眼睛，不愿让这样的时光迅速而过。"

写下这句话，韩奕又一次闭上眼睛，回味着那次如初见般的幸福。

韩奕自己也没想到，他居然自欺欺人地认定，小然对他的伤害不是有意为之。但那件事带给他的阴影还是挥之不去，已经变成了一次刻骨的疼痛镌刻在他的心底。是以，他要找到小然的目的是混杂的，质问成了主因。也许，这样的寻找毫无意义，但他还是想弄个明白。

韩奕已经有些时日没有去苏奈尔门口了，那儿已然成了他的一个伤疤，但他还是想去，他期望小然会在某一时刻从那儿出现。

晚上八点，换洗完毕，韩奕独自出门，在厂门口他又见到了付萌的那个小巧的女朋友。韩奕向她打招呼，她就小跑过来，问韩奕是不是去约会。韩奕苦笑一下说："我们分手了。"那女孩惊讶地睁大了眼睛，说："你们都已经好多年了，怎么说分就分了？"韩奕说："不喜欢了，就分开了。"那女孩被韩奕故作轻松的话说得半信半疑。

她说付萌没生活费了，她给拿了些。韩奕心里暗自心惊，昨天晚上，他还见到一个鞋垫车间的女子坐在付萌的腿上嗑瓜子。那女子坐在他腿上撒娇，付萌的手游走在她的后背。当时，韩奕一面感慨，一面悄然退去，没有惊动他们。而现在，这个无辜的女子竟然还在这儿等他，她看起来就像前几天的韩奕，真是太可怜了。

韩奕问要给他多少，她嘻嘻地笑着，不作答。韩奕趁机离开，他怕再多停留一会儿，他就会忍不住说实话。

苏奈尔门口，已经十分热闹了。韩奕照常站在那棵椰子树后面，隔着马路，翘望着那扇灯火通明的大门，进进出出的女子依然如先前一样耀眼。

一个黑影从右侧闪过来，在韩奕面前大喊一声，韩奕一惊，定神一看，是裘少安。韩奕已经有二十天没见他了。裘少安显得有点邋遢，胡子有好几天没有刮了。他双手插在裤兜里，嘴里叼着烟，有点喜出望外。他说："总算把你逮住了。"

"找我干什么？"韩奕现在已经对他有所怀疑了。他怕他再借钱。

"我不想去以前的厂子上班了，想去泰安。"

他以前的厂子？韩奕听着十分陌生，他不知道裘少安以前是在什么厂子上班，或者，他到底有没有上班，他不清楚。他只好说："泰安也不轻松，工资又不高。"韩奕不想和他一起上班，万一有所差池，就会连累自己。

"我都已经揭不开锅了，你要帮我！"裘少安一副无助无辜的样子。说着，他就把自己的所有口袋翻了个遍。"我已经走投无路了。再不进厂上班，就要横尸街头了。"

"那你就自己去应聘啊。"

"说实话，我已经去过了，可我的身份证丢了，人家不要。"

身份证是任何一个在外地闯荡的人不可或缺的硬条件，没有身份证，寸步难行。当然，要在一个不属于自己的城市混下去，还要有暂住证、结婚证等一切证件，不然，那些治保会协警就会像阴魂附体一样缠着你不放。

韩奕深知其中的心酸。他说："那咋办？"

"你跟人事部说情，让通融一下吧。"

这样的事倒也不失为一个办法，泰安有这样的制度——但凡没有证件的人，可以通过别人的担保进厂上班，而一旦发现问题，直接责任人便是担保的人。这是有风险的，况且，裘少安已经给韩奕留下了不良的印象。但他展露出的可怜相，不容韩奕拒绝。

之后，裘少安厚着脸皮央求韩奕请他喝酒，韩奕无奈，只好请他，喝酒

100

的间隙，裘少安才对韩奕说了实话，他说这几天运气不好，玩牌总输，欠了一些钱，他需要上班还债。韩奕听着很气愤，但又觉得不能不帮他，出门在外，谁没有个难处，他们还曾经是好朋友呢。

韩奕跟人事部的主管说了情，那个女人在韩奕落魄的时候，有点瞧不起他，但现在却对他另眼相看了，说话的眼神和语气都比以前温柔了好多，再也不是一副冷冰冰的样子。她二话没说，就答应了韩奕，还说正好"鞋垫"车间招人呢。韩奕又按照人事主管的意思，向罗经理说了一次，罗经理说："倘若出了问题，我可要找你的麻烦。"

姚梅和黄亚玲之间的争吵越来越频繁。能看出来黄亚玲有时是故意为难姚梅，比如说姚梅让企划课的人按照韩奕的方式来估量自己所负责的车间的标准用量，而黄亚玲以无从下手为由推脱了，她说："如果姚课长能做一次示范，也许还能学着试试。"

姚梅被她的傲慢激怒了，训斥她："如果觉得自己能力不及，就趁早卷铺盖走人，这年头，就是人多，又不缺你一个。"

姚梅说这话的时候，大家都在场，这让黄亚玲很难堪。她瞪大了眼睛，"你什么意思？"

姚梅也许要在这时给她一些颜色看看，因而也怒目相向。"这里我说了算，你明白吗？"她的语气格外冷淡，镇静得让人感到意外。她表现出了超出黄亚玲十倍的老练。她接着说："不管你平时说什么，做什么，我都能容忍，但请你弄清楚，在企划课，你至少要做好你的本职工作，不然，说再多的话都毫无用处。"

黄亚玲试图扑上来，被廖晓辉拽住了。姚梅冷眼看着她，她的沉着令韩奕吃惊。但为了消解这场矛盾，韩奕还是把姚梅推进了她的办公室。黄亚玲在外面喋喋不休地争辩着。廖晓辉和唐海峰把她拉扯出去了。韩奕给姚梅倒了杯水，他想对她说几句安慰的话，尽管他并不喜欢做这样的事，但作为她的下属，他有必要那样。可没想到他刚要开口，姚梅却抬起头，问："你还有事吗？"一句话把韩奕到嘴边的话硬生生逼了回去。韩奕觉得无趣，遂转身离开。

这件事使得企划课在起步之初就弥漫了一层沉闷的空气。而韩奕则变成了两个女人之间传话的工具，她们都盘算着自己的诡计。谁都能看出来，她们之间要上演一场大战。

韩奕不关心她们之间的明争暗斗，说实话，他对两个女人都没有好感，而恰恰因为她们的互不相让，使得韩奕在企划课的地位日益抬升，有些事情，韩奕就能作出决定。

付萌如韩奕预料的那样，偏离了正常的轨道。他在一夜之间突然消失了，而伴随着他一起消失的，还有两台笔记本电脑，也就是说，付萌偷了公司的电脑，而保安竟然没有发觉。那天早上早操结束后，和付萌黏在一起的那个女子向罗经理汇报了这件事。她说她起初还以为付萌仅仅是请假了，但她后来才发现丢了很多东西，包括她的一些私人物品。她给他打电话，可电话关机了，她又去男生的干部宿舍找他，可舍监说他昨晚就没有回来，而他的柜子却已经清空了，除了一床破被子之外，什么都没有留下。舍监还说，最近他总是往外搬东西，说是要住到外面去。那女子一听就急了，前天付萌还对她说他的母亲生病了，等着钱急用，她就借给了他三千块，那是她准备寄回家的钱。

罗经理随即去打样室查看，发现付萌还带走了公司的保密材料。后又去保卫室查看昨晚的录像，就发现了付萌背着一个大包出去了，而当时竟然没有保安检查。显然是值班的保安渎职了。"狗日的，谁值的班？"罗经理马上就在保卫室咆哮起来。他觉得这都是保安不负责任造成的恶果，"让他滚蛋，工资一分钱都别想拿到手。"

保安被开除的事一传开，所有人都纷纷检查自己的物品，大家本能地紧张起来。

鉴于付萌事件带给公司的恶劣影响，姚梅便率领企划课联合保卫课在员工和干部宿舍进行了一次大检查，他们像土匪一样分头去翻看员工的柜子和床。在短短的一个小时内，就发现了很多赃物，其中最多的便是鞋底和鞋垫。据保安队长透露，鞋底和鞋垫在厂外有人专门收购，他们把这些转手卖给外面的私人制鞋作坊，他们经常能查到那些偷了鞋底或是鞋垫的人，想出很多奇特的招数：有人把鞋底绑在腿上，每天出厂时带走两双；有人缠在腰间；也有人把鞋垫垫在鞋子里。他们坦言，如果仔细追究起来，清清白白的人在泰安找不出几个来，只是他们都睁一只眼闭一只眼。他们说，大家都是养家糊口的，逮着谁都不好交代，再说，万一招惹了人，他们在外面就没办法混，出门在外，谁想给自己惹麻烦呢？后来，大有向韩奕透露，保安大多都和专门偷东西的人有勾结，他们里应外合，然后一起分成，这已经是一种行规了。

想当然的，这一次突击检查引发了动乱。姚梅要严惩那些偷窃的人，而偷窃的人又不愿意站出来承认，还有几个人因为找到了自己丢失的东西，就和那偷窃的人三言两语打起来了，空气中瞬息就弥漫了紧张的气息。下午四点，天空阴沉，城市更加闷热。所有人都情绪不稳，后来，干脆一起罢工。

剑拔弩张的情况下，大家都幸灾乐祸地把矛头指向了姚梅，责怪她太意气用事。姚梅被那些经理们训斥得毫无还口的机会。有人要严惩不贷，有人说要上报董事长，又有人说给员工道歉，谁都怕引火烧身，可谁都希望事态扩大化，他们心知肚明。他们都觉得这个女人是自取其辱，也该让她见识一下，不然她还真会翻了天。可姚梅在这次事件中所显现出来的淡定让所有人都刮目相看。她命令企划课和保卫课的人收缴所有的赃物，然后又电告董事长给所有清白的人增加一百元的奖金，对于偷窃的事则只字不提。她没有惩罚任何人，就这样把事态压了下去。之后，她对保安制定了更加严格的搜查制度，并发出公告，但凡再有犯者，必定严惩。

两天后，韩奕晚上出门，又见到了付萌的那个小巧的女朋友，她在喧嚣的街道上显得那样孤独，吃着一包薯片，向门内张望。见到韩奕，仍旧笑嘻嘻地打招呼。韩奕说："付萌的父亲生病了，他急着回家了，要我带话给你，别等她了。"那女子瞬间就拉下了脸，眼泪在眼眶里打转，薯片还留在她的嘴角。韩奕不敢看她的眼睛，快速离开了。

第十五章　去苏奈尔

小九不可避免地陷进了南洋所营造的感情旋涡中，一切自然得像流水。当南洋把她压在三十六度逼仄的沙发上的时候，她都恍惚地觉得他们之间根本就没有什么，直至他们彼此占有了对方的身体，橘黄色的灯光照射在他们的皮肤上，南洋起身穿衣服，小九才发现自己并不是观众，她是一个平静而流畅的参与者。小九窝在沙发上，肮脏的沙发被灯光掩去了本色，她不想动，不想说话。她的心里开始涌起一股荒凉的意味，她不知道这算不算是对大宗的背叛，尽管她还没有答应他什么。

南洋从不大声说话，眼神淡定，他懂得怎样去控制一个女人的情绪，这让小九十分迷恋。对小九来说，南洋的存在，至少是令她欣慰的事情。他可以让她有事可做，不那么孤独，又可以一边抽烟一边看来来往往的人，还能和他说话，或者随时离开。

而一旦有了肌肤之亲，他们之间的平淡无奇就多少有了特殊的性质，这令小九隐隐不安。她原本以为自从上次在疼痛中醒来之后，她便不再相信爱情，至少不会如此快地接受另一个人。但她却对自己妥协了，难道仅仅是因为寂寞吗？小九心里黯然。

小九回到了自己的房子。由于很久没有来过，房子显得异常冷清，小然的气息也特别遥远。那一刻，她很想念小然。很想听听她的看法，四年来，她们一直就是这样过来的。她给小然打电话，却是空号。小九心里暗自一惊，不知道发生了什么。

接着，小九就在桌子的烟灰缸下，发现了小然留下的字条，从时间来看，已经过去了八天。她说：我走了，勿念，保重。

小九一下子跌坐在床边，突然感觉空荡荡的，像是缺氧。竟有种被欺骗的感觉。她怎么能这样呢？怎么能这样悄没声息地一走了之呢？她的眼泪突然潮水一样地汹涌而出。她不知道从什么时候开始，她们之间已有了陌生的感觉。

韩奕去了一趟三十六度歌厅，是小九约他去的。他当时还在苏奈尔门口发呆，这已经成了他的习惯，如果晚上不加班，他一定要去那里看看。虽然寻找就像是一种慢性自杀，一点一点地能把人耗尽，但韩奕并不想做太多的事。

周围的一切依旧那么陌生，为数不多的几个朋友都为了生计而奔波，大家之间缺少信任，韩奕觉得夜晚比白天更可怕。每当他冲完凉，换掉厂服出门，他总是感到茫然，空空的大街，让他找不到方向。一段时间里，慢慢走在灯火辉煌的街头，他甚至觉得很饿。他的饥饿感和寂寞、孤独都有所不同，是一种复杂而无法言传的感受，有时候竟然会是一种绝望的错觉。

韩奕的夜晚是盲目的，所以，寻找小然至少能让他看起来并不是空洞地混迹于人群，这也许是他寻找小然的另一个不合理的理由吧。

三十六度的生意正好，小九一个人应付着客人，一个女生扯着嗓子乱唱着粤语歌曲，像小儿学舌。南洋不在。看见韩奕来，小九招呼他过去帮忙，韩奕就帮她收瓶子，给客人送酒。等闲下来，小九才和韩奕坐在吧台旁边的小桌子上，面对面喝酒。小九抽着烟，毫不避讳韩奕，这也是韩奕第一次看见她抽烟。韩奕倒不觉得惊异，反而喜欢小九那种洒脱的自然。

"最近过得好吗？"韩奕顺口问。

"好。也不好。"小九不知道该怎么说自己的处境。她和这个男人还是第一次这样面对面坐着，但似乎已经很熟悉了。从他刚来乌石的时候起，她就从小然那里得知了他的太多信息。他就像个透明的人，她甚至对他的爱好和喜欢的食物、颜色等都了如指掌。她倒觉得，韩奕真的挺好的。

而韩奕对小九却知之甚少。他们有限的接触都是通过小然才有的，没有单独见过面，也没有像现在这样说过话。韩奕多少都有点矜持，他说："我能帮你吗？"

"还是算了吧。"小九喝了一口酒，说："小然的事，你别太往心里去，她绝对不是故意要伤害你。"小九觉得有必要关心一下这个很失败的男人。她也觉得是小然做得有些过分了。

韩奕苦笑着摇了摇头，说："都已经过去了。"阴暗的歌厅里，他的眼神竟是深邃的明亮，带着些许愤慨和落拓。但他还是试探性地问了问小然的现状。

小九说："那就重新开始新的生活吧。不要再去想她了。"可韩奕却坚定地说他一定要找到她。小九问为什么，韩奕说："我就是要知道，我们之间出了什么问题。"小九惊讶于他的执着，反而替他感到悲哀。她想不明白，小然到底是怎么想的，究竟要干什么？凭什么要戏弄这么多人。难道他们之间四年多的感情就是这么一笔糊涂账吗？她很难受，为韩奕，也为自己。

小九终于忍不住了，就说："可她已经离开乌石了。"她强压着内心的酸楚。由于激动，她的声音突然增大，周围的人纷纷看过来。

空气里到处是说笑唱歌的噪音，陌生的人群，浑身散发出来发霉的气味，与啤酒的气息混杂在一起，像潮水一样，一波一波地向他们涌来。韩奕的脸色由青变紫，又由紫变白，一种冰冷的寒意无法控制地侵袭而来，他觉得胸口将要碎裂一般。歌厅的喧嚣包围住他们。韩奕盲目地挣扎着，就像陷入泥潭，不能自拔。他突然间泪流满面。他站起来，一口气喝完了一瓶啤酒。然后什么也没说，就离开了。

小九呆呆地陷进椅子里，让心酸涩着，不愿睁开眼睛。她真搞不懂，小然到底是怎么了。

当然，在乌石，只要肯花钱，就能办成很多事，更不要说一个小小的小然，她能躲到什么地方去。但小九却不想找，她竟有些恨她。她真想大骂小然。如果她现在出现她面前的话，说不定她就能扇她几个耳光。

泰安公司的局面随着企划课的整治，显得严峻起来。这是一个根深蒂固的问题，并不能一时半会儿得到有效改善。而改善的过程无疑就加大员工的工作量，他们一面要完成生产任务，一面还要应付企划课和保卫课的种种检查。这在一定程度上影响了他们的自由时间。而不断的加班又不能带给他们工资上的效益，因而，人心惶惶，怨声载道。企划课的工作进展缓慢，每走一步，都小心翼翼。而所有的事都摊在姚梅一个人身上，其余的人则都只是跟在后面按命令办事。再说，其他人也没有权利做事，阻碍太多。姚梅在百倍的忙碌中，脾气大增，动不动就训斥员工，拿扣工资吓唬他们。对于企划课的人则态度恶劣，指责他们，于是，大家就都消极对抗，采取非暴力不合作的态度。其中，以黄亚玲的对抗最为尖锐。

时间进入十一月，北方的天已经下雪了，乌石才略有凉意。在将近一个月的时间里，姚梅要求企划课的人按照之前的分组制定好原料的使用量，她希望能在生产之前，预算出订单的原料总量，以便控制浪费。这样的事情，在企划课还没有成立之前，韩奕就已经对"大底"部门的用量作出了估算。他仅仅是在这段时间里，重新修订了一下。而唐海峰和廖晓辉讨好于韩奕，请他帮忙，也在额定的时间内完成了估算。尽管其中漏洞百出，也算是完成了任务。但黄亚玲在最后交工的时候，却只完成了三分之一。她是个办事认真，坚持原则的女子。她精心地观察，想尽一切办法，希望能得到最标准的用量估算，因而进展太慢。但姚梅问她为何没有完成任务的时候，她却拧着脖子，一副不屑的样子。"接着做呗，还能怎么样？"

姚梅一下子怒不可遏。她二话没说就核算了黄亚玲的工资，把钱和工资条甩在她面前的桌子上，叫她滚。黄亚玲毫无心理准备，她原想着姚梅权利再大，也不能开除自己。再说，她心里也憋着气。这段时间里，她可是兢兢业业，尽职尽责地做着用量的估算，虽然没有按时完成任务，但并不等于她没有好好工作。她感觉自己的劳动受到了侮辱，哭着跑了出去。

下午，黄经理气势汹汹地领着黄亚玲来到行政大厅。一进门，她就高喊着："姚梅，出来。"所有人都被这突如其来的声音震住了。只见黄经理袖子挽起，双手叉在腰间，怒目而待。姚梅当时还正在办公室里训斥韩奕他们三个。

"你个婊子养的，你算老几，你以为你是什么人呢？"黄经理声音极大，话音在大厅里激荡着。

"别以为你是经理，我就怕你。"姚梅不甘示弱。"要不是看在你年长几岁，我才懒得理你。"说完，她白了黄经理一眼，满是不屑的神情。

"你也不就是爬上别人的床，才有的今天吗？有什么可神气的。"

"哈，我下贱，你别下贱啊。到今天要卖自己也不值几个钱。"姚梅知道黄经理以前的事，她就是缠着董事长，才有了今天的地位。这两个女人一旦翻起旧账来，就分外眼红。

黄经理被姚梅说到疼处，大叫一声："婊子。"然后就扑上去。大家一时还没会意过来，她们就已经扭作一团。拳打脚踢，撕扯头发，好不热闹。待到被大家分开的时候，已是狼狈不堪了。

企划课课长和经理打架，这就把事件扩大到了不该有的高度。在泰安，一般员工打架，都是毫无理由地开除，不需解释。但而今的事，就把公司的制度推向了风口浪尖，谁都不好出来说话。一时间，公司上下，议论纷纷，大家都眯眼看热闹，把二人当成了笑料。

姚梅把这件事上报了董事长。董事长专程从台湾飞过来，召开了高层会议，决定对姚梅和黄经理二人警告处分，扣发当月奖金。而董事长在宣读了这样的决定之后，却又对姚梅说："该怎么做，就怎么做，要坚持原则。"他把支持姚梅搞整治的想法在会上重申了一遍。

第二天，董事长走后，姚梅在晨训时训话，她先是向大家自责了一番，然后，态度坚定地说："一切阻碍整治的活动都是徒劳的。"至此，大家都才相信了姚梅所拥有的权利超出了他们的想象。

黄亚玲在那天早上带着怨恨和不甘心悄然离开了。她就像是一个过客，匆匆来，又匆匆去。乌石每天都有像她这样的人。大量的人员流动，让这个小城变得扑朔迷离。表面看起来一成不变，而在它的深处，却时刻都有着新鲜的血液。有人不适合，出去了，又有人从远方而来，进来了，如此而已。

有人说，黄亚玲本来就是黄经理为了对抗姚梅所下的一颗棋子。她不甘心姚梅对她的排斥。她打算借黄亚玲来挑起事端，然后扳倒她，可最终事与愿违，弄得自己很狼狈。

姚梅重新掌控了泰安的局面之后，便对整治的力度再次加大了。她说："谁若是觉得受不了，可以卷铺盖走人。"大家都是敢怒不敢言。

姚梅对企划课重新作了一次调整。让廖晓辉负责"鞋垫"部，唐海峰负责"成型"部，韩奕继续负责"大底"部。而这样一来，"生化"部就缺少一人负责。姚梅通知人事部招聘一个企划进来，可招聘启事贴出几天，都没有理想的人员，倒不是求职的人少，而是姚梅对招聘进来的人审核得太细。无奈之下，她就找"生化"部的厂长罗玉松来商量，最后商讨的结果是由"生化"部推荐一个合适的人选。这个人要熟悉"生化"部的各个环节，又要勤奋能展开工作。

第二天，罗玉松就派人送来了他们推荐的人员资料。姚梅打开一看，上面赫然写着：陈子妮。姚梅心里一乐。她不知道罗玉松为何要把陈子妮送到她的门下，但她知道陈子妮是个通情达理的女人，她在"生化"部已经三年了，应该能够胜任这份工作。但陈子妮只有初中学历，对电脑不熟。但细一想，电脑方面有别的人可以帮忙，再说她还可以学。

可陈子妮的问题给姚梅带来了新的思考：她到底要把泰安整改成什么样子，到底能不能成功？说实话，包括她在内，谁都不清楚，一切都还处在困境中。于是，她便有了一个大胆的决定，她随即和苏奈尔的对外业务赵经理作了联系。她想让企划课的人去苏奈尔学习一些时日，从他们的成功案例中获取经验。

苏奈尔鞋厂算是泰安公司的一个固定的最大的客户之一。他们合作十几年，从未出过差错。两年前，泰安的董事长买断了苏奈尔的一部分股份，进入了董事会，这就更加使得他们两家在业务上多了许多联系，除了固定不变的生产之外，主要还进行技术上的合作，以及人事的培训。苏奈尔对员工的要求特别严格，一般刚进厂的男员工，都要进行为期一周的基本常识培训，他们在三元镇有专门的培训基地。等到一周之后，还要进行实践操作培训，需要十天到二十天不等。而这些参加实践培训便会分散给和苏奈尔有业务联系的工厂，泰安便是其中最主要的一家，这些参加实践培训的员工，在这段时间里不付工资，算是无偿训练。及至培训期满，才又召回重新进行分配，按照实践成绩的好坏，以及熟练的程度来安排。有的去三元镇的分厂，有的来乌石的分厂。因而，苏奈尔对泰安员工的学习也是有义务的。

很快，他们就商定好了，学习的时间为十五天。

和陈子妮一起上班，是韩奕没有想到的。去苏奈尔的路上，韩奕问她为什么要到企划课来。陈子妮笑着说："是想和你在一起啊。"韩奕示意她小点声，然后拉着陈子妮放慢了脚步，和走在前面的姚梅拉开一点距离，才说："你知道的，这个女人不好应付。"陈子妮说："我知道的。"

"那怎么还来啊？"韩奕有些责备的意思。可陈子妮却把话锋一转，说："我想和他分开些时日，也许对我们大家都有好处。"韩奕知道陈子妮是想躲开罗玉松，但他还是坚持认为她来企划课就是自寻烦恼。陈子妮反而笑着说："在哪儿都一样。再说，我还想着学学电脑呢，你会教我吗？"

韩奕茫然地点点头，还想说些什么，可前面的姚梅转过头来大喊他们快点，他只好快步几下。他真是搞不懂陈子妮为什么要来这儿。

很快就到了苏奈尔。保安态度强硬地让他们出示证件。姚梅给赵经理打了电话，又把电话给保安听，保安唯唯诺诺地点头答应，态度发生了大转变。他开了一张临时通行证，进去保卫室签了字，然后交给姚梅。姚梅顺手把通行证递给陈子妮："你拿着，领着他们，以后好进出。"他们四个人中，数陈子妮资历最老，年龄最大。

他们一行人跟着姚梅左拐右出，大约走了五分钟，才进入苏奈尔行政大楼的院子，院子中央竖着三杆大旗，人员进进出出。大厅内足够容纳二百人办公，只见密密麻麻地坐满了办公的文员，各自忙碌着，谁都没有理会他们。文员们穿着清一色的蓝色条纹的衬衣、青色的裤子，室内温度适宜。如果不仔细观察的话，还以为是进入了女儿国，零星地点缀着为数不多的几个男生，真是一片女人的海洋。

右侧的走廊里走来一个男人，向姚梅打招呼，看样子他们很熟。那男人秃顶，精神焕发。他领着大家去了里侧的办公室，寒暄了一阵，就叫来了方副理，他对姚梅说："方副理会给你们安排的。"随即，方副理把大家带到了一个小型的会议室。隔壁的会议室里，大屏幕上显示出一些图片，七八个人在那里指点着，讨论着。接着，方副理就向大家介绍了自己："我是方捷，你们这几天的学习和生活的事宜都由我负责，有什么需要的话，直接来找我好了。"她简单介绍了一下这次学习的流程和注意的事项。之后，就领着大家先到仓库去，看他们的管理以及仓库整理。

韩奕在方捷身上发现了一个小秘密。当方捷向大家介绍情况的时候，她总是抬起左手比划给大家看。韩奕发现了方捷左手腕上戴着的手链，他觉得很眼熟。后来，他就刻意跟在方捷的后面，更近距离地看到了那个手链。那是用细麻绳编织的链子，中间包裹着一枚硬币，紧贴着手腕，链子的末端垂着两颗小铃铛。韩奕心头一震，"那不是和我的链子一模一样吗？"

韩奕的手链是他和小然刚刚认识的时候，小然亲手给他编的。那是在一个太阳高照的秋天的午后，他们在西梁山上相依坐着，小然戴在他的手上的。她说："这是我学着编的，等以后再编织了好的，就丢了这个。"而以后，小然再也没有编织手链，韩奕就经常戴着它。直到小然去了乌石，韩奕上大学的时候，才把它取下来，放进抽屉里，他怕出门在外，不小心丢失了。他把它看做是他们爱情的见证。他问小然："为什么要包着一枚硬币呢？"小然诡秘一笑："指望着你戴着它以后发财呢。"那时，阳光照在他们的脸上，小然的脸红红的，沉浸在幸福的光影里。

"难道是小然又编织了同样的链子？"韩奕觉得这个方捷定然和小然有着某种关系。

第十六章　小九的爱情

小九的麻烦接踵而至了。十二月的那天早上起床，她突然就呕吐恶心，乳房胀痛，浑身乏力。她以为是昨晚吃饭有问题，再加上昨晚喝了啤酒，因而没在意。直到吃早饭的时候，看见食物又开始干呕。她心里害怕，打算去医院看看。乌石的医院大夫太少，而排队看病的人太多，又多是熟人，小九就去了三元镇的医院。

她找了间僻静的地方，一个年轻的女医生坐在里面看报纸。她开了处方，让小九去做检查，回来后，她看都没看小九，用平淡无奇的语气说："你怀孕了。"

"什么？"小九几乎不敢相信自己的耳朵，想着一定是医生弄错了。她还想再次请她看仔细点，可那大夫又开始看报纸了。良久，又抬起头来，见小九还愣在那里，就说："和你一样的人多了，开始时都不相信大夫说的话。"她又用报纸遮住了脸，"还没结婚吧？"她的语气里满是鄙夷，冷冰冰的声音从报纸背后传过来，像是骂人。小九浑浑噩噩地走出来，坐在门口的椅子上，她还没有完全从刚才的震惊中回过神来。

这时，苏武从走廊的左边过来了，看见小九，老远就喊她的名字。为了不让苏武有所察觉，小九站起来，装出一副高兴的样子。

苏武说他新领了几个人上来，正在体检。小九就强颜欢笑，恭喜他。苏武却叹了口气说："现在领人不容易，大家都灵醒了。风险大，得钱少。"小九说："差不多就行了，总比进厂上班的好。"苏武便点头坏笑。苏武刚要问小九在医院干什么，小九就又干呕起来。她起身向洗手间跑去，对着苏武挥了挥手表示再见。

苏武是何等精明的人，一看这情形就猜出了七八分。再说，他陪着做过流产手术的小姑娘已经超过了五人，这点经验还是有的。看着小九急匆匆的背影，苏武笑了笑。为了准确，他溜进刚才那个科室，以小九男朋友的身份，向那个女大夫问了情况。出来时，一脸坏笑。

苏武马上拨通了大宗的电话，阴阳怪气地问他什么时候回乌石。大宗说就这几天。苏武说："我有个不好的消息要告诉你。"大宗问是什么事，苏武迟疑了片刻才说："你知道的，这个消息是我的朋友传来的。他得到这个消息冒了一些风险。朋友找了人才弄到手的。"大宗知道苏武的毛病，没有好处的事他是从来都不干的，就问他要多少钱。苏武愣了片刻，说："两百块就可以了，无非就是请他们几个吃一顿饭。"大宗说："只要消息有价值，钱你说了算。"他的语气满不在乎，与以前的处事方式大相径庭。

苏武知道，以前跟他谈钱，还没说出口，就被他骂个狗血淋头，纵然最后钱是一分不少。可他的臭骂还是要挨的。苏武对挨骂倒无所谓，他想，你喜欢骂就骂吧，只要给钱，骂什么都行，即使让他骂他自己，他也愿意。苏武就喜欢给大宗提供消息，像抗战时期军统的特务，根据消息的重要性，随口要价，大宗却是付钱毫不含糊的人，只要答应了，就一定会兑现。当然，这也与苏武提供的情报及时以及价值有关。因而，他们还是无法分开，即使大宗再怎么瞧不起苏武，但他还是需要他的消息。现在，听大宗如此口气，难道是有钱了，狗日的，不会是抢银行了吧。苏武心里一边嘀咕着，一边说："小九怀孕了。"

"狗日的，哄谁呢？不可能。"大宗一听就咆哮起来。苏武把电话拿离了耳朵，他不想听大宗的气急败坏。

苏武说:"千真万确,你可得赶紧回来。"大宗威胁苏武不要说假话,又说:"你先查查,到底是谁干的。我非打折他的狗腿不可。"

苏武"嘿嘿"一笑,推诿道:"你知道的,办这种事并不容易。"

大宗就在电话那边吼起来了:"一千,一千块总行了吧?你把那个狗日的找出来。"

苏武高兴地几乎要跳起来,慌忙答应。

苏武立刻就找了两个在乌石鬼混的朋友,要他们打探小九前段时间和谁在一起。不多时,那家伙就回信说小九一直在三十六度歌厅,和南洋在一起。以苏武的判断,便认定了是南洋。苏武的情报总是这样得出的结论,当然也有出错的时候,但他却能轻易地扭转乾坤,化险为夷,这就是苏武的能耐。他对刚才回信息的朋友说晚上在老陕西餐馆见,然后就给大宗发了一条短信:南洋。

小九被这突如其来的结果吓坏了,一时不知道该怎么办。她知道自己独自一人还无法承担这个糟糕的结果。尽管她做过很多危险的事,但现在想想,那都是她的一时冲动而已,真令人害怕。

她觉得必须要找个人好好商量才行。可惜小然走了,莫名其妙地走了,真他妈的不是时候。而找南洋,那说不定还会发生什么事呢,也许,他还认为这是个好事,他就可以名正言顺地留住她,而不管大宗是不是来找他的麻烦。可问题的关键是,小九不知道自己该不该留下这个孩子。尽管她很清楚,这本来就是一个错误,会毁了她的后半生,但纵然要做掉,也不是那么轻易的事,准确地说,小九需要一个帮她拿主意的人,她下不了决心接受任何一种结果。

好几次,小九都想把这事告诉大宗,她知道他有办法。但她还是忍住了,她难以想象大宗知道他们的事后会有怎么样的冲动。小九知道大宗的脾气,若是他找南洋决斗,南洋根本就不是他的对手。而南洋却是那种带有痞子气的内敛的人,喜欢用头脑做事。倘若真正较量起来,大宗不一定就能赢他。也许,会两败俱伤。

无奈之下,小九想到了韩奕。不管怎么说,她觉得他是个值得信赖的人。

韩奕来时,小九正窝在沙发里抽烟。她的脸色铁青,头发凌乱。一看见韩奕,小九竟然鼻子一酸,她想把头埋进他的怀里,好好地哭一场,可她不能那么做。韩奕走过去,拍了拍她的肩膀,慢慢把她手中的烟抽掉。

他说:"别这样自暴自弃,好吗?"小九说:"我不知道该怎么办。"说着,眼泪就流出来了。韩奕说:"别怕,有我呢。"

于是，周末，韩奕带着小九去了三元镇的另一家偏僻的私人医院。这是小九要求的，她真的很怕见到熟人，一旦有人知道了这件事，那后果是无法想象的。除了大宗的疯狂之外，事情还会像风一样迅速地传进她的父母那里，进而传遍整个村子。乌石的消息总是这样快。有很多人在向家里打电话的时候，都很无聊，然后就找话题告诉他们的家人，举例子让他们明白乌石是一个怎样迷离的城市，好的和坏的并存。甚至有人为了在家人面前抬高自己，或是赢得家人的赞扬，会编造一些别人的坏话来衬托自己的清白。小九是个豁达的女子，但村子里的流言还是牢牢地束缚着她，她生怕有所闪失，不然，留下恶名的就不止是她一个，整个家庭都要背负上她的耻辱。那是隐藏得很深的无法摆脱的咒语。

医院的医生和病人都很少，光线很暗，散发着消毒液呛人的气味。韩奕为小九准备好了一切，然后在医院上下巡视了一番，没有见到什么可疑的人，才让戴着黑墨镜的小九进了妇科的门。

韩奕站在外面焦躁不安地抽烟，他为自己可疑的身份感到可笑。说实话，他还不了解小九，也不清楚她因何会选择自己来帮她的忙，真是有点稀里糊涂的意味。他听见小九在里面和女医生交谈着的声音，然后预想着他们如何处理的过程。当然，韩奕对这一切并不感兴趣，甚至感到突然的厌恶，也许是有些痛恨小九的缘故吧。因而，他走到了走廊的另一端。

后来，出来一个女护士，口罩把面部遮挡得严严实实，她的眼睛盯着韩奕上下打量。韩奕觉得他就像是被审讯的强奸犯，灰溜溜的。她要求韩奕在合同的末尾签上名字，并且提醒他最好仔细看看。韩奕大体浏览了一番，发现全是些吓人的鬼话，医生拿这些来推卸责任，因而随手签了字。他又要抽烟，被女护士制止了。韩奕不得已，又走到走廊的尽头，透过窗子看外面的街道。椰子树的叶子还是那样嫩绿美丽，轻微的寒意并没有让这南方的城市瑟瑟发抖。他在想，他的村庄，到底会是什么样子呢？也许，在下雪吧，父亲和串门的邻居围着火炉喝茶，母亲和弟弟妹妹应该坐在烫热的炕上讨论他现在的样子呢。一瞬间，他感到很难过。他把脸紧贴在冰凉的玻璃上，使整个脸都塌陷下去。她在想，小九为何要做这样的事？小然又去了哪里？

终于等到一切结束了，小九走出那扇门，十分憔悴，她扶着墙壁慢慢向韩奕走来，偶尔抬眼看看他，随即又低下头。韩奕无法想象小九此刻的心情，只见痛苦蔓延在她的脸上，阳光都无法停靠。

韩奕背着小九下楼，在门外叫了出租。这算得上韩奕来乌石后第一次最为奢侈的事了。坐车需要花很多钱，但他还是执意这样做。回到家，他把小九安置好，出去买了一些水果和食物，他不知道她能不能吃这些东西，但他还是凭着自己的感觉这么做了。他想，小九也是一个人，出门在外也不容易。而恍惚间，他竟然觉得小九就是小然，他的心里隐隐作痛。

大宗真的在大家毫无防备的时候突然间来了乌石。比他给苏武承诺的时间迟了十多天。而令人意想不到的是，大宗来时，已经完全不是当初的那个大宗了，几个月的时间，让这个男人彻底改变了。他是自己开着车来的。一辆黑色的雪佛兰。停靠在滑冰场的门口。他从车上下来，已是夜幕降临。他的身后跟着两个干练的年轻人，头发铮亮，衣服光鲜。大宗走在前面，挺起胸部，金黄色的金属链子在他的脖子间闪闪发光。他抽着烟，慢慢进入了三十六度。

三十六度如往常一样刚刚开始营业，里面的客人坐了稀稀拉拉的三五个。南洋在调试音响。大宗一行进来时他毫无知觉。小九向南洋请了长假。他打电话总是关机，去房子里找她，可任凭他如何敲门，里面却一点反应都没有。他隐约觉得小九在里面，却弄不明白她究竟怎么了。因而他的心里憋了一肚子火，却又不知道如何发作，心情很阴郁。

大宗站在南洋后面，看着他好一会儿，心情糟糕，这可是他曾经最好的朋友。他喊了南洋一声。南洋转过头来，看见了他，脸上露出略微的惊讶，但很快他就平静下来，像以前一样上去拍大宗的肩膀。而当他的手刚要伸出来的时候，大宗突然出手，想扭住他的胳膊。南洋后退一步，大叫："大宗，你要干什么？"大宗冷笑一声说："别给老子装蒜。老子什么都明白。"南洋显得很无辜，他问："到底怎么了？"大宗就指着南洋前进一步，质问他小九在哪儿。南洋向侧面横跨一步，说他也不知道。大宗就火了，大骂："狗日的，干的好事，亏我还把你当朋友。"

南洋刚要辩驳，大宗就挥出一拳，他已经忍无可忍了，不想和他多费口舌。而这时，歌厅里坐着的那几个"客人"走了过来，不多时，门口又进来一群人，足有近二十个。黑压压地向大宗三人围拢过来。大宗真没想到，南洋已经作好了准备。

大宗环顾四周，那些人都用不屑的眼神看着他们。这些人中大宗认识那么几个，但之前交往不多，他在乌石的时候总是喜欢独来独往。他们向大宗逼来，圈子越来越小。有人手里拿着木棒，有人拿着啤酒瓶。大宗哈哈大笑，说："没想到，你也长能耐了。"南洋的脸略微一红，说："你如果现在答应我们互不相欠，我就放你走。"他知道大宗是一言九鼎的人。大宗没说话。南洋又说："你觉得你能赢吗？或者你觉得你能逃出去？"

而就在这时，大宗迅疾转身，三两下就把靠他最近的两个瘦瘦的年轻人打到地下。人群随即向外张开一点。一瞬间，圈子又迅速缩小。接着，他们的拳脚一起向大宗他们三人袭来。众人都小看了大宗身后的两个年轻人，他们身手敏捷，并不像南洋请来的帮手一样不堪一击。他们背靠着背，一霎时就让几个人倒在地上，大声叫唤。有人拿出一把尖刀，直接向大宗刺来，大宗飞起一脚，就把尖刀踢在地上。他一个反攻，抢起那把刀，刺在了南洋的大腿上。南洋大叫一声，跪到地上。其余人一看南洋倒地，都纷纷停下手脚，他们知道他们不是大宗的对手，几个人过来扶起南洋。大宗说："从今儿起，这个地盘就是我的。"那帮人默默地扶着南洋要走。大宗叫住南洋，从怀里掏出一沓钱，扔给他，"拿着钱走吧，别再回来了，歌厅我会看好的。"

当晚，大宗让苏武召集了所有的"苏生石"派的人来歌厅喝酒。裘少安约了韩奕。四五十个人在那晚庆祝大宗再次归来。大宗就像是一个高高在上的王。

大宗命人盘下了歌厅旁边的三个店面，然后找人装修。他说他要开三元镇最大的歌厅。谁都不知道大宗哪儿来的那么多钱，也没有人对大宗表示质疑，大家都知道他是个干大事的人。苏武算是最高兴的一个，他几乎成了大宗在乌石的经纪人。大宗白天开车出去，晚上就和那两个人一起住在歌厅后面的僻静处苏武为他们找的房子里，有时候，晚上也不在，总是很忙，很神秘。他把所有的事务都交给苏武来做，至于歌厅的扩展和装修，他从不过问。以前跟着苏武的人，原本在外面混着，饥饱不定，生活拮据，抢劫的日子并不稳定，因而在几天内，他们都闻风而来，聚在苏武周围，听凭他的调遣。当然，苏武手里也有着大宗给的大把的钱。有时候，他更像是头儿。

韩奕按照小九的要求，在"壹加壹"超市附近为她租了一间房。那个地方距离泰安公司步行二十多分钟可到，如果小九不打电话来，韩奕一般不去那儿。韩奕觉得他只是帮一个有困难的朋友渡过难关而已，并不需要花太多的心思。

小九又一次切断了和外界的联系。不过，这一次，她是清醒的，除了一丝歉疚之外，她的内心并没有太多的悲凉。大宗和南洋决斗的事她听说了，而且也知道了结果。她不知道自己感情的天平要倾斜于哪一方，也许，这完全可以看做是一次自我放逐。但孤独和无助还是紧紧包裹着她。小然走了，那个和她在乌石相依为命的女子突然间从她的生活里走掉了，成了一个谜，纵然她能够抵御任何伤痛，但那种通透的失落感还是让她想到了另一种未曾体验过的残酷。

小九此时就会想起韩奕，不只是因他帮助过她，她觉得他是一个能委曲求全的男子，而他也成了小九目前唯一值得信任的人，况且，他们还有共同的目标：找到小然。好几次，小九都想让韩奕来陪她说话，说说他和小然的故事，或者，他们一起说说小然，但每次冲动之后，她都强制自己放弃了。

苏武有一次在中午来找韩奕，问小九的下落。他一上来，就有一种咄咄逼人的味道。韩奕对他这样的语气很反感，况且，小九嘱咐韩奕暂时不要告诉别人她的住所，她说她暂时不想见任何人。于是，韩奕摇头说不知道。苏武就"嘿嘿"地笑了两声，说："你知道的，是大宗要找她。"韩奕说："这与我有什么关系？"他突然在苏武面前态度强硬起来。在寻找小然的事上，他曾经一度还希望能通过苏武有所突破，纵然花钱再多也值得。但他现在已经对这个人不抱有任何幻想了，因为他对他来说毫无作用。

苏武被韩奕激怒了，他没想到这样的黄毛小子，竟敢不把他放在眼里，真是反了天了。他说："你最好想清楚，不然到时候你会后悔的。"韩奕没理他，就进了工厂。

韩奕知道要找小九的是大宗，以大宗目前在乌石的影响，韩奕心里多少有些顾忌。但转念一想，小九还很虚弱，她还没有作好应对大宗的准备，他只好独自承担下来。韩奕决定去找一次小九，把大宗找她的事告诉她，也好让她及早拿主意。

那个下午下班后，韩奕在对面的小超市里买了些日用品，就去找小九。韩奕刚过翠微公园，就听见有人喊他的名字。天色已经暗了下来，一时看不清。韩奕停下来，不一会儿，裘少安跑步过来，右脚的鞋带拖在脚底下，在距离韩奕不足四步的地方，他的左脚踩在鞋带上，差一点就要趴下，韩奕一个箭步上去扶住他。问他要干什么，这么急。裘少安没抬头，一边系着鞋带，一边问韩奕去哪儿。韩奕不想回答他，只说有事。裘少安却说："我想跟你去玩。"韩奕一听就来气，他知道最近"鞋垫"部在赶制一批新货，每晚加班都会到十一点。罗经理晚上亲自督阵，大家都不敢松懈，而且明文规定，凡是不加班的人都要扣工资。这种情况下，他怎么能不加班呢？韩奕心里就有些不高兴，但他还是没有表露出来，只说："今晚我有事，改日再玩吧。"

裘少安脸上挂不住了，刚想说什么，但韩奕已经转身走了。他没办法，愣在那儿，看着韩奕在拐角处消失。

韩奕对此很气愤，裘少安已经影响了他的工作。当初向韩奕发誓的时候所说的话，已经被他抛到九霄云外了，什么好好工作，绝不连累韩奕之类的话，都见鬼去吧。韩奕仔细一算，他在泰安本分的日子没有超过两周。起初，裘少安还算认真，对安排的任务都能按时完成，加之他以前干过类似的工作，还能得心应手，赶出的活质量过得去，他得到了罗经理的赏识，罗经理曾在碰见韩奕的时候还表扬过他。可后来，就越来越不像话了，先是上班迟到，被批评过几次之后，就以管束太严而无故旷职，甚至一次上班期间在宿舍里睡觉，被保安发现，揪到罗经理处，罗经理大发脾气，说什么都要开除他，但他苦苦求情，罗经理才勉强答应留下他。而最近，由于大宗的出现，苏武在乌石伸直了腰板，裘少安便晚上跟着苏武混，苏武也劝他别在厂里上班了，跟着他有吃有喝的多好。裘少安便说等领了这个月的工资再说吧，毕竟他已经干了快要一个月了。

韩奕为了裘少安的事，挨了罗经理几次批评，但都被他求情饶过了。他找裘少安谈话，可他却说这个破厂没有一点自由，干着没劲。韩奕想骂他，却又觉得没法骂，只好任他去。他现在还要不加班，真是不好向罗经理交代。

裘少安站在原地，并不生气，他心里暗骂，你个狗日的，把人家的女朋友藏起来，自己又不用，算个鸟事。等大宗知道了，你就等着后悔吧，还在这儿给老子充大爷。看着韩奕走远，他便发出一阵冷笑，悄悄跟上去。直至看到韩奕进了那家的门，他才站在"壹加壹"超市的广场上，把地址告诉了苏武，同时还不忘提醒苏武尽快把答应好的三百块给他。苏武在电话那头大骂着，裘少安显得洋洋得意。

大宗按照裘少安提供的线索，轻而易举地找到了小九。中午，天气晴朗，小九坐在床上，用薄薄的毛毯盖住腿，靠着被子。空气里充满了清冷的风。

乌石的冬天冰凉，却没有寒意，不像北方的冬天那样冷得刺骨。但北方的冬天虽冷，却能让人提高警惕，因而每个人都采取了极好的保暖方式，大家围着火炉，煮茶喝，小孩子喜欢把馒头放在炉面上烤，等有了焦黄的颜色，才剥着皮一层一层地细嚼慢咽，发出脆生生的响，惹得掉了牙的老人忍不住把唾沫往嘴里咽，还有人在炉灰里埋了洋芋，等阵阵香味四处蔓延的时候，便抢着吃，不顾烫嘴，甚至也不管粘在上面的炉灰。因而，北方的冬天并没有想象中的可怕，时过境迁，闭上眼睛回想，便觉得温暖如夏。而乌石的冬天，却没有必要的保暖措施，像极了北方的秋天，却又比之多了一份冷清。

小九的气色已经恢复如常了。空空的房子，没有任何家具，只有红色的皮箱搁置在墙角，愤恨地打开着，衣服和一些旧的物品散乱地摆放在显眼的地方，正如她的生活一样混乱。

大宗进来，小九没有起身，尽管她的心里并不安静，说不定，他会向她动手的。小九静静地躺着，等着大宗狂风暴雨般的发作。在她看来，也许，来一场暴力会让她好受许多，从此则两不相欠。有些事，总是会莫名其妙地发生，无所谓对错，也无所谓真实。对小九来说，他们之间总是无法靠近。她明白大宗不可能带给她正常的平静的生活，而她也不可能给他太多的柔情，所以，谁对谁做了什么，都已经不重要了。慢慢地，小九把身体蜷缩起来，她的紧张也随之缓解。

可大宗却并没有像小九想象的那样气急败坏。他坐在床边，不说话，默默地吸着烟，偶尔看一眼惊讶的小九。出奇的平静，却带给小九未曾预料的困惑和好奇。而大宗却摸了摸她的脸，默默地收拾了小九所有的行李，然后提着那只红色的皮箱说："起来，我们回家吧。"

小九的心里为之一怔，不知该说什么好，她根本没有想到会是这样的方式和结局，跟她想象的完全不一样，甚至没有给她解释的机会，就像是久别重逢的温情。这一刻，小九才发现原来自己是那么的脆弱，她的眼泪止不住地流出，她回头望向窗外，阳光正好打在她的眼泪上，晶莹透亮。

良久，小九才回过头来，淡淡地说："让我想想好吗？"她对这样的结局没有任何思想准备。

大宗答应了她，递给她一些钱，不再说话。这时，小九才发现，他的背影充满了落拓不羁的味道，与之前的大宗截然不同了。小九这时就听到了自己内心从矛盾中凸显出来的清晰的欲望。

第十七章　苏奈尔

元旦那天，大宗的新歌厅开张了，名字仍然是"三十六度"。他们举行了盛大的开业典礼。乌石所有的小帮会都来道贺，那些之前和大宗有冲撞的人，也都低下头，厚着脸皮来。大宗也不说什么见外的话，凡来都是客，他一一向他们拱手回礼。当然，大宗心里明白，这些人中，多是来探虚实的，他们想看看他突然间出现在乌石，又能掀起多大的浪。大宗在心里暗笑，他想，来就来吧，会让你们心服口服的。

三十六度的局面焕然一新，足有四个篮球场那么大。从门口进入，左侧是吧台。正前方的墙上有大屏幕和舞台。四周的角落里挂着大电视机，霓虹灯旋转，左侧有十个小包间。右侧的角落专门分隔开一个舞池，有一个不大的辕门，四周用假竹子围起来，装点着塑料花。其余的地方都是小圆桌，顶端不规则地吊着浅黄色的彩灯。每个桌子上都点着长度刚好的蜡烛。

韩奕被裘少安硬拉扯了去，他本没有这样的心思，但还是经不起裘少安的软磨硬泡，再说，大宗又不是外人，同乡之间，也该去捧场，倘若让别人抓住把柄，说他不团结就不好了。这是韩奕在苏奈尔培训的第三天。过节了，他也无事可做。泰安那天晚上没有加班，故而，韩奕又约了大有和胡小亮。

韩奕去时，三十六度已是人声鼎沸。各色人等在人群中穿梭，唱歌的，划拳喝酒的，打情骂俏的，应有尽有。最为独特的是门口夹道站着的两溜漂亮女子，大约有十多个，穿着统一的红色丝质旗袍，向每一个进入的人问好，媚笑。

苏武在门口迎接了韩奕一行。他穿着蓝色的西服，头发梳得光亮，胸口上别着大厅主管的胸牌，一见面就向大家发烟，他身边站着小指，伸出一个遮着红布的圆盘，上面散落了一些红包。小指微笑着，不说话。这一下就为难了韩奕他们。他们没想到会是这样，裘少安来时也没有说明。苏武"嘿嘿"地笑着，吸着烟。韩奕愣在那里。裘少安拉过小指问："这是哪一出啊？"小指说："大家都这样，你总不能例外吧。"裘少安不屑地看着小指："人家是主管，你是什么啊，屁颠屁颠地瞎高兴。"小指说："我只是来帮忙的，我还在厂里干活呢。"裘少安没法子，只好说："可惜我忘了红包，不要说钱，就连个红包都没有。"小指笑笑，从怀里掏出一沓红包来，抽出四个给裘少安。说："人家都已经准备好了，只要把钱装进去就行。"说完一笑。裘少安拿过红包，递给韩奕。韩奕看了看他，一脸的无奈，只好掏钱装了两份五十元的红包，然后又把另两个递给大有和胡小亮。等把红包扔进盘子里，苏武说着谢谢，走开了。裘少安向苏武吐着口水大骂："这算什么事啊。"

往里走，就有男服务员领路，安排他们坐在左侧里面的座位上，紧接着，就有穿旗袍的女子端上四大杯啤酒。一个年轻的女子在台面上唱着含糊不清的粤语情歌，摇摆着腰肢。裘少安和大有对一切充满了好奇，裘少安拉住一个服务生问："哪儿来的这么多的美女？"那个穿着黑色马甲和白色衬衣的男服务生笑着说："只要有钱，什么东西没有？"大有说："歌厅养着她们有什么用？"服务生说："明天之后你再来，就知道是怎么回事了。"

服务生转身离开，裘少安好奇心大增，去外面找小指。不一会儿裘少安回来了，沾沾自喜："狗日的大宗，真有能耐。"大有忙问："怎么回事？"裘少安俯下身，凑过身子说："这些娘们是陪客人跳舞的，跟着音乐走，跳三首曲子，要付给他们十块钱。"大有说："怎么弄得像小姐呢？"裘少安说："比小姐干净点，跳舞的时候可以随意摸她们。"大有立时兴奋起来，跃跃欲试。裘少安制止了他："今天人家还没有这个服务，明天才开始呢。"大有只好坐下，意犹未尽。

韩奕听完了裘少安的话，感到大宗一定偏离了正常的生活轨道。他知道这样的生意，在乌石这个鱼目混杂的地方，就是本地人也不一定能做得好，更何况大宗。若非有通天的本事，怎么敢做这种事。他隐隐觉得大宗一定是有恃无恐。而人若是有恃无恐，无非两种情况：要么得了绝症，将死之人；要么就是做了无法回头的事，得过且过。但不知大宗是哪一种。

韩奕不想再待下去，就转身出来了。乌石的街道和工厂张灯结彩，节日的喜庆无处不在。所有的工厂都没有加班。大街上到处都是花枝招展的女子，三五成群或是成双成对。韩奕走在人群中，想起小然，心里酸酸的，突然很难过。想着如果小然此刻能在他的身边，那该有多么美好。韩奕此时竟然很怀念和小然在乌石的每一个细节，他觉得自己并不恨她。为了摆脱突如其来的孤独，他决定再看一次电影，只身一人，也算是对他和小然相处的一次回味，或者是逃避孤独的一种方式吧。

韩奕去了第三街的放映室，专门要了他们以前看电影的那个小包间。这样的夜晚，大家都在外面疯狂地逛街、约会或是相聚，这里就显得格外冷清。韩奕如愿以偿了。他又租了《李米的猜想》。躺在床上，放了碟片。想着和小然一起的事。韩奕是个喜欢后悔的人，他总是在事后感慨万千。但这一切都回不去了。

隔壁的包间里不知什么时候也响起了电视的声音。韩奕猜想隔壁之人可能也是独身一个，不然也不会这么安静。后来，听到一个女人接电话，隔壁的电视声音静音了，韩奕很好奇，就压低了自己的电视声音。那个女人的声音隐隐传来，说的都是工作上的事，一会儿，她推说自己很忙，就挂了电话。这个女人的声音很熟悉，就像是刚刚听过一样，但他想不起来。

包间的隔墙没有封顶，爬上隔断，就能看见那人的面目。好奇心促使韩奕爬上去，那个女人躺在床上，床边放着一些零食和一包香烟。她抽着烟，玩着手机。

人的孤独有很多种，存在于每一个人身上。其实，那些看起来骄傲自足的人，也许比任何人都想得到安慰。孤独其实听起来是一个空洞的词语，谁也不愿表现得和它有关，可一旦深陷其中的时候，没有人会想到或是接受这就是孤独本身。当然，任何人都缺乏类似的经验，是我们的内心缺乏勇气且存在着不安造成的。我们都始终坚信，带给我们困扰的事，终将消失，就像是一场噩梦。但它却又总是不消失，而且不断地上演着。

他们的孤独是如此相似。突然间，韩奕觉得他们是多么的可怜。

企划课的人在苏奈尔的生活明显要比泰安好许多。培训的事轻松而又充满了新鲜感。他们每天按照方副理的安排，观察不同的车间并从管理人那儿讨教一些经验和方法。姚梅有时候跟他们一起出出进进，有时候安排完任务，就随着方副理离开了。

韩奕想找方副理谈话的事一拖再拖。好几次，他都溜出去想找方副理，但每次都被保安或是一些底层的管理人员拦回来。苏奈尔的人有一种特别的优越感，他们说话的语气如出一辙，瞪着眼睛对韩奕大呼小叫，几乎都是命令的口吻："别到处乱走。"韩奕想向他们解释，他想说其实他有随意走动的权利，当初进来的时候，方副理就是这样向他们承诺的，但现在，在这些人眼中，他的厂服告诉他们他是泰安的，是另一个微不足道的厂里的一名员工。他们有理由冲他耍脾气。韩奕尽管生气，却没有办法，除了安排的车间之外，其他的地方，他根本就进不去，而方副理大多时候都不在办公室。

苏奈尔的一切还是让他们收获颇多。韩奕认真地做着记录，聆听他们的解释。当然，值得一提的要算是吃饭的事。这也许就是苏奈尔和泰安之间最大的区别。在泰安，除了经理和董事长有专门的餐厅，其余的人都在公司的大餐厅吃饭，包括罗玉松和姚梅。纵然他们的权力和经理相当，甚至更大些，但吃饭的时候就能把他们与经理们区别开来，他们终究还要和一般员工一样在大餐厅里排队。而苏奈尔则不同，按照分工的不同，吃饭有不同的标准。普通员工在班长的带领下以班为单位组成一桌，以车间的不同轮流进餐。而组长以上的中层领导则在大餐厅之上的二楼的小餐厅里，伙食标准高于大餐厅。当然，经理们则有更高规格的标准。企划课的人被安排在二楼的小餐厅里进餐，这与泰安的伙食标准有天壤之别，卫生程度更不用说，他们的餐厅有专人监督，条理有序。与苏奈尔相比，泰安简直就是还没有成型的手工作坊，韩奕在这里见识了真正的标准化与现代化。

每天中午，企划课的人都在二楼小餐厅旁边的娱乐室里休息，娱乐室是供组长以上的中层领导休息的。里面也就是放着电视、长条凳而已，旁边有一个小卖铺。这里中午很少有人来消遣，大家都在午饭后迅速地回到宿舍午休，中午的时间太紧，算上吃饭，也就一个半小时，没人愿意耽搁在娱乐室里。企划课的人没地方去，只好在这里将就。

到培训的第十一天，姚梅由于厂里事务太多，只好把培训的事交给陈子妮来处理。而姚梅走后，方捷就推脱自己太忙，安排了剩下的时间里学习的进程，她让陈子妮带着大家随便看看，之后，就再也没有见到她的影子。韩奕后来又悄悄寻找过她，才知是出差了。

当然，培训的事就只能在这里略作停顿了，和韩奕预料的一样，他们不管走到哪里，都有人吹鼻子瞪眼，更不用说是配合了。韩奕建议把这种情况请示一下姚梅，而陈子妮却说就这样混着也挺好。于是，大家便各行其是，除了每天要在苏奈尔行政大厅的门口会合之外，剩下的时间就自己打发了。

其实，韩奕对于学习一事也已经有些厌倦了。问题的关键在于，学习并不一定有用，更多的时候，姚梅并不需要别人的建议，她只是按照自己喜欢的方式做事，她能承担一切后果，而别人不能，她也相信别人是不可靠的。所以，学与不学，其实只是个过程而已，结局不太重要。

那天早上，韩奕特意去了小然工作过的车间，有人责问他，他也不理会，理直气壮地走进去，那些人惊讶地看着他，没有阻拦。他们仅仅是狐假虎威而已。韩奕在车间里询问几个干活的女子，但她们都摇摇头，表示不知道有个叫苏小然的女子。这个车间和别的车间没什么两样，干活的员工总是不断地变化着，小然在短短两个月的时间里已经被他们遗忘了，当然，这也与韩奕没有找对人有关，但至少说明，小然的离开，和别人的离开没有区别，尽管她在这儿生活了四年。

后来，韩奕被车间的课长——一个威猛的老女人以十分不恭的激烈言辞指责出去。韩奕心情沮丧极了——他在这儿根本找不到任何有关小然的蛛丝马迹。

陈子妮约韩奕提前离开，他们在苏奈尔的后门会合。由于时间尚早，陈子妮就提议去她的房子，韩奕答应了。

一路上，韩奕忐忑不安。如此近地和一个女人走在乌石的街上，尽管那是靠近高速公路的一条偏僻的道路，但还是难免令人尴尬。这是韩奕第一次在乌石和一个陌生的女人走得这么近，他生怕碰见熟人产生误会，尽管陈子妮要比他大十岁。半道上，陈子妮在建设银行的自动取款机上，查询了自己账户上的余额，然后取了五百块钱。她说她想回家一趟。韩奕问怎么了。她说："只是想回家去看看。"她已经一年多没有回家了。她神情哀怨。

陈子妮经常向韩奕说起她的儿子。是个六岁半的男孩，已经上小学了。很调皮。她给他买了二胡，说那个小家伙很喜欢二胡，跟着爷爷学，现在已经能像模像样地拉出一首曲子了。说儿子的时候，她总是很高兴。还从手机中翻出儿子的照片给韩奕看。那是个英俊的小家伙，继承了陈子妮的诸多优点。

韩奕以为她是太想家，想儿子了。可后来，到了她的家里，她却说想离婚。她说："我已经想明白了。不想再为难他了，他也有他的苦衷。"

韩奕十分惊讶，听她这样护着罗玉松，就说："都什么时候了，你还向着他说话。"而陈子妮反而显得很平静，像是蓄谋已久。她说："其实，这次去苏奈尔是我要求的，我想看看那个女人。"韩奕问是谁，她却不回答。

他们席地坐下，面对着面。陈子妮的样子十分颓丧，她说："这几年，我真的太累了。我不想再这样下去了。"

这是一个太过于温顺的女人，她用极大的隐忍承受了这么多年的苦楚。三年前，她为了阻止罗玉松的婚外情才来到乌石。她看着他们在背地里偷偷摸摸。她清楚罗玉松所做的一切，但从来都没有说出来。在她看来，罗玉松也只是一时糊涂，等到清醒的那一天，他会回心转意的。但三年过去了，罗玉松照旧做着自己的事。而且离她越来越远，她也对此无能为力了。她曾偷偷跟着罗玉松远远看见过他和那个女人走在一起，她牢牢地记住了那个女人，但她还是像往常一样，装作什么都没有发生。而现在，她终于有机会仔细看看那个女人，并且和她短暂地接触了，她才真正意识到，对于罗玉松而言，那个女人比她更合适。

"我只是觉得苦了孩子。"说完这句话，陈子妮就哭了，边哭边说："我真的不想这样，可我已经没有办法了，我是个愚蠢的女人。"

面对哭泣的女人，韩奕往往手足无措，尽管陈子妮已经在他面前哭过一回，但上次她并没有像现在这样绝望。她的哭声很小，是刻意压抑的那种，但眼泪已经倾泻而出。她显得那样无助。

也许，这就是缘分，我们往往会在不经意间，发现生活中曾经遇见的很多人，与我们之间有着惊奇的共鸣。就像韩奕和陈子妮，从一开始，他们就已经能感知到对方是自己可以一诉衷肠的人，就像是值得依赖的亲人，有点相见恨晚的意味。而在他们单独相处的不多的几次机会中，他们总是尝试着向对方哭诉，尽管带有很强的压抑成分，但他们都把各自最痛的那一面展示给了对方。更多的时候，惺惺相惜与年龄无关，像极了爱情。

韩奕给了陈子妮足够的时间让她哭泣。他把她的头靠在他支起的腿上，尽量给她制造较为舒适的姿势。然后，看着她耸动的肩膀。除此之外，他无事可做。

中午时分，罗玉松来电话说要去一趟三元镇，不回来了。陈子妮整理好自己，就留韩奕在家里吃饭。陈子妮说要做鱼吃，刚好昨天有人送了她一条。她拿出鱼在砧板上刮鱼鳞，不好意思地笑笑，表示她不会做，只是想试试。韩奕看着她的样子，竟和刚才判若两人，这是一个令人感动的女人，她做的任何事情都是那么的内敛，能让人感到温馨。

韩奕坐着看电视，一个多小时以后，陈子妮才把菜端上桌子。简单的两个菜：西红柿炒蛋，清蒸鱼。还有银耳汤。她为韩奕准备好了一切，才坐在韩奕的对面，让他快吃。房间里就他们两个人，突然安静下来，两个没有任何瓜葛的人，饭吃得很慢。陈子妮边吃边向韩奕说着她和罗玉松以前在老家的事。她说，那是一段令人快乐的时光。陈子妮问韩奕喝不喝酒，韩奕说不用。他们就这样清醒地吃着饭，说着话。

时间过得很快，转瞬就已经过了三点，直到他们觉得困了，才停下说话，陈子妮说："你想睡就睡一会儿吧，没事的。"韩奕在她的允诺下，径直躺在铺着塑料泡沫的地上睡起来，房间内空调的温度适宜。陈子妮帮他盖上了小毛毯。

韩奕做了一个新的梦：他和小然面对面坐着，中间是偌大一个池塘，池塘里有鱼儿跳，还有绿绿的荷叶，小然突然在他的面前大笑起来，笑着笑着一下子钻进了水里，没了声响，他使劲地找，找来找去，小然竟躺在他的怀里。这个场景韩奕已经是第三次梦见了。之前的两次是在他陪小九做了流产之后梦到的。而这一次竟然是在另一个女人的房里。韩奕的梦始终重复着，就像一个奇怪的圆，没有开端，也没有结局。

韩奕的梦后来被一阵敲门声惊醒。醒来时，他发现陈子妮睡在他的身边，而他却枕在她的胳膊上，他的左手刚好搭在她的胸部。他被这种现象弄得满脸通红。他总是被他的脸色出卖。陈子妮坐起，不好意思地笑笑，继而有些慌乱。她整理了一下头发，把毛毯快速叠好放在床上。然后把一直开着的电视声音略微调大了一些，便催促韩奕开门。韩奕还没有从刚才的脸红中缓过神来，只好硬着头皮开门。罗玉松进来，见是韩奕，就冲他笑笑。而韩奕此时，脸色却更加红了。他退在门口，不知所措。还是罗玉松进来时随手关了门。他问韩奕："怎么没有去苏奈尔？"韩奕说："今天休息一天。"他说话的时候有些吞吞吐吐。罗玉松似乎没有觉察什么，对陈子妮说："我来取点东西，就走。"说完，便进了里屋，一会儿又出来。让陈子妮好好招待韩奕，说完就走了。

韩奕当时紧张极了，直至罗玉松走远了，他还愣在门口。陈子妮叫他，他才明白过来。摸了一把额头，竟然冒出了一层细汗。陈子妮说："你看起来很害怕。"韩奕低着头，不敢看她的脸，重又坐在她的身边。陈子妮安慰他："别怕，没什么。"她抚摸了他的后背。

"你真的要走吗？"韩奕问。

"我还没想好，心里很乱。"陈子妮苦笑着。

"也许，离婚是最坏的想法。"

"当然，但没有比这更好的办法了。"陈子妮说："那么，你的建议呢？"

韩奕终于把脸转向陈子妮："还是再等等吧。"片刻之后，他又说："事情也许没有你想象的那么糟糕。你又为何急于放弃呢？"

"我只是不想拖累他，这样下去，对谁都没有好处。"

"可你是自欺欺人，这不是你想要的结果，对吗？"

陈子妮黯然，不知该说什么好。她已经这样过了三年，难道不是等着他回头的那一天吗？可她真的不知道她还能等多久。

"还是再等等吧。"韩奕又说，"我真的希望你能够快乐。虽然我并不能给你带来什么，但我知道你不想失去这一切。相信我，一切会好起来的。"

陈子妮点点头。时间又快到六点了，下班的时间到了，韩奕走了。陈子妮坐在原地，电视画面仍然闪动着不知所云的场景。陈子妮又一次感到了深深的疲倦，她拉开被子，再次睡了下去。

韩奕没有回泰安，为了不引起姚梅的怀疑。他直接去了第二街的陕西面馆，等一碗刀削面吃完，天色已经暗了下来。真是无事可做，回公司睡觉又太早。夜晚出现的孤独又一次占据了韩奕的整个身心。置身于灯火辉煌的街上，他觉得自己就像一只无头的苍蝇，乱飞乱撞。

这时，他想到了小九。已经又是好几天没有去看她了，也不知道她怎么样了。平时他很少想起她，因为他觉得她仅仅是小然最要好的朋友，而既然小然不在了，他就有义务帮她，尽管每次都是小九让他带些东西过去，他也仅仅是把东西送到，不多说话就离开了。而此刻，他觉得有必要主动去看看她。是不是今天陈子妮的事触动了他，他自己也弄不清楚。

韩奕买了些水果。他还是为有事可做感到些许高兴，他边走边哼着歌。这种感觉与他独自走在大街上漫步到深夜，或是蹲在苏奈尔的门口看进进出出的男男女女有着截然不同的愉悦。虽然身边依然是陌生的人群，冷清的风穿过城市的街道，车辆的喧嚣也像之前一样，但有事可做的感觉让他再次感受到了失去的激情。这在最近的一段时间里是难能可贵的。就像一只鸟，重新获得了自由一样。

韩奕再次走过泰安公司，里面灯火通明，加班的工人依旧忙碌着，保安坚守着岗位。他想大有和胡小亮肯定也如往常一样，当然，裘少安若也能和他们一样就好了。这样想着，就在不知不觉间进入了通往"壹加壹"超市广场的一段行人稀少的路面。走过这段路，在前面的十字路口左拐，进入一条巷子，就到了小九暂住的地方。

就在韩奕快要走出那条行人稀少的路段时，从左侧冲出来三个人，他们用布蒙着脸，快速地冲至韩奕身旁，起初韩奕还以为是遇到了抢劫，好在他什么都没有。可那三个人二话没说，拳脚齐下，瞬间就把他打倒在地，其中一人用皮鞋踩住他的脸，使他动弹不得，而另外两人，则用力地踢踏他的周身。韩奕无法挣脱，只好缩紧身子，双手把腿抱在胸前，任凭他们作为。

这样的殴打大约持续了五分钟，那些人才纷纷离去。韩奕躺在路上，浑身疼痛。他依然没有明白究竟发生了什么事。他难过极了，躺在地上不想起来。路上散落了他刚买的水果，其中有一只橘子正好滚在他的脸旁。

也不知过了多久，一辆车呼啸而过，韩奕听到了车碾碎水果的声音。他才缓缓坐起来，摸出了一颗烟，点燃。冷冷的风吹来，路面上发出沙沙的响声，他的心里一片空白。

后来，韩奕蹲在路边，忍着疼痛对自己整理了一番。这时，他才确信，他并非遇到了抢劫，而是一场早有预谋的殴打。

韩奕对自己遭遇的这起殴打作了一个简要的分析：他首先想到了上次大有喝醉的那天晚上，安徽人向他挑衅，但那件事已经过去很长时间了，安徽人中的两个已经离开了泰安，其中他还清楚一人早已回家了，而留在泰安的那一个，在最近的日子里和韩奕的关系倒也不错。直觉告诉韩奕，这是不可能的事。再说，当大宗回到乌石之后，所有的外地人都已经不敢对他们动手动脚了。另外一个原因，便只有罗玉松了。韩奕重新审视了一下自己在最近一段时间里的所作所为，他觉得他并没有得罪任何人。一定是罗玉松今天识破了他，或者说是误会了他，难道他觉得他在他的家里做了不该做的事才要报复的吗？除此之外，韩奕觉得没有更合理的解释。

当韩奕最终敲定是罗玉松找人殴打了他，他站起来，想到了"报复"二字。

第十八章　报复罗玉松

韩奕隐瞒了自己被暗算的真相，他不想让这件事扩大。他像所有在乌石遇到为难事的人一样，选择了沉默。而这也是乌石非常混乱的一个重要原因。遇到这种事的人，大多有两种担心：一是他们觉得这是他们的无能造成的，传出去会让大家笑话。这是一种常见的现象。二是由恐惧造成的懦弱。大家已对打架斗殴、抢劫强奸之类的恶性事件司空见惯了，而这样的事情总是得不到合理的处罚。纵然有人十分不幸被治保会抓获，也大都平安无事，只要有足够的钱，就能够得以保释，至于他们所犯下的罪恶，时隔不久就会渐渐淡去，被新的更加恶劣的事件所掩盖，再无人问津。所以，没人会相信治保会能秉公办事，这时便会担心自己会被那些亡命之徒抓住不放，纠缠不休。为了摆脱被人威胁的阴影，大家都选择了隐忍，息事宁人。

当然，这样的规则并不是某个人的英雄情结所能打破的。在这样纷乱的环境中，谁都不可能成为英雄，包括大宗。韩奕只能随波逐流。我们有时候总是很愤慨别人的懦弱，哀其不幸，怒其不争，但谁又能明白他们在那件事来临之际的惊慌和无助。

韩奕很晚才到泰安，再一次对他的判断作了一次分析，虽然目前他还没有足够的证据来证明那几个围殴他的歹徒是罗玉松指使的，但他却又十分自信地坚持认为他的直觉是对的。

韩奕静下心来权衡了一下他和罗玉松之间的实力。他想设计一种最合理、最有效的报复方式——既能报复罗玉松，又不能过于张扬。接下来在苏奈尔学习的三四天里，他始终被这个问题困扰着。陈子妮似乎也看出了他的郁郁寡欢，但他摇头说只是不太舒服。他不想向她透露任何消息，虽然他迫切地希望陈子妮能知道罗玉松的卑鄙，那样也好给自己带来些许安慰，但他又不想毁坏罗玉松在陈子妮心目中已经树立起来的一贯形象。他不想让她为难。因而，韩奕一面和陈子妮勉强说笑，一面盘算着自己的事。陈子妮依然邀约韩奕去她的房子里休息，以便打发无聊的时间。为了不让陈子妮有所觉察，韩奕没有拒绝她，再说，他的确无处可去。

韩奕后来对于报复方案实施的可行性作了最为理性的思考。他把它归结为三类。

一是独自行动。这样做的好处是影响不大，有利于事情悄悄展开又悄悄结束，当一切平静下来——要么他倒下，要么自己倒下。而不利的因素又有很多，首先罗玉松比他强壮，更有力量，而且他是在部队训练过的人，在打斗方面又有太多成功的经验；其次，从目前的情况看，他有一群可以利用的帮凶，既然他能策划对他的暗袭，想必也就能预料到他的反击，所以，谁也无法预料他的帮凶会不会从某个未知的角落里一下子涌出来，那样的话他无疑是以卵击石。鉴于此，韩奕想若用常规的单打独斗，他肯定是剑走偏锋。因而他觉得暗袭更对自己有利，这种行动虽然易于得手，但切入点不容易找，也就是行动的时间与地点都不易确定，加之罗玉松本来在泰安的时间就不确定，他可以一分钟之前在公司，而一分钟之后究竟去了哪儿，连陈子妮有时也不能确定。还有应该采用什么器具来偷袭也是一个难题，必然要选择那种易于携带而又有攻击性的，但韩奕无法准确拿捏自己突然一击之后能否击中，或者能否把他击翻在地，这是一个大问题。倘若一击不中造成单打独斗的局面就不好收拾了，而且自己还会在以后的日子里受到他无穷无尽的追殴和凌辱，这对他能否继续留在泰安上班都是一个未知数。倘若击中了要害，甚至出了人命，那又该怎么办，韩奕被这个问题缠住了，他多次陷入了自我斗争的旋涡之中，况且他还意识到偷袭本身就不是大丈夫行径，是被人不耻的行为，这并不是他的风格。

二是火拼。这是韩奕想到苏武时脑子里蹦出的想法。"苏生石"派在大宗的庇佑下已经今非昔比，苏武成了乌石的头号人物。很多时候，他都能代表大宗说话。三十六度歌厅由他全权负责，进出都有三两个随从尾随其后。在歌厅开张之后，生意兴隆，偶尔有闹事的，几乎都由他出面解决。苏武处理事情的手段也变得强硬了不少，得理不饶人。但凡在街上混的，都对他敬畏三分。再说，裴少安和苏武的关系非同一般。倘若说动裴少安，让他请苏武出面，或许可以解决问题。但他清楚，苏武是个唯利是图的人，对于这样存有风险而且劳师动众的事，他怎么可能不求回报呢？而这种回报定然在韩奕的能力范围之外，虽然韩奕已经不像刚来时那么捉襟见肘了，却也不怎么宽裕。而大规模因他而起的群殴事件势必造成极坏的影响，韩奕又缺乏平息事情的本领，一旦治保会追究起来，他便成了罪魁祸首，到那时，谁又能为自己保释？况且，面对面和罗玉松一战，必将影响他在泰安的工作，他肯定会被开除出厂，而且，陈子妮肯定要和他反目，她还是那样依赖着罗玉松，韩奕又怎么舍得让她如此伤心呢？如此种种，使得韩奕对这个计划也否定了。

而第三种情况是韩奕和陈子妮一起吃栗子的时候冒出的念头。当陈子妮剥了一颗栗子放进他的嘴里的时候，他竟然冲动地抓了一下她的手。陈子妮只是略微缩了缩手，却没有挣脱，反而笑着看他。韩奕大受鼓舞，抓着不放，又用另一只手抓住了她的手腕。说实话，韩奕做这件事的时候是盲目的，并没有什么特别的非分之想，他的思绪甚至还停留在对罗玉松的报复上，他只是抓住了她的手而已。当时，他想如果罗玉松此刻能推门进来，他就能根据罗玉松的反应判断出究竟是否是他暗算了自己。因为此刻，明确这个十分重要。而事实是，什么事都没有发生。包括这两天罗玉松两次进来看见他和陈子妮坐在一起说笑的时候，他都是平静如常，从他的眼神中看不出任何的愤怒和躲闪。韩奕觉得罗玉松是个善于伪装的人，城府极深而又不露痕迹，这让他再一次重新估量了他们之间博弈的胜算。韩奕想，若不能想得周全，便会身败名裂。直至韩奕松开手，陈子妮才红着脸，垂头安静下来。这时，韩奕明确知道，她是喜欢他的。而这样的感觉恰恰增加了韩奕报复罗玉松的决心，他觉得必须对暗算一事作出回应，不然，他将失去和陈子妮在一起的机会，而糟糕的是，他也喜欢上了她。这个大出他十岁的低眉垂眼的女人，以母亲般的细腻，让韩奕在这个冬天感觉到了乌石的温暖。而这甚至比一场爱情或是一笔数额不小的金钱都更有意义。韩奕清楚，这本就是一场毫无结果的错事，他们根本就不可能有任何未来，也许，仅仅是两个对感情无助的人相互取暖而已。韩奕想到了"陷阱"一词。

　　韩奕自己也弄不清楚他的设计是否属于陷阱这个阴暗的范畴，也许根本连报复都算不上。但他以为这样就已经足够了。韩奕决定请裘少安跟踪罗玉松，仅仅给他心理上造成一定的负担就好。在韩奕看来，给敌人造成心理上的长期恐慌，比对他实施一场暴力更容易让人产生快感。虽然这算不上什么高明的把戏，但这样做，是最省事而又造不成巨大影响的最佳方式。或许，对于罗玉松的施压，还能探明和他在一起的那个女人是谁，如果情况好一点的话，说不定还能对罗玉松回到陈子妮身边起到一定的效果。韩奕这样想着，心里就轻松了不少，他觉得这真是个一箭双雕的计划。

　　企划课在苏奈尔的学习很快就结束了。最后一天上午，他们在苏奈尔赵经理的主持下，进行了学习总结。由于姚梅缺席，使得总结会简短而无聊，赵经理说了一些冠冕堂皇的话，就给他们的学习报告上签了字，然后送他们出来。廖晓辉建议大家去外面庆贺一下，大家都表示同意。他们选择了第三街的宜兰酒店。说是酒店，其实就是一个规模较大的餐馆而已。吃饭之前，韩奕建议喝点酒。经过商量，他们就要了一箱啤酒。四个人围在一起，说话，喝酒，从泰安说到苏奈尔，从黄经理说到姚梅。大家一边吃喝，一边大骂姚梅。韩奕多喝了几杯，一时兴起，带头数落着姚梅的不是，陈子妮暗地里拽了拽了他的衣服。韩奕明白过来，便不再多说，只闷头喝酒。席间，陈子妮出去接了一次电话，进来后告诉韩奕，罗玉松去了珠海出差，后天才能回来。饭毕，韩奕一人喝了大半，站起来时身子有些摇晃。廖晓辉和唐海峰两人约会去了，他们让陈子妮照看一下韩奕。韩奕并没有喝醉，心里清楚，只是走路有点摇晃，陈子妮就扶着他回到了自己的房子。

　　韩奕躺在地板上。陈子妮帮他除去外套和鞋，忙着给他倒水，又用热毛巾给他擦了擦脸，然后取下毯子盖在他的身上。雪白的枕头散发出清新的香气。窗外的喧嚣隐约下来。晴朗的冬天和这个混乱的小城，已经不重要了。陈子妮坐在他的身边，静静地看着他，他的手触摸到了她的身体。他闭着眼睛，假装睡过去的样子。他的手指慢慢从她的小腿向上移动，他能感觉到她呼吸的声音和身体的味道。某一刻，她的身子向后挪动了一点，他的手就停下来。他强烈地控制了自己，纵然潮水一般的激情一波一波地淹没过来，但他还是觉得这一切如此虚空，无法踏实。

　　陈子妮说："你去洗个澡吧。"她希望他能清醒下来。浴室的墙壁上有块大大的玻璃。韩奕脱光了身子，水慢慢地出来。他的瘦小在镜子里被放大了，像一只可怜的臭虫被搁置在玻璃后很远的一隅，或者像树干，光秃秃的。这种情况下韩奕总是容易情绪波动，很悲哀，很孤独。

韩奕洗了很久，其实是为了调整状态。他想他必须嘴角挂上微笑，让自己尽可能回归到现实中来。他对着镜子把脸部的肌肉拉扯了好长时间，才勉强摆出一个可以应付场面的笑脸，然后深呼吸，假装轻松地走出来。

陈子妮搂着肩膀坐在窗子下小小单人床的角落里，安静得像只猫。韩奕之前曾问过，她和罗玉松是否共同睡在这样小的床上，但她笑而不答。直觉告诉韩奕，他们其实晚上并不一起睡。

外面透射进来的阳光掠过她的头顶，她的脸色有些严肃或是浅浅的忧伤。韩奕背靠着床，坐在她的身旁。他喝了一口水，默默地看着她，不说一句话。她突然哭出了声，令人猝不及防。她把身子斜过来，头靠在韩奕的肩上，韩奕顺势让她仰躺在他的腿上。她的眼泪顺着脸颊流向她的脖颈。那一刻，韩奕再也控制不住自己了，他慢慢地试探性地低下头，用嘴唇封住了她的忧心忡忡和彷徨。她闭上眼睛，身子抖动起来。

韩奕的手在她的身上游走，她的皮肤洁白而柔滑，烫热地紧绷着。她闭着眼睛，呼吸短促，紧紧抓住他的衣角。一切顺理成章。他们相互亲吻和抚摸，她用手指抓住他短短的头发。纠葛在一起。当他们赤身裸体紧抱在一起的时候，陈子妮轻微地呻吟了一声，她紧咬着嘴唇，不让自己放松。他们融合在一起，像两只失去理智的兔子。

他们彼此不让对方的身体离开。整整半个下午，大约从三点开始，他们就在这个原本属于罗玉松的房间里不停地做爱。做完了就相互拥抱着迷迷糊糊地睡去，她的胳膊一直紧搂着他，生怕他在她睡着的时候悄然离开。等他们再次醒过来的时候便又重新开始新的征途。身上的汗水一遍又一遍地渗出又再次退去。直到天色彻底暗了下去，窗外的灯光照进来，陈子妮才起身开了灯。

当激情落定的时候，陈子妮偎在韩奕的身边，枕在他的胳膊上，轻轻地说："我害怕。"韩奕不知道说什么好，只是静静地听着。她又说："这一次，我无药可救了，我不是个好女人。"韩奕清楚她内心的矛盾，她不是一个胡作非为的女人。而他又何尝不是呢？他内心的愧疚又怎能说出口，他口口声声说要寻找小然，而这又算是什么呢？韩奕突然觉得他的世界竟然是白茫茫一片。

但韩奕不愿离开，尽管他的内心充满了挣扎，陈子妮亦然。很多时候，人们都会被突如其来的欲望包裹着，明目张胆地违背着自己内心的原则。那晚，韩奕留在陈子妮的身边，一直到天亮。

裴少安在泰安的表现越来越不尽人意了。他总是找各种理由旷职，和班长顶嘴，故意不按时完成任务，甚至在上班期间躲在厕所里抽烟，直到排队上厕所的人忍无可忍了，喊来值班的保安，才能把他请出来。他的样子桀骜不驯，对保安的呵斥充耳不闻，甚至还会冲着保安大呼小叫。其他的员工羡慕他的能耐，他们都怂恿他做违规的事。

好在韩奕这段时间里一直在苏奈尔学习，对此佯装不知。等到韩奕再次上班的时候，裘少安告诉韩奕他想和那个瘦高个的保安打架。韩奕说："为什么要那样做？"他说："我不想干了。"韩奕表示一定会替他想办法，可以让他辞工，他说他有办法让他拿到那被扣押的半个月工资。但裘少安似乎对韩奕信心不大。他觉得那样一来，就显得他太没有本事了，他不想再欠韩奕一个人情。其次，他觉得辞工是最愚蠢的办法，需要写申请，要经理签字，之后人事部审核，还要财务部再次审核签字，中间的环节太多，那样的话，拿到工资的周期就变得很长。而且在几个环节中，他们都会按照辞工者在工厂的表现来分情况审核，倘若在工期间，有不良的行为习惯，或是做过检讨，都要扣除一定数额的工资，而被扣除的部分都是按照签字审核者自己的意愿执行的，没有什么标准。通常情况下，一般能拿到所有工资一半的人就已经算是幸运了。而被开除则不同，只要被经理批准开除，就直接可以在财务部拿到应有的那部分工资，快而有效。裘少安坚持要大闹一场，任凭韩奕怎么劝说都无济于事。他说："这是我自己的事，和你无关。"韩奕拿他没有办法，只好硬着头皮看事态的发展。他大骂裘少安做事不理会他的感受，但裘少安却一笑置之。

第二天，早餐时发放面包（别的时候一般都是馒头）。四百多人被保安组织起来，排成长队，队伍的末尾一直排到了公司的大门口，所有的保安都严阵以待，夹道监督。每人每次只能领取一个面包。连续领取，一般情况下，可以往复三次。为了能吃到更多的面包，就有人在队伍里不安分，出现打闹也是常有的事。

当领到第二轮的时候，院子里的队伍就骚乱起来，有人插队，后面的人不答应，一边喊着一边向前挤兑，而前面的人疏于防范，顷刻间便被堆积在一处。接着，前面的人反抗，队伍一下子又散乱开来，人群哗然。韩奕排在前面，还在餐厅里，等他回头看时，已经有人抓住了闹事者，三个保安一哄而上，团团将那人围住，拳脚齐下，那人奋力反抗着。韩奕隐觉得出事了，就赶过去看，好不容易分开人群，就见裘少安已经被打倒在地，他双手抱头，缩成一团，嘴角渗出了一丝血迹。韩奕大喊："住手。"那些人才在韩奕的拉扯下停下来。韩奕低身扶裘少安，可裘少安却大喊："我的胳膊，我的胳膊。"然后又倒在地上。这时，那些动手的保安才傻了眼。保安队长赶过来，要看看裘少安的胳膊，裘少安愤怒地骂他。保安队长一言不发，命令那几个打人的保安赶紧把裘少安扶到保安室里休息。

紧接着，姚梅来了。她一面训斥保安，一面让韩奕领着裘少安去医院检查。

去乌石医院的途中，裘少安停在路边，活动了一下胳膊，觉得并没有刚才那样疼。再试试，又能勉强抬起。他笑着说："没事。"韩奕很担心，生怕万一骨头出现问题，就麻烦了。但裘少安却说："说不定，这还是个好事呢。"

在医院拍了片，医生说骨头没问题，只是韧带拉伤了，休息一下就没事了。韩奕如释重负，而裘少安却皱紧了眉头，一言不发。他让韩奕在外面等他，说要再找个大夫瞧瞧，以防万一。韩奕觉得也有道理，就在院子的廊檐下抽烟等他。

等裘少安再次出来的时候，他的脸上有了喜色，胳膊曲起来用白绷带挂在脖子上。他直接把检查的单子递给韩奕。韩奕接过来一看，只见上面写着：左胳膊韧带拉伤，小臂骨头有轻微骨折。韩奕惊讶地看着他，不明白是怎么回事。他一下子担心起来，不料，裘少安却取下脖子上挂着的绷带条，挥了挥左胳膊，伸出左手，向韩奕讨烟。

韩奕递给他一颗烟，问："怎么回事？"裘少安笑眯眯地说："在乌石，什么事都是活的，只要你用心。"他点燃烟，抽了一口，又说："我在僻静处找了个大夫，给了他五十块。"说着，他翻了翻口袋，表示他现在身无分文。韩奕说："这有什么用？"裘少安得意地说："等回了公司，你就明白了。"

回到公司，裘少安先去了一趟卢经理处，卢经理答应让他病休。他又去姚梅处备案。姚梅看着他的检查单子，想了想说："公司只能给你三个月的休息，这段时间里，基本工资照发，你还可以在厂里吃住。"说着就给他支取了医药费和营养补贴二百块。姚梅让韩奕在收据单上也签了字，随后就通知人事部发一份对殴打员工的保安警告的处分。就这样，裘少安在这场看似愚蠢的斗殴中大获全胜。他把胳膊挂在胸前，吃饭的时候下楼去餐厅，吃完了在餐厅抽烟，等困乏了就又上去睡觉，极是逍遥。

北方的大雪已经下了好几场，一场比一场大。父亲来电话希望韩奕能回去过春节。韩奕心里很矛盾：小然还不知在哪里，他又怎能轻易放弃呢？而不回去，他又能向何处去？

乌石的冬天也越来越冷了。尽管企划课的工作已经步入了正轨，不似之前那样没有头绪地忙乱了，但韩奕还是被某种忧伤的思绪困扰着。大家都按照姚梅的分配进入不同的车间进行剂量的核算，除了每天早上例行的卫生检查之外，其余的时间基本都是自由的。他们可以在办公室坐着写材料报告和计算，也可以在车间里监督和再次核算，还可以四个人坐在一起相互讨论。

　　韩奕每天在例行检查之后，都要找机会和陈子妮单独待在一起。自从那天之后，韩奕竟然觉得十分不舍，太多的时候他都会被突然涌上来的回味而搞得心神不宁，甚至偶尔还会产生一种恋爱的感觉。他喜欢闻她身上的气息，听她说话。这样一种情绪困扰着他，使他无论走在泰安的哪个角落，都会下意识地看看有没有陈子妮的身影。而事实上，陈子妮比韩奕还要更加热烈一些。他们相约去一些偏僻的角落。最先是陈子妮在五楼的打样机器后面找到了韩奕，而那里已经不是一个秘密的所在了——廖晓辉和唐海峰不时地在那里走动。为了不让他们两人察觉，陈子妮上来之后并没有多说，她和他们混在一起聊了一个早上。下午，姚梅安排陈子妮和韩奕两人分别去检查宿舍。一个小时后，他们在女生宿舍门口会合。那儿有一张女生宿舍的舍监常用的桌子，坐在那个位置，就能控制进出宿舍的所有人，对于监督员工偷窃和偷懒睡觉都是一个绝佳的位置。正逢女舍监不在。他们就坐在那里，说着相识之初的一些事。当然，最终的话题还是回归到他们那天的缠绵上。韩奕羞红了脸，勾着头，嘿嘿地笑。而陈子妮却以绝对的成熟稳练迫使韩奕就范。她伸过手来，在韩奕的腿上抚摸，后来直中韩奕的要害，韩奕怕得要命，慌忙躲闪，急切地看楼梯口。而陈子妮却温柔地笑着，大胆而热烈。这样的事在后来时有发生，陈子妮领着韩奕在各个隐秘的地方进出。让韩奕惊讶的是，他原以为自己对泰安已经完全了解了，可陈子妮领他去的地方，他几乎都未曾涉足。他们就这样在害怕和欲望的纠葛中放纵着自己。

　　随着一场大风的来临，乌石的气温又低了一些。偌大的员工宿舍里充满了穿堂而过的风，抽风机偶尔还要为保持空气而吼叫一阵，冰冷的床板更加干冷，躺上去，像极了韩奕高中时代的宿舍。那是一个大约三十平方米的宿舍，由废弃的教室一分为二，隔墙因为偷工减料，没有砌满，半空中张开一个豁口。灰尘凝结起来，和巨大的蛛网笼罩了整个屋顶，黑色的白炽灯吊在当空，像石头。墙壁有很早以前粉刷过的痕迹，白粉大面积地脱落，几个很深的坑印在角落里，细面土因着蚂蚁的忙碌而点点落下。四周的墙壁上刻了各色各样的名字，如黄大明铺位、马玉显龙榻、杨宪镇驿站等，黑色、黄色、白色的大字小字爬满整个墙壁，把房子向内拉紧，摇摇欲坠。木板床用砖头支起来，在宿舍正面和右侧面围了半圈，晚上用来睡觉，白天就把铺盖卷起，在上面做饭或者下棋打扑克。

　　北方的冬天，寒冷漫彻大地，日子最难熬。韩奕不喜欢冬天，他以为这是个残忍的季节，严重的关节炎使得他在后来的每个冬天都不得不穿得厚厚的，不喜欢出门。有人因为寒冷而辍学就是最好的佐证。宿舍并不能蕴藏过多的暖色，任意肆虐的风雪裹挟着断枝残叶破窗而来，也许根本用不了一个"破"字，应该说是正大光明地进入。宿舍仅有的一扇窗子，常年没有玻璃。即使安装了，那些偷东西的人也会把它们全部敲碎。十三个人就在寒冷的裹挟中，和衣蜷缩在被窝里。大家两个或是三个合抱在一起互相取暖，褥子下面厚厚的麦草包不断吱吱地响。韩奕他们就在一起大声地讨论美伊战争，考虑伊拉克人如果去打美国的话，会出现什么样的结局，或者大骂日本鬼子，说着说着最后还是会回到女人身上来，于是很多人都激情荡漾。有人绘声绘色地大肆描述从毛片上看到的男女做爱的宏大场面，大家激烈地争论诸如性的话题，后来每个人就在自己心中臆想一个可以搂在怀里睡觉的女人，想着如何与她们做爱，渐渐地脸红起来，全身燥热起来，才慢慢睡去。

韩奕会在每个晚上想起小然，想起她长长的头发，不时闪动着的大眼睛和微微翘起嘴角的笑容。那时的小然，一双眸子里隐藏着无人知晓的忧郁，冷冷的面孔让很多人停止了对她追求的脚步，而她会在很多个早自习之后买热腾腾的馒头，站在宿舍外面怯怯地叫韩奕的名字。韩奕出来，她又红着脸把馒头塞进韩奕的手中，羞羞地跑开，那一刻，很多个那一刻，韩奕的眼睛一直很湿润。韩奕那时想，自己将来有出息了，一定会娶她为妻。

韩奕就是那时候给小然写信的，几乎每节课都写。小然也写信给韩奕。他们就在课间站在操场偏僻的一角互换纸条后迅速散开。握着纸条的韩奕顷刻间落进幸福的战壕里，忘却了寒冷，心像春天的大地一样酥软融化。

可这一切已然像一场梦一样一去不复返。而韩奕释放感情的时候，似乎都与寒冷有关，因为再次寒冷，便有了陈子妮，不然，他真的不知道该如何度过这个令人伤心的冬天。

还是裘少安下了决心，他说："我们现在有钱了，不该受这样的罪。"于是，他要求和韩奕一起搬出去。韩奕想也对。他已经在宿舍里冷得发抖了。他觉得两个人在外面租房子代价太大，尽管裘少安说租金他一个人出，但韩奕还是觉得不妥，他不是个爱占小便宜的人。况且人多了，安全上也有保障。他把租房的想法告诉了大有和胡小亮，他们两人也同意。于是，四个人便在三十六度歌厅附近偏僻的地方租了一个四楼的房间，找时间搬了出去。

第十九章　小然回家

　　小然觉得自己真的无处可去，或者说她不知道自己能去哪儿。于是，回家就成了她最终的退路，就像小时候她渴望出走一样。

　　坐在北上的火车上，看着身后远去的树木和高楼，小然一阵心酸。四年的时间能改变一切。她几乎忘记了很多的人和事。除了不断地给家里寄钱之外，她很少和家里联系，偶尔给苏三翔打电话，也只是淡淡地问几句，并不多说，她知道，他们都很难。小然对家里状况的了解，始终停留在一知半解的表面：二妹一年前和一个大她将近二十岁的男人私奔了，据说在这之前，她已经怀孕了；三妹上了高中，学习还好；四妹初中毕业，在家里劳动；弟弟已经上小学一年级了。仅此而已。

　　小然始终摆脱不了李玉华带给她的阴影。她坚持认为在她还很小的时候，李玉华虐待了她。

　　李玉华总把自己打扮得花枝招展。她喜欢在晚饭后换上鲜亮的大红色上衣，把头发梳得油亮，高高绾起，露出洁白的颈部，擦上粉，站在戏场里，风情万种，惹来一群无聊透顶的女人围在她的周围。她们说着近日来村里的花边新闻，比对着刚刚穿在身上的衣服，或是讨论某个留守在村子里的精明的男人。

　　李玉华回家后往往大发脾气，像是有人在外面招惹了她。小然领着妹妹们做家务，她在她们中间充当了母亲的角色。洗碗安排给二妹，三妹喂鸡，四妹跟着她烧炕、整理房间以及监督妹妹们各司其职。尽管这样，李玉华还是大发雷霆，像一只失心疯的母狗指桑骂槐。她就近抄起一根木棍，打在正在啄食的鸡群里，等它们四处逃逸的时候，开始数落她们姐妹。

　　夜幕降临后是一天里最难熬的时候。黑洞洞的房子看不清原来的样子。小然和妹妹们坐在各自找好的位置上，一声不吭。李玉华的叫骂在院子里激荡。空气潮湿而又污浊。

　　李玉华的谩骂后来就变成了竭尽所能的自言自语，像一个怨妇。她诉说自己的辛苦、自己内心的焦灼以及隐隐的不安。小然并不试着和李玉华交流，而是选择了用沉默和她对抗，这就使得李玉华的孤苦突然放大，变得夸张而丰富。

　　直至那个叫林玉笑的男人进来的时候，李玉华的脸色才能略有缓和。林玉笑是小学教师，戴着眼镜，身材高大而又健壮。李玉华常常夸他是个真正的男人。据说他家先人给他留了很多值钱的东西，其中在一次翻修房子时，帮工的人从墙壁的夹层中挖出了三个大瓦罐，里面装满了白花花的银元。他还是领工资的人，有铁饭碗。在村子里，这样的人是受人尊敬和羡慕的。林玉笑总是把衣服穿得笔挺，头发擦得油光油光的。他会拉手风琴，有时候，就把手风琴拿到李玉华的厢房里来，让她们姐妹坐成一排，他则坐在对面的椅子上卖力地演奏，李玉华就借此说一些关于他的好话，并教训她的孩子们要听林叔叔的话，要爱他。

小然的童年和少年时代总是和这个油光粉面的男人有着关联。她不得不承认林玉笑在很长一段时间里给予小然一家的帮助。他会不定时地改善一下她们的伙食，买一些肉或者蔬菜来，李玉华就欢天喜地地使出浑身解数做几道菜，林玉笑像模像样地坐在李玉华的炕上，由李玉华伺候着吃上一回。他还掏钱供小然姊妹几个上学，一段时间里几乎她们所有的学费都是他掏的，并且不时地买铅笔和作业本分发给她们。他还经常给李玉华买衣服、化妆品，李玉华就用这些东西把自己打扮得花里胡哨，像个妖精一样。

李玉华是个风骚而且容易亢奋的女人，她喜欢做爱时叫出极大的声来，像父亲当年的驴在发情时一样嗷嗷地叫个不停。她的声音穿透墙皮，传到小然和妹妹们居住的厢房。小然和妹妹们都在这充满肉欲的空气里绷紧了四肢，担心李玉华会在某个时刻突然窒息，断了气，叫不出来。她们的心随着李玉华的叫声一起一伏。

二妹是李玉华专门培养出来伺候林玉笑的，凡是林玉笑在的时候，二妹必须待在家里，烧水倒茶，然后一言不发地坐在旁边看着李玉华和他卿卿我我。二妹是个善良而且温和的人，没有上过学，李玉华不允许她到学校去享受，说她就是干活的命，二妹几乎承包了所有的农活和家务。她从小就习惯了这个环境，所以在李玉华眼里，她是最听话懂事的孩子，而且嘴巴很紧。李玉华在二妹面前毫不掩饰。二妹则在李玉华和林玉笑过分亲昵的时候别过头去数房顶的木头，或者去看地上的垃圾，等到他们完全到了忘我的地步时，就冷不丁站起来为林玉笑添上茶水或者点上一根烟，尔后李玉华就拢拢头发，摸摸红红的脸和他去厢房。二妹算是完成了今天的功课，她打扫一下卫生，从面柜下面取出已经掐了很长的麦辫，把它绾在胳膊上，悄无声息地出去，关好大门，站在门口，并不离开，也不允许任何人进入。戏场里大人说笑，小孩打闹，二妹永远都是看风景的人。

小然曾经骗开二妹偷窥过林玉笑和李玉华之间做爱的宏大场面。她清晰地看到了他们之间所发生的每一个细节。李玉华尽可能地显现出她作为女人温柔的部分。用十分肉麻的语言撩拨林玉笑，央求他亲她，抚摸她。林玉笑激情饱涨的时候就骑在她身上，用一种复仇的力度运动，李玉华就在林玉笑的狠劲中嗷嗷欢叫。林玉笑坚硬的肌肉闪着明亮的光。有时候李玉华就以征服者的姿态骑在林玉笑身上，她的皮肤白皙，双乳吊在胸前，随着上下运动而活蹦乱跳。她散开头发，晃动着脑袋，骄傲自豪地叫。

可小然却总是不能把沉浸在性爱幸福中的李玉华和平日里蛮横无理的她联系起来。她无端地怀疑过自己不是李玉华的孩子。望着李玉华亢奋的身体，她深深地陷入了失望。

父亲死去的时候，小然还不知道太大的悲伤。那年她刚满八岁。在小然眼中，亲生父亲是个怯懦的男人，用李玉华的话说就是个孬种。他一直生活在这个家庭的最底层。父亲怯懦的根本原因就是他不能把最好的种子播种在李玉华身上，他无法让李玉华结出个带把儿的果实，只能在无限的哀叹中让女人一口气蹦出来四个女孩，李玉华把这个罪责全部推托在父亲身上，她大骂他是个无用的脓包，根本不能孕育出上等的种子。第四个女儿出生时，是站立着出来的，双脚先着地是谁都无法预料的事，这让李玉华倍受痛苦，险些要了她的命。当她清醒过来后，就说要把她塞回自己的身体里去，让她死在里面，腐烂在里面，她大骂父亲不是块好料。

第四个女儿的出生致使父亲的处境更为艰难。李玉华不让他碰她的身体，这使他无法忍受作为男人的寂寞与骚动，而事实上，他还要眼睁睁地看着李玉华和林玉笑调情甚至上床尖叫。他选择了逃避，逃避现实以求安宁。当李玉华和林玉笑滚在床上肆无忌惮地做爱时，他安详地用一把刀了结了自己尚显年轻的生命。

记忆是那样的模糊，那样的不可靠。小然只能想到那把刀，和那个阳光灿烂的午后，天上没有一丝云，阳光把一切压得低沉，让人喘不过气来。有时候，小然会想到霉变这个词语，她说那天的空气有发霉的味道。她从山上拔猪草回来，就看见林玉笑蹲在厢房的廊檐上，大口大口地抽着烟。阳光斜射过来的金属光泽直接打在他的那件白色的确良衬衫上，下摆的那一大片血变成了灰黑色。他挡住了厢房门口的阳光，不停地大把大把抓着自己的头发，仿佛要连同头皮一起撕扯下来。

至于那把刀，是小然发疯一般向厢房里冲的时候，她从阻拦她的三个叔叔的胳膊缝里瞅见的，起初她以为是刀扎在被子上，可后来她就看见了开药店的驼背八爷硬生生从父亲的胸部抽出了那把刀，剩下的她就什么都不知道了。小然有时候怀疑自己的记忆简直就是想象。她只知道，父亲离开了她的世界。

父亲死去之后，李玉华和林玉笑的奸情就成了公开的事，显得赤裸而毫无遮掩。

在小然九岁那年，李玉华和林玉笑的女人宁小南之间终于爆发了一场浩大的武斗。

宁小南和李玉华原本是同一个村的娘家，有一张刁蛮的嘴。她在李玉华家门口叉开双腿，两手别腰，跳起来叫骂，还鼓动了不少人前来帮架。李玉华听到骂声，把压在她身上的林玉笑一脚踢开，草草地穿好裤子就出门迎战，摆开阵势。

观众们激动得几乎要推翻小然家的院墙，那不大结实的土墙在人声鼎沸中层层剥离，摇摇欲坠。人们一个个伸长了脖子，努力踮起脚尖，并不时有人鼓励她们再凶狠一些。有人学着她们的样子对骂；有人把鞋子提在手上；有人爬到了墙头上；还有一些年龄稍大点的老太太老大爷坐在她家院子前面的高台上，眯着眼欣赏。

她们用尽了天底下最肮脏、最淫秽、最恶毒、最富有杀伤力的语言。锋利的语言激荡在空气中，越过人们的头顶，越过墙壁，越过树木，留下一道道血痕，透明无色的血漫天铺张，人人都感到呼吸艰难，行动迟缓，但他们仍然在观看，并渴望永久地看下去，或者说是在欣赏，悠闲地欣赏下去，将时间欣赏成一条可以无限延伸的射线。

李玉华首先动手了，她一把撕开宁小南的裤子，观众都欢呼起来，冲着宁小南鲜艳的红色内裤和雪白的大腿鼓掌。李玉华得意极了。宁小南像饥饿的母牛一样冲上来，因为经常劳动，她的身体要比李玉华强壮一些。她抓住李玉华的头发，用尽全力撕扯，一缕缕头发自她手中抛向天空。李玉华在万般疼痛中，咬住宁小南的大腿，大吼一声，硬生生撕下一块肉来。宁小南发出了小然这一生听到过的最为凄惨的号叫，然后倒在地上打起滚来。李玉华吐掉口中的肉，抹掉嘴角的鲜血，冷笑着。

李玉华取得了最终胜利。

那场战斗一直像一条虫子爬在小然的记忆深处，让她惊悚一生，以致后来小然每次见到打架，尤其是女人打架，便格外紧张和兴奋，就像一次高潮来临一样快意。

但武斗之后林玉笑要和宁小南离婚，那个女人就突然间沉默了，她把所有的精力都放在家务和照顾孩子上，对于林玉笑的胡作非为不管不顾。有人说宁小南不生养，她的孩子是抱养的，林玉笑原本是早要离婚的，但又不知因何故将就下来了，他敢对宁小南颐指气使，说一不二。所以，林玉笑后来就明目张胆地和李玉华混在一起，根本不在乎别人的闲言碎语。而小然的童年就充满了同龄人的羞辱和欺凌，大家都骂她是野种，因而，她就不断地要和那些故意欺负她的人作斗争。

苏三翔进入小然家的时候，小然已经到了十三岁。她和她的妹妹们已经像上足了肥料的玉米，在不知不觉中拔节，嫩嫩地生长。苏三翔能够在很短的时间内被李玉华认可，是因为李玉华和林玉笑之间出了岔子，他才有机可乘。

那段时间，村长三番五次上门来要罚款，说李玉华是"超生游击队"。李玉华就数着女儿们的头，对村长说才四个，就饶过这一回吧。村长也数着她们的头，说已经四个了，最少要交三个孩子的。李玉华说这不都是女娃嘛。村长说就因为全是女娃才拖到今天。李玉华低下头，一股莫名的悲哀涌上来，她感到委屈。她最终把复杂而又锐利的目光落在了小然身上。她突然快步走过来，狠狠地在小然的头上扇巴掌，不停地扇。小然最终哭了，忘记了逃跑。村长摇摇头，说准备准备吧，不能超过后天，最后又强调说这次是逃不过去的。

村长走后，李玉华就一直静静地坐着，不说一句话，她可能是感到了无助，她是否又在心里恶毒地咒骂死去的男人，小然不得而知。对于她的安静，她的孩子们都心存芥蒂，她们一个个坐在土炕的角落里，一刻不停地注视着她，不像平时那样唧唧喳喳，她们也怕李玉华在某一刻，冷不丁地挥起已经散开花的笤帚，向她们的脑袋砸来。

那天晚上，李玉华没有回来。林玉笑找了几回都不悦而去。

村委会大院的房子里飘出明灿灿的光，酒肉臭和腥臊味以及李玉华的体香模糊了村长的眼睛。村子里静极了。小然和妹妹们躺成一排，静静地等待着，空气流动得很缓慢，他们惶惑得难以入睡。

后来，罚款自然是免了，但林玉笑却开始中伤李玉华。他大骂她是婊子，骚婊子！林玉笑的态度让李玉华始料未及。其实她是多么想得到林玉笑的慰藉！李玉华为自己不能得到谅解而恼怒，她诅咒林玉笑，大骂他是个没良心的狗东西！一段时间里，他们几乎不相往来。

而这个时候，苏三翔就出现了。那时正是深秋，地里的农活都忙完了，各村里都要唱社戏。上苏村请了陕西来的秦腔班子，苏三翔是他们的主角。上苏村的人热爱秦腔，他们一直有自己的秦剧团，所以，村子里大大小小的人时不时都能哼上几句像模像样的段子。大家对一年一度的社戏十分重视，当然更多的人都是冲着剧团的好坏而热切地期待着。苏三翔就正如大家期待的那样，没有令人失望。整个剧团里只有他一个能人，生旦净丑样样在行，吸引得大家叫好连连。戏场里挤满了人，这是小然的记忆里从来没有的事。

每个人都记住了他在第二个晚上表演的"孙悟空盗扇"一折戏,他从七八个火圈里钻上钻下,腾挪闪移,活脱脱一个万能的孙悟空。

鉴于苏三翔的能耐,村子里秦剧团的老人便商量着要留下苏三翔给上苏村剧团的演员教授技艺。这样的决定一出,村子里登时沸腾起来,大家争相来看。苏三翔当真留了下来,他没有跟着他的剧团走。等选好了场地,老人们为苏三翔住在哪里觉得很为难,快到冬天了,没有人愿意单独伺候苏三翔,大家都觉得苏三翔是村子里请来的客人,全村人都有义务伺候他,所以想安排他轮流在村子里吃住。而苏三翔又觉得这样很不方便,他的要求是吃饭可以轮流管,但住处最好是固定的。正当大家商议不定的时候,围着老人们看热闹的小然从人群里挤进来,大声说:"住我家吧。"老人们看了看她,不无欣喜地答应了。小然的冲动使她莫名地兴奋起来,直至她长大了也无法解释自己当时的复杂心情,她只觉得苏三翔是个亲切的人。

就这样,小然领着苏三翔到了家里。苏三翔给了李玉华一些钱,希望她能照顾好自己的生活,并且说了很多感谢的话。李玉华当然很高兴,她已经习惯或者喜欢在男人(尤其是陌生男人)面前卖弄自己。李玉华给他做了自己最拿手的长面条。苏三翔吃饭的时候,李玉华就和他说话,小然和妹妹们围成一圈站着,很新鲜地看着这个外地来的小个子男人。他有些拘谨,用游移不定的眼神怯看着李玉华。她问一句他就答一句,间或问她一句,总不多说。后来三妹要求他吹一曲笛子,他立马就答应了。

在他演奏笛子的时候,小然家的院子里来了很多人,但更多的是小孩子。小然第一次看见有这么多人到她家来,陡增出许多优越感。三妹和四妹守住了门,见了大人一律放行,对于小孩子,平日里对她们好的,就放进来,不好的或者欺负过她们的都统统挡在门外,任凭他们喊叫和努力地张望,她们都会毫不犹豫地关上门,不留情面。小然和妹妹们高兴极了,平生第一次有了炫耀的东西,享受到了别的孩子的乞求和奉承。这样的日子一直持续了一个多月。

突然有一天,苏三翔对李玉华说,他想留下来。李玉华说这太突然了,需要想一想。

谁都没有想到,李玉华竟然为了这件事破天荒地咨询了小然和二妹的意见,她们两个想都没想就点头答应了。没有人能够体会小然那时对拥有一个父亲的渴盼。

李玉华一夜没有合眼。第二天,她给了苏三翔肯定的答复。

李玉华请来家族几个年老的长辈,备好酒席,让他们作个见证。那几个爷爷太爷们都说这个家也应该有个像样的男人了,也算是帮了村子里的忙。

在二太爷的主持下，李玉华和苏三翔对着香案磕了三个头，互相敬了两杯酒，太爷们就宣布这事定了。二太爷又叫来小然姐妹四个给苏三翔磕头，然后挨个叫他父亲。苏三翔急忙给太爷们敬烟敬酒，他们一个个在酒足饭饱之后剔着牙说这事好啊，这事好啊！

正是由于苏三翔的到来，才彻底使得这个死气沉沉的家重新有了温暖。苏三翔是个勤快老实的人，村里人也都十分敬重他，这就在某种程度上改善了小然一家在村子里的地位。欺负小然的孩子也渐渐减少了，甚至有人还想和她做朋友，以期望能在小然的家里看看苏三翔的某些表演。

李玉华重新展露出了光彩，她又开始打扮自己，在戏场里打情骂俏。晚上，就在厢房里肆意地叫唤。有时候苏三翔就坐在院子中央，趁着月色吹着他的笛子到半夜，小然和妹妹们也都围在他的身边听到半夜。很多次小然都会流下幸福的泪。

苏三翔给李玉华带来了好运。终于在她进入四十岁的时候，生下了自己的儿子。

弟弟出生的时候，小然已经十五岁了，面对着李玉华的喜极而泣，她略感安慰。她相信这个家由此肯定会变得更加温暖，十五年来的阴霾一扫而尽是她多年来的夙愿，以至于她在弟弟哭啼吵闹的那很多个夜晚，都兴奋得彻夜难眠。

十六岁时，在苏三翔的坚持下，小然上了高中。而在这之前的三年时光里，小然确实过着快乐的生活。尽管她已经习惯了不苟言笑，表面惆怅，但内心却充满着阳光。她不愿把她的快乐说给别人，她怕一旦被李玉华知道了，说不定会随时抽走那散布在她心上的小心翼翼的阳光碎片。她有这个权利，而且不需要任何理由。也许，隐匿起来的温暖，包含着背叛和不安的混合成分，因而有了别人不能想象的快意。她珍藏着这一切，就像她藏在抽屉里不愿示人的那许多信件的秘密一样。她守口如瓶。小然继承了李玉华面貌上的某些特征，她具有农村孩子鲜有的光滑而洁白的皮肤，面部精致，充满喜人的可爱气息。但她却从不以此来炫耀，当喜欢她的男生悄悄把写好的暧昧字条夹进她的书页时，她反而紧张得把自己蜷缩成一只没有安全感的小猫，怕得要命。

正如书上说的那样，一切美好事物的出现总是短暂的。小然十七岁那年，苏三翔在新疆的建筑工地干活时，从两层高的楼顶掉下来摔坏了左腿，自此，他便少了跟别人竞技的条件，干不了重活，只好待在家里，在门口摆弄出一间逼仄的小卖铺过日子。家里的里里外外又重新落在了李玉华的肩上。

这无疑是一场灾难。苏三翔在跛腿之后突然变得懦弱起来，他往年的英气在不知不觉间被生活消耗殆尽。这场灾难重新把李玉华拉回到了以前的绝望中，如陷深渊，五个孩子的吃饭穿衣让她耗尽心血。她原指望着苏三翔能翻修房子，让她过上好日子，可这一切已经慢慢变成了泡影。

　　小然总是看见苏三翔坐在小卖铺的椅子上，一根接一根地抽烟，一声接一声地叹气。她甚至还在某个夜幕降临的时候，看见了他流下的泪。小然的心再次揪紧了，而关于李玉华的一些风言风语也重新扑面而来。面对着苏三翔的进退两难、李玉华的肆意谩骂，小然突然觉得她不能心安理得地待在教室里了，虽然她尚没有作好离开校园的打算，而现实不容她多想，她毅然作了决定。

　　当小然把要去南方的想法告诉李玉华的时候，她长舒了一口气，像是等待了很久的突然放松。苏三翔没有说话，只是默默地抽烟，眼睛里露出惭愧和无奈的神色。李玉华在那几天里变得温柔起来，她为小然奔前走后，为她买了新衣服和一个浅蓝色的旅行包。她帮着小然整理行李并不断地嘱咐她应该注意的事项。小然对于母亲的变化，起先并无好感，她觉得那是虚情假意。可后来她还是眼角湿润了，糊里糊涂的感动使她产生了拥抱她的欲望。她真的拥抱了她，这是她第一次抱住了母亲丰满的身体。李玉华也抱住了她，声音竟然哽咽起来，她毕竟是她的孩子。李玉华的激动小然没有预料到。她的胳膊强劲有力，几乎要把小然抱起来，也许她做过如此的尝试。小然在她的怀里瘦小而轻盈，瑟缩着肩膀。

第二十章　逃离或回归

　　面包车在上苏村的戏场里绕了一圈掉过了头，司机就把车停在了小卖铺前。小然下车，一眼就看到了小卖铺里歪坐在椅子上向外张望的苏三翔。他抽着烟，和一个老人说话。外面的天气晴朗，太阳落在小卖铺的地上，昏暗的小卖铺看起来并不荒凉。

　　小卖铺外面的场地上，阳光正好，排着一溜无所事事的老人，背靠着小然家的院墙或蹲或坐，有人吸着旱烟，闭着眼想心事，长长的烟锅在太阳下闪着金属的光。有人双手捅在袖口里，面对面大声吵嚷，都是一些毫无意义的闲言碎语。也有人围坐成一圈打扑克。他们的前面，一群年轻人在下棋，里三层外三层把棋盘围了个水泄不通，有人在外面使劲挤进去，趴在里层人的背上，抢起棋子乱动，里面下棋的人，高声叫骂着，慌忙悔棋，对方不让，乱作一团。靠近山神庙的门口，一群女人扎堆掐着麦秆，或是纳鞋底，低声说着秘密的话，不时又传来嘿嘿的笑声。小孩子在戏场里追逐着，跑来跑去，不时钻进人群，又在大人的叫骂中跑出来，灰头土脸，脸上挂着笑。这几乎是上苏村农闲下来一直不变的场景，和小然儿时的记忆没有什么区别。这总是给人造成错觉，外面的世界翻天覆地地变了几十遍，而这儿似乎永远停留在最初的时间深处，一尘不染。每有打工归来的人，便重新加入进来，很少谈及这一年在外面的日子，很快，就变得和村里的老人一样闲适，直至各家炊烟四起，吃饭的时间到了，才各自回家，饭后再来。外面的世界在进入冬天的几个月里，和他们几乎无关。

小然从车上搬行李，所有人都回头看她。这是他们的习惯，凡是有车来，他们就都停下来，一看究竟。很多人已经不能一眼认出小然了，这个突然闯进村子里的女孩，究竟是谁家的？哪儿来的？大家对此充满了期待。苏三翔跛着腿出来，顺着墙角倒掉一杯喝出寡味的茶叶，小然在他的背后，喊了一声："爸爸。"苏三翔回过头来，惊讶地看着她，小然没有控制好自己，就已经泪流满面了。众人欷歔不已，有人认出了小然，纷纷说："是苏三翔的大女子。"是苏三翔的大女儿，这是很多人都没有想到的。没有人能在瞬间把苏三翔和小然联系在一起，他们想，似小然这样的女子，只应城里有。

苏三翔的眼睛也湿润了，他走上去接过小然的包，把她让进了小卖铺。小卖铺最里侧的炕上，坐着两个人，小然向他们打招呼。他们从小卖铺的后门进入了院子。

小然的家仍然和四年前一样，没有变化。西边厢房的房檐在最角落的地方塌陷下来，用一根木棍顶着，东边的廊檐上堆放着杂物，有两只鸡卧在一些柴草上，一动不动。院子里一片狼藉，有一种破败的气息萦绕着，缺乏生气。小然明白，这几年家里挺苦的，她是这一家人唯一的收入来源，纵然她勤勤恳恳，节俭本分也不能填补这个家在近几年来的亏空——她的妹妹们都长大了，花钱的地方太多。她的心中再次闪过许多酸楚。

李玉华在厢房的炕沿上坐着，手里掐着麦秆，见到小然进来，笑嘻嘻地迎上来，抓住小然的胳膊不放。她的手脏而粗糙，脸上脏兮兮的，看着小然不停地傻笑。

小然被李玉华的样子吓得后退了两步，她惊恐地看着李玉华。这时，苏三翔走过来，抓住李玉华的胳膊使劲向后一拉，李玉华重新又坐在了炕的边沿上，掐起了麦秆，仍然冲着小然笑，嘴里说着："死了，死了。"苏三翔冲着她喊了一句："别吵了，不要吓着孩子。"

"她，她怎么了？"小然愕然地望着苏三翔。

"神经出了问题。"苏三翔抽出一颗烟点上，"已经一年多了。"

小然望着无奈的苏三翔，不知该说什么好，她的心里一时五味杂陈。她说："怎么会这样呢？"

苏三翔没有回答她，只说："原本想着要告诉你，可后来又觉得跟你说了也没用，反而会让你分神，你在外面，压力大，我不想让你担心。"

小然一屁股坐在门槛上，突然觉得很疲惫，眼泪再次夺眶而出。她也不知道自己为什么会突然这么伤心，按理说，这个女人曾经伤害她那么深，她甚至怀疑过她不是她的女儿，不然，她何以会用那么残暴的手段来对付她：她曾经用烧焦的木棍戳她的屁股，直到一股烤羊肉的味道滋生出来才肯罢手；她曾经把她和妹妹们脱光了裤子轰到大门外面站着，不管是日头狠毒的盛夏还是雪花纷飞的寒冬，只要她愿意，哪怕是谁都没有犯错，她也毫不手软；她曾经很用力地用尖尖的劣质皮鞋在她的屁股上踢，看着她发出几声杀猪般的号叫，才神情木讷地走开。甚至有一次，她踢了她的屁股，她的下身马上剧烈地疼痛起来，好像是肌肉撕裂开来，疼至盆腔深处，她躲在厕所里看到了裤子上鲜红的血液，谁都想不到她当时感到了怎样的恐惧和绝望，她的眼泪淌下来，和血液交织在一起，成为一条蛇，使得后来好多次她从梦中惊醒，都是这鲜红的血液将她覆盖……

可这曾经的一切疼痛，都变得那样轻盈，就像从来没有发生过一样。她本想质问她：这究竟是为什么？可她却冲着她傻笑，她还看见了她在碰到她的目光时，低头玩弄自己的衣角，像自己小时候一样。

也许是李玉华被小然注视的目光吓着了，她站起来，从小然身边小心翼翼地跨过，坐在外面的廊檐上，也不管廊檐上的灰尘，就直接坐下去，像个陌生的脏孩子。她的背影，已完全没有了当初的妖艳。小然仿佛看见了天空中的血红色，血红的天，血红的阳光，惨烈地照耀在昏暗的厢房地面上。

这仿佛是一场梦，等她悚然睁开眼睛，却看到阳光里的尘埃飞舞。苏三翔缓步经过她的身边，手在她的肩膀上扶了一下，轻轻地，旋即又离开了。外面有人喊着买东西。小然的眼睛一阵刺痛，她竟然摸到自己的额头渗出了细汗。

那天晚上，苏三翔向小然分析了导致李玉华精神失常的两个原因。他强调，这只是他的猜测。

第一个原因与二妹和人私奔有关。"其实，准确地说，那不算私奔。"苏三翔为二妹作了一次辩护，他的眼神掠过一丝不易觉察的尴尬，大约是觉得心中有愧吧。

二妹在两年前的冬天的某个早晨，和大家一起吃饭的时候说不舒服，然后就一阵紧一阵地作呕。李玉华马上看出了破绽，她坚决不相信一直乖巧老实的二妹会背着她干出这种事来！几乎所有的人都夸过李玉华有个漂亮乖巧的二女儿，所以李玉华从没有留意过二妹，她有一千个一万个理由证明二妹不会做出这种事。可事实摆在面前，不能不信。

经过李玉华的逼问，万般无奈下二妹招出了元凶。过程简单得让人难以置信。她说唱社戏时，那个男人说喜欢她，约她去吃饭，她就答应了。然后他们住在了县城的一家小旅馆里。李玉华几乎不能控制自己，拉上二妹要去找那个男人，二妹死活不肯，她哭着求李玉华，说是她自愿的，还求李玉华成全了他们。

后来李玉华暗地里调查得知，那个男人已经结了婚，比二妹大十多岁，是乡政府的干事，还有两个年龄超过十岁的孩子。李玉华当即去兴师问罪，说要告他强奸。不料，那男人害怕把事情闹大，就说的确喜欢二妹。他要离婚，娶二妹。李玉华说什么都不愿意把女儿嫁给比自己小不了几岁的已婚男人，她严厉地警告他，让他必须尽快地作出赔偿。可李玉华万万没有想到，二妹却没有按照她预定的轨道走下去，而且越走越远。二妹说她愿意嫁给那个男人，她哭着求母亲，说这是她的命，她的命不好。李玉华就这样和二妹僵持了十天，二妹也就不吃不喝哭着求了十天，好几回都晕倒在地。万般无奈下，李玉华答应了她。送二妹走的时候，李玉华说："走吧，走了以后就不要回来，忘了这个家吧。"在场的每一个人都哭了。但二妹在母亲和一个男人之间，最终选择了后者。没有唢呐和鞭炮的欢送，也没有隆重的嫁娶仪式，她孤零零地一个人走了，走向了那个本不属于她的家，走向了两个孩子的敌视中。

二妹给这个家带来的耻辱让李玉华瞬间苍老了许多。她有时会突然晕倒，有时则双目如呆。她的心里有一个解不开的疙瘩，她以为二妹背叛了这个家，背叛了先人。她的脾气从此变得很坏，动辄骂人，打她的孩子便成了家常便饭。

第二个原因可能和林玉笑有关。"这只是我的猜想，并没有真凭实据。"苏三翔放慢了语速，然后闭上眼睛休息了一会儿。

一年前，林玉笑帮朋友清理油库时，不小心把烟头掉进油桶里，着火了，汹汹的火苗快速蔓延开来，他们被困在里面，等到被救出来时，已经烧得半死不活。他的朋友做了大量的植皮手术，侥幸活了下来，而林玉笑由于伤势太重，躺在炕上三天后诊治无效而死去。他闭眼的时候嘴里含糊地喊着"山梅"。林玉笑死了，李玉华就疯了。

小然知道,"山梅"是李玉华的小名。对于李玉华和林玉笑之间的感情,小然不知道该以怎样的心态来对待。小时候,她讨厌他们,她最不喜欢林玉笑抽着烟,衣服披在肩膀上,和李玉华肩并肩坐着说笑。他们之间的偷偷摸摸给小然的童年带来了无法抹去的阴影,她在他们营造的耻辱里受人蔑视,所有的孩子都瞧不起她,骂她是个野种。有时候,小然自己也会怀疑她也许就是林玉笑的孩子。但她很快就否认这一点,因为她永远都把他当做敌人来看。她觉得李玉华就是自己下贱,是她让他们一家人都抬不起头。尽管表面上小然并没有能力作出反抗,但在小然的内心里几乎不承认她是母亲,她一直叫她李玉华,就像叫着村里别的女人一样,毫无亲切之感。而现在,回头来看时,她竟然有些糊涂了,她无法断定在李玉华和林玉笑之间是否存在着所谓的爱情,他们之间是否有着某种利益联系,但她隐约能够肯定,林玉笑的死一定影响了李玉华。或者至少能够说明,李玉华接受不了二妹的背叛,而恰巧林玉笑的死起了催化作用。

苏三翔明显比四年前苍老了许多。五十出头的人看起来比实际年龄更要大些。他不停地抽烟,满屋子都弥漫着呛人的气味。他说话的时候,几乎面无表情,小然曾注视过他的眼神,除了一丝的愧疚之外,便无其他,根本无法从表面得到他内心的任何想法。就连小然回来后带给他的欣喜,他都隐匿下来,毫不显露。他平静得像一汪泉水。这个家看上去比过去更加艰难,却再也找不到那种腥臊的味道和发霉的气味了。

小然看着李玉华熟睡的脸,发现她并不像原来那样令人讨厌,也能明白,她并不是她所表现出来的那样坚强,那样风骚。也许,原谅或者不原谅已经毫无意义了,而这时的她,却显得如此真实。

令小然没有想到的是,自己已然在上苏村里拥有了良好的声誉,而这一切都归结于苏三翔在人前对她的不断赞扬。从那些来对她说好话的人嘴里就能得到验证。大家都觉得苏三翔是个有福气的人。小然对家里所作的贡献无疑就成了村子里大人们教育自己孩子时的典范。

小然刚刚回家的几天里,总有人来向她打听她干活的地方,带着疑问和羡慕。有人讨好小然,希望她能带着他们刚刚辍学的孩子去向那遥远的南方;也有人来探寻他们已经在那南方的孩子,问小然是否见过他们,过得怎么样;还有人央求小然再去时,捎些东西给他们的孩子。小然只好一一答应他们,说些他们孩子的好话,告诉他们,他们的孩子在南方挺好的。当他们带着踏实的笑容离去之后,小然心里便再次升腾起一股荒凉的味道,像海市蜃楼一样,刚刚还恢弘壮大,而刹那间就消失不见了,她知道,那一切,其实并不真实。

小然去了一次小九家。王李村在上苏村的山后，再翻过两座山才能到，没有顺路的车通往那里。小然从早上八点走到十点半才到。

小九的父母在场院里晒柴禾，她的母亲见到小然就兴奋地拉着她的手不放，站在场院边上追问小九在乌石的情况。他们说很早就听小九说过小然，却没有想到是这么俊俏的孩子。从小九父母的话语中小然得知，小九已经很久没有和家里联系了，也没有寄钱回来，他们很担心她。小然不知道小九发生了什么事，但为了安慰两个老人，她就撒谎说是小九让她来看他们的。她把来时买的东西递给他们，并把身上的五百元钱给了他们，说是小九捎来的。两个老人顿时脸上有了喜色，一再抱怨自己不该想得太多。他们说，自从小九没了消息，村里人就风言风语地说个不停，让他们很难堪，现在好了，有了钱就能说明一切了。他们兴奋得竟然忘了请小然到家里去。小然见他们的情绪好了很多，就起身告辞。她隐隐为小九担心。

往回走的路上，风从北面吹来，由小变大以至咆哮，击打在山头上，形成旋涡，声音苍凉而又悠远，像许多小孩子的哭泣，草木以及纷飞的垃圾随之而动，愤怒作响，小然站在山顶，质问自己：我是大家眼中的好孩子吗？

突然间小然在大家眼中变成了大人。很多人前来向她提亲。这让她再次产生了慌乱。她原本是逃避曾经的慌乱回家的，而家却再次让她产生慌乱。她几乎从没有想过这件在大家眼中天经地义的事，会离她这么近。也许，这本就是正常的生活。一个正常的女子没有理由拒绝它的到来，尤其是像小然这么懂事的孩子。可小然却让自己在这些不着边际的事中，不知所措。

说媒的人来讨好苏三翔，苏三翔一言不发，只抽着烟看着小然。小然也一言不发，坐在李玉华的身后替她梳头。李玉华自小然回来之后竟然变得极为安静，不哭不闹，像个懂事的孩子，她能按照小然的指使做一些力所能及的事。小然努力不让自己搅进这件属于自己的事中，她像个旁观者一样，看着进进出出的说媒的人。

小然想去看看二妹，苏三翔却说："别去了，白白增添伤心。"小然觉得他的话有道理，但还是想看看她，也不知她过得怎么样。苏三翔见她不死心，又说："也许，她不在家里，我找人打听过，一直没有她的消息。"小然不知道苏三翔究竟是何意，是不想让她再次伤心，还是不希望她去找二妹，是不是与她过得不好有关，或者还有别的原因？小然看着苏三翔的脸，她发现他的脸上再次掠过了一丝不易觉察的愧疚，似乎又含有不安的成分。苏三翔又说："由她去吧。"某一刻，小然觉得苏三翔的话也许是对的。每个人长大了，都有自己的愿望，也许，在大家都为二妹愤愤不平的时候，二妹却觉得她的选择是正确的，而别人又能为她改变什么呢？小然疲倦地闭上眼，觉得二妹已经和她十分陌生了。假若她们相见，是否还有相互拥抱的冲动，谁都说不好。

那个晚上，小然又一次从梦中惊醒：李玉华神情冷淡地拿着一把桃木刀，那是一把没有刀鞘的刀，她在小然的身体周围不断地挥舞着，好几次险些刺进她的皮肤，她躺在她的刀影下，无法动弹。她闭着眼睛，但她能看见桃木刀在她周围划过的痕迹，她紧张地绷直了身体，呼吸困难，渐渐地，她看见了她的周围布满了一片血红色，那红色仿佛就是她身体里四处流出的血。

小然从疼痛中醒来，泪流满面。李玉华却不知什么时候坐在她的身边，冲着她傻笑。那一刻，小然明白了，这终究不是她想要的生活，至少目前还不属于她。她觉得，她还应该挣更多的钱，只有钱才能让妹妹们上学，才能治好李玉华的病，才能减轻苏三翔的负担，才能让这个家庭重新获得欢笑……

第二天，小然装好了行李，对苏三翔说，她要走了。苏三翔没有多问，只是默默地帮她装了很多东西。他依然像第一次送小然出门远行一样，走在她的前面，默默地抽着烟，左腿跛得厉害。等过了松树河，走到公路上的时候，他把小然的手握在手心里，想说什么，却终于没有说出来，又轻轻地放开，然后背过脸去，抹了一把脸，头也不回地走了。小然看着他一瘸一拐的背影，黯然泪下。

第四部分

第二十一章　跟踪罗玉松

裘少安领着韩奕、大有和胡小亮在一个天气晴朗的下午一同搬出了泰安的宿舍。这时距离春节还不足二十天。

有了钱的裘少安自是和之前大不一样。他是个得过且过的人，没钱的时候，口袋里翻上几次，连一个硬币都找不到，整天想着法子混吃混喝，看人脸色挨人骂都无所谓。可一旦有了钱，就成了王，出手大方阔绰，把所有人都当弟兄看。因而这一行四人中，尽管裘少安对韩奕略有敬畏，但仍然改变不了他在四人中的核心地位。他们租的房子在四楼，只有一个双人床。裘少安执意要独自一人承担租金，并且在他们安顿下来之后，他还为每人购置了一床新的加厚被褥，以及一些生活必需品。然后又花钱让胡小亮和大有去旧货市场买了一个双人床垫，叫大有和胡小亮两人打地铺睡在垫子上。等完成了这些，裘少安说大家一定要聚聚。

当晚，裘少安就买了两个小菜，又买了一瓶劣质的白酒。他们四个人就围坐在一起，喝着烧酒，唱着歌，说着曾经的辉煌。

韩奕就是在裘少安高谈阔论的时候，提及了跟踪罗玉松的事。

裘少安说："都什么时候了，还搞不阴不阳的跟踪。"他喝了一口酒，"我看不如让苏武弄几个人揍他一顿算了。"

韩奕摇摇头，说："那是愚蠢的做法。"

"跟踪才愚蠢呢，也只有你这样的人才想得到这样的办法——还搞心理战。"裘少安对韩奕的跟踪不屑一顾，他坚持认为，要想在乌石立足，就一定要心狠手辣，只要能掏得起钱，就有人帮你办事。而韩奕并不想把事情闹大，其实，他就是想吓唬吓唬罗玉松而已。

"就跟踪一下，让他紧张紧张而已。"

大有问："发生什么事了？"

韩奕对他笑笑，说："就是有些看不惯罗玉松的张扬。"大有附和着，他支持韩奕。在大有眼中，那些当课长、厂长的，甚至经理，没一个好东西，只要有机会，就应该整整他们，杀一下他们的嚣张气焰。他大骂着狗日的。

胡小亮不无担心地说："可别出什么岔子！"

裘少安白了他一眼："能出什么岔子？又不杀人。"胡小亮被他一句话说得咽回了后半句，他还是胆小的孩子，对这样的事有些担心。所以，他便不插话，低头给大家倒酒。

裘少安想了想，答应了韩奕，说："这个忙我一定帮，我倒要看看姓罗的有什么本事。"

但韩奕心里还是没底，他反而有些后悔自己刚才的冲动，他担心裘少安弄出别的事来，那就不好收场了。但事已至此，也就不好再收回了。

裘少安说干就干，第二天韩奕他们上班去了，他就着手跟踪这件事。他要求韩奕不断地反馈给他罗玉松在厂里的动向，如果姓罗的出差就立马告诉他。裘少安信誓旦旦地说："我一定要让他心惊肉跳。"

为了准确知道罗玉松的行踪，韩奕不放过任何一次和陈子妮接触的机会，但从心理上来说，接近陈子妮并不是为了窃取罗玉松的行踪。他有时候也很恍惚，他觉得自己已经深深爱上了这个大他十岁的女人。他们之间已不单单是相互取暖的问题。韩奕明知道这样做是危险的，但他已经无法控制自己的情绪了。而在接近陈子妮的时候，韩奕有时候觉得自己也是卑鄙的，他总是容易混淆主次。况且，自从他和陈子妮有了那次之后，他竟然觉得自己本就是个欠揍的人。

当然，陈子妮并没有忘记自己来企划课的目的。她真的要求韩奕教她学电脑。而这样的事白天是不可能的，姚梅整天虎视眈眈地盯着行政大厅里的每一个人，关注着大家的一举一动。之前大家还能在完成任务的时候，在电脑上打打纸牌、聊聊天用以打发时间，而现在却变得忙碌而又中规中矩，谁都不想招惹她，这也与姚梅以极为恶劣的态度批评过人事部的"女神"有关，她那高傲的姿态在姚梅的呵斥下不敢还口，因而，别人都不敢造次。所以，教陈子妮学习电脑的事就只能留在了晚上。好在大家轮流值夜班，而那些有头有脸的却都不想挣那三个小时的加班费。因而夜间值班的事就多数落在了韩奕身上，这也是韩奕要求的。他想以此来增加收入，也刚好有机会和陈子妮在一起。

夜间值班一般从七点到十点，无非也就是接听电话，收发传真和签收快递之类的一些小事，而这类事在夜间又通常不多，是故，他们就有太多的机会在一起。

那是一段令人十分怀念的时光。陈子妮吃完饭就去办公室先操作电脑。

而韩奕则和大有、胡小亮坐在餐厅的吸烟区里抽烟。韩奕已经养成了一个坏习惯：每次吃完饭，都要抽至少三根烟。起初是因为他害怕晚上无事可做，故意消磨时间，而后来就慢慢变成了一种习惯。他总是抽着烟，看着进进出出的人，猜想他们忙碌的原因，其间很少和大有等人说话，他觉得那是一天来最舒适的时刻。等他抽完烟，工厂里面就已经安静下来了。不加班的人都陆续去冲洗，加班的人已经回到自己的流水线上开始工作了。一切和白天没什么两样。夜色暗下来，韩奕才慢慢进入行政大厅。很多时候，姚梅都坐在自己的办公室里忙碌着，而韩奕也正好在值班的同时能指点一下陈子妮，他们互不干扰。韩奕有好几次被姚梅叫进去谈一些企划课的事，他发现姚梅有时候其实就是没事找事，她的电脑上显示着游戏的页面，韩奕觉得她也是一个在夜间无所适从的人。

每到九点过后，姚梅就会走，这时候值班室的杂事也就几乎没有了。韩奕就坐在陈子妮身边，他们一起打游戏。这种感觉让韩奕重新回到了上学时代，温馨的气息缠绕着他。陈子妮以自己独有的方式吸引着韩奕。等到下班的时候，他们一起打扫大厅的卫生，然后关掉所有的灯，在黑暗中互相紧紧拥抱，像两个初恋的情人，彼此用身体控制着对方。有时候，他们还会躲进卫生间里，屏住呼吸，做一场拘谨不安的爱，像两个偷食的老鼠。

韩奕总是在他们亲热或是做爱之后被深深的内疚控制着。他明明知道他和陈子妮之间的情事是一场危险的游戏，并且很多次他的眼前都会浮现出小然或是小九的面孔，她们的眼睛总是那样让人难以回避，充满着嘲笑和愤怒的复杂成分。但他还是深陷其中，韩奕坚持认为在自己最需要别人温暖的时候，陈子妮带给了他希望。另外，韩奕又担心事情败露，其中最主要的原因是他根本就分不清他究竟是在帮助陈子妮夺回罗玉松，还是利用她报复罗玉松。

韩奕突然在春节前十天的晚上，想起了小九，他已经很久没有她的消息了。韩奕竟然觉得对不起小九，在他和陈子妮缠绵的这一段时间里，他几乎忘了她。那天晚上，韩奕没有值班，陈子妮也就没有理由出来和他相会。韩奕无事可做就想起了小九，也不知道她怎么样了。

在去小九住处的路上，韩奕仍然没有走出上次的突袭事件。他绕道从乌石夜市前的路上过去。可当他敲开小九的房门时，里面却探出一个年轻男人的脑袋。他疑惑地望着韩奕，问他找谁？

韩奕以为自己找错了房间，退后两步，抬头看了看隔壁的房间，他确信他是对的，才说："我找小九。"

那人摇了摇头，说："我昨天才搬来，其他的什么也不知道。"

韩奕愣在了原地，他没想到小九竟然离开了。无奈，他只好反身。他给小九打电话，电话却已停机。韩奕心中一阵怅然，隐隐为小九担心。

韩奕回到自己租的房子时，大有和胡小亮最近每晚都在加班，一直到深夜十一点才能回来。裘少安一个人坐在旧床垫上，抽着烟，喝着啤酒，这已经成了他最近的生活状态了。他的眼前排列了几张照片。韩奕一眼就看出了照片上的两个人：罗玉松和方捷。韩奕惊讶极了，他没想到罗玉松的情人竟然是方捷。照片上的两人在一家餐厅里吃饭，罗玉松刚好抬头看着方捷。韩奕说："这怎么可能呢？"

"这有什么不可能的。"裘少安喝了一口酒，把另一瓶递给韩奕，他的眼睛里充满了得意的笑容。等韩奕也坐下来，他又说："我断断续续跟踪了他五天。发现除了这个女人之外，就没有别人了。没想到这家伙还好这口。"

韩奕说："没有被他发现吧。"裘少安撇着嘴说："没有，但估计他已经感觉到了，这两天他很少出来，也小心了许多。"

韩奕看着这些照片，心里突然有了另一种预感：殴打他的人也许并不是罗玉松。至于什么原因，他也不知道。倘若是罗玉松，那在他和陈子妮缠绵的这段时间里，他怎能置若罔闻呢？难道是他故意要送给陈子妮这样一个外遇的机会。但这个理由似乎也说不通——他又何必要偷袭韩奕呢？难道是罗玉松在背地里觉得韩奕要给他戴绿帽子，心里不舒服，偷袭他，然后又故意纵容陈子妮和他一起鬼混？但这明显又有情理上的矛盾。所以，韩奕就怀疑偷袭他的莫非是另有其人？

韩奕对方捷来了兴趣，他从方捷手上的链子隐约觉得她和小然之间定然有一段渊源。也许，她就是了解小然过去的不二人选。在韩奕看来，小然既然能给她编织和他一样的手链，那也就表明她们之间的关系并不是一般的普通朋友关系。以她作为寻找小然的突破口或许会来得直接些。当然，这也与韩奕在最近一段时间寻找小然毫无进展的急躁心理有关。小然就像是突然从乌石蒸发了，他几乎找不到有关她的任何消息。而有关她的过去，也几乎没人知道。这也是乌石的现状，任何一个人的离开，都像秋风扫落叶一般，不会留下任何痕迹，很快便会被人遗忘。

对于报复罗玉松和寻找小然两件事之间的重要性，韩奕重新作了一次估量。他认为必须要先找到方捷。因为寻找在他的生活里已经成了一种习惯，就像抽烟一样，成了一种自知自觉的事。

韩奕说："我想找到这个女人。"他指着方捷的照片。裘少安不明就里，问："为什么？你不会是对这个女人感兴趣吧？"韩奕说："我找她有更重要的事。"裘少安说："那罗玉松呢？"韩奕说："先放过他吧。"

"不可能。"裘少安叫了起来,"你知道我花费了多少精力吗?"

韩奕有些惊讶,问:"那你想干什么?"

裘少安冲他"嘿嘿"一笑,说:"你就等我的好消息吧。"他喝了一口酒,又补充说:"当然,我会帮你想办法找到这个女人的。"

谁都没有想到,小指在距离春节还有七天的时候,出事了。

从腊月十五之后,乌石就变得骚动不安了,像一只蠢蠢欲动的怪兽。回家的人都开始提前作准备。苏奈尔门口,每天早晚挤满好多人,值班的保安一个挨一个检查行李,人们像被保释的囚犯,站在大门的内侧,向外张望,等检查完了,才能获得自由。大家纷纷讨论着回家坐车的事,买到车票的,暗自庆幸,没有买到的人,都四处打听,或是托人一起去买。而这时候,一些浑水摸鱼的人便泛滥起来。苏武和裘少安之前就在这个时候倒卖过车票。他和几个人合起伙来,从三元镇买来车票,然后高价卖给那些急着回家的人。也有比倒卖车票更加恶劣的事。有人趁机以帮熟人买车票为由,骗取他们的钱,然后一走了之。

小指就是在这个空隙里迷失了自己。他算得上是"苏生石"派中最为老实本分的一个,他对自己的未来有一个明晰的判断。可没想到说变就变了,他在一个夜间悄悄起来偷走了同宿舍两个人的手机,然后把它们藏在自己的行李中,而那两个人在第二天起来之后就报告了保卫室。保卫室的人在小指还做梦的时候,就翻出了手机,然后抓住了他。小指没办法抵赖,只好如实交代了。而小指所在的工厂为了整治这段时间的混乱,就把最近抓到的偷盗的三个人绑起来,由保安驱赶着在工厂里游行。小指的名气就这样在乌石传开了。认识他的人除了表示惊讶之外,都纷纷指责他。不熟悉情况的女工,都觉得小指和别的无可救药的人一样,很早就已经腐烂了,只是而今才长出蛆来。而一些熟悉的人却都纷纷歆歔不已。大家都明白,像这样仅仅是偷盗了两个手机的事,也犯不着这么兴师动众,比这更加恶劣的盗窃以及杀人放火每天都在发生,而那些人却永远逍遥法外。他们觉得,要怪就只能怪小指运气不好,撞在了枪口上。

乌石发生的事,大多都是这样说不清道不明的。

后来,工厂把他们几个人交给了乌石的治保会关押起来。按理说这样的事,发生在工厂,工厂就应该自行处理。而一旦事情发展到治保会那儿,事态就变得严重了。明眼人都知道,那是个认钱不认人的地方,像小指这样的犯罪,一般都要处以五千元以上的罚金,否则,若是超过十天没有人保释,他们就会移交三元镇派出所,而到那时候,花钱都已经来不及了。派出所则直接把传票按照犯罪人的身份证邮寄给当事人的村委会,这时,就只能眼看着判刑了。这样一来，就搞得人尽皆知，在村子里坏了名声。当然，凡事都有变数，也有厉害的角色，通过诸多关系，免于刑罚的。而这样的好运一般不会落在打工者身上。他们在乌石，不过是一个过客而已，等到真正东窗事发的时候，所有人都会远离他们，又有谁肯为这样不值一提的人花钱保释呢？

好在小指并不是运气最差的一个。大宗领着苏武到乌石治保会进行了交涉。竟然没有花一分钱，就在五天之后把小指保释出来了。小指对他感激涕零，当即表示上刀山、下火海都不怕，要跟着大宗干，以便报答他的救命之恩。大宗就把他交给苏武，让他跟着苏武好好做事。

大宗依然神龙见首不见尾，偶尔在三十六度歌厅出现一次，也是稍纵即逝。而苏武在大宗的庇佑下，俨然一副大哥的派头，成了乌石举足轻重的人物。小指跟着他，唯马首是瞻。苏武把"苏生石"派发展壮大起来，在此同时，他还收纳了一些无事可做的人，把他们安置在三十六度歌厅后面租的房子里，整天供着吃喝。大宗说，养着他们，早晚有用处。但凡有人在歌厅闹事，这些人就会出面把事情办妥，而苏武则不露声色。

乌石的街道里呈现出凌乱不堪的景象。一阵一阵回家的人群过后，废弃物品就遗落一地。空气中交织着尘烟和喧嚣。这个小城在平日里看起来平静得像一潭死水，这时却出现了少有的表面混乱。而它却有一种不会被改变的坚定力量，每一个匆匆来而又匆匆去的人都被这个小城改变着。那些来自北方的人在这浑浊的碰撞中慢慢长大、成熟，离开时，已如疲倦的候鸟。

韩奕终究没有能阻止裴少安的继续跟踪。裴少安已经从跟踪中寻找到了乐趣，他也借此来打发无聊的时间。他在罗玉松身上发现了令他振奋的秘密。

罗玉松每周外出的时间不超过三次，而这三次里他总是要和方捷在第三街的一家湖南人餐馆里吃饭。裴少安最初以为这家餐馆是他们经常约会的地点，所以拍了许多照片，而通过这些照片，不难发现他们在一起的亲昵。但几天以后，裴少安发现他们并没有为约会的事掩饰什么，相反显得太过自然。比如，他们故意要在人多的地方停留，见到熟人的时候也不躲闪，反而还打招呼，这就说明他们对偷情的事已经公开化了。这让裴少安很是扫兴，他本想着只要抓住了他们偷情的证据，他就可以胁迫罗玉松就范。但现在看来，他们有恃无恐。

但事情还是有了转机。裴少安跟着罗玉松和方捷坐车去三元镇。在此之前，裴少安一直以为他们要在三元镇过夜，也就没有放在心上。但由于他对跟踪之事的失望，使得他决定一看究竟。

到了三元镇，天色已黑。罗玉松和方捷坐车直接去了城边一条偏僻的街道，然后进入一家不起眼的酒吧。裘少安跟进去，立刻就有吧台上的男服务员过来询问。他要裘少安拿出会员证看看，裘少安不明白什么是会员证，那服务员就瞪大眼睛，看了他半天，才问："有没有介绍人？"裘少安更加迷惑了，他觉得这么偏僻的一家酒吧，客人又少，怎么会向客人提出这么多的无理要求呢。但他看了看身材健壮的服务员，又没有发作，只好说："我是来找朋友的。"那人问："你的朋友是谁？"裘少安无奈，只好说了罗玉松的名字。那服务员"哦"了一声，就把他让在靠近角落的座位上。裘少安要了一瓶啤酒边喝边看。那服务员走近吧台，拿起对讲机一边说着话，一边斜眼看着裘少安。

不一会儿，裘少安就看见一个人影闪进里侧的包间里，像极了罗玉松的影子。但由于光线太黑，看不清楚。裘少安好奇地走过去，发现有一条通道，通道里有暗红的灯光，通道中央，竟然有两个女人拥抱在一起，他们互相亲昵着，手在对方的身体上游走。裘少安一时看得面红耳赤。他刚想转身离开，不料，身后却站着刚才的那个服务员和另一个身强力壮的男人，他们二话不说，捂住裘少安的嘴，把他拖至一个僻静的角落里，一阵暴打。裘少安被这急促如雨点般落下的拳脚打倒在地，失去了应对的能力。直至他迷迷糊糊的时候，他感到他们把他拖了出去。

裘少安在地上躺了一会儿，站起来，看了看夜色中闪烁着红光的酒吧名字：派度。之后，他忍着疼痛，躲在暗处，直至深夜十一点的时候，罗玉松和方捷出来了，裘少安按下了镜头，捕捉住了他们和派度标牌恰到好处的画面。离开时，他觉得他应该和罗玉松好好谈谈了。

春节前的两天，泰安赶着出一批货，各个车间忙碌成一片。企划课也在姚梅的促使下，忙着做预算。连着两个晚上加班的时候，陈子妮都没来，她说罗玉松最近像是遇到了什么事，心神不宁的，她要晚上陪他。

第三天的早上，罗玉松把韩奕叫到了他的办公室里，他关上门，从抽屉里取出一个蓝色的快件袋递给韩奕。韩奕取出来三张照片，仔细一看，发现其中两张是他曾经和裘少安一起看过的照片，另一张便是"派度"的字眼清晰的照片，上面的人物虽然模糊，但罗玉松的样子还是可以辨识。

罗玉松的样子明显有些憔悴，疲倦裹挟着他。他递给韩奕一颗烟，说："我想请你帮帮忙。"韩奕做出很关心的表情，问："到底发生了什么事？"罗玉松说："有人跟踪我。"他顿了顿，又说，"他要五万块。"

"啊，怎么这么多，他疯了。"韩奕激动得站起来。他没想到裘少安会张这么大的口。

罗玉松说:"所以,我想请你帮我调查一下,看是什么人干的。"

韩奕只好推脱:"我哪有那个能耐。"

罗玉松毫不含糊地说:"我知道这对你来说可能有难度,但你们有个'苏生石'派,似乎无所不能,若是能请他们帮忙,应该不是难事。"

"这……"韩奕觉得真是很为难。

罗玉松站起来说:"如果你能调查清楚,我就给你五千块。"说完,他拿出一沓钱,说:"这是两千,你先拿去,等事情结束了,我再谢你。"

韩奕拿上钱走出了罗玉松的办公室,没有说行,也没有说不行。迎面碰到了陈子妮,她的脸色也不大好。她说:"老罗出什么事了?"

韩奕说:"没什么,就是问了一点小事。"

陈子妮不大相信韩奕的话,直直地看着他的眼睛。韩奕总是会被自己的眼睛出卖,每次说谎的时候,他的眼睛都会不坚定地游移。陈子妮说:"你没有说实话。"

"也许,对你来说,不算是坏事。"韩奕说着,独自走了。他不想和陈子妮讨论这个问题。不知怎的,他一说起这样的话,就觉得陈子妮马上要离他而去了。在韩奕看来,裘少安对罗玉松的要挟在某种程度上能限制罗玉松的行为,说不定,他会距离陈子妮越来越近呢。

"他是要和我离婚吗?"陈子妮在韩奕走了两步之后,转身又说。韩奕回头看着她,发现她竟然是一个十分令人同情的女人——先前还说要离婚,而今却又为罗玉松先要离开而心痛不已。韩奕想,罗玉松也是个欠揍的家伙。

晚上回到房子,裘少安兴奋地说:"我们马上就又有钱了。"

韩奕竟然莫名地感到裘少安是个可恶的人。他想即使罗玉松曾经真的殴打过他,而如果要报复他,也不能用勒索这样无耻而又犯法的手段。但韩奕知道他不能阻止裘少安,他只说:"你应该少要点,不然他拿不出来那么多。"

裘少安惊讶地望着韩奕,一时说不出话来。

韩奕说:"'派度'是什么地方?"

裘少安半天才说:"可能是个同性恋酒吧。"

"你去过那儿?"

"嗯。"裘少安点了点头。

韩奕顿时黯然。这个消息让他情绪低落。

第二十二章　春节

　　春节很快就到了。乌石突然就像一个遭遇劫难的大宅门，变得空荡荡的。能回家的人都回去了，有人满载而归，有人两手空空。而不能回家的人，就变得格外孤单。有人是因为没有买到车票，错过了归期；有人却是害怕花掉上千元的车费而忍痛滞留下来；也有人是不愿回家；当然，也有人要留下来挣比工资高三倍的加班费。每个人的理由各不相同。韩奕不知道自己究竟属于哪一类。有几次，他也想到了回家，但又觉得无法面对父母，无法向他们解释半年来他仍然两手空空的原因——他又怎敢告诉他们，他在乌石学会了抽烟和酗酒。

　　每次想到父母，韩奕的大脑里总会呈现出一片轻飘飘的空白。有时候，他瑟缩着脖子在乌石的街道上四处游走，像没有目标的风，无人理睬，无人问津，他只看到自己瘦瘦淡淡的影子在脚下颤抖。那一刻，他是多么想就此坐车北去，然后倒在家里的热炕上踏实地睡上一觉。

　　腊月二十七放假的时候，泰安公司给每个员工发了两百块的春节福利，韩奕属于干部阶层，能比一般员工多一百块。然后，公司门口的黑板上写着：放假七天。韩奕本来想着要加班，但行政大厅负责安排值班的人事部课长却没有给他安排，她说，已经没有空位了。

　　腊月二十八和二十九两天，大有和胡小亮去三元镇找朋友聚会。裘少安每天大清早出去，很晚才回来，也不告诉韩奕。韩奕就独自一人，要么睡觉，要么想心事，要么在乌石的大街上乱转。陈子妮说她要回家一趟，已经早先请假回去了。而罗玉松还在，说是要晚些回去。

　　这时，小然的影子就再次浮现出来，像他们第一次在乌石相见一样。韩奕的心就会再次紧紧收缩，他感到这一切过于荒诞，甚至像是小然一手策划的对他的一次报复。半年前，他来时，他至少还拥有爱情，而现在，他却在寻找小然的途中苦苦挣扎。有时候，他真恨她，想着倘若她此时能出现在他的面前，他定然会用极重的手法揍她。她也应该算是欠揍的人。但他仍然很怀念他们一起走过的日子，而这一切究竟是为什么呢？

　　二十九的晚上，大有和胡小亮回来了，带来了三个女孩，他们和胡小亮一个村子。说是要和他们一起过春节。他们带来了很多零食，然后大家就坐在地上的垫子和床上，相互说笑。房间里顿时有了暖色。韩奕面对三个陌生的女孩，竟然高兴不起来，躲在墙角吃零食，看着他们说话。

大约过了十点，裘少安才回来，他拎着大包小包，全是从超市买来的零食，还有饮料和档次较好的白酒。大家欢呼雀跃。裘少安不作声，从怀里掏出一个小包，扔在床上，大有捡起一看，惊叫起来，他把袋子送到韩奕面前，韩奕就看见了红灿灿的钞票。裘少安斜眼看着他，一副得意的样子。韩奕知道裘少安得手了，但他仍默不作声。

胡小亮说："有一万块吧？"大有就拿出来数，数了半天，才说："三万。"

裘少安说："保证大家过一个富足的新年。今年大家的花销我包了。"韩奕不知道裘少安是怎么和罗玉松交接的，但他只是感觉到紧张或是疲倦，他的恐慌终于松脱而去。

十一点多，裘少安接到了苏武的电话。苏武说："明天中午，大宗在三元镇的天涯阁大酒店请客，想来就来吧。"大家又是一阵欢呼，新年的气息在这个小屋子里蔓延开来。

而谁都没有想到，在"壹加壹"超市附近的一间出租房里，小然独自一个人，喝着酒，抽着烟，她的眼泪顺着她的脸颊冰凉地往下流淌。她已经回到乌石三天了。她很迷茫，对于未来，她毫无打算。只有那些伤，不断地纠缠着她。她握着香烟的手指冰冷而苍白。

所有的工厂都已经放假了。一些没有回家的人，待在工厂的宿舍里也觉得无趣，加上有些人原本就是第一次在外面过春节，心情难免失落，有些女孩子还偷偷哭过好几回。既然能在异乡相聚，那也不失为缘分，苏武觉得有必要把自己这两年来带上来的人叫到一起聚聚，他在征得大宗同意的情况下，在天涯阁酒店定了几桌席，邀请了大约三十多人，他打算让大家享受一下节日的温暖。

韩奕本不想去，他和苏武并不熟。但裘少安却拍着胸脯说只要有他吃的，就一定有弟兄们吃的，一定要去。韩奕拗不过，再说，他一个人闲着也是闲着，于是决定他们一起的七个人一起去。

裘少安一行去得迟了，能到的人差不多都到了。苏武和小指站在门口招呼众人。酒店的演艺大厅里，大宗坐在中央的高台上，鸟瞰着台下的弟兄，中央的桌子高出约一米，大宗简直就像一个部落首领，旁边坐着两个长头发的小伙子，和他说着话。大宗见韩奕和裘少安来了，就起身邀请他们坐在自己中央的一桌席上，韩奕本想拒绝，可裘少安已经高兴得跳了起来，一闪就落座了，再加上大宗的盛情，韩奕没办法只好坐下。大宗说："你就是韩奕吧。"韩奕抬起头，略显惊讶。大宗又说："你是大学生，我早就听说了，想着还要拜访你呢。"韩奕受宠若惊，忙说："不敢，不敢。"大宗就制止了他，说："你如果愿意，跟着我干吧。"韩奕讪讪一笑，说："我怕自己没那个本事。"大宗一看韩奕略有推脱，就说："以后若是想来，随时欢迎你。"

这时候，韩奕就看见小九走了过来。她穿着深绿色的长外套，脚上是棕色的长筒靴，整个人显得极为憔悴，瘦削的脸上表情淡漠。看见韩奕的时候，她只是略微向他点了点头，并没有多余的眼神。她走过来，大宗搂过她的肩膀，他们一同坐在韩奕的对面。大宗一一向小九介绍着周围的人。小九只是淡淡地看着，并不说话。介绍韩奕的时候，她却别过头去看大厅周围。韩奕隐约觉得小九对他存有某种怨恨，他觉得十分有必要对她解释一下后来的事情，但小九并没有给他机会，她站起来，向众人告别，然后进了旁边的一个小包间。

大厅的周围坐着各色人等。不知哪儿来的小姐分散在这些人的中间，他们互相嬉闹着，空气里一片嘈杂。被苏武请来的同乡的女子都被安排在小包间里，里外互不干扰。

开席后，苏武请大宗给大家讲话，大宗站起来，先喝了一杯啤酒，他说了几句客套话，声音洪亮淳厚。最后只强调说谁以后有困难就只管找他。大家随即鼓掌，心里都暖暖的。之后，大宗向大家介绍了一下他身边的两个中年人。大宗称他们为赵老板和黄老板，他对他们十分谦恭。大宗请他们两个为大家讲几句话，但那个姓黄的老板却摆摆手。大宗只好不再勉强。姓黄的老板一招手，台下一个穿着黑色西装的小伙子跑上去，附耳下来，黄老板在他的耳边嘀咕了两句。只见那小伙子就从随身的手提包里取出五沓百元的钞票，交给大宗，又向大宗低声说了些什么。那个姓赵的老板也如法炮制，交给了大宗三沓钱。随后，他们站起来，敬了大家一杯酒，就离开了。在这个过程中，大家都屏息静气地看着他们，大厅里安静极了。

那两个老板走后，大宗就宣布："发压岁钱了。"大家像是从梦中猛然醒转一样，顿时欢呼起来，大宗把钱交给苏武和小指，就让大家尽情地吃喝。大厅里瞬间变得热闹起来，有人跑过来抢钱，苏武和小指就一边躲闪着，一边极力喊："别抢，都有份。"

韩奕看着大宗，突然有种担心，虽然他对大宗的能耐有所耳闻，可终究没有亲眼见过这样的场面，他觉得大宗看起来有点黑社会的味道，但他没敢向别人说，只是自顾自地喝酒。

酒席后来还是有点混乱，大家把身在异乡的孤独困苦尽情发泄在这个暂时安逸的空间，他们有了前所未有的放松，装好刚刚分到的钱，开始大口喝酒，说着大话，跳舞，唱歌，吼着秦腔，在饭桌间打闹。

韩奕却怎么也高兴不起来,他都不知道应该怎么高兴,也不知道有什么可高兴的。裘少安和大伙融在了一起,喝着酒,抽着烟,大声地叫着。韩奕迷惑起来,他不明白这些人哪儿来的这么多的颓废,好像是压抑久了,有着特别冲动的破坏欲望,他们想毁坏身边的一切,包括自己的身体和心灵,每个人都觉得自己苦,他们相互倾诉,抱头痛哭,眼里闪着泪花,随便拉住一个人的手就开始无休止地骂狗日的生活。

韩奕被伤感的氛围感染了,渐渐也忘却了自己的担心和困惑,他也进入了自己营造的苦闷之中——他又一次想到了小然,想着她可能在某个不为人知的房间里,独自一人埋头睡觉或是去外边看电影;或者,她正依偎在某个男人的怀里,吃着零食,也像模像样地过着节日;再或者,她也许和自己一样,参加这样嘈杂的聚会。韩奕不知道小然是否也会像他一样想他,也不知道她是否会为她曾经作出的决定而后悔。

韩奕曾经多次敲着自己的头,质问自己:为什么会想起小然,找她又有何用?可他不管怎样为自己开释,都是越来越想,越解释越思念。韩奕忘不了小然送给他杏子的那个时刻,她羞涩的眼神,拘谨而又胆怯的举止。更忘不了小然和那个陌生的男生走在一起,回头望着他的决然和惊讶。他真的想不明白,她为何要对他如此?难道她真的不爱他了吗?

韩奕固执地认为小然必定隐匿于这个南方城市的某一个角落。坦率地说,在寻找小然将近四个月的时间里,韩奕觉得自己的内心真是疲惫不堪,尽管他在此期间为了生活在工作上作了很多努力,偶尔有些时日会忽略寻找之事,并且,他又和陈子妮之间发生了十分突然的性事,他也承认,他对陈子妮产生了好感,但他从来都没有把小然从内心里彻底删除出去,有时候觉得如果能忘掉她,也不失为一次解脱,但他尝试了好多次,都无能为力,她已经烙在了他的记忆中,随着远在异乡的孤苦而愈加清晰。很多个安静的时刻,小然都会如影随形地挤进他被记忆碰疼的大脑,迫使他抓住她的影子不能放弃。韩奕知道,他必须穷尽所能找到她,找到她或许才能找到他自己。

当然,在茫茫人海中找寻一个人的踪迹,尤其这个人还刻意躲着你,那无疑要付出非常艰辛的劳动。韩奕已经不能准确地从记忆中复制出小然的脸面来,只记得那是一张几乎失去血色的面孔,惨白如纸,一双过度忧郁的眼神永久地凝固在空气中,雕塑一般从不改变。韩奕自以为小然有着太多的哀怨,她的感情基调实在是太差了,从他们刚刚认识之初就从未改变过。而且他相信,他能给小然带来她所需要的温情,他一直认为小然在他的掌握之中。

而就是这样一个被韩奕掌握着的小然,却在他的万分期待中,伤害了他，又悄悄地消失了，没有留下一丝与出走有关的风声，她成了一个谜，让他在此后的几个月里，一直为了给这个谜一个完全可信的答案，进行着带有游戏性质的苦苦寻找，他相信终有一天他能抓住她。他也相信在他抓住她的那一刻，她必定会后悔她最初的决定和对他的伤害。可究竟是为什么她要逃走呢？又凭什么让他来承受这种灼热的疼痛？

大厅的秩序彻底乱了，大宗被台下的人簇拥而去，一杯接一杯地敬酒，开始说胡话。裘少安是个控制力极差的人，在台上自己拿着一个白酒瓶，见人就碰一杯，不多时便已左摇右晃了。一些人拉着小姐的手在大厅里跳起舞来，有人找了合适的曲子唱着歌。哭的、闹的、笑的，乱作一团。

韩奕终于没能控制住自己，当裘少安趴在桌子上睡过去的时候他走了出去，他的心情坏透了。在天涯阁酒店前面的场地上，他点了一颗烟，鼓了鼓勇气，想给家里打个电话，但当电话刚要接通的时候，他又放弃了，他不知道该向家里人说些什么。他又想着应该给他的好友发个问候的短信，但当他翻遍了所有的电话号码的时候，却觉得每一个都是那么的陌生，他们在他的生活中已经那么遥远，一霎时，他竟然感到了无限的委屈，眼眶里蓄满了泪水。

白惨惨的阳光下，街道上行人稀少，空气里洋溢着节日的喜庆，韩奕咬紧嘴皮，努力不让眼泪滑下来，但他却能听到孤独和思念落地时的清脆，它们不断地砸出一声声响。

有人在韩奕的肩膀上拍了拍，韩奕站起来，发现是小九。小九从钱包里取出几张红红的钱，递给韩奕。韩奕不明就里，愣在原地没动。小九说："拿着，算是我对你的谢意吧。"

韩奕觉得小九似乎扇了他一记耳光，顿时面红耳赤。他低下了头，没有理睬。小九又说："这是应该的，你拿着吧。"

韩奕憋足了劲，才说："你是什么意思？"他睁大眼睛看着小九。

小九说："你也不要多想，我能理解你。"

韩奕说："后来出了一点意外，"他还要解释，小九却挥手制止了他："还是算了吧，就让那一页翻过去吧，现在不是也挺好的吗？"小九向酒店看了看，接着说："大宗找了我三四次，我也不知道他是怎么知道我的住处的。"韩奕插了一句："我没有把你的住处告诉任何人。"

小九笑了笑说："当然，这也不是什么坏事，大宗有他自己的办法。"小九顿了顿，又说，"他不计较我和南洋之间的事，我又怎么能拒绝他呢？"说完，她就把那些钱放在了韩奕的手上，转身离开了。

小九走了两三步，回头又问："有小然的消息了吗？"

韩奕摇了摇头。小九说："若有了消息，告诉我一声吧。"她没等韩奕答应，就回过头去。

韩奕看着小九渐渐消失在天涯阁酒店玻璃门之内的身影，茫然四顾，内心一片空洞。

也不知过了多久，胡小亮在一个阴背的巷道里找到了韩奕，韩奕正痴痴地看着太阳，他说："太阳多好啊，无忧无虑的。"胡小亮一本正经地说："我就想多挣钱，趁着年轻，多干活，吃苦受累都不怕。"说完，他扑闪着大眼睛看着韩奕，韩奕浑身火辣辣的，觉得胡小亮的目光能把他融化，亏他还大他五六岁。韩奕惭愧极了，心想，还真没看出来。他盯着胡小亮的眼睛看了一阵子，一下子就心情好多了，他在胡小亮的眼睛里找到了一种天真和自信，完全不像裘少安的迷茫和软弱，不像大有的混沌和僵硬，也不像小九的浮躁和愤恨。

胡小亮说："大有让我来找你，裘子在酒店里大哭大闹，他喝多了。"他们一路小跑着回到酒店，有些人已经走了，一股悲凉的气息铺天盖地而来。苏武一见韩奕就说："被裘少安这一闹，酒席就搅散了。"只见裘少安靠在墙角，怀里还抱着酒瓶，大有在一旁压制着他，他想起身，却又起不来，脚下打滑，他嗷嗷地乱叫着，像一条死狗。和胡小亮一起的三个女孩站在大有的身边，看着他们，手足无措。

大宗还在中央的高台上，一个披头散发的女子坐在地上，撒着泼。大宗在旁边安慰她，显然已经筋疲力尽了，他也喝多了，立足不稳。那个女子一边哭，一边抓着他的胳膊，大宗意欲拉她起来，可一拉就把她的整个身子拉长了，衣服上移，裤子下坠，腰间半个身子白花花的肉都暴露无遗，若再使劲就能看见深藏的胸罩了。她的裤子已经被菜汤或是酒水糊了，头发遮住半个脸面，韩奕从未见过她。她不起来，却又拉住大宗不放，一个劲地说："大宗，我喜欢你，从心底里喜欢。"

那个不知名的女子真醉了，她不停地干呕着，哭着，喊着。大宗示意韩奕帮他，韩奕只好硬着头皮去扶那女子。在苏武、小指的帮助下，韩奕终于让她安息了下来，她趴在桌子上，口中还不停地喊着："大宗，我喜欢你。"

韩奕在忙乱中，看见了小九。她站在第一个包间的门口，抽着烟，冷眼看着他，冷静得像一个看热闹的人。

最后，韩奕一行把裘少安和那个纠缠着大宗的女孩弄到了他们的住处。八个人挤在一处，浑浑噩噩地睡去。

第二天醒来，韩奕发现那个喝醉的女子竟然睡在他的身边，她的胳膊和腿都搭在韩奕的身上。韩奕想了想，记得昨晚睡觉时，他的身边原本睡着胡

161

小亮，可怎么就变成了她呢？再看时，却发现大有的手伸进了她的衣服里，但他们都浑然不知。韩奕小心翼翼地起身，掀开了那个女孩。那个女孩一翻身，换了个姿势，大有的手刚好滑落出来。韩奕看见了她化过妆的脸狼藉一片，却没想到她竟然是个好看的女子。

半个小时后，大家才各自起来，场面拥挤而凌乱，像是刚刚经历了一次盗窃。与胡小亮同村的那三个女孩说要回三元镇去。胡小亮就送她们出去了。她们和胡小亮一般大的年纪，又是一起来的乌石，也是第一次在外过春节，她们还不适应异乡带给她们的变化。她们总是说想家，不断地说着她们如果此时在家里，有可能做的一些事，然后，便是争相回顾儿时过春节的一些趣事。韩奕看着她们说笑，心情通常会好许多。她们就像是出淤泥而不染的莲花，单纯而洁白。看着她们消失在拐角的背影，韩奕心中怅然，他想，三四年后，她们又会是什么样子呢？

那三个女子走了，韩奕甚至还没有记住她们的名字。房间里顿时空荡荡的。裘少安和大有还没有醒来。那个喝醉的女子起来洗脸，从洗手间出来，看到韩奕的时候，冲他笑笑。她说："你好，我叫马芸芸。"

"韩奕。"韩奕报了自己的名字。可马芸芸却说："不用说了，我知道你。"

韩奕略感惊讶。马芸芸又说："我是小九的朋友，之前见过你。"说完，她就自顾自忙去了。

马芸芸洗了脸，出去了，什么也没说。韩奕就叫醒了裘少安和大有，督促他们去洗脸，自己则整理房间。他终于松了一口气，想着可以舒舒服服地再躺一会儿了。昨晚，他被挤得一夜没有睡好，总是迷迷糊糊地做梦。

大年初一的天气格外的好，中午十二点的时候，阳光从外面射进来，整个房子变得暖洋洋的，冷清之气一扫而光。裘少安招呼大家出去吃饭，却没想到马芸芸又来了。她左手提着四个盒饭，右手拿着一个小包，笑吟吟地分给大家，与昨天的样子反差甚大。

裘少安说："马芸芸，你怎么来了？"

韩奕说："你不是走了吗？"

大有说："你叫马芸芸？"

胡小亮"嘿嘿"地笑着，没说话。

马芸芸没有理睬他们惊讶的眼神，说："从今天起，我要搬来你们这里，和你们一起过年。"

裘少安嚷起来了，连说不行不行。马芸芸嘟起嘴，说："真小气，又不花你的钱，怕什么。我只是想着一个人过年没劲，才和你们合伙的。"说着，她就开始从包里往外掏自己的东西,不管裘少安的大吵大叫。

接下来的几天,马芸芸就混杂在韩奕他们中间,毫不忌讳。她是和裘少安一起来到乌石的,也算是老江湖了。前两年的春节,他们也经常在一起玩。两个人总是喜欢拌嘴,裘少安叫她疯女子,她则叫裘少安求娃子。每碰到一点小事,他们就争论不休。

马芸芸给这个春节带来了快乐的气息。但韩奕不喜欢她的口无遮拦,觉得她是个粗俗的女子,尽管她有着妖媚的味道,脸蛋和身材也恰到好处,但她的漂亮外表下,还是难掩俗气。

马芸芸喜欢和韩奕坐在一起吃饭,聊天或者打扑克,甚至晚上睡觉,也都是一侧靠着韩奕,一侧靠着墙。她笑着说:"韩奕是个正人君子。"

韩奕对马芸芸的了解也都是从裘少安的嘴中得知的。裘少安对马芸芸抱不屑的态度。每次马芸芸外出之后,韩奕和裘少安提起她,裘少安就乜斜着眼,嘴里发出"切"的声调,裘少安总会说:"不是什么好鸟。"裘少安向来都把人看得太坏,他觉得混迹于乌石的人,不论男女,真正出淤泥而不染的人,那就是圣人。他说:"乌石就是大染坊,只要一掉进来,就别想原样出去。"他说自己的变化就是最好的证明。为此,他总是不断地向胡小亮讲他过去的勤快和安分,就像是讲述曾经的辉煌一样。胡小亮则认真地听着,然后,突然问一句:"你是说你现在变坏了吗?"裘少安就气不打一处来,抓起东西打胡小亮,胡小亮就趁机跑掉了。

当然,有的时候,裘少安还是会说些马芸芸的事。他说,马芸芸刚来时还是和所有的女子都一样,老实本分,可后来和一个小伙子同居了,但那个小伙子竟然偷了她的钱跑了。之后,她就认识了大宗,一直喜欢着大宗,但大宗又不喜欢她。

从裘少安断断续续的言谈中,韩奕大约能够估量出马芸芸的底细:她或许并没有裘少安所说的那么坏,只是运气不好而已。韩奕把发生在乌石的爱情看做是运气的产物,倘若运气好的话,就有一个死心塌地的人来爱你,说不定还能成就一段并不被各自的家庭看好的婚姻;而倘若运气不好的话,那就只剩下相互欺骗了。

但令人没有想到的是,马芸芸在和韩奕相处不到三天之后,突然宣布她喜欢上了韩奕。而在三个小时之前,大有就偷偷对韩奕说他觉得马芸芸挺不错的,想让韩奕为他们撮合,韩奕当时一口就答应了,而且他也觉得倘若能把马芸芸和大有撮合在一起,也算是好事一件,正好就能了却大有的心病。

因此,马芸芸突然说喜欢韩奕,无疑是石破天惊的事。当时大家正吃着胡小亮从外面带来的过桥米线。裘少安突然就说起了马芸芸,问她为何不找个男朋友去过年。马芸芸一口米线还留在嘴里，不待吃完，就说："我喜欢上了韩奕。"一时间，大家面面相觑。韩奕条件反射地看向大有，大有也盯着韩奕看。大有的脸色由青变紫，又由紫变白。裘少安在马芸芸说出此话的时候，一下子就笑得前仰后合。大有趁机出去了。而马芸芸以为裘少安不相信她说的话，就站起来，信誓旦旦地说："我没开玩笑。"她的表情一本正经。韩奕只好说："可大有刚刚还说他喜欢你呢。"马芸芸也愣住了，看着韩奕。韩奕说："我也没开玩笑。"

这样的话既然说开了，就弄得他们五个人之间出现了尴尬的气氛。尤其是韩奕和大有。韩奕吃完饭找大有解释，但大有却显得郁郁寡欢，他刚刚酝酿出来的希望，又一次行将破灭，而这样的事，对他来说已经算得上沉重的打击了。韩奕理解大有的心情，他也只能向大有保证他会努力帮助他的。大有抽着烟，一声不吭。

第二十三章　误入歧途

马芸芸的事让韩奕陷入了突然的被动。马芸芸整天缠着他，和他同出同进，买东西，请他吃饭，俯在他的耳边说悄悄话，然后突然放声大笑，出门时喜欢挽着他的胳膊，愿意听他的安排，爱听他唱歌……韩奕为此大为恼火，但又觉得不好发作。她是无辜的。

而恰好这时，廖晓辉给韩奕打来电话，说他有个初中同学在水城一家公司做事，几次打电话叫他去玩，问韩奕去不去。对于这种事，韩奕原本是没有什么奢求。在乌石的半年里，他几乎一直生活在困境中，除了维持生计，不敢有非分之想。他对乌石的理解，仅仅停留在他所见到的样子，并不能展开想象。

韩奕还是拒绝了廖晓辉，他说："我没钱去。"廖晓辉在电话里哈哈一笑，说："你不用担心，人家虎子答应给我们报销一切费用，只等着我们过去好好享受几天。"韩奕觉得他和人家虎子又不熟，多不好意思。可廖晓辉没等他说出口，又说："我觉得一个人去没意思，就想让你陪着一起去玩。人家有的是钱，你又何必顾及那么多呢。"他的言辞恳切，诚意毕现。韩奕就觉得不能再拒绝了，人家也是一片好意，况且，正好可以借此来摆脱马芸芸对他的纠缠。再说，离上班还要四天，完全能有一个来回。

之所以会答应廖晓辉，也与韩奕对他的了解分不开。这个广西男孩，有着广西人特有的紧凑的脸面，说话慢条斯理，不急不躁，偶尔会有轻微的手势，嘴角内陷，眼睛小而有光，看起来极为和善，不是那种锋芒毕露的人。廖晓辉中专毕业，刚来泰安时，就喜欢和韩奕一起聊天，给韩奕讲了许多在工厂做事需要注意的事项，韩奕就觉得他是个实在人。后来，韩奕陪着廖晓辉去三元镇的影楼帮他取结婚照。他说，他快要结婚了，邀请韩奕参加他的婚礼。那时，韩奕就相信了他是个值得交往的朋友。

一路上，廖晓辉粗略地向韩奕介绍了一下他的同学虎子的一些旧事。他说他们上学时，虎子是个极其老实的人，经常流着长长的鼻涕，好像总是擦不完的样子，不大爱说话，若是有人逗他玩，他便咧开大大的嘴巴，露出两个小虎牙"嘿嘿嘿"地笑个不停。他强调了一个事实：三个月前，虎子不知道通过什么途径打听到了他的下落。因为自从初中毕业，他们就从来没有联系过。从这一点上，他觉得虎子是个讲兄弟情分的人。虎子现在在一家外资企业做业务经理，正缺少人手，希望廖晓辉能过去帮他，而廖晓辉对目前在泰安的工作也不大满意，他想去看看。廖晓辉说："如果水城那边的情况好，我们就留在水城。"

从乌石出发，中巴车行了一个多小时就到了水城。虎子在水城靠近海边的车站接他们。他穿了西服，皮鞋擦得锃亮，像模像样地戴着眼镜，看起来像一个名副其实的大学教授，文雅而又不失低调。笑时，露出两颗虎牙。他走近和廖晓辉拥抱。微风吹来，湿润的气息立刻遍布全身。韩奕还是第一次站在海边，他看到了远处隐约的船只。

虎子抽出烟递给韩奕一颗，自己叼一颗在嘴里，刚要掏打火机，却又把烟取下装在盒子里。他说："这个地方禁止吸烟。"韩奕只好也把烟装在口袋里，他不好意思拿出自己三块五的烟盒，与虎子十块的烟盒相比较，就在瞬间区别了两个人的身份。韩奕故作轻松，专注看海。虎子指着远处的一座大桥，说："那里就是澳门。"韩奕从这个未曾谋面的陌生人身上感知到了他的意气风发，他的气场已经震慑了他们。这是一个看似真挚淳朴的男人，却无故地散射出潮水的力量。

"廖晓辉，想死我了。"他拍着廖晓辉的肩膀说。

"我也是。"廖晓辉有些感动，他为自己多年来没有想过虎子而略有歉疚。虎子说："走吧，去云间阁酒店。"廖晓辉感到有些不好意思，忙说："随便找个地方将就一下不就完了吗，何必破费！"虎子撇撇嘴说："没什么，自家兄弟嘛。"

出租车沿着海岸线前行。浑浊的海浪摔打在堤岸上，成堆的垃圾混杂其中，有人站在岸边，身子紧贴着栏杆，用极大的网兜打捞垃圾。几个老人安静地钓鱼，游客挤满了一段空阔的地方，虎子说："这儿就是看澳门大桥的最佳角度。"韩奕还未看清，车子拐过一个转角，进入了斜插的林荫道。

云间阁是个大规模的豪华酒店，临海。虎子领着他们直接去了213房间，安排他们先住下，说他还有事，不能陪他们，并强调说晚上从这儿出去，就能看到水城最美的夜色。酒店房间的布置，和韩奕在乌石租的房有天壤之别，恍惚得令人以为进了皇宫。看着房间里的一切，韩奕隐约有些不安，他偷偷看了看廖晓辉，看见他面露喜色，并无担忧。既来之，则安之，韩奕只好安下心来，说了诸多感谢的话。

可不一会儿，虎子又返回来。他说："今天不好意思，出门时忘带钱包了。"

廖晓辉连说："没关系，我们自己来吧。"

虎子连连致歉："实在是对不住了。"

廖晓辉说："多少钱？"

他说："五百就足够了。"

韩奕有些急，因为他身上根本就没有这么多钱。而廖晓辉估计也不会带太多。他忙说："要不，我们去别的便宜一点的地方吧。"

廖晓辉也跟着说："去你的房子也行。"

虎子看他们一脸紧张，突然哈哈大笑，说："放心，我回头会还给你的。"他一边说着，一边笑得上气不接下气。断断续续又说，"你们真是小看我虎子了。"

廖晓辉被虎子的笑声弄得有些难为情。韩奕说："你误会了，主要是怕你太破费了。"

虎子好不容易止住了笑，可抬头看了看韩奕，又笑起来。两人被虎子笑得极为被动。廖晓辉也"嘿嘿"地跟着笑，然后掏出五百给了虎子。虎子没说什么，拿着钱径直走了。

韩奕狐疑地望着廖晓辉，看着虎子的身影消失在拐角，才说："你熟悉虎子吗？"廖晓辉也看了看韩奕，没说话，进了房。他的态度很明显：韩奕简直是多虑了。

他们两人在酒店洗了澡，然后光着身子，躺下看电视。室内的空调温度适宜。廖晓辉觉得真不该浪费如此美好的资源，他在房间里走来走去，不停地在房间的各处看看、摸摸，像刘姥姥进了大观园。韩奕被舒适的环境俘虏了，他斜倚在床上，看着电视，竟迷迷糊糊睡去。等一觉醒来，已是华灯初上。虎子来电话说，他今晚忙，明天来接他们。韩奕觉得虎子不太厚道，但当着廖晓辉的面，又怕他生气，还是没说什么。于是，两个人出去随便吃了点东西，就回来睡觉了。

第二天醒来，虎子果然来接，韩奕才稍稍安心。酒店前停着一辆略显破旧的面包车。虎子不好意思地解释说："公司能够让我支配的车辆都忙去了，只剩下这辆运货的车，希望你们不要介意。"廖晓辉忙说："已经很好了。"三个人坐着面包车，或急或慢地穿过闹市。韩奕发现，开车的胖胖的光头司机不时地从反光镜里暗瞧他们，嘴角翘起不易觉察的笑意。

虎子的公司坐落在水城另一端的郊区，车子足足行驶了将近两个小时才到，司机说大道上塞车，只能走小路。他开着车子七拐八扭地在僻静的路上穿行，直至最后，他们都记不清方向了。

来到虎子公司，韩奕大吃一惊，竟然老远有很多人出来欢迎他们。这里是一片破旧的居民楼，阳台上挂满了各色衣服，和乌石韩奕所租住的房子相差无几，甚至更糟些，根本不像虎子口中所描述的公司模样。韩奕正在纳闷，虎子说："这是一家广告公司的旧址，人家搬走了，卖给了我们，现在由我负责维修。近段时间，我一直在这儿上班。"

虎子领着他们上了三楼，不时有人在楼道里向他们打招呼，一副很亲热的样子。三楼的房子，门都敞开着，里面没有任何家具，每一间大约都有八九个人，他们无所事事地坐在那里，有人看书，有人打扑克，也有人围在一起说笑。

韩奕一时没有弄明白他们究竟在干什么，就忍不住问虎子："怎么没人上班呢？"

虎子回过头来，狡黠地一笑，说："现在就是在上班，想上就上，不想上就随便玩。"

"有这么好的事？"韩奕几乎不相信自己的耳朵。

廖晓辉说："那怎么上班啊？"

"等一下你就知道了，自然有人告诉你。"虎子说完让他们先在楼道里等一会儿，就走了。

韩奕和廖晓辉两个人只好在楼道里等，耳边不时响起从别的房间里传来的笑声和低声说话的声音。韩奕有点烦躁，蹲下又站起，接着又蹲下，他点了一颗烟。

过了好一阵，才有一个留着瓜皮头的中年男人过来招呼他们，说是领他们去住的地方。

他们被领进了一个门上标着"L"字样的房间。房间里有四个人席地而坐，神神秘秘地讨论着什么，看见他们进来，就都不说话了，齐刷刷地看着他们。瓜皮头说："你们有新同伴了。"说着指了指韩奕和廖晓辉，马上退身出去。大家仍然坐着，面无表情。

房间里的四个人衣着朴素，老老实实的样子，十分警惕。一时都不说话。韩奕和廖晓辉站在门口，不知进退。小小的空间，已经被他们的行李占了一半，而他们又刚好盘腿围坐在中央，整个屋子差不多被塞满了。廖晓辉想退出去，对韩奕小声说要去找虎子，韩奕把他拦住了。

这时，那个满脸络腮胡子的人站起来，笑着叫他们两人过来坐下说话，并略微挪动了一下他们的行李。他的年龄较大些，态度谦逊。韩奕顺势坐在一个蛇皮袋子上。廖晓辉站在窗边看着外面。

那络腮胡子凑过来问："你们是哪里人？"

韩奕没有回答他，却说："你们要住在这里吗？"他急于想知道是怎么回事。

"是啊。"络腮胡子抬了抬身子。

"那怎么睡觉呢？"韩奕放低了声音，像是自言自语。

"就睡在地上啊。"另一个坐在地上的中年人应声答话。他的口气有些嘲笑的成分。

廖晓辉无法接受这个事实，他突然转身，说："我找虎子去。"可刚到门口，瓜皮头就拦住了他，说："有事只管吩咐就是了。"廖晓辉在门口大嚷："把虎子给我找来。"瓜皮头说："我不认识什么虎子。"说着，他侧身向房间里瞧了瞧，又说："没有大哥的命令，你们谁都不许出去。"

这无疑是晴天霹雳。韩奕惊得差点跳起来，他即将燃尽的烟头烫伤了他的手指，他都没有感觉到疼。那四个人冷冷地看着他俩，再一次出现了嘲讽的眼神。

廖晓辉不得不蔫蔫地回到窗前。房门已经被瓜皮头关上了。廖晓辉说："只有等虎子回来，向他一问究竟了。"

下午有人喊他们吃饭，是隔壁几个人自己煮的面条，韩奕和廖晓辉懒得去吃。听其他四个人回来说，这只是给刚来的人才有的，过几天就要自己办灶了。

那个晚上，他们六个人睡在一起。那四个人看来早有准备，他们把蛇皮袋子里的被褥掏出来，铺满了地板，然后把行李堆放在墙角和窗台上。逼仄的空间里，他们挤在一起。没有人说话，只听见偶尔有人在黑暗中抽烟，随之而来的咳嗽声激荡在烟雾缭绕的房间里。大家各自怀揣着心事。窗外流泻进来的光线打在他们的身上，一翻身就能看见他们起伏的胸脯。但他们的脸、眼神、表情都处在黑暗中，需要大量的猜测。此时，他们是如此陌生。

第二天一大早，有人在门外小声叫大家去吃饭，说是八点钟要开始培训。韩奕和廖晓辉起身,去隔壁的房间里领取了一包榨菜和两个馒头。大家看起来已经习以为常了,各自拿着馒头蹲在墙角吃。都不说话。

他们去了楼下一个较大的房间,像是一间旧教室,没有桌子,正上方有一个讲桌和一块活动黑板,下面是一排排的乱七八糟摆放的塑料凳子,来得早的人都抢着坐了,略迟一些的就只好站在后面。韩奕和廖晓辉以及同室的四个人去得迟了,只好站着。

大约等了十分钟,就有人来上课。一个瘦瘦的小个子年轻人,三十多岁,戴着眼镜,手里拿着文件夹,后面跟着三个女孩子,都很漂亮,提着大大小小几包东西。他们刚进门,就有人率先鼓掌,那人就冲着大家笑笑,挥了挥手,示意安静。等大家慢慢平息下来,前排一个三十多岁的胖女人走上去,站在台上宣布:"今天我们有幸请来了高级业务员,知名大学讲师王来明老师来给大家上课。"底下马上又响起了热烈的掌声,久久不息。韩奕还没弄明白,愣着没动,手插在裤兜里,旁边的人对他抛来指责的目光。廖晓辉捅了捅韩奕,韩奕才跟着鼓掌。

姓王的老师果然有两下子,开口就是几句英语,干脆流利,又博得一串掌声。他在黑板上写下了今天的主题:我们的工作是什么?副标题是:从艾丽公司谈起。

王老师胸有成竹。从他滔滔不绝的讲解中,韩奕总算是明白了一点皮毛。他们管这一行叫做"加盟连锁"。其实就是对产品推销的一种手段。艾丽公司起源于美国,以推销化妆品为主,宗旨是"让更多的人赚更多的钱"。艾丽公司的一份产品以一种传递的方式流传到世界各地,然后公司就会对做这一行的人划分一种级别,设置不同的奖励,也就是说每一份产品每传到下一个人手中,所传之人就会得到一定的提成收入,而随着这份产品的不断传递,他的价值也就增加到让人难以想象的地步。

王老师拿出了三个女孩子带的东西,一一作了介绍。他说:"只要你是其中的一员,就能赚到足够的钱。"

很多人随着王老师的声音激动起来,仿佛看到了亮闪闪的金钱朝他们飞来,每个人的喉咙发出"咕咕"的响声,像看三级片时一样,有一种燃烧的欲望。

大家都很振奋,会场里掌声雷动。韩奕没明白为什么所有人都是如此激动,他们情绪高昂,稍有一点风吹草动,就欢呼鼓掌。但为了掩饰自己的疑虑,韩奕也只好跟着大家一起欢呼鼓掌。不绝于耳的掌声与欢呼声,响彻会场。络腮胡子站在韩奕旁边,情绪波动极大,他握紧拳头,额上青筋暴涨。

络腮胡子叫李德全,山东人,韩奕管他叫老李。其他三个都是老李的侄儿。老李说他的侄子叫李有成，在水城打拼了差不多十年，已经功成名就了，他们都是来投奔他的。老李说起李有成的时候，眼睛里闪着骄傲的光。老李一回到L室，就迫切地问三个侄儿："能不能挣到钱？"那三个侄儿看起来也是过了三十的人，说话各执一词，条理不清且十分执拗。他们对老李看起来并不尊重，时不时地还要呵斥他几句。他们不慌不忙地盘腿坐在地上抽烟，说那个王老师如何厉害，不理睬老李。老李碰了钉子，只好过来讨好韩奕。他说："那王老师说的是真的吗？"

韩奕摇了摇头，但为了稳定他的情绪，他取出一颗烟给他点上。廖晓辉说："这事听起来似乎不错。"韩奕也没有答话。他隐隐觉得他们已经进入了一个巨大的旋涡。

接下来的日子，每天只能凑合着在隔壁吃馒头或是水煮面条。他们的手机在这里竟然没有信号。出门又有人拦着，韩奕和廖晓辉身上的钱也都早已经花完了。他们只好待在屋子里，除了继续上课，哪儿都不能去。

第三天，又去上课。讲课的老师是一个自称农民的中年男人，秃顶。他的讲课题目是：我们的过去和未来。

这是一节心态课。他从最苦难的日子说起，抓住人们最敏感最心痛的部分一阵紧似一阵地追问，全场的人马上陷入了深深的回忆与对贫穷的恐惧当中。韩奕也不例外。他仿佛看到了饥饿的人群与饥饿的牛羊一起倒在了荒野郊外。他想到为了五毛钱被父亲打得屁股疼了好几天的事；想到了五爷为了给小叔娶媳妇哭红了眼的事；想到了黑色的药罐；想起了驼背的父老乡亲在泥土中摸爬滚打；想起了一家几口挤在一张土炕上盖着一床被子的村里人；想起了渴求一碗水的村庄……

有人哭泣，有人擦着眼泪拍着旁边人的肩膀，也有人站起来互相拥抱着流泪。有一个人站起来，带着哭腔，大喊："我要钱。"声泪俱下。

那个秃顶的中年人诡秘一笑，随即讲到了未来。他说，只要你是加盟连锁中的一员，你将不再贫穷！他开始大量列举事例来说明一个身无分文的人如何走到了拥有几十万资产的今天。人群骚动起来，群情激昂。

课上完了，每一个人都很兴奋，像找到了宝石的探险者，互相握手，互相拥抱，好像明天他们马上就会是富翁中的一员。老李也跳了起来，他在夸赞自己侄儿的同时，一遍又一遍地问韩奕："到底该怎么做？"他很认真地盘算到了年底若是有了很多钱该怎么花，他真的不知道有了钱之后该怎么花！

第四天中午，虎子终于来了。廖晓辉当时咬牙切齿地说："这个狗日的，糊弄人。"但虎子一进来，就作揖打千，赔了诸多不是。他说："你们每人要先交三千八百块，我这就去公司给你们注册登记。"

韩奕一下子就急了，猛地站起来，大声说："为什么交钱？"

虎子赔着笑脸，态度和蔼。他说："这是公司的规定。"

"你怎么早不说有这档子事？"廖晓辉也跟着问。

"我去出差了，刚回来，是董事长刚刚决定的。"虎子显出为难的样子。他抽出烟，递给韩奕一颗，自己也抽了一颗，又说："你们也看到了，这不是人多吗！"

韩奕说："这与人多有什么关系？"他生气地回过头。他算是彻底明白了，这就是个骗局。

韩奕二话没说，拉着廖晓辉就要走。他们此刻已真正到了山穷水尽的紧要关头。廖晓辉也生气了，他对虎子说："你要还我的五百块，不然我们没办法回去。"

虎子"嘿嘿"一笑，声音是从鼻腔里发出的。他说："那五百块不是你们住酒店的钱吗？"

廖晓辉气急败坏。他冲过来，在虎子面前攥紧了拳头，却又忍住了，他不是那种善于打架的人。他沮丧地放下胳膊。韩奕拉着他说："我们走。"

虎子并没有拦他们，可那个瓜皮头的中年人又一次堵在他们面前，韩奕大声说："让开。"他的声音因为激动而有些颤抖，有点失调的成分。旁边的房间里探出两个脑袋，稍纵即逝，他们各自关上了门。

瓜皮头没说话，从怀里取出一把弯月尖刀，一下子就摁在了韩奕的肚子上。钢铁的冰冷瞬间浸透了韩奕的身体，隔着薄薄的长袖衫，韩奕吸了一口冷气，只好退回房间。

虎子走过去在瓜皮头耳边嘀咕了几句，那人就收起刀，关上门走了。

虎子说："你们也看到了，现如今我们都已经身不由己了。"他要韩奕和廖晓辉都坐下来，向他们讲述了这里的一切。他显出无奈的样子。

虎子说，这里的大哥姓黄，是高级业务员。虎子是他发展的下级，已经是中级业务员了，他的手下又有三十多个初级业务员。每一个刚要加入的人都要缴纳三千八百元的注册费。等真正入会了，就必须自己单独去发展业务员，否则便会拿不到"工资"。

虎子说："我们都是箭在弦上，不得不发啊。况且，这又不是坏事，等你们也有了'手下'，那钱就会自己哗哗地流进来。"

韩奕觉得事到如今，只能暂时答应他，以待时机。他说："刚才没有弄明白，我们考虑一下吧。"他为刚才的行为表示歉意。

虎子立刻喜上眉梢，他压低声音说："我刚才说的话，可千万不能说给别人。"他站起来，又说："你们要尽快去找钱，联系你们的亲戚朋友，我保证你们很快赚到钱。"韩奕冲他笑了笑，点了点头，虎子就出去了。

韩奕无法明白那些精明的业务员是通过怎样的手段来赚上钱的，他也懒得去想。只等虎子走远了，没有了脚步声，他才悄悄对廖晓辉说："我们得想办法离开。"廖晓辉的眉头蹙成一团。

下午，为掩人耳目，俩人商量好，高兴地和大家一起吃饭，聊天。然后观察时机。

晚上，有人来劝说他们去"L"房。来人是一个看起来很有风度的中年人，从穿着来看，算是富裕的一类。

他毫不客气地质问韩奕和廖晓辉："为什么要离开？"

韩奕说："我们没钱。"

"没钱不怕。"他显得很轻松。他说："先让家里寄钱来，这是成功的第一步。"他讲了几个别人如何赚钱的事例，又教大家如何骗取亲朋好友的信任。他不允许大家摇头，他的目标是：这世上没有劝说不了的人。

老李在一旁听得起劲，连连点头，满脸崇拜。他竟也来劝说韩奕，他说："年轻人，不要急嘛，等等再说。"韩奕白了他一眼，没有理会。

大家情绪高涨，纷纷畅想着未来。有人商量着吸纳"手下"，他们已经被欲望蒙住了眼睛。

第五天，那间会场里来了一个三十多岁的女人，穿着讲究，身材臃肿。她用笨拙的手法在黑板上写了一个奇形怪状的"我"，她说今天的主题是讲一下她自己。

她详细地叙述了她早先的经历，讲着讲着就声泪俱下。她说："他们认为我走火入魔了，疯了，有神经病。"现场一阵骚乱，她突然提高了声音，接着说："父亲来找我的时候，我已经众叛亲离。父亲跪在我的面前，求我回去，你们肯定不能想象那是一种怎样的场面。"她显得有些激动，停了停，又说，"那时下着雨，父亲在十字路口给我跪着。我不想前功尽弃，誓不回去。父亲最后说了决绝的话，倘若我不回去，就不是他的亲生女儿。"

"我还是没有回去。为了钱，只能坚持。所以我赚了很多钱。"这时她抬起头，眼神里现出骄傲。"我这次回去，发钱给我的乡亲们，我每见到一人，都给他们发一张百元钞票，一人一张。"她强调了一下，"我让他们看到了我的辉煌。"

下面的人开始大声讨论。老李坐在韩奕的旁边摩拳擦掌，只恨自己迟来了几年。

这时，一个头发齐过肩膀的年轻人站起来问："你有多少钱？"二十几岁的样子，浑身充斥着嚣张的气焰。

那女人说:"几十万吧,至于以后会有多少,我不知道。"

"就那几个臭钱,还显摆什么!"年轻人骂着。

"要不比一比?"讲课的女人挑衅地说。

"比就比,你以为我怕你啊!"年轻人点了颗烟,开始往外掏钱。他慢慢地从怀里掏出一个报纸包着的纸包,摊开了,有四沓钱,大家都歆歆不已。这些可怜的人都和韩奕一样,从来没有见过几万块钱一次性地摆在自己面前。

讲课的女人笑了笑,挥了挥手,立刻就有一个小伙子提了一个白色的密码箱过来,很利落地放在桌子上,打开,满满一箱子钱。坐在前排的一个女人,摸了一张,照着窗子看了看,说:"是真的。"

年轻人愣在那里。

讲课的女人也拿出了一颗烟,掏出打火机,潇洒地点燃了一张百元的钞票,然后用它点烟。众人一片惊叫。

接着,那女人又拿了一张年轻人的钱同样点燃了。年轻人有些惊慌。

女人开始烧钱。先烧一张自己的,又烧一张别人的。

渐渐地,大家都没有了声音,只是"咕咕"地咽着口水,伴随着粗重的呼吸,渐入忘我之境。老李趴在前面一个人的背上,口水湿了别人的大半个后背,那人也浑然不知。

就这样,烧了大约有七八张钞票,那年轻人终于忍不住了,扑在自己的钞票上,迅速地往怀里揣。立刻就有人踢了他一脚,那年轻人跌坐在地上。那女人制止了再次准备扑过来的虎狼一样的四个穿着深色西装的家伙。

年轻人跪在地上,浑身抖个不停,他有些力不从心地说:"我服了,我听你的话。"

女人笑了,大声地笑,笑声尖厉浪荡。她说:"朋友们,你们都看到了,这就是金钱的魅力,有一天,你们也会和我一样。"马上,激烈的掌声响起来,震耳欲聋。

韩奕拉着廖晓辉溜了出来透气。老李也出来了,不时地回头张望,一句话不说,一直跟着他们。韩奕感到周围被巨大的石块堵住了,压得他喘不过气来。

第六天。又有一个穿着妖冶的年轻女人过来劝说韩奕和廖晓辉。她风骚极了,说话的时候眼睛直勾勾地看着他们,并不时地在韩奕的肩膀上拍一下或是在廖晓辉的腿上捏一把,韩奕便尽量地倾斜身子,一股浓浓的香水味差一点就将他击毙。她装出极为温柔的样子,像一条蛇一样黏附过来,说她有一个朋友,连续给家里写了五封血书,家里便慌忙将钱寄过来了,人家现在

173

可发了。她说她刚刚还拦住了一个要剁掉自己手指寄给父母的小伙子，大家都坚信会有大把大把的钱来，并对未来充满了希望。

韩奕知道，摇头或是坚决反抗都是无效的。他满口答应了她，并信誓旦旦地告诉她马上找钱。她带着得意的笑容走了，还故意在廖晓辉面前扭了一次屁股。

一时间，大家精神振奋，被一股力量牵制着。他们使出各种伎俩和亲人斗智斗勇，索要钱财。他们突然非常团结，毫无顾忌地说着荤话，在僻静的地方故意弄出很大的声响做爱，随性而为。他们刚刚一脚从农村跑进了城市，糊里糊涂地做了大胆的批判社会的人，做了先锋，他们说这叫和谐，一家人的概念就是这样做出来的。

老李对韩奕格外殷勤，给他倒水、打饭，他当真以为韩奕答应了要在这一行里作些贡献。他对韩奕说："我觉得你是个能干大事的人。我要跟着你学。"

韩奕不知道这样下去他们还会使出什么手段来诱惑或是胁迫他们，而这些人的忍耐是有限的。他如坐针毡。而正当他们盘算着要在晚上尝试着逃跑的时候，也就是第六天深夜，他们听见外面一阵急促的吵嚷，继而呵斥声和哀求声响彻楼道。老李出去了一趟，回来说："有人要跑，被抓住了，腿都被打折了。"韩奕听完一阵心惊，同时又暗自庆幸。他感到了绝望与疲惫。

第二十四章　奔跑与微笑

逃跑无望，韩奕只好按兵不动，就这样混迹于人群，跟着他们培训。房间里总是充斥着男人污浊的气味。他们只允许交了钱的人自由走动，那些人不但能每晚洗澡，还能偶尔自己掏钱去外面的餐馆里会餐一次，甚至能自由上街。"L"房是"重点保护对象"。老李他们也都看韩奕和廖晓辉的样子，不肯交钱，他们甚至说，只有韩奕和廖晓辉交钱了，他们才能交，不然不公平。就这样，他们就被监控起来。

直至第十一天，事情才有了转机。下午六点，一个地方上的混混头目，率领着十几人，手执刀具，前来闹事，扬言要打断那个对他们的小弟动手的混蛋，他们旁若无人地在人群里搜寻。所有人都集合在会场里，噤若寒蝉。可正当混混们气焰嚣张的时候，黄经理就命人关上了大门，一霎时，从各个角落里蹿出几十个人，也是拿着刀具，把他们团团围住。那些人一看不妙，想撤退，可已经来不及了，双方就相互对峙起来。那混混头目主动要求谈判。

大约半个小时后，外面响起了令人热泪盈眶的警报。一群警察堵在大楼前面，会场里顿时一片大乱。警察冲进来，首先制服了那些还没有来得及扔掉刀具的人，其余的人则趁机各自奔逃。

韩奕和廖晓辉有幸跑到二楼，从窗户里跳了出去。楼的背面紧邻着一条臭水渠，不被外人注意。韩奕和廖晓辉跳下去之后，隐蔽在一堆杂草间，他看见老李从二楼的窗户上向下看，但没有发现他们，才慢慢抽身进去了。等外面的警报再次响起，渐渐离开的时候，韩奕和廖晓辉才猫着身子，贴着墙，翻过了前面的一道高墙，逃走了。

他们用尽力气跑了很长时间，直至筋疲力尽，才瘫倒在马路边上。两人禁不住喜极而泣。

他们又拐过两条偏僻的街道，才在一个小市场前拦了一辆出租车。司机是个戴着眼镜的中年人，看样子很和善。他问去哪里，韩奕说，随便，离开这里就行。大街上人很少，司机加足了马力一阵狂奔。

韩奕和廖晓辉迷迷糊糊睡得正香，司机叫醒了他们，说七十五块。韩奕生气极了，问怎么这么多？司机指了指计程器，韩奕一看果然没错。但两人翻遍了全身，只凑够了三十二元，这是韩奕暗自藏起来的钱，廖晓辉说他已经身无分文了。他们不得不向司机说了实话，韩奕说："我们实在没有那么多钱。"司机不屑地哼了一声，收了钱，想了想，说："那好吧，看你们也够可怜，我还是再送送你们吧。"俩人连声道谢。

车子又在大街上奔驰起来。夜色渐渐降临，灯火辉煌的城市让俩人失去了方向。当他们下车之后，才发现上当了。他们又站在了上车时的地方，眼前的灯光依旧，几个摆地摊的女人正在摆放东西，擦皮鞋的小女孩仍然叫喊着顾客。司机远去，留下得意的号叫。

韩奕愤怒地追了那车两步，想大骂却又没有骂出口。他蹲下来，抱住头，让自己冷静了一会儿。当他再次回过头来，却发现廖晓辉不见了。韩奕四下细看，哪里还有他的影子。韩奕忙去问身边那个擦皮鞋的小女孩，那女孩说："他刚刚坐着出租车走了。"女孩指了指廖晓辉离开的方向。韩奕突然感觉一阵心疼，他明白了刚才当他掏出三十二块钱的时候，廖晓辉何以眼神闪躲的原因：他一定是私藏了钱。

但又有什么办法呢，廖晓辉又不欠他什么！韩奕想通了，只好漫无目的地向前走，拣一些黑暗的角落去钻。

也不知走了多久，在一个阴暗的拐角，一个打扮露骨的女人，涂了很红的嘴巴，走过来跟在韩奕身边，她边走边问："先生，睡觉吗？"听她的口气，就像饭店里的服务生问客人要吃什么饭一样自然。

韩奕为了掩饰他的鬼祟行踪以及极度的紧张，他没有停下来，只是和她搭话。他问："多少钱？"

"五十。"那女人接着伸出了五个指头，韩奕觉得很滑稽，看样子她做这行还不是很老练。

这时，治保会的三轮警车从远处呼啸而来。那女人紧走几步，躲进了一个黑漆漆的巷子。韩奕跟了过去，那女人向前走了两步，站住问："要睡吗？"韩奕说："去什么地方？"女人顺手指了指巷子深处，她的手机和小包挂在手腕上，晃荡在韩奕的眼前。韩奕警惕地看了看周围，除了远处站着同样的两三个女人之外，别无其他。他走过去搂住女人，抓住她空着的手。女人走进黑处，高跟鞋崴了一下，韩奕顺势把右手从女人的裙子底下伸了进去，女人呻吟了一声，就把挎着小包的手从背后揽过来挡韩奕的手。这时，韩奕突然捂住了她的嘴，抓住她的小包和手机，使劲一拽，那带子就断了。韩奕抢过手机和小包，把女人搡倒在地，转身以迅雷不及掩耳之势疯狂地向大街上跑去。

韩奕跑出去，上了出租车，隐隐听见那女人哭天喊地的叫骂声。

他躲在一个大桥边上，清点了小包里的钱数，他的运气还好。包里有二百二十四块，足够他再次回到乌石了。

终于回到了乌石。那个午后，当韩奕站在乌石路口的时候，禁不住两眼闪着泪花，像是失散多年的儿子回到母亲身边一样，混杂着委屈、高兴、激动、恍然等多种复杂的成分。如果不是周围人来人往，他一定会跪在路口大哭一场。

这十三天来，他没有洗澡，没有刮胡子，也没有换衣服，头发凌乱，裤子在跳窗子的时候，跌破了膝盖。走过一家服装店的玻璃门时，韩奕被玻璃中的自己吓了一跳。他数了数口袋里的钱，还剩将近一百块。他咬了咬牙，进去花三十五元买了一条廉价的裤子，出来付账时，那个女服务生上下打量了他几秒钟，然后从身后拿出一件墨绿色的夹克衫，她说："这是一件有点瑕疵的衣服，只要五十块。"韩奕接过衣服，穿上试了试，刚好合身，便一咬牙买下了。接着，他去了对面的一家小理发店，剪了头发，刮了胡子。对着镜子看时，韩奕觉得自己重新回来了，之前那个脏兮兮的男人已经不见了。

韩奕重新摆出一副旅行归来的样子，调整好自己的状态向租的房子走去。他觉得这样还勉强能应付过裘少安他们。回到房子，胡小亮正低着头吃

176

盒饭。他一见韩奕，马上眼睛一亮，喜出望外。他说："谢天谢地，你总算回来了。"韩奕问怎么了。胡小亮说："大有出事了。"

韩奕紧张地盯着胡小亮。胡小亮压低声音说："大有干了马芸芸。"

韩奕忍不住笑了起来。他没想到胡小亮会这么说话，之前，别人一提到"干"，他就面红耳赤了。韩奕以为胡小亮骗他呢，有点不信。

"真的。"胡小亮睁圆了眼睛。

韩奕说："那不正好，领回家去结婚啊。"

韩奕一说这话，胡小亮就急了。他又说："是强奸。"

"强奸？"韩奕被搞得一头雾水。

胡小亮说："人家马芸芸不愿意，大有趁着酒劲硬干了。"

韩奕觉得问题闹大了，就问："那马芸芸想怎么着？"

"马芸芸也没说话，就是哭，躺在房里整天不说话，刚刚才被裘子拉着吃饭去了。"

韩奕松了一口气，说："既然马芸芸没说什么，就好办了。"

胡小亮说："可她的表哥不愿意。"

"哪儿的表哥？从没听说过。"韩奕再次紧张起来。

"谁知道呢，也不知道从哪儿冒出来的表哥。昨天还领着人来闹事。"

韩奕问："裘子没管吗？"

胡小亮说："裘子也没办法，找了苏武，苏武嫌这事丢人，再加上马芸芸那个表哥也是在外面混的，觉得不好出面。"

"大有呢？"

"大有躲到板石去了，在一家小旅馆里。"胡小亮着急地说，"现在该怎么办？"韩奕想了想，说："让大有回家去吧。"

胡小亮说："都想着让他回家呢，可大有说他还有一个多月的工资没拿到手，再说，街面上现在到处都是马芸芸表哥的人。"

"他们想怎么样？"

"人家张口就要五万，大有根本没有那么多。他们说，如果拿不到钱，就打折大有的腿。"

韩奕一时也没了主意。既然现在靠苏武办不了，就说明人家来头不小，靠武力争斗肯定不行。但给钱，他们所有人凑起来也没有那么多，尽管裘少安手上还有一些，但十多天不见，韩奕不敢保证那些钱还在裘少安的手里，说不定已经还债了，或是成了嫖资和赌资。韩奕仰躺在床上，叹了口气。

这时，马芸芸和裘少安回来了。马芸芸一见韩奕，眼睛就又红了。她整个人憔悴极了，眼睛里闪着支离破碎的慌乱。马芸芸一声不吭地坐在墙角，用被子捂住身子。韩奕坐起来，想说点什么，却又觉得说什么都不合适，只好对裘少安笑了笑。裘少安搋了他一拳，说："你狗日的怎么才来？"

韩奕没有答话，发了根烟给裘少安。两人吸着烟，胡小亮吃着盒饭，都不说话。

的确，乌石有太多的人由于各种原因而不断地陷入困境，为了生存，他们想尽了一切办法。

第二天已是正月十七，天气渐渐温润起来。韩奕接到了姚梅打来的电话。她态度强硬地问他是不是要自动离职。韩奕这时才想起来，他已经旷职了整整八天。按照泰安的规定，凡是有员工不请假且不来上班超过七天者，就算是自动离职。韩奕暗叫不好，慌忙去了泰安。

韩奕硬着头皮进了姚梅的办公室。姚梅正看着一沓报表，也没抬头。韩奕进去也不知该说什么好，就站着没动。过了好一会儿，姚梅才抬头，说："你的工资我已经核算好了，钱我会打在你的建行卡上。"说完，她让韩奕在一张表格上签字。

韩奕就像是被人当头一棒，愣在那儿。姚梅不无同情地说："按理说，像你这样的，算是自动离职，公司不会付前半个月工资的，但我念你上班时还算认真，就只好破例了。"

"可我真的需要这份工作。"韩奕慌忙说。

"你还是找份别的工作吧，现在机会多得是。再说，你既然不想干了，我也不能逼你，刚好我也想调整一下企划课。"说完，她就拨电话。

韩奕说："我已经身无分文了，我不能离开公司。"

姚梅捂住电话，挥了挥手说："等我忙完了再说好吗？"

这不是姚梅的办事风格，她做事从来不拖拖拉拉。她这样反倒使韩奕无所适从，拿捏不准她的意思，他只好站在一边等。姚梅接通了电话，说了一句"你好"，侧脸发现韩奕还站着，就又捂住电话说："你的事，明天再来谈吧。"

韩奕只好点了点头，转身出来。

走在街上，晨风清凉，城市的尘烟由于上班的人急匆匆的脚步而逐渐升腾，三个小学生从对面走来，其中两个抽着烟，追着吐烟圈，经过韩奕身边的时候，略有停留，一个较大的扭头盯着韩奕看。韩奕突然心情差到了极点，他快走几步，将要到他们身边的时候，他大声骂："狗日的，杂种。"那三个小学生便飞一般地跑开了。载人的摩托车发出刺耳的金属的声音从身边呼啸而过，带着风声，韩奕再次冲着他们的背影，骂了句："狗日的，杂种。"

韩奕回到房子，颓丧地坐在旧床垫上。马芸芸见他回来，看着他，不说话。韩奕也不说话，独自抽烟。韩奕又一次想到了小然。阳光从窗外照进来，屋子里尘埃飞舞。门外不时响起别人家门窗闭合的声音，脚步声时远时近。他整个人呈现出面无表情的空洞。

连着抽完了两颗烟，他仍然不知道该怎么办。他站起来长长舒了一口气，为了缓解情绪，他去洗手间，完事后，却发现停水了。他使劲儿拍了拍水管，大骂："狗日的。"就在这一刻，韩奕突然想起他应该劝劝马芸芸。

韩奕从洗手间出来，马芸芸已经穿好外套，靠墙坐起了。她的脸色比刚才有所缓和。她看着韩奕，突然就扑到他的怀里，轻轻啜泣。韩奕撑起两条胳膊，双手晃荡，他不知该说什么好。

马芸芸说："你真的不喜欢我？"韩奕不知道该怎么回答。事实上，他对马芸芸心存芥蒂。他觉得她是一个过于随便的女子。从第一次见她，她在天涯阁酒店喝醉，对大宗说爱的时候，他就不喜欢她了。但他不能直说。

马芸芸见韩奕没答话，又说："我知道，我配不上你，但我真的喜欢你。"韩奕被她感动了，这是他在乌石，第一次听到一个女生对他说"喜欢"两个字。

但韩奕却脱口而出："我们不可能的。"马芸芸睁大眼睛问："为什么？是因为我不干净吗？"韩奕狡辩说："这是两码事。"

马芸芸把目光挪到对面的墙壁上，淡淡伤神地说："是不是大家都讨厌我？"

"不，大有真的爱你。"韩奕因为急促，声音突然抬高了。他说："你别恨大有。"

马芸芸淡然一笑，说："也许，这就是命。"

接下来，韩奕向她说了有关大有的一些事。他说："大有是个善良的人，你让你表哥放过他吧。"

"他不是我表哥。"马芸芸不屑地说。

"那是谁？"

"缠着我不放的一个小混混。"

韩奕被惊得半天合不上口。

"这几天，我已经想好了。我要告诉你我喜欢你。"马芸芸说，"但我知道你不喜欢我。"马芸芸叹了一口气，又说："大有其实也挺不错的，我想好了，我想跟他走。"

"什么？"韩奕有些不相信自己的耳朵。

马芸芸平静地说："我们回家去结婚。"

韩奕突然想哭，眼泪在心里潮水一样翻涌着。他不禁抱住马芸芸，马芸芸在他怀里哭出了声。

那天晚上，韩奕联系上了大有，把马芸芸的想法告诉了他，并让他去买回家的车票。大有的声音哽咽，甚至没说出感谢的话。下午，为了掩人耳目，马芸芸一个人像往常一样走出了乌石，韩奕把她送上了去大有所在地方向的车，车子启动，马芸芸泪流满面地向他挥手。韩奕心里不是滋味，他知道，这一别便是永远。

晚上，其他人都出去了，裘少安要韩奕陪他去喝酒，韩奕因为工作的事，心烦不想去，裘少安拉了半天，韩奕也没动，他就扫兴地出去了，他是个坐不住的人，尤其是晚上。韩奕焦躁不安地翻转着电话，为即将失去的工作而担忧。他想给姚梅打电话，求她暂且放过自己，却又放不下自尊。但不求情，他就得另找工作。他已经在泰安安稳下来了，工资也在上升，若是从新找工作一切又得从头再来，再说，韩奕也不知道自己究竟能在乌石待多久。也许，小然会在另一个城市突然给他打来电话，那他会义无反顾地奔她而去。

接近十点，韩奕终于忍不住了，就给姚梅发了短信：请别开除我，我会感激你，即使惩罚也行。这短短的几行字，像是写了几十年，发出去后，韩奕长出了一口气，他觉得委屈。可他知道，在乌石这个地方，委屈从来都没有用，该低头的时候照样得低头。

韩奕忐忑不安地等着姚梅的回复，可一直到了十一点，姚梅才打来电话。她说："你在苏奈尔门口等我。"说完就挂了电话。姚梅舌根略有僵硬，已经略显醉意。韩奕觉得太突然了，她怎么会这么晚了叫他呢？可不管怎么说，他还是飞速出门了。

韩奕在苏奈尔门口见到姚梅时，她正靠在一棵椰子树旁打电话，周围零零散散的几个女孩提着零食边走边看。姚梅的声音很大，在电话里跟人吵架。韩奕没打断她，默默地站在她的右侧，姚梅几次从树上滑下来，韩奕就扶着她。

半个小时后，姚梅甩了电话，冲着韩奕说："陪我去看电影吧。"也不待韩奕答应，就自顾自走了。韩奕捡起了地上的电话零件，跟着姚梅走在喧嚣拥挤的大街上。他感到莫名其妙，他们这样去看电影，究竟属于哪一种人？是情侣？还是打发无聊？这样想着，就和姚梅拉开了半步之遥。他紧张兮兮地环顾着左右，专往灯光昏暗的背地里走。姚梅走在前面，似乎没有看出来韩奕的古怪。她不和他说话，径直走着。

姚梅直接去了第三街，进了一家放映厅。灯光昏黄如昨，发霉的味道依然充斥着这个地方。姚梅取了两个碟片：《十七岁的单车》和《新龙门客栈》。由放映厅的小个子秃顶的胖老板领着穿越窄窄的巷道，小包间里的电影和男女的吵嚷声，以及一些令人牙齿发酸的呻吟不绝于耳。姚梅走在前面，一步三晃，边走边说："我喜欢周迅主演的电影。你呢？"

韩奕一时不知该说什么好，想来也惭愧，时至今日，他还真的不知道自己究竟喜欢什么样的演员，他也说不上自己喜欢什么样的电影。就像上大学时，大家都有崇拜的偶像，宿舍里贴满了阿杜、周杰伦、陈慧琳等一些当红的明星，但韩奕却觉得那是很遥远的事，像是发生在未来世界一样，与他无关。

韩奕只好沉默。姚梅没有理会韩奕，又说："周迅是个瘦小而又机敏的女子。"那个秃顶的老板回头来看韩奕，眼神里满是诡秘的笑。

昏暗的灯光给人一种昏昏欲睡的感觉，使一切变得朦胧而又虚幻。韩奕放好了碟片，姚梅又出去了。再来时，手里多了一瓶红酒、一包零食和两包上档次的555香烟。这一情景，使韩奕误以为她是小然，他坐起来，惊讶地看着她。

姚梅取出烟，递一根给韩奕，自己点上一根，长长地吸一口，又吐出来，姿势娴熟。她从包里取出两只高脚杯，杯子用纸巾垫着，晶莹剔透。她打开酒，倒了两杯。房间里寂静极了，除了周围的嘈杂，他们几乎都能听到对方的心跳。两个陌生的人，突然这样坐着，又以这种突如其来的方式，这期间存在着无法言传的尴尬，但孤独的影子却荡然无存。

他们喝了两杯。姚梅才说："谢谢你。"

"……"

"今天是我的生日。"说完，她的眼圈就已经泛红了，醉意立减。

"……"韩奕惊愕地张大了嘴。

"其实，从昨天晚上我就想着今天的日子该怎么过，恰好你就来了。"姚梅淡然一笑，"以往都是我一个人过，也是像今晚这样，喝酒、抽烟、看电影。"此刻，姚梅反而像个小女孩，眼神灼热而又闪烁不定。她不再刻意隐藏自己的欲望。她说着说着，流下了湿湿的眼泪。

韩奕本想问，今晚她和谁一起喝酒，刚才给谁打电话，可想了想，还是忍住没问。她与他毫无关系。姚梅一边喝酒抽烟，一边说她以前的事情。她说，她已经三年没有回家了，母亲一人承担着整个家庭的重担，她是个善良瘦小的女人，却没有周迅那般的机敏，整天在父亲的颐指气使中忍气吞声。而她作为家里最大的孩子，便自然而然地承担了一切。

姚梅说："我真的原谅过他好多次了，可他还是用钱逼我。"她的样子非常可怜。她擦了一把脸，又说："我再也不想回到那个家了。"

韩奕一直很清醒，他慢慢地喝着酒，清醒地聆听着，为她倒酒，为她点烟，看着她哭。她说："别人都以为我了不起，可有谁知道我心里的苦。"

第一个碟片不知什么时候结束了，电视屏幕上显示出寂静的蓝色，时间刚刚过了十二点。韩奕又放了第二个碟片。

"的确，我在泰安活得还算不错，董事长对我好，我也尽职尽责。"姚梅突然坐端正，问韩奕："你相信别人的闲话吗？"

"什么闲话？"

"我和董事长好的闲话。"

"……"

"哈，哈哈，哈哈哈。"姚梅突然笑起来，眼角的泪水依然往下流。"随他们去说吧，爱怎么说，就怎么说吧。"她的声音有些尖锐，像是走到了绝壁。她喝了很多酒。后来说累了，也喝醉了，她把头靠在韩奕的怀里，不断地说："别走，别走。"

放映厅里安静了许多，只剩下不多的几个包间里还有电影的喊杀声。韩奕把姚梅安置在床上，脱了她的外套，然后为她盖好了被子，他走出了放映厅。

街上的路灯还是一片模糊的昏黄，没有一个行人走过。韩奕蹲在第三街的马路牙子上，点了一颗烟，他把头深深地埋进自己的双腿之间，再次想到了小然。在韩奕看来，小然也和姚梅一样，平时隐藏了真实的自己，她总是冷漠地看待周边的一切，也许，那根本就不是她的真实想法，她也许和姚梅一样，期待着别人来打开她的心结，让别人同情她、安慰她。但她却悄悄溜走了，不给他机会。

这时，韩奕坚定地认为，小然的出走，以及对他的冷漠打击，一定不是她最真实的愿望。而这恰恰就给韩奕寻找小然带来了一次新的契机。他认为，寻找小然是有绝对必要的。

韩奕在放映厅老板那儿买了一瓶矿泉水，又回到了姚梅身边。姚梅把身上的被子掀掉了，上衣衬衫的扣子也打开了两枚。衬衫太短，加之她不停地翻身，使得腰部光裸出来，白皙的皮肤暴露无遗。

而直到这一刻韩奕依然没有想过要去抚摸她的身体，或者和她做爱。他这时才肯定自己并不是对情欲无法控制的人。他觉得他能理解姚梅的苦楚，这也许就是姚梅选择他作为倾诉对象的原因吧。他不想趁机作乱，他的脑海里始终闪现着小然的影子。

韩奕把矿泉水放在了姚梅的头顶的桌子上，重新为她盖好被子。然后关了电视，关上门，一个人走了。

第二十五章　三十六度歌厅

元宵节过后，大家又按各自的轨迹上了跑道，一切又都恢复如初。苏奈尔门口每天都排得满满的，高大的铁门把两群人分开。一群在内，咬了牙要换地方，这里注满了他们的忧伤和欢乐，他们觉得自己受了委屈，眼神里满是沧桑的味道。他们淡然地看着周围的一切，举重若轻，表情木然。而铁门外面，大多是刚从乡下来的小女生，和早些年小然来的时候一样，被代工的人领着排队，急切地等着验收，表情热烈而又单纯。

乌石再次繁华起来。大宗又在外面浪迹，神龙见首不见尾，他仍然是"苏生石"派的保护伞，控制着大半个乌石的经脉。苏武继续帮大宗看管三十六度歌厅，俨然一副老大的派头，不过为人倒也和善，整天忙着往苏奈尔安排那些被刷下来的小女生。小指跟着苏武，唯马首是瞻。他留着长发，个头猛然蹿高，有时候搂着漂亮的女生在街上晃荡，一身痞气。裘少安手里的钱还没花完，又准时领着泰安公司的工资，不想干任何事。他不想被工厂约束，更不想被苏武约束，整天喊着混不下去了就跟苏武干，但他总能混下去，没有山穷水尽的日子。他喜欢看电影、打游戏、找小姐，从不试图和某个女生发展爱情。胡小亮继续上班，在这一年里他又长了一岁，更加勤奋地工作，南方的气候已经把他晒黑了，再也不是刚来时的毛头小子了，眼睛里有了犀利的光泽，他说他要在结婚之前攒够彩礼。韩奕一面上班，一面寻找着小然，父亲已经来电话说，县上的分配考试有了动静，但韩奕不知道是否该回去，至少在没有找到小然之前，他还不能确定。

韩奕如愿以偿地留在了泰安。姚梅对他的要求不那么苛刻了，偶尔在没人的时候，还会冲他笑笑。企划课招人的事暂时缓下了，传言说陈子妮还回来上班。韩奕在泰安的路上碰到罗玉松，问及陈子妮的情况，罗玉松含糊其辞，面露难色。韩奕也就不好再问，他们之间存在着某种说不清道不明的隔阂。韩奕暂时管理"大底"和"生化"两个车间，剩下的就留给唐海峰。工作比年前多了一份，自然紧张了些。韩奕已经适应了泰安的生活，他珍惜这份得来不易的工作，姚梅给他涨了一百多块的工资，使他对这份工作有了新的希望。他整天除了做自己分内的事之外，还抽空帮帮姚梅。他能感觉到姚梅冷漠的面容下，其实对他是心存感激的。

闲下来的时候，韩奕依然躲进五楼的"打样"机后面，给小然写信。他已经写了两个笔记本了，但他还在写，写着写着，就觉得自己写的已经不是小然了，而是好多个小然，因为，有时候，他会不自然地加进自己的看法，和发生在别人身上的事。等某一刻静下来的时候，他就觉得自己要写给小然的不仅仅是思念和质问，而是还原着小然在过去四年里的那个陌生的生活状态，他写着自己在过去四年里的事，还写着他们一起的事，也莫名其妙地写着他心中假设的那个小然的生活。仔细想想，他发现，也许，自己要写的，就是一段有关小然和自己的故事拓本。当然，把一份形同虚设的感情写成小说的样子，就自然有了虚构的成分，但韩奕觉得，自己虚构的部分，依然和小然有关，和自己的痛有关。

这个城市就是一个巨大的旋涡，每个人都被一种隐痛的气息如影随形般地纠缠着，令人盲目而悲哀。而这种气息则会在某个瞬间掉进深处，然后又以突然的力量爆发出来，把一些毫无防备的人带进黑暗，荒诞至极。

正月二十一的凌晨两点，裘少安说他大概是看到了小然。当时，韩奕刚刚和胡小亮结束了长达一个多小时的闲聊，这是他们住在一起之后第一次真正意义上的谈话。韩奕也第一次把胡小亮当成了大人，因为他的眼睛里已经闪现了少年老成的光芒。从他说话的姿势和语气足以窥见他对未来的设想：他和他们都不同，他对乌石有自己独特的见解——挣钱，回家去。这一次谈话，主要是胡小亮说，韩奕仔细聆听。自从大有走后，裘少安已经多日没有回来了，房子里只有他们两个人。

韩奕本来已经有了睡意，裘少安的电话就特别让人感到意外。他说："我大概是看到了小然。"他的声音含糊不清，似乎与喝酒有关，电话里飘荡着淡淡的音乐，一个女生的声音时断时续地荡漾着，裘少安把这句话说了大约三次。

一听到小然，韩奕混沌的大脑豁然开朗，关于她的一切便排山倒海般的再次涌来。韩奕对裘少安用到"大概"一词颇有些抱怨。他说是大概，那就一定是没有看清楚或者对他的眼睛持怀疑态度，当然，也不能排除是恶作剧。但韩奕以为，既然裘少安多日没有音信，又突然打来了这么一次电话，必定是他看到了或是想到了有关小然的事。

裘少安说，当时他和朋友去三十六度歌厅喝酒，刚从车上下来，忽然看到一个极似小然的女人，手挽着一个臃肿的男人的胳膊，头偎在他的肩膀上说笑，当时是晚上十二点钟左右，酒吧门前的光线不大透亮，那个像是小然的女人又没有正面出现在他的眼睛里，他只是从气息上感觉到了她就是小然，待他准备跟上去确认一下的时候，他们已经上了一辆黑色的车，转瞬就隐入了浅夜喧嚣的第三街。

裘少安的依据是，那个女人的头上戴着白色遮阳帽。他说，"只有小然才在这么冷的夜晚戴着遮阳帽出没。"裘少安说他曾在一次唱歌的时候，在歌厅的角落里看见过小然和小九以及另外两个男生一起喝酒，而当时，小然就是戴着一顶白色的遮阳帽。"那帽子是用来避人耳目的。"裘少安坚定地说。

韩奕因他述说的语气而喜出望外。但仅仅用一顶帽子来猜测它的主人，难免有些不切实际，因为那只是一顶普通得不能再普通的帽子——白色的，遮阳帽。大街上的任何一个女人都有可能拥有一顶这样的帽子，超市里地摊上到处都有。

对于裘少安带来的消息韩奕只能这样解释：既然裘少安说他看到的那人就是小然，并且在深夜里戴着那样一顶帽子，韩奕也就承认她是小然，因为认定她是小然，至少在某种程度上可以证明他这半年来的努力并没有白费。韩奕认为小然隐匿于这个南方城市的概率已经越来越小了，从最初的肯定，到春节前的一半，及至而今，他却隐隐觉得小然或许已经离开了乌石——他已经断了有关小然的任何风声。

而一个和小然很相似的女人的出现无疑能让韩奕心潮澎湃。他孩子似的从床上跳起，没有穿鞋子跑到楼顶，几乎要大叫出声。

韩奕迫不及待地跑去三十六度歌厅。他明明知道——如裘少安所说的那样——小然已经坐车远去了，但他还是想看个究竟。三十六度里客人寥寥无几，苏武和小指都不在。只有三个服务生和四个小姐模样的女子站在吧台前闲聊。看见韩奕进来，也没人答话，韩奕四下看了看，并没有裘少安所说的戴着白色遮阳帽的女子。然后，韩奕反身出来，他仔细地查看了水泥地上车辙辘的印痕，但水泥地光洁如初，干净极了。在背风的地方，尽管有几条印痕，却都错综复杂，看不出脉络。韩奕无奈，只好勾着头，慢慢走遍了三十六度到第三街之间的那段街道，如此往复了两遍，一无所获。韩奕扫兴极了，无名的失落感和烦躁侵袭了他。他在第三街入口的暗处，对着一块大石头狠狠踢了几脚，直到把自己踢疼，他才慢慢停下来。

当天夜里，韩奕再一次把与小然有关的东西罗列了一遍，彻头彻尾地把他们在乌石一起生活过的所有片段重新追忆梳理了一遍。从他刚刚来乌石的那个午后开始，到他们看电影的那个晚上，她静静地等待韩奕的嘴唇落到她的嘴唇上的时候，这一部分是令韩奕回忆至深的内容。他总是想着要改写这个故事的结局，却又不知道接下来的情节究竟要拐进哪个胡同。因而，他的回忆总是在这儿中断。他觉得后来发生的事更像是一个梦，极为真实而又随风远去遥不可及了。

韩奕觉得十分有必要找一下方捷了。其实，这个念头在他的脑海里已经盘旋了很久，但他总是找了很多借口避开了。他固执地认为方捷一定掌握着有关小然的重要秘密，那条手链就是最好的佐证。

方捷的电话是裘少安很早的时候就给他的。韩奕约她在第三街一家咖啡厅见面。第三街仅有这么一家咖啡厅，招牌上只有"咖啡厅"三个字，并没有别的称呼，其实，这里以卖珍珠奶茶为主，而冬天以后，珍珠奶茶的销量逐渐下降，就兼营着咖啡。在乌石，能坐下来喝咖啡的人并不多，他们宁愿花一两块钱买上一杯冰冷的或是温热的奶茶，边走边嘬着吸管喝，也不愿坐下来喝五块钱一杯的咖啡，因为他们的骨子里仍然是农村的底色，并没有因为到了城市而换了口味。

咖啡厅的顾客并不多，娇小的北方女孩独自经营着店面。

方捷接到电话的时候并没有犹豫，她爽快地答应了韩奕的邀约，并在晚上八点提前到了咖啡厅的小包间里等着韩奕。似乎这一切都在她的掌握之中，她说："我们终于又见面了。"韩奕连说谢谢。方捷先入为主，又问："从苏奈尔回去之后，还好吧？"

韩奕能感受到这个女人所带来的强烈的气场，一时竟找不到谈话的切口，他不知该如何向她谈起小然。

还是方捷打破了僵局，她说："我们是要谈谈小然吗？"

"……"

"你还爱她吗？"

"……"

"我知道你在找她。"方捷步步逼问，"你为什么找她？"

是啊，为什么找小然呢？是因为恨她吗？韩奕承认，这个想法最初占据了他的脑海，他刚开始决定寻找小然，就是要扇她几个耳光，追问一千次、一万次为什么的。可后来，这个想法逐渐地偏离了轨道，因为很多时候，他都会在梦中想起小然，而梦中的样子却都充满了温暖：他总是想起他们在一起的那些令人向往的片段。他发现，他仍然爱着她。可难道真是为了爱她才要寻找她的吗？韩奕自己也说不清楚。可他又不能把这归结为又爱又恨的模棱两可。那么，他为什么要和方捷谈谈呢？韩奕对此突然没有了清晰的思路。他之前想好的一切竟然一下子消失殆尽了，他曾有那么多的问题要问方捷，可现在却一个也想不起来。韩奕感到了迷茫和惶惑。

韩奕低下头，吸了一口烟。方捷也点上了一颗烟，盯着韩奕。

韩奕说："那么，你能说说小然过去的事吗？"虽然，他已经收集了诸多有关小然的话题，但大都对她评价不好，整理起来，可以用这几个词来形容：尖酸刻薄、自私高傲、不合群。而韩奕坚持认为，这根本就不是真正的小然。

"她是个让人怜惜的女子。"方捷说着，满眼的伤感，"她总是与自己为敌，骨子里潜藏着对自己十分不满的破坏情绪。她太忧伤了。她的眼睛，只看一眼，就能让人心疼。"

韩奕问："到底发生了什么？"

"也许，这还要怪你。你可知道，她是那样的爱你。"方捷几乎是怒斥着韩奕，突然情绪波动极大。

"我……"韩奕茫然地看着方捷。

"如果不是你当初说的那些让她伤心的话，她不可能从乌石突然消失。"方捷猛然喝完了咖啡，"你可知道，听说你要来，她是何等的高兴吗？"

"……"

"但她还是选择了逃避。"方捷的眼圈红红的。

"怎么了？到底怎么了？"韩奕几乎要站起来了。

"哼！"方捷不屑地说："你以为你就是一尘不染的吗？"

"怎么了？"

"你可曾说过'你是我的，我不允许任何人侵犯你'这样无知的话吗？"方捷的目光咄咄逼人。

"你是我的，我不允许任何人侵犯你。"这句话再次萦绕在韩奕的耳际，这是在大学快要毕业的时候，那次韩奕和七八个朋友在校外的四川餐馆里聚餐，大家都喝了很多酒，韩奕晕晕乎乎地给小然打电话，他说："你是我的，我不允许任何人侵犯你。"小然听着韩奕的话一下子就沉默了。她问："如果我已经不是原来的那个我，你怎么办？"韩奕当时想都没想，脱口就说："各自天涯。"韩奕承认，他说这句话的时候，心里充满了对小然极大的向往，他想小然应该是那个唯一等他的女子，不管发生什么事，她都是他最初认识的那个小然，那个一尘不染的小然，如处子般安静的小然。他绝对不能允许任何人玷污她的身子。这本就是荒唐而又稚嫩的一厢情愿，但在酒精的作用下，他还是说出了口。

"而就是这句话，彻底毁了小然。"

"……"韩奕愣了半天，喃喃自语："怎么会呢？"

"两年前，小然受到了一次伤害，那件事彻底改变了她。"

"什么事？"

"强奸。"

"强奸？"韩奕几乎不能相信自己的耳朵。"谁？谁干的？"韩奕愤怒地重重一拳砸在桌子上。店主敲门进来，怀疑地看着他们。方捷说："没事的。"那个小女孩说："你们轻点。"方捷向她报以歉意，她才退了出去。

"这个事，我本来答应了小然不能告诉任何人。"方捷重新回到了冷静的状态。

"谁干的？"

"小然没有说出那个人。但我觉得应该是个熟悉她的人，不然，她不会沉默的。"

"狗日的。"

"小然从此就改变了很多。她害怕一个人上街，害怕和男生在一起，她在心里抵触着所有的男人。她把自己包裹起来了。"

韩奕不断地用拳头打着自己的脑袋，说不出话来。

"她本来想着，等你来了，一切都会好起来，可你却对她说了那样的话。她说她对不起你。她是个好女孩，她宁可自己一走了之，而不愿让你为难。"

片刻的宁静。韩奕只能听见自己粗重的呼吸。方捷要了两杯新的咖啡。

直至韩奕渐渐平息下来，方捷才说："你现在还要找她吗？"

"找。一定要找到她。"

"哈，找到了又有何用？一切都已经结束了，你们应该有各自新的生活了。"

"不。"韩奕的眼神充满了坚定。

方捷从包里取出了一个折叠成菱形的纸片，交给韩奕，"这是小然写给你的。"说完，她站起来，在门口喊来店主，结了账。在她要走出小包间的时候，她又回过头来说："或许，她还在乌石。"

方捷走了，她的声音韩奕听得清楚。他们距离这么近，可韩奕却觉得她很遥远，是那种不着边际的远，让人产生梦幻。仿佛刚才发生的一切，仅仅是韩奕众多梦中的一个。但韩奕却真切地感到了那种不可言传的疼。

小然的那张纸条上写了这样的话：从某一刻起，我们就注定是两个不同世界的人，也许，只有我离开了，我们才能重新回到过去。纸条上没有日期，但的确是小然的笔迹。

现在看来，韩奕寻找小然就显得合乎逻辑而又意义重大——他知道他错了。

但即使像方捷说的那样，小然或许还在乌石，又或者像裘少安说的那样，小然在夜晚出入三十六度歌厅，可小然究竟在哪儿？韩奕根本就没有头绪。他应该到哪儿去寻找她呢？

对于小然的去向和她隐藏地点的大致范围的分析是有必要的，而且也就成了当务之急。这时，韩奕想到了小九，他觉得小九是最适合与他一起讨论小然的人。春节聚会后，他只见过小九一回，那次她和一个花枝招展的女孩一起逛街，后面跟着小指，小指为她们拿着行李，若即若离的状态。韩奕在后面看到了小九的背影，他觉得小九比以前精神了很多，有说有笑。韩奕躲在暗处，看着他们离去。韩奕确信小九过得不错，因而也就没有打扰她。他觉得，小九已经与他不是同路人了。他很快就把她排除了。

除了小九，唯一值得韩奕信赖的人就只有胡小亮了。情人节之前的那天晚上，韩奕从泰安的值班室里偷拿了半罐咖啡和半包方糖，又去超市买了两个廉价的玻璃杯。他和胡小亮在深夜十一点后面对面坐着。韩奕冲了两杯咖啡，放于一本旧杂志上。他们盘腿坐在旧床垫上，用了整整三个小时的时间梳理了一下他们之间的一切重大事件。主要是韩奕说，胡小亮诚恳地听着，很少插话。事实上，韩奕的讲述杂乱无章且一再地重复，无非就是说些他刚来乌石时，他们有多恩爱，他有多辛苦之类的事。最后，韩奕坚定地说："我一定要找到她。"

胡小亮在韩奕有了这个决定之后表现得十分为难，他点上一颗烟，沉默良久，在韩奕最后一次从洗手间出来的时候，终于发表了一番见解，他对此持无所谓态度。他说："首先，小然是刻意躲着你的，即使你有多大的悲伤，有多重的愁怨，但在茫茫人海中要去寻找一个突然有意失踪的女人，那几乎是大海捞针，我不应该怂恿你干这种前景渺茫的事。其次，就算小然在乌石，即使你能找到她，但你却不能保证她会和你重归于好。"

韩奕对胡小亮的态度十分生气，尽管他在心里承认他说的话还有几分道理，但他还是觉得他不应该在这个时候泄他的气，就像是他对他的执着存有怀疑一样令他无法接受。他大声说："我们现在讨论的是小然在哪儿，而不是要不要寻找！"说出这句话之后，韩奕一下子觉得十分困倦，他觉得这是一件希望渺茫的事。

为了让自己"言必信，行必果"，韩奕毅然决定从三十六度歌厅着手。他认为：小然一定还会再去三十六度。也就是说，他无由地相信了裘少安的话。尽管韩奕自己都觉得这样的做法有点荒唐，但他还是坚持作了这样的选择。

第二天便是情人节。倘若不是姚梅在即将下班的时候，貌似偶然地问他，他还不知道这个特殊的日子已经来临了。她说："今晚有什么打算？"韩奕说："没什么打算。"姚梅笑了笑："情人节都没有安排吗？"说完，她就头也不回地走了。这是那次之后，姚梅第一次问韩奕工作之外的事，韩奕被她的突然搞得很仓促。他定了定神，喃喃自语："情人节，情人节。"是啊，这个节日对他来说已经是如此陌生了。

夜晚八点多，韩奕的手机响了两次，短暂而又急促，就像两次骚扰。韩奕看了看，是泰安公司的电话，他隐约感到是姚梅所为，但他还是假装不知道。他想从今晚开始，真正专注于寻找小然。

韩奕冲了杯咖啡醒神，然后到楼下斜对面的山西小面馆里吃了碗肉丝面，才从第三街拐进了三十六度的巷道。

三十六度对韩奕来说仍然是个陌生的去处，他认为那是个鱼目混杂的地方，他不想让熟人在那种场合突然喊出他的名字，那样会毁坏他的名声。其次，与他手头紧也不无关系，他觉得与其把钱花在那种乱七八糟的地方，还不如好好犒劳自己一顿。尽管裘少安曾多次邀韩奕去疯狂一回，并举出诸多男人喜好的方面来刺激他，他也无动于衷。还有，他根本不想与大宗或是苏武有着过多的牵连，他隐约觉得那是个危险的地方。

韩奕没有贸然行事，为了不被人发现，他站在三十六度巷口左侧的街灯下，就着旱冰场反射的强光，透过人影绰绰的空隙，仔细观察三十六度人来人往的入口。韩奕目测了一下裘少安所说的小然出现并隐没的那段路程，大约有三十米，而韩奕所处的位置距离小然出现的地方也不足一百米，那儿此时除了一只墨绿色的垃圾桶之外并无其他可疑之处。接着他又远远地绕过去，在与第三街的接口处站定。第三街向苏奈尔门前的大道延伸出去，车辆疾驰，黑色的轿车比街灯还多，韩奕无法预测貌似小然的女人是在哪个方向消失的，但此时韩奕下了一个决心：不管那个女人是不是小然，他都以为她是，不管小然有没有来过这家叫做三十六度的歌厅，他都认为她是来过了。对于这个决心，韩奕有点骄傲，因为这样一来，他就已经在某种程度上对于寻找小然这件事完成了一半，或者说她会很快在韩奕集中精力缩小搜捕范围的行动中原形毕露，韩奕为之振奋。

那么，小然昨天晚上出现在三十六度歌厅究竟是出于什么原因呢？她是陪同那个臃肿的男人来一起消遣的，还是来寻找什么？韩奕猜不透。

这个情人节的夜晚无疑是有着纪念意义的。在韩奕看来，他寻找小然至此已经有了实质性的进展。他明白，他不能放过任何一个戴着小然那样的遮阳帽的女人，甚至是男人。

韩奕坐在三十六度侧面路边的一块石头上，尽可能地把自己隐蔽起来，为了强调他的认真程度，他也在这个九点钟戴上了那顶和小然几乎一样的帽子——这是他前天专门买的。

他开始抽烟，一颗接着一颗，从他眼前走过的女人一拨接着一拨。他已经有了足够的耐心和信心。

第二十六章　小然在哪儿

韩奕变得忙碌起来，寻找小然给他的生活带来了新的起色——他再也不似之前那样盲目而无聊了。除了偶尔还是会去苏奈尔门口稍作逗留之外，他几乎把所有的业余时间都用在关注三十六度歌厅上。他总是企图站在裘少安当初站过的地方，希冀在某个偶然的瞬间，奇迹般地发现小然。然后把她从拥挤的人群中揪出来，原谅她。

有一次韩奕真的有了这种幻觉：他看到了那个在深夜戴着白色帽子的女人，个头和小然差不多大，走路也像极了，由于光线昏暗，他快速地冲过去，在更为昏暗的松树下面抓住了她的手，大叫："小然。"那女人回过头来，露出了惊喜的目光，她扫视了韩奕一眼，然后问他是做一次还是包夜。韩奕十分扫兴，转身就走，她追上来，极尽诚恳地说："价钱可以商量。"看那个妓女还要继续纠缠的样子，韩奕小声地告诉她，他前两天刚刚得了性病。那女人惊恐地看着韩奕，没等张开的嘴巴合上，就迅速地隐入拐角的黑暗处，像一条进洞的蛇。

情人节之后的第八个晚上，大约十点钟，韩奕突然发现，等待也许不是唯一的办法。他决定进入三十六度，一探究竟。

他从门口径直走进去。有四个小伙子一齐向他致意，欢迎他的到来，他们以最大的热情安排韩奕在前行大约一百米的一个角落里坐下。韩奕一时大感意外，这个地方与开张那天的样子截然不同了，它的变化大得让他觉得陌生了很多。苏武也不见人影，只有小指拿着对讲机，在桌子间穿梭，经过几个女人身边的时候，偶尔拍打她们的屁股。前方的舞台上，一个漂亮的女主持正在蛊惑观众，请他们上台做一个带有赌博性质的小游戏，赢了的人就奖励啤酒或是小饰品。台下的客人不太多，大都聚集在舞台周围，关注着台上的游戏。

韩奕所在的区域零星地坐着几个人，好像是服务生一类，韩奕大都不认识，之前还听裘少安说他们大多都是"苏生石派"的人，但现在看来，他们的样子更显得稚嫩些，像是刚来乌石不久的样子。韩奕只好感叹"世事如棋局局新"。也许，在他们眼中，他已经算是"老乌石"了。

最让韩奕满意的是这里昏暗的灯光，除了舞台上亮如白昼之外，其他地方都呈现出韩奕喜欢的浅色和昏暗。一个人的时候，他常常把自己关在房间里，拉上窗帘，就着别处微弱的光线，在神秘的氛围中抽烟、喝茶，把自己刻意置身于怀念小然的状态中。这里的一切让他觉得熟悉。

韩奕被自己轻易得到的满足迷惑了，那个负责带他坐定的服务生很善意地提醒他："喝点什么？"韩奕不好意思地朝他笑笑，说："三瓶啤酒。"服务生说："先交三十元。"韩奕从皮夹里取出一张五十的递给他，并告诉他："加一包云烟。"服务生说："您稍等。"然后快速走了。他几乎是小跑着，不一会儿就拿来了东西和找回的五元钱，熟练地为韩奕开酒，并斟满一杯。

大厅里国际大师凯丽金的萨克斯轻轻袭来，一首《回家》竟让他无限伤怀。韩奕点起烟，喝了一大口酒，把身体陷入沙发里，烛光跳跃着，把他又一次带进回忆里。

音乐屏蔽了一切嘈杂，他本能地放松了自己，并不想急于寻找张望，他对于小然的出现抱有足够的耐心。奇怪的是在韩奕闭目养神轻松回忆的间隙里，他居然睡着了，在杂七杂八的人群中间睡着了，没有考虑诸多的不安因素。睡觉的时候，他奇迹般地没有梦见小然，头一回没有被她的影子缠绕。真实的情况是：他醒来之后觉得这一段时间在他的人生中似乎不存在，像是休克。韩奕确定这是一个质量很高的睡眠，整个晚上他的精神状态极佳。

准确地来说，韩奕是被一个女人推醒的。他扭了扭脖子，站起来伸了伸腰，周围的情况竟似梦幻一般：偌大的歌厅，人声沸腾，几乎没有空闲的桌子，客人们除了众多的男人以外，女人也有不少，还有老头和十五六岁的毛头小孩儿，多数人围在一起喝酒、划拳，有人在打扑克、做游戏，也有人静静地喝酒、抽烟。时间已是十一点零四十三分，韩奕有点怀疑自己刚才的睡眠，其实是不敢肯定刚才是否睡着了。他下意识地摸了摸口袋，一切安好，才稍稍平静下来。

再次坐下，韩奕才看清了那个叫醒他的女人，这无疑是一个年老色衰的女人，即使浓妆艳抹也无法还原她的青春。她正满脸媚笑，用十分不解的眼神看着韩奕。而后，起身坐到了他身边，手放在他的肩膀上说："大哥，可以跳个舞吗？"韩奕看了看他身后的角落，一片黑暗。

韩奕假装好奇地问："怎么跳？"她说："随便你怎么跳都行，三首曲子跳完十块钱。"接着她又在他的耳边说："可以让你摸我全身的。"看着进出出的一对对男女，面色木然而又冷静，韩奕才明白裴少安所言非虚。这时，一个女人迎面走过来，收拾着头发，整理衣服，接近韩奕的时候，她把手伸进衣服里层摆弄胸罩。韩奕环顾四周，这样的女人像是突然间从地下钻出来的一样，充斥在三十六度的各个角落，她们或三五成群地站在过道两边聊天抽烟，或关注着客人，或在客人间忙来忙去，陪笑的、献媚的，一目了然。

那个女人把手伸进韩奕的腰里,韩奕蛇一样甩开了她。她咯咯地笑起来,前俯后仰。韩奕立刻一脸窘态,他大声说:"请你离开,我不想跳舞。"她生气了,骂骂咧咧地走了。韩奕重新轻松下来,边喝酒边观察着周围的一切。

在三十六度的两个小时里,韩奕收到了五个从泰安"生化"车间打来的未接电话,但他都因为歌厅的嘈杂而没有听见。说不定都是工作上的事,各个部门的办公室人员和他们企划课有着业务上的来往,经常有这样的电话打来,韩奕看了看,没当一回事。他慢慢喝完了三瓶啤酒,直至周围的人渐次消退了,他才拖着倦意起身离开。

尽管寻找小然一度让韩奕心潮澎湃,他也为此感到自足,但生活的困顿让他越来越力不从心。从水城抢来的救命钱已经在最近的日子里消耗殆尽,即使他再节约,都不足以控制捉襟见肘的局面。

裘少安已经好久不来他们租的房子了,他在泰安休病假的工资也已经领到头了。房东来收房租,韩奕实在没法,只好想着搬回泰安去。可他咨询了一下春节后新换的舍监,那个肥胖的男人,用一口方言含糊其辞地说:"干部宿舍根本没有空床位,而员工宿舍由于最近大量招工,也差不多住满了。"他的口气充满了鄙夷。韩奕本想解释一下,希望他能给自己和胡小亮腾出两张床来,但那个家伙说完了话,就低头去打扫墙角的橘子皮,摇头晃脑地唱着他们家乡的小曲。韩奕只好忍住了。

好在胡小亮交了钱,他说:"和你住在一起,我能感到安全。"他说话的时候,嘴角显露出了孩子般的笑容,这时,韩奕才发现,他仍然只是个孩子,只是这种冷漠的生活使得他过早成熟了而已。韩奕说:"我又何尝不是呢?"当然,韩奕向胡小亮所要表达的意思过于含混,他觉得并没有说清楚的必要。他知道胡小亮是个好孩子。

值得庆幸的是,姚梅对韩奕的态度发生了巨大的变化,虽然表面上,她仍然表现得冷漠,但私下里,却对韩奕颇为照顾。比如,她一直都让韩奕值夜班,即使韩奕偶尔有事外出,她也不克扣加班费;节假日,她的加班名单上总有韩奕的名字。韩奕曾见过她要呈报董事长批示的春节加班金额,上面赫然有韩奕的全勤加班,而这种表册,除了董事长签字之外,旁人根本就看不到,她发给旁人的,是另一个没有韩奕名字的单子。韩奕从心里感激她。偶尔也应她的要求,陪她去看电影,或是唱歌。但他们在一起的时候,韩奕都是心静如水,他能感觉到姚梅也是一样。他们之间的距离总是不远不近,没有掺杂任何多余的欲望,像两个极为要好的朋友,并不多说话,只是为了在一起消磨些许时光。当然，为了掩人耳目，他们还是尽可能地隐蔽，一切都在不言中。

偶尔，韩奕也会萌生出像"吃软饭"一类的荒唐想法，甚至会闪过一丝羞愧，但在乌石的日子让他学会了容忍。他彻底原谅了与寻找小然这项宏伟浩大的工程不能和谐的一切。寻找小然变成了他生活的主线，并且随着时间的远去以及事情愈来愈甚的诡秘和模糊性而愈加强烈。其实，很多时候他总在责问自己，寻找小然的终极目的何在，或者说，即便他真正找到了小然，那又能怎么样呢？但他知道，这个追问对他来说，没有答案。

二月的最后一个星期天，终于熬到了泰安发工资的日子，这比以往整整迟了十二天。据说，董事长在越南的厂子出了问题。

那天，韩奕早早起来，去乌石路口的建设银行取钱。天气已经回暖了，女孩子们都已经穿上了单薄的裙子，能露出来的地方都露出来了，空气再次湿润。每次发工资，银行都是人山人海。

韩奕去时，银行的队伍排成了长龙，从里面的两个柜台上延伸出两排，一直占了大半条街道，这是韩奕见过的取钱现场里声势最为浩大的一次。银行的两个保安一个在营业厅里，一个在马路上，努力地维持秩序。韩奕来得迟了，只好排在靠高速公路的那一侧。他刚刚站定，队伍就因为公交车的到来而出现了骚乱，有人故意在队伍里拥挤，脸上堆满了坏笑，他们以此为乐。韩奕还没有彻底从昨晚的影子中清醒过来，他的眼睛有点昏花，肚子也"咕咕"叫个不停，再加上他总是在排队取钱时莫名地紧张，因而，他的额头很快就渗出了一层细汗。队伍中的男男女女脸上堆满了各式表情，有人和韩奕一样神情木然、头发混乱，有人哈哈大笑，有人满脸郁闷。阳光照过每个人的脸，在他们的闪动中变换着色彩，韩奕的前面有一对情侣，不时地做着不堪入目的小动作。韩奕竟然觉得自己简直就是刚刚越狱而不知所措的人。

大约等了接近一个小时，终于排到了韩奕，他刚要向工作人员递上存折的时候，他眼角的余光看见了一个人，她站在不远处的蓝色大铁门前，微笑着看他。韩奕激动起来，大叫出声："陈子妮。"

的确是陈子妮。他向她招手，她也向他招手。

终于取到了钱。陈子妮仍然站在那儿等他。他走过去，原想着要和她拥抱，就像他在乌石刚刚见到小然的想法一样，可他还是控制住了。陈子妮说："还好吧？"

韩奕说："好……好……"他都忘记了要问问陈子妮最近过得怎么样。憋了半天，脸憋红了，才说，"你来了？"陈子妮点点头，看着他微笑。韩奕第一次见她的笑容这么真实。

他们并排走在大街上，一切如常。慢慢进入乌石的时候，阳光稍微淡了一些，被周围的大树和高楼遮住了。陈子妮说："打你电话，怎么不接啊？"

"什么时候？"

"七八天前吧，晚上十一点多。"

韩奕这才想起来，那晚他在三十六度的时候，曾经见过五个来自"生化"车间的电话。韩奕顿觉不好意思，他喏嚅着又红了一次脸。他不想告诉陈子妮当时的情况。

陈子妮淡淡一笑，说："瞧把你吓得，不会是正在约会吧。"

韩奕觉得说不清楚了，就不说话，"嘿嘿"地笑着。

"本来不想再找你，却又觉得不舍，恰好刚才碰见了。"陈子妮转变了话题。

"为什么不找呢？你可答应要做我的姐姐的。"

可没想到，陈子妮却突然停下来，板着脸，严肃起来："我要离开乌石了，再也不回来了。"

韩奕一时无法适应，问："你说什么？"他揪住她的袖子，又说，"你不是刚来吗？"

陈子妮说："这几天我已经把辞职的手续办好了，今天也拿到了工资。"她顿了顿，接着说，"我们离婚了。"

"……"

"如果不是罗玉松迟迟不肯签字，说不定我早就已经回去了。"陈子妮眼睛湿润地望着韩奕。

韩奕不知道该向她说些什么，他知道她迟早会清醒过来。也许，他该向她道喜才对，但这个孱弱的女人，终究是自己把自己逼到了墙角。她的离开完全是出于一次善意的退场，对她来说，已经足够残忍了。

他们默默地走着，就像一段凭空多出来的情节。

不知不觉，他们再次回到了陈子妮之前租的房子。房间里一切如初。她开始收拾行李。她把早就用蓝布床单包裹着的衣服塞入皮箱，把那本红色的结婚证书打开来看了看，然后从床底下翻出一张签过字的协议，她把它加进红色证书里，放进衣服的夹层里，除此之外，她没有带走任何多余的东西。

韩奕说："什么时候走？"

陈子妮转过身来，坚决地说："现在，下午两点的汽车去广州。"韩奕走上去，把她拥进怀里。他们的眼泪一起流下来，沾湿了对方的衣服。韩奕试图吻她的眼泪，却被她推开了。她冷静地说："你要照顾好自己。"韩奕使劲点着头，泣不成声。

韩奕送陈子妮去路口坐公交车，时间不容许他们在一起多待哪怕一个小时。两个人一前一后下了楼梯，顺着街道向前走，行人依然如旧地从他们身边经过，嬉笑声在空气里荡漾。一个穿着高跟鞋的女子走在他们前面，发出尖锐的响声。

公交车过去了两趟，韩奕却紧紧抓住陈子妮的手不放。他说："留一个以后联系的电话和地址吧？"

陈子妮转过脸看了看他，良久，摇摇头。她说："忘了我吧。"这时，她挣脱了韩奕的手，向前紧走几步，韩奕愣在原地，只看见她耸动的肩膀。

公交车来了，陈子妮决然上车，借着窗户，向韩奕挥手，满脸是泪。韩奕眼睁睁地看着车子远去，没有一点跑动的力气。

生活仍继续，并不为了陈子妮的离开而有所好转或是毁坏。没有人知道韩奕曾经的似是而非的恋情，就这样一下子掐断了，无疾而终。也许，他们注定要彼此遗忘。

韩奕把要还债的钱装在另一个口袋里，然后权衡了一下剩余的部分。在下午四点的时候，他约上胡小亮，饱饱地吃了一次刀削面。饭后他理了头发，整个人就显得精神焕发。

夜晚到了，韩奕的寻找再次开始。他抽烟开始频繁起来，仍然是廉价的广州湾。他仍然节约，偶尔去三十六度坐坐，一个人，悄无声息地。韩奕有时也觉得三十六度真是个好地方，至少让他暂时释放心情。他每天晚上都来这里。先让自己小睡一会儿，然后喝酒或是喝茶。喝茶是他后来才喜欢的：一只经过消毒处理的高档塑料杯，里面放好了上等的铁观音，还有桂圆、枸杞和冰糖，打开封口的塑料薄膜，要一小暖瓶开水，泡好茶叶，好好地品上几口，人的心情便会立刻舒畅起来。这样的消遣在乌石已经算得上是一种享受了。

当然，韩奕从没有放过任何一个目光所及的女人，寻找小然还是他待在这里的理由，只是要不断地拒绝妖艳的请他跳舞的女人，让他稍有不快，可这并不重要。偶尔会有人坐在他的对面，一起坐着喝酒或者喝茶，他们对彼此的名字都不感兴趣，大家从不关心白天的生活，也不问对方从哪里来。不试图了解对方，他们都在自己想要离开的时候随时离去，他们都知道，多余的话并不能改善他们目前的状况，所以就没有深入了解的必要了。

第二十七章　苏生石的消亡

大宗终究还是出事了。

那个晚上，十点刚过，韩奕下班后，去了第二街的公共电话亭，给家里打电话。乌石的街道一切如往常一样，逐渐嘈杂起来。刚刚下班的人都一个劲儿地从苏奈尔大门里涌出来，街道片刻就被塞满了，充斥着女子的清香，仍然有很多人守候在苏奈尔的对面，像韩奕当初一样热切。对于在工厂上班的人来说，他们一天里真正愉快的时间才刚刚开始。每个人都想在这短暂的两三个小时里挣脱一切束缚，让他们属于他们自己。他们尽力做着自己喜欢的事，比如结伴消遣、约会或是给家里报平安。

当夜晚的乌石回归自然的时候，一阵接一阵凄厉的警笛划破夜色，从泰安公司的门口急促地响过来，这种令人头皮发麻的声音竟然在苏奈尔门口拐弯，转入了第一街，声音顿时格外响亮起来。这无疑是惊动乌石的大事，因为他们至少三年了从未见识过这种阵势。

发生在乌石的事情已经不少了，小到盗窃抢劫，大到团伙斗殴、杀人放火。只要是在这个地方实实在在待过两三年的人，什么样的阵势他们没有见过！但这些事通常都是由治保会来解决的。事情的大小完全在于他们的态度和意见，有时候，杀人放火也不过是芝麻大点的事，有时候，抢到一只手机也能被判入狱。当然，这样的事，也大多都是他人传言。

六辆警车前前后后紧跟着挤进不算宽阔的第一街。街面上顿时拥挤起来，人群在惊讶中向两边闪退。警车顶端的报警器转着圈闪着红光，刺耳的响声传遍整个乌石。人群骚动起来。街道两侧的小摊甚至来不及撤离，就被惶惶然后退的人群不小心踩翻了，前面的人踩着了后面的人，后面的人和小摊的老板大叫起来，有人在人群中大骂出口，怨声四起。走在前面的警车开路困难，警察从窗子里伸出胖胖的头，他拿着一根警棍挥舞着，不断地呵斥来不及后退的人，嘴里咿咿呀呀地说着"白话"。警车里有人用小喇叭大喊着："让路，让路。"

警车慢行，后面跟着浩浩荡荡的人群。前方已经站满了从四处追赶过来看热闹的人，他们把旱冰场前面空闲的路面整个占据了，水泄不通。警车被迫停下来，当警笛和小喇叭以及那个胖警察的大喊无效之后，他们才放弃了继续坐车前行的意思。大约一分钟之后，所有的警察全副武装，下车后，迅速地钻进了人群，瞬间冲出一条路来。然后，一股人紧紧地把三十六度歌厅包围起来，另一股人迅速地冲进了大门。

大厅内，客人寥寥无几，三十六度刚刚进入黄金时段。陪人跳舞的女子还没有进入角色，有人才开始换衣服，涂抹打扮；音响师在调试音乐；几个男服务生坐在吧台前闲聊。

警察突然闯入，让他们措手不及。大家面面相觑，继而混乱起来，几个警察随手制止了试图逃跑的人，赶走了喝酒的客人，把那些值班的工作人员聚集在一起，命令他们蹲下。然后，封锁了歌厅的各个关口，有几个警察冲进了旁边的小包间。苏武还在包间的沙发上睡觉，迷迷糊糊地就被一个年轻的警察按住，猛踢了两脚，等他醒过来就命令他双手抱头蹲在墙角。接着，各个角落里的人都陆续双手抱头被警察押到了歌厅的舞台上，一个警察让吧台上的服务员关了音响，打开了大厅的大灯。

其中一个队长模样的人大喊："谁是负责人？"大家都噤若寒蝉，不敢回话。

苏武说："出什么事了，为什么抓我们？"他显得怒气冲冲，这几个月里他的脾气长了不少。

那个队长模样的人大声呵斥："还装什么？你们在这里进行色情活动，还涉嫌贩毒，你们会不知道？"

"贩毒？"苏武惊叫出声，大家都瞪大了眼睛。

队长厉声道："搜！"

几个警察先是上来搜大家的衣服。几个小姐扭捏起来，一个警察大呵："老实点。"另一些警察对歌厅的各个角落进行了地毯式的搜索。半小时后，警察们都来报告："没有异常。"队长说："带走，到局里再说！"

这时，苏武已经神气不起来了，他的脸上流着虚脱的汗，任由警察们推搡搜查。几个服务生冤枉地喊："我们就是跑腿的，什么也不知道啊！"

那个队长模样的警察冷笑了两声，喊道："收队。"一行人，包括小姐、服务生和客人在内大约四十多个，排成长队被押解出门上了汽车。

围观的人纷纷向前挤着，互相猜测着。有人发出惋惜的慨叹，有人暗自庆幸，各种声音像瓦斯一样凝聚成一团，等待着爆炸的时刻。

"知道为什么抓你们吗？"

"我们经营的就是歌厅，也是被人聘来的，根本不知道你们所说的色情啊，贩毒之类的⋯⋯"苏武神情沮丧，万般委屈。

"没有色情服务，怎么会有那么多的小姐？"

"那些不是小姐，是我们歌厅的服务员。"苏武狡辩着。

"还狡辩！你以为我们分不清良民和小姐吗？"

"……"

"说，你们经营了多久了？"

"三个月吧。"

"你知道贩毒是多大的罪吗？"警察突然提高了声音。

"我们没贩毒啊！"苏武浑身开始发抖，他做梦也想不到自己会和贩毒纠缠在一起。

"认识这个人吗？"警察将一张照片递过来。

苏武一看竟然是大宗的照片，他说："认识。"

"他就是我们在珠海刚刚抓到的大毒枭。你既然认识他，怎么能说没关系呢？"警察的声音冷峻了很多。

"我是认识他，可我……"

"你敢说你不知道吗？"

"……"苏武突然脸色苍白，浑身大汗。

"告诉你，像你这样的组织者，至少要判十年以上的。"

"……"苏武这才豁然明白，原来大宗一直在贩毒，怪不得他有那么多钱。他心里暗暗叫苦，后悔自己没有看清大宗的本身，可现在说什么都来不及了。

这样的审讯连续进行了三天。警察一拨接一拨地来，从不同的角度，提出各种问题，审讯不同的人。终于，在第三天的下午，他们才被告知和贩毒毫无关系。队长说："从我们的调查得知，你们的歌厅并没有涉及贩毒，但的确存在着色情服务。我们将对你们处以两万元的罚款。"大家都松了一口气，但警察又说："从今天起，我们将冻结大宗所有的银行账户，你们不能取出一分钱。"苏武一下子又沮丧起来，这几个月来，他把所有挣到的钱统统都存入了大宗的账户，他和小指等其他的工作人员都只是按月领取工资而已。他照旧要把工资寄回家里去，他觉得把自己的钱留在身边几乎是没用的。他根本就不用担心每天高昂的日常花销，大宗都会给他报销，大宗说："歌厅挣来的钱，都是弟兄们的，你苏武爱怎么花，就怎么花。"当然，苏武并没有按照大宗所说的那样随心所欲，他一直都是忠心耿耿地拿自己应有的。

苏武根本就拿不出两万块。苏武把这事向警察说明了。那个队长说："那我们只好转让歌厅了。"苏武无奈，只好答应了。

天黑下来，苏武和小指返回了乌石。他们本想到自己租的房子里先换件衣服，然后出去吃碗面，再好好睡上一觉。虽然歌厅没有了，但对苏武来说，也并不是什么天大的事。这么多年，他都是在这样的沉沉浮浮中过来的，跌倒了，爬起来，再跌倒，再爬起，大不了还回家去招工。歌厅倒了，就好比他在某个公司里干活，突然老板说公司要关门了，那无非就是卷起铺盖另觅他处而已，而要在乌石这样的地方找个安身立命的所在，对苏武来说根本不是什么难事。对付这种场面，他自有办法。

可当他们若无其事地走近三十六度歌厅的时候，远远地就看到了一群人，他们围在门口看着什么，周围的十几个人或站或蹲，抽着烟，四下里窥探着。苏武隐隐感到事态不妙，等再近些，他就看见了那是一群山东人，前些日子，因为他们中的两个在歌厅喝酒闹事，被苏武叫人扔出了歌厅，看他们气势汹汹的样子，想来也不会有什么好事。于是，他们只好绕过了歌厅，从斜旁的小路绕进了他们租住的房子的楼梯。苏武的房子在四楼，他和小指同住。这是苏武按照大宗的意思租的房子。当时，他包下了这栋房子的四五两层，住满了跟着大宗要干大事的小混混，他们整天在这儿喝着啤酒，打麻将，看碟片，和外面的女人在楼道里做爱。笑声总是响彻楼道。大家都喊苏武叫苏哥。尽量在苏武面前显出一定的谦卑来，只要苏武一挥手，他们就都竖着耳朵听他的训示。

可如今，已是人去楼空，楼道里安静极了。苏武拿钥匙开门，却发现已经换锁了。他愤怒地对着门踢了几脚，门开了，从门口探出一个妖艳的女子的脸。她冲着苏武的脸大吼："神经病啊你！"她显然不认识苏武。苏武刚要发火，小指就一步跨过去，对着墙上狠狠踩了一脚。女子一声尖叫，紧接着出来五个手执砍刀的家伙。其中一个大个子率先出来，刚要大骂，可当他看见苏武的时候，却又立刻赔上笑脸："哎呀，这不是苏哥吗？"

苏武冷笑着。小指已经大吼："你是什么东西？敢在我们的房子里撒野？"

"撒野？"大个子哈哈大笑起来。

小指刚要上前去揍他，被苏武拦住了。大个子好不容易停住了笑，说："这儿已经换人了，该是我们的天下了。"

"你们还逞什么能，轮到我们坐庄了。"从大个子身后挤出一个瘦猴，龇牙咧嘴地说。

小指被他们得意忘形的嘴脸激怒了，趁他们不注意，跳起来就向大个子身上踢出一脚，紧接着一拳砸过去，刚好砸在他的鼻子上，一时间，鼻子开花，鼻血直往下流。大个子疼得"哇哇"大叫，低头去捂鼻子。他身后的人一窝蜂地涌上来。小指眼疾手快，一把夺过大个子手里的砍刀，抵在他的肚子上。大个子吓得腿直打哆嗦，鼻血流得更多了。其余的人看着小指，都不敢轻举妄动。小指和苏武押着大个子，慢慢退下了楼梯。等到了下面的马路上，小指命令大个子叫他们的人退进楼梯口。然后和苏武一使眼色，推开大个子，一起向翠微公园方向的暗路上跑去。

两个人一口气跑出了乌石，停在高速公路口，坐下来歇气。小指说："苏哥，我们今晚去三元镇吧，那里还有我们之前的弟兄。"

苏武看了看偌大的乌石，说："那些人已经指望不上了。"

"那该怎么办？"

苏武摇了摇头，他突然觉得整个乌石，包括三元镇已经在一夜之间改天换地了。他们成了所有人的敌人。他真不知道能到哪儿去。

小指在片刻的安静之后，突然说："我们不如去珠海吧。"

苏武抬头看他，满心好奇。小指说："大宗哥不也是在珠海闯出来的天下吗？也许，我们也能在那儿闯出我们自己的天下。"苏武一下子明白了小指的意思。他从小指的眼神里看出了当年大宗的影子，小指正像他刚来乌石时的意气风发。他还对乌石充满着希望。

苏武说："我想回家了。"

苏武以回家招工为由拒绝了小指，看着他远去的背影，苏武的心里一阵发紧。

乌石的天空出现了少有的动荡不安。像是惊蛰过后，蛇鼠虫蝇从某个时刻开始一齐涌现出来的场面。"苏生石"派从三十六度歌厅被封的那一刻起就已经烟消云散了。曾经带领他们走过一段辉煌的大宗和苏武也各自有了不同的宿命。但当他们瞬间消失在乌石之后，却给这个派别的人带来了无穷无尽的烦恼。他们一下子就成了一群无头苍蝇，在乌石的街道上不知所措。另外两个派别一夜之间就占据了乌石的大片地盘，他们开始互相较量，他们都想能够像大宗一样让整个乌石安静下来。

"苏生石"的人已经成了众矢之的。那些曾经被他们压抑久了的人都纷纷找他们算账，于是，一个个都为自己的前途发愁。有人早早离开了乌石，去了别的地方。有胆子稍大的，悄悄进了某个不被人注意的工厂，躲在里面，与外界隔绝。也有人屈膝投降了，倒向了别的派别。也有人已经厌倦了乌石的生活，四五年的时光已经把他们从一个个毛头小孩变成了大人。他们觉得他们应该有新的生活，应该为自己和整个家庭负责了，他们把最后的青春遗留在这里，一切已经释然。

在三十六度关门的时间里，韩奕变得盲目而无所事事。寻找小然的事突然变得遥遥无期了。每个夜晚，他除了在乌石的大街上四处浪荡之外，并没有明晰的方向。有时候，他也和所有的"苏生石"一样绝望。

有关大宗的传说在乌石的大街小巷闹得沸沸扬扬，众说不一。但韩奕觉得这和他无关，他已经和这个城市一样陷入了一片寂静的混沌之中。

　　夜里，韩奕躺在床垫上，看着熟睡的胡小亮，竟然觉得恍如隔世。他感觉自己正在努力走过一条黑黑的漫长的下水道，前方似乎已经有了光亮，却又那么遥远。小然的影子在触手可及的地方晃荡，而等他走近，她却嬉笑着逃走了。

　　凌晨一点，裘少安突然回来了，衣衫褴褛，有刚刚被人殴打过的痕迹。外面正下着雨，他的浑身湿透了。一进门，就找吃的。韩奕慌忙找了几件干净的衣服给他，就下楼去外面的超市里买了几桶方便面。

　　裘少安狼吞虎咽地一口气吃了三桶方便面，才略微缓过劲来。他径直坐在地板上，背靠着墙，额头上的伤口泛着青光。他慢慢抽着烟，说："狗日的，差点要了我的命。"

　　"什么人干的？"

　　"我估计是桃源的那帮龟孙子。"裘少安狠狠地抽了一口烟。"桃源派"是湖南人的一个小分支，罗玉松和陈子妮就是桃源的。

　　"怎么回事？"

　　"前些日子，我和他们赌牌，手气特别好，赢了他们。可谁能想到，等大宗被抓了以后，他们却翻脸不认账，硬说老子抽老千，逼着老子还钱。老子哪有什么钱？"裘少安情绪有些激动，向着墙上狠狠击了三掌，大骂："狗日的。"

　　"会不会是罗玉松找人干的？"韩奕有些担心。

　　"……"裘少安抬眼看了看韩奕，闭上眼不说话，他的嘴角莫名地颤动了一下。

　　韩奕隐隐觉得他没有说实话。他问："那你打算怎么办？"

　　良久，裘少安才说："还能怎么办，'苏生石'已经死了。"他的脸上瞬息遍布了时光沧桑的痕迹。

　　那个晚上，裘少安和韩奕说了整整一夜的话。裘少安向韩奕回忆了他在乌石将近五年的生活里让他记忆深刻的片段，无非和打架斗殴、骗人赚钱以及与不同的各色女子做爱有关。但韩奕头一回听到了裘少安最为真实的一面，因为他的讲述中唯一例外地没有掺杂故弄玄虚的成分，他极尽真实地诉说了他在乌石的生活，是和一本正经上班的打工者截然不同的生活，也是和打打闹闹的大宗完全不同的生活。但尽管不同，却有着太多的乌石的印记——韩奕从他的讲述中总能看到似曾相识的感觉。裘少安身上发生过的事韩奕几乎都不同程度地听过或是见过。他误以为，乌石的生活原本就是一种不断地重复。

　　直至天色微明的时候，裘少安才迷迷糊糊睡去。韩奕回忆着裘少安的话，一直醒到天亮，草草起来和胡小亮去上班。

　　晚上回来，韩奕发现整个房子焕然一新。门窗有被擦过的痕迹，丢弃在房子各处的衣服及杂物都回到了应有的位置，房子突然变得宽敞了许多。韩奕惊讶地看着房子里的变化，感觉突然缺少了什么。他环顾四周，才发现裘少安的行李包不见了，他之前零散乱放着的东西也不见了。

　　床上放着一张纸条，是写给韩奕的。他说：我要去新疆了，你多保重，多注意罗玉松，也许会对你不利。至于小然，就不要再找了，她不值得你这样做。有空去看看小九，她现在仍然住在你先前为她租的房子里，过得不好，她其实挺喜欢你。对了，还要告诉你一个秘密，请你原谅我，上次打你的人是大宗安排的，是我跟踪你向他告的密，别记恨我。

　　看着裘少安潦草的字，韩奕心里五味杂陈。那个凝结在他心底的疑团终于有了谜底，可这一切却似乎都已经迅速地消逝了，那些曾经的错误而今追究起来已经失去了意义。

　　也许，他们今后将不再相逢。韩奕这样想着。

　　晚上九点，韩奕决定去看看小九。他依旧绕过了那次被人殴打的地方。

　　壹加壹超市前面的空地上，搭建了舞台，灯如白昼。舞台的两侧粘贴着演唱会的大字报，震耳欲聋的音响里，一个女人的声音反复说着即将要登台献艺的当红歌星的名字。人声嘈杂，人群排成长龙，在服务生的带领下，沿着他们设置的栏杆不停地转圈。有人说，转圈进去就能拿到壹加壹超市的优惠券，也有人不明就里，只跟着队伍转圈，栏杆的出口设置在壹加壹超市门口，果然有穿着红色马甲的服务生在那里散发优惠券，但前提是必须要在超市内消费。有人觉得上当了，就拒绝他们的优惠券，但主办方也有办法，他们让人群从另一条通道里进去，大家顺着他们的指引，走了一段后却发现，他们再一次混在了转圈的队伍当中。音响里喊着：大家别慌，演唱会马上开始。

　　韩奕远远地站在暗处的街边上看着转圈的人，突然想到，这简直就是个圈套。这个场景曾经在他的梦中出现过。这个想法令他感到紧张和压抑。

　　他快步拐进了前面不远处的一个巷道。正要上楼，却发现一个女子跟在他的身后。韩奕停在那儿，那女子闪进了灯光里，冲着他笑。

　　小九慢慢走到他的面前，看着他。她的脸被灯光照得愈加发白，浑身比之前胖了些。她的眼神平和，脸上展露着微笑。她说："你还是来了。"

　　"你好吗？"韩奕说。

"我知道你会来的。"

灯光就这样打在小九平和的脸上，使得她的脸面因为红润而显得异常生动。韩奕蓦然觉得像是回到了第一次见小九的样子。当时，她和小然走到他的面前，小然和韩奕说话，而小九则微笑着看他。小然没有向他们互作介绍，但韩奕却觉得她并不陌生。

小九把韩奕领进了房子，房间里一切比原来温馨了许多，并不是韩奕想象中的灰暗的底色。韩奕又问："你还好吗？"

"我很好。"

"你打算怎么办？"韩奕说。

小九平静地说："我怀孕了。"

"……"韩奕惊讶极了。

小九"咯咯咯"地笑起来。之后，她又严肃地说："是真的，大宗的孩子。"

"你打算生下他吗？"

"是的，就算是为了赎罪吧。"

"你确定你能养活他？"

"当然，大宗给我留下了一些钱，足够我们生活了。"

"你要一直留在这里？"

"……暂时吧，这个我还没有想好呢，"小九站起来，走到窗子前面，又说，"这里其实挺好的。"

"不，你不能。"韩奕几乎失声。

小九慢慢地转过身来。她说："为什么？"

"你怎能生下这个孩子呢？你想过这对于你以后的生活有多大的影响吗？你的父母，你的亲人，他们能接受这个事实吗？"韩奕激动起来。

"不，这是我自己的事，与他们毫无关系。"小九冷冷地说。

"小九，你要想清楚，我们不能只为自己活着，大宗已经不能和你一起走下去了，但你还有别的亲人。"

"对不起，韩奕。"小九突然泪流满面，趴在韩奕的肩膀上说，"我们每个人都要承受自己的罪过。"

"小九，你是个坚强的人，"韩奕拍着她的头说，"我们都要给自己一个希望。"

小九点点头，哽咽着说："我想回家。"

就这样，小九靠在韩奕的怀里慢慢睡着了。十二点过后，韩奕把被子拉过来盖在她的身上。他弯下腰来仔细地看了看她的脸。他确定这个女子定然会给北方的乡村增添太多的话题。她也应该从他的生活里脱离出去了，包括那些朦朦胧胧的爱意。于是，韩奕走出了屋子，外面依然有嘈杂的声音。他关好门，轻轻地下了楼。

在壹加壹超市的街边，韩奕蹲下来。演唱会已经结束了，工作人员在撤离，四处散落着意犹未尽的人以及一些趁火打劫的混混们。有人在暗处打着口哨，有人在舞台的灯光下追逐打闹。韩奕双臂抱着自己，连着抽了三颗烟。半个小时后，他回到了自己租的房子。

第二十八章　小然永远走了

每个人都注定成为这个小城的过客，任何人的离去，都不影响它的脾性。

乌石似乎在一夜之间换了一次新鲜的血液。韩奕走在大街上，发现满眼尽是新鲜的面孔。那些比他小了好几岁的男孩女孩都挺胸抬头，自信满满地从他身边走过。他们带着稚嫩的笑容，对这个小城充满了好奇和向往。大宗和他带领的"苏生石"派的辉煌似乎在一夜之间被风吹散了，再不被人提及。韩奕突然发现，他已经算是混迹于乌石的大龄青年了。他再一次把自己置身于一片陌生之中。

小指永远都是一个人出出进进，偶尔也会请韩奕吃饭，他们就在一起喝酒抽烟。小指已经能够以少年老成的架势在韩奕面前批评大宗、苏武或者小九了。说大宗胆子太大，胆子太大的人就容易犯别人不敢犯的错误。苏武太狡猾，狡猾的人才能全身而退。骂小九坏了肠子，自甘堕落。而每次提及小然的时候，他总是摇着头，不停地说："不值得。"

小指一直用他渐现刚毅的眼神观察着周围的一切，也默默地运用着他的处世哲学。他轻易不和别人一争高低，甚至会在别人气势汹汹的时候，突然对他露出笑脸来，直至笑弯了自己的腰。他说他要笑着看敌人慢慢退去，他越来越懂得收敛自己，从不轻易暴露锋芒。他说他要让所有人都感觉到他是个善良的人，甚至是个懦弱的人，但他也要让他们觉得自己并不是好惹的。

小指说："不要相信任何人，在这个什么都有的地方。"他说这句话的时候眼睛里充满了愤慨。韩奕不知道小指为何会有这样的论断，但他相信他所言非虚。因为谁都知道只有奋斗和拼搏才是在这个弱肉强食的地方能站住脚跟的唯一途径。

韩奕头一次对寻找小然产生了怀疑。

三十六度歌厅在封闭了十八天之后，再次开张。老板究竟属于什么派别，领头的人是否也能像大宗一样在乌石能遮住一片天，韩奕没有兴趣。他只知道，三十六度改换了招牌。那天晚上，他经过的时候，就看见了"月梦天堂"四个大大的白底黑字。韩奕没有贸然闯入。他突然觉得三十六度不存在了，他该到哪里去寻找小然？想到这一点，他沮丧极了。

毋庸置疑，小然再一次跳出了韩奕的掌控，这就表明，他的寻找遥遥无期。也许，小然还会来月梦天堂，但韩奕却自以为是地否定了这个不切实际的想法。他无由地坚信，小然定然不会来到这个混乱的场所。

那一夜，韩奕做了一个梦。他梦见无数条蛇从房间的四周钻出，一齐向他涌来，吐着信子，可又无法靠近，一个女人披散着头发，把众多的蛇聚拢在她的周围，然后双手卡住他的脖子。女人的脸由模糊渐渐清晰，先是陈子妮，又是马芸芸，后来又是小九，许多张脸一次一次地像电影一样闪过，直至停下来，才看清是小然。半夜醒来，韩奕发现他浑身冷汗，小然的相片盖在他的脸上。胡小亮的左手搭在他的胸口，睡得很香。之后，严重的神经衰弱使韩奕备受煎熬，他像一个犯了毒瘾的瘾君子，打着哈欠，流着眼泪，头疼欲裂却没有丝毫的睡意。

韩奕不得不坐起，开了灯，决定再次静下来思考一回他和小然的关系。他特意净了一次手，决定用一场赌博来作决定。小然既然不肯自己出现，而他独自寻找又杳无音讯，现在又是无计可施，所以他对接下来的寻找彻底失去了信心，他以为只能用一枚硬币来决定是否将寻找进行到底。他头一回迷信上苍。

韩奕闭上眼，嘴角叼着烟，他以为烟雾熏迷他的眼睛之后才能让事实更为客观一些。

硬币在他手中不断地跳动，韩奕猛吸一口气将它扔在地板上，硬币在地板上打了半天圈停下来，结果出现了正面。韩奕对正面特有好感，他无由地高兴起来，但一瞬间，他又有些丧气，因为他忘了决定游戏规则。于是，韩奕在心里随机抽取了正面作为继续寻找的依据。其实，韩奕已经在主观上确立了正面要继续寻找，只是为了让内心平衡而假演了一回而已，通过刚才的演习，他觉得继续寻找，直至小然出现是有可能的事。最后韩奕找来纸和笔，记录了一下：正面，寻找；反面，停止。他怕自己会在游戏结束时篡改规则。

接下来，韩奕按照上次的做法抛掷了两回硬币，但结果却令他非常沮丧，每次都毫不含糊地显示出反面来，他心里不服气，又做了第三次，他抱着孤注一掷的心理抛掷，不料，硬币却在先打圈后，再滚动，最后滚入床下，没了踪迹，连个响都没有听到。这一切深具讽刺性，韩奕大为恼火，他为自己模仿了一回电视剧情节的失败而恼火，他想不明白，怎么连结局也和电视剧一模一样。

其实，对于硬币的失踪，韩奕本身是带有一定责任的，因为他在硬币打圈的时候憋足了劲吹了一口气，这多少都带有哀怨或是无奈的成分，只是韩奕并不把问题归咎于此。而事实上，韩奕非常清楚，小然已经不可能出现了，他也没有能把她从某个角落里揪出来的任何手段。

既然寻找不会有结果，那就让狗日的硬币见鬼去吧，韩奕骂着，重新点了一颗烟，他关了灯，在漆黑的房间里，感到迷茫而疲惫。

韩奕最终还是没有控制住自己的好奇心，在五月开始的某一天踏进了月梦天堂。这个夜晚下着小雨，月梦天堂的客人不太多，一切都和三十六度歌厅一样照旧如初。韩奕径直去了他之前坐过的区域，他以为在那个角落里可以总揽全局，这对他的观察十分有帮助——虽然他已经对寻找小然不抱任何希望，但他已经习惯了在这个地方摆出寻找的姿势。韩奕发现，这和三十六度的感觉竟然一模一样。

不得不承认，在三十六度关门的那些日子里，他的心里是慌乱的，有一种戒烟时产生的焦躁感。现在想来，不管是月梦天堂还是三十六度都不重要，重要的是这个通宵经营的酒吧，让他找到了一处释放心情的好地方。只有在这里他才是自由的，不受任何约束。也许，这样想有失他的初衷，但事实就是如此。

韩奕按照自己的预想，要了一杯茶，然后闭上眼睛享受着萨克斯带给他的惬意，等着睡意慢慢降临。以寻找小然的理由待在这里，挺好。

大约十一点半，韩奕猛然惊醒。他回头四下张望，惊叫出声："小然。"韩奕立刻清醒，他激动得站起来。"是，是你吗？"他语无伦次地说着。

坐在韩奕对面的女子似乎没有听清韩奕说的话，酒吧里的吵声太大，加之韩奕突如其来地站起，令那女子大为惊讶。她侧着身子看着韩奕。周围喝酒的人也被他的举动吓着了，纷纷向他们看来。

韩奕定了定神，才缓缓坐下。他发现这是一个风姿绰约的女子，匀称的身段极为标致，皮肤姣好，尤其是一双清澈的眸子像极了几年前的小然，他不由得对她产生了好感。尤其是她紧缩的眉头和闪现着忧郁的眼睛，使得韩奕竟有着那种似乎找到了小然的错觉，唯一出现的障碍就是她比小然在年龄上小几岁，显得单纯而柔媚一些。

她说："你刚才是睡着了吗？"

"是的。"韩奕点点头。

那女子不动声色地扫视了韩奕一眼，略微迟疑地拿起韩奕放在桌面上的烟盒，取出一根。她一边抽烟，一边看着韩奕。

"像，太像了。"韩奕心里想着。于是，他点上了最后一颗烟，也学着她的样子侧身坐着。他说："你喝酒还是喝茶？"她说："喝茶。"

他们就这样面对面地坐着，默默地抽烟喝茶。午夜的月梦天堂正是门庭若市的时候，他们隐没在众多男男女女消瘦的身影里，显得异常普通，而这正是韩奕喜欢的样子——莫名其妙地和一个突如其来的漂亮女人面对面坐着。就像她是刻意来找他的，他也似乎是在刻意等她，总之这个说不清的问题并不影响他们各行其是。

她喝茶的时候，偶尔朝韩奕举杯笑一笑，有种感谢的意味。从她的笑脸上韩奕看到了久违的熟悉的气息。从她的装扮可以断定她并不是这里陪人跳舞的小姐。韩奕说："为什么到这儿来，这儿不适合你这样的女子。"

她说："喜欢而已。"

她招手叫服务生再拿来一包红双喜烟。她说："在乌石，没有什么适合不适合的，只有愿意或是不愿意。"韩奕一下子就欣赏起她来，一个神情忧郁、目光散淡的女子，她竟然有着非同寻常的想法。

这个晚上，他们聊了好一阵子。韩奕告诉她，他在寻找以前无缘无故失踪的女友，她很有可能就在这个酒吧里，或者说与这家酒吧有关。她对他的执着表示赞赏。她说她的世界里没有爱情，不过她会碰碰运气。之后他们互留了电话。

接近凌晨一点的时候，女子打算离开。可就在她转身的时候，韩奕竟然冲动地说："做我的女朋友吧。"话一出口，韩奕就感到可笑之极，简直是一出荒唐的闹剧。他尴尬地笑笑。

她也笑笑，说："好吧。"

韩奕说："你叫什么？"

"小允。"她已经走开了两步之远。

瞬间的愉悦漫过韩奕的心底，尽管他知道这仅仅是一句玩笑。

泰安公司的局势也随着外界的变化出现了逆转。企划课一直没有招到令人满意的干事。好不容易有人来应聘，但姚梅却觉得不满意。而其他的看过招工启事的人都摇头说工资太低。泰安的工资在韩奕到来之后没有任何变化，相应的福利也变少了。相较于苏奈尔，差距太大。苏奈尔原本就工资要略高于泰安，并且以严格的制度、整洁的环境以及良好的福利待遇受到外界的青睐，因此，很多刚从北方来的人都挤破了头要进苏奈尔，这在远近的工厂中明显占有绝对优势。而这一年来，苏奈尔所有的职工已经统一加薪两次。这就在一定程度上严重影响了周边的工厂。对泰安的冲击尤为严重。泰安像是即将衰败的老人，举步维艰。虽然在姚梅的带领下进行了一系列的改革，但最终都因为执行力度的原因，或是治标不治本的原因而没有任何成效。连着三个月，都呈亏损状态。员工的工资都是从台湾的工厂里调度来的。普通员工的更换愈加频繁，在车间里，闹事的工人也越来越多。大家怨声载道。

姚梅几乎掌控着整个泰安的运转，其他的经理们形同虚设，他们照常白天去打高尔夫，晚上聚会。他们都把泰安而今混乱的局面看做是姚梅一个人的过错，都摆出一副幸灾乐祸的样子。

姚梅仍然一本正经地安排工作，忙得焦头烂额。唐海峰仍然躲在"打样"车间唱歌或是睡觉。而韩奕则继续写着她给小然的信。他已经写完了四个笔记本。关于他和小然之前的记忆已经快要写完了。韩奕写得累了的时候，就读给唐海峰听。唐海峰说："你是在写小说吧？""这年头怎么会有这样的女人？""你找她还有什么意思呢？"他总是有着一连串的疑问，他狐疑地看着韩奕，问："有结果吗？"

"没有。"韩奕如实地回答。他知道，在没找到小然之前，这本来就是一个没有结局的故事，任何一种收尾都不能令人满意，那都是假的。

但结果却是必须要有的，如果小然有幸能看到这些信的话，他觉得必须要给她一个交代。可结果到底是什么呢？韩奕曾试着归结了三种不同的结局：一是找到小然。但他觉得这对自己不公平。二是没有找到小然，他独自离去。他以为这本就不是他的初衷。三是纵然没有找到小然，却也能给小然一个安稳的归宿。可他截至目前没有任何关于小然的风声，他觉得那也是自欺欺人。

韩奕最终否定了自己假设的结局。他想还是随着故事去吧，人为的改变都是虚假的。

五一过后，乌石的天气闷热起来，城市的烦躁如同咆哮的深海。苏奈尔门口涌出来的大批女生如潮水一样在乌石的街道上漫过……这就是韩奕停留了将近一年的乌石。初夏的乌石，阳光在高大的椰子树的狭窄缝隙里移动，行人步履缓慢。大多数人从第一街转到第三街，然后又转到翠微公园……他们总是重复着，一如他们在生产线上的重复一样。天空很蓝，天气炎热，这就是小然曾经生活了四年的乌石。它的燥热和烦闷，它的汹涌与冷漠……韩奕觉得它就是一只复杂而又淡定的怪兽。坐在街边，你总能看到如同魔术师变出来的奇迹——涌动着的人群，瞬间就能消失，被工厂吞噬。

泰安公司在五月四号的早上彻底改变了。传言说，董事长和妻子离婚，而他的企业一开始就是由其岳父全力支持慢慢起步的，他的妻子和岳父都在他的企业中占有不小的股份，他们离婚之后，他们就撤走了自己股份，再加之他在越南的厂子效益不好，还摊上了点官司，因此，他只好全力保留在台湾的工厂，就把越南和乌石的厂子转让给了别人。

卢经理成了泰安新的董事长。那个早上的晨训就变成了卢经理一人的演讲，然后早餐有了牛奶，全公司迎来喜气洋洋的一天，大家又开始憧憬未来。

卢经理大刀阔斧地对公司进行了整顿，彻底更换了几个颇有资格的课长，包括姚梅。然后对所有员工加薪一次。大家雀跃欢呼，像重生一样。

企划课至此彻底解散了。唐海峰自五一回家之后，就没有来上班，他走时对韩奕说要回去订婚。他的女朋友在嘉禾超市做服务员，韩奕见过一回。那是个厉害的女子，能拿捏住唐海峰的那种。唐海峰曾跟韩奕说过他的女朋友和超市的另一个男生走得很近，他有些担忧。看来，他的担忧是多余的。

卢经理单独约见韩奕，希望韩奕能留下来帮他重建企划课。韩奕一时觉得有点突然，他没有答应，只说先想想。卢经理说："如果你愿意，我可以先安排你去泰国学习一年。"

姚梅在卢经理上台之后就一直没有来上班，有人说是病了。大家都开始公然大骂姚梅是个婊子。当然，在韩奕出现的地方，大家都不敢过于造次，他们都自以为是地觉得韩奕是姚梅养着的小白脸。韩奕原本想着去看看姚梅，可惜，他却不知道她究竟在哪儿。他用公司的电话打她的手机，却一直关机。无奈，只好作罢。

父亲打来电话，说县上对于分配考试的报名已经开始了，要他马上回来。他的语气十分迫切。

这真是一团糟糕的时候，韩奕想。他闭上眼睛，脑子竟有些微微的眩晕。站在灼热的阳光下，刺耳的噪音呼啸而过……他听不见自己的心里那种清晰的声音——他不知道他的方向，就如同他刚来这个城市之后，小然突然消失时的茫然一样。

姚梅终于打电话给韩奕了。这已经是五月八号的晚上。她说她要离开乌石了，想见韩奕最后一面。韩奕没有犹豫就答应了。她说："晚上八点，楼兰酒店，312房。"韩奕也觉得很有必要和姚梅见最后一次，毕竟他们之间有一些不可言传的感觉。也许，她的确需要一个人的安慰。

韩奕还是提前出门了。楼兰酒店在三元镇的最北端，距离泰安有近四十分钟的车程。韩奕不知道姚梅为何选择楼兰这样高档的酒店，窃以为是避人耳目而已。他只知道他必须去。也许，从根本上来说，韩奕对姚梅已经产生了一定的依赖心理，尤其是在让他焦躁不安的泰安。他反而有些留恋姚梅主持泰安的那些日子，最起码他不像现在这样空虚惶惑。此时，他渴望能够和她坐在一起喝酒或者看碟片，只是因为各自内心孤独的需求，彼此大约都在心里装了满满一肚子的话，却都没有说出来，都怕说出来就再也找不到那种感觉了。

外面下着雨，细碎地洒进乌石，整个城市很安静。韩奕没有带雨伞，他坐上 21 路车直奔楼兰。在楼兰左面的街下车，因为时间尚早，他右拐进了楼兰对面的一家茶楼，这家茶楼和楼兰相隔不远，从落地窗就可以看见进出楼兰的任何一个人。

韩奕觉得在夏天的夜晚伴着淅淅沥沥的小雨准备和一个失意的女人约会真是一件令人伤心的事。尽管他和姚梅之间从没有发生过什么，在一起的机会也不是很多，况且在一起的时候，姚梅总是讲她的故事，韩奕仅仅是一个倾听者，但他还是为她的处境而难过。他知道，在姚梅眼里，他不过是一个支架。他不知道该如何去安慰她，她是因内心自卑而表面强大的女人，她的孤傲决定了她的喜怒哀乐——她不喜欢被人同情。但除了同情，他还能做什么？

七点五十分，韩奕喝了三杯茶之后，姚梅打来电话问他在哪儿，韩奕说马上就到了。

312 的房门开着，姚梅抽着一根烟站在窗边看着外面。韩奕进入房间的时候，她应该知道是他来了或者嗅出了他的味道，但她仍旧背对着他。韩奕在门口停歇了片刻，刚要说话，却听她说："你先去洗洗吧。"她的声音使韩奕无法抗拒，他除了顺从之外并不能做什么，只好去了浴室。

事已至此，必须要承认，韩奕其实很清楚接下来将要发生什么。他也知道这是一件极为荒唐的事，但他觉得自己在这方面从来没有这么荒唐过，就算是为了自己短暂萌发的激情而彻底荒唐一次吧。又或者说是为了和姚梅诀别而荒唐一次吧。韩奕说服了自己。

大约二十分钟后韩奕漱洗完毕，裹了白色宽大的浴袍出来。姚梅已经把自己安置在沙发里，喝着速溶咖啡，抽着烟。她起身在影碟机上放了一个毛片。她做这些的时候表现出来的沉稳和淡定让韩奕暗暗吃惊。此刻，她已经是一个完全可以掌控韩奕情绪的如小然一般的女人了。

韩奕按照她的提示，抹了一些上好的延时神油，韩奕也把让他们都快乐以至达到巅峰看成是一项艰巨而又兴趣盎然的工作去做。

韩奕做好了准备，站在床边，褪尽自己，看着电视画面上那一对缠绵的男女，一下子进入了状态，兴奋起来。她也慢慢打开自己，很丰满白皙，身材匀称而富有弹性，她走过来，在韩奕背上轻轻拍了拍，然后长久拥抱了他。这一次，他们都没说话，仿佛一切都是之前熟悉了的样子。后来，她要求韩奕仿照毛片上的动作为她服务。韩奕按照她的暗示，顺利地开工上弦，韩奕从她死去活来的叫声中，听出了她的满足。在他们都瘫软过后，她抱紧了韩奕，说："你差点就杀了我。"韩奕笑笑，又吻了她，她闭上眼睛，静静地躺在韩奕的怀里，像个孩子。

这个晚上，他们不停地纠缠在一起，累了，就喝酒抽烟，他们躺着，各自想着心事，偶尔说一些无关痛痒的话，然后相互搂得紧紧的，生怕对方会突然离开，做爱的时候，都全身心地投入，那么细致，那么耐心。

韩奕说："真好。"

姚梅说："嗯，真好。"

韩奕说："要是能长久该多好。"

姚梅说："不在长久，只求此刻。"

他们折腾到半夜才疲惫睡去。韩奕睡得真香，这是他自到乌石以来，最为放松的一个夜晚，什么都不用想，生计、小然、小九、父母、爱情……统统从他的脑海里排除出去了，一夜无梦。

一觉睡到第二天十点，微弱的阳光透过亚麻布窗帘隐隐约约探进来，照在韩奕的身上，韩奕睁开眼睛，顺手去摸身边的姚梅，却扑了空。他翻身坐起，房间里已是空空荡荡，只有一些她的味道还淡淡地挥之不去。所有关于她的东西都不见了。韩奕怅然伤神，心情差到了极点。他想抽根烟，才发现桌子上，用烟盒压着一个纸条："我走了，这个地方已经不属于我了，谢谢你。留了一些钱给你，算是一点心意。这个地方也不属于你，别在这里浪费时间，去往更广阔的天地吧。祝你好运！"

那沓钱放在桌面上，用泰安的一个信封装着，足够韩奕半年的工资。韩奕颓然坐在床上，想哭。

姚梅打了韩奕一个措手不及，他还没有弄明白是怎么回事，这段微妙的感情就已经走到了尽头。奇怪的是，韩奕却在姚梅身上找到了前所未有的激情，而在这之前的很长一段时间里，他几乎对性事没有任何欲望。

鲁迅说，"人生最大的痛苦莫过于梦醒后无路可走。韩奕突然难过起来"。这时，他又想到了小然，他一时觉得他长久以来寻找的小然是一个虚妄的人，而真实的小然根本就没有出现过。他实在无法接受这一事实。事已至此，韩奕才不得不承认他长久以来的寻找，其实就是做了一个梦而已。但他希望梦能在他浑然不知的情况下或者在没有预设前提的情况下自然醒转，并不希望它就是像姚梅的出现和离去一样让人如此难以接受。

　　从楼兰酒店出来，阳光躲在云层后面，艰难地探出一丝光亮。韩奕点一根烟，蹲在路边，周围仍旧是川流不息的陌生人，街道异常拥挤。韩奕再一次发现，那些曾经和他走得最近的人都已经渐渐离他而去，他似乎又回到了去年刚来时的无助。辽远的天空和陌生的人群，让他感到空虚和孤独。他究竟还在寻找什么？或是等待什么？那些之前曾经与他肌肤相亲的人，以及与他彼此相互拥抱和倾诉的人，都注定要从他的生活里消失，他们的相逢也许只是为了而今的离散，他们的影子如坠深海，没有声音。

　　街道上，新的外地人高声喧嚣着，谈论着新的工作和生活插曲，他们忙着购物，忙着挣钱，也忙着恋爱与同居，然后，像韩奕一样融进这里，然后离开。他们注定都要离开，回到各自来的地方去，而所有的离开大致都是一样，和小然的离开类似的悄无声息。

　　这一刻，韩奕眼含热泪，回头凝望，空空如也。他突然就知道了自己的去向——回家。回到那个偏僻而又宁静的地方，好好地睡上一觉，然后站在田野里大喊几声，那该是多么的惬意！或者是去一所僻静的小学，和孩子在一起，给他们讲述外面的世界。

　　于是，韩奕给家里打了电话，告诉父亲，他马上就回去。

　　第二天上班，韩奕向卢经理递了辞呈。卢经理惊讶地望着他，表示不可理解。韩奕淡然一笑，说："我已经没有理由留在这儿了。"

　　卢经理惋惜地说："以后还会回来吗？"

　　韩奕说："估计不会，我会有新的生活。"

　　卢经理看着韩奕良久，在辞职报告上签了字。又说："如果你还想回来，随时都欢迎。"

　　韩奕觉得有必要再去一次月梦天堂。他想再和那个叫小允的女子一起喝茶。大约是因为她太像小然了，而他们之间又有过一次带有游戏性质的承诺。不为别的，就算是分别也好。

　　五月十号的晚上九点，韩奕见到了小允，依旧在他们之前坐过的区域。她坐在他的对面，两人一边喝茶，一边注视着对方。

　　小允的开场白简单明了，不掺杂任何多余的枝节。她说三百，做不？韩奕从这简短的四个字中，看出了她的老练和冷静。他一下子就被震慑住了，他没想到她会这样问。

　　韩奕点点头，血涌上来。她领他去了附近一间租的房子。房子里洋溢着女子的香水味，东西一应俱全。小允一进去就打开了电视，极为坦然的样子，她保持着应有的缄默，甚至有些懒于理会韩奕。她把韩奕仅仅看做是一个自己的客人而已，和以往的客人一样，他们之间只有交易。

韩奕不知道接下来他应该做些什么，他强按着心中的怒火。他抽出一颗烟点上，想借此让自己有事可做或是掩饰内心的愤怒。

小允看着韩奕长长地吐了一口烟，说："你的时间有限。"

韩奕说："真没想到，你是妓女。"

"你他妈的才是妓女。"小允突然破口大骂，与之前的文静截然不同。

韩奕被小允的话激怒了，他根本没有想到这个小丫头片子，这个妓女竟然也会侮辱到他的头上来。他所有的忍耐片刻消散。"来吧，臭婊子，有什么大不了的。"他在心里骂着。他狠狠地掐灭了半颗烟，顺手从屁股上的口袋里掏出钱夹，拿出三百块放在桌子上。几乎同时，他命令小允："去洗洗。"小允收起钱随意地扔进包里，更随意地说："我很干净。"

"去洗，怎么这么多的废话。"韩奕有些气急败坏。他的态度发生了根本性的变化，几乎暴露出了从未有过的粗鲁。他把小允看成是一个放任自流、自暴自弃的无可救药的女人。

小允虽然一时不能适应韩奕逆转的态度，但也没有多说，只好拉了一下脸就去了卫生间。

听着水声响起，韩奕又点上一颗烟，吸了几口，陡增出无限的悲哀来。他的心情混沌而又复杂。他真的分辨不出什么样的女人才是好女人，而坏女人又是什么样的标准？那么，小允又是什么样的女人呢？小然是好女人吗？他不得而知。可就是这样一个身份含糊的女人，又自行结束了自己短暂的青春岁月，马上要和他进行一场荒唐可笑的性事，这就给韩奕带来了无穷无尽的困惑，这困惑又渐渐让他很迷茫，这个清纯可爱的女子，她以貌似小然的面目破坏了他的某些准则。

当所有的愤怒凝聚在韩奕的心口时，他以迅雷不及掩耳之势，在小允的清洗行将结束的时候冲进卫生间。小允无限惊讶地望着面目冷峻的韩奕，而韩奕确定他的大脑里一片空白，只有"卑贱"这个词语徘徊激荡。

他慢慢逼近小允，她想阻止也已经来不及了，只有任那男人的气息和迷离的水雾肆意从她的身体掠过。韩奕猛然抽出皮带，像一个虐待狂一样抽打她，小允开始猛烈地扭动身子，双手抱头，不时地尖叫，韩奕只是为了让自己的痛恨能得到一次理想的发泄，所以他用足了全身力气，将小允笼罩在一场不可思议的暴力之中。

过了很久，韩奕的抽打因为疲乏的缘故而缓慢下来，力道也减弱了许多，而小允则由开始时的扭动尖叫慢慢地趋于安静，她坐在墙角，一动不动，也不想逃走，默默地承受着。

韩奕蹲在墙角,抽了一颗烟。小允看着他,目光淡定而坚强。良久,韩奕说:"为什么要这样?"

"韩奕!"她叫了他的名字,然后盯着他看。

"你怎么知道我的名字?"

"很早就知道。"

"哈,哈哈。"韩奕笑出了声,他觉得自己问得太幼稚了。在乌石,要知道一个人的名字,真的很容易。

小允在韩奕冷笑的时候,严肃地说:"你该去看看她的。"

"谁?"

"小然。"

"小然?"

"恩,没错,是小然。"小允迎着韩奕激动的神情坚定地说。

韩奕猛然站起来,一把抓起小允,把她逼在墙角,厉声问:"她在哪儿?"

小允喘着粗气,睁圆了眼睛盯着韩奕,突然大声吼:"你就是个混蛋,是个懦夫!"韩奕愣了愣。小允甩开他,慢慢地穿内衣,她身上被抽打的痕迹赫然显露出来,青紫的鞭痕像极了爬在她身上的蚯蚓,腰部的地方甚至渗出了血,她穿好文胸,从头上穿吊带的时候,"呀"地叫出了声。这时,韩奕反而心存愧疚。等她穿好内裤之后,他把她抱出去放在床上。小允十分轻巧,抱着她的感觉,竟像是多年前抱着小然的感觉一样。小允并没有反对,只是冷漠地看着他。

韩奕在箱子里翻了半天,找出了云南白药。他仔细地为她查看伤口,用热毛巾擦敷,最后为她抹上云南白药。盖好被子后,问她:"好些了吗?"

小允咬着嘴唇,不说话,她的面色已经缓和下来。

韩奕坐在床边点了一根烟,说:"躺一会儿就好了。"

待一根烟快要抽完的时候,小允说:"你还爱她吗?"

韩奕苦笑了一下,说:"爱不爱还有什么关系呢?她早已经不爱我了。"说完这句话,韩奕鼻头酸了一下,觉得自尊受到了伤害。他想,假若现在躺着的是小然,他真的不知道该怎样发泄自己的愤怒。

"那你还找她干嘛?"

"我就是想问问为什么,她有什么理由要伤害我?"韩奕有些激动。

"你真的不爱她了吗?"小允闭着眼说。

"……"韩奕开始感到压抑和烦躁。他无法回答她,往事一下子涌了上来。此刻,他才发觉,自己真的很茫然,很无聊。

"去看看她吧,她快不行了。"小允说着,眼泪流了出来。

韩奕猛然转向小允,逼近她的脸,颤声问:"怎么了?到底出什么事了?"

小允哽咽出声,她说:"是肝癌,已经晚期了。"

韩奕愣在那里,浑身突然没有一丝力气。

后来,小允向韩奕说了真相。她说她是小然的三妹,还有四妹也在乌石,她们都在苏奈儿上班。四妹还小,不懂世事,但她不想眼睁睁看着姐姐一天天地耗尽自己,所以才在晚上出来找男人挣钱。她说这话的时候,一脸冷静。她说姐姐需要很多钱,她实在太痛苦了。她是那样爱着韩奕,她不想让他知道病情,她在韩奕面前所做的一切,都是为了让他离开她,她不愿意韩奕为了自己而空耗青春。

韩奕最终没能控制住自己,抱着小允放声大哭,很久以来积攒的委屈一下子决堤了。

韩奕用姚梅留给他的钱,坐飞机回家。一下车,他就直奔县医院。他学着城里人的样子,买了一束开得正艳的玫瑰,黑紫的颜色,有点像血。在病房门口,他看见了苏三翔。这个年纪不大的男人,苍老得像是快要死了的人,头发蓬乱,胡子野蛮生长。他蹲在门口,吃着半块干馍,像一截枯死的树桩。韩奕叫了声叔叔。苏三翔这才抬起头来,望着他,半天才露出欣喜的气色。他双手撑墙,慢慢站起来,走了两步,像是跳舞,他的跛腿似乎更加严重了。他说:"你是韩奕?"韩奕点了点头。他上前来握住韩奕的手,泪水盈眶,憋了好久又说:"你终于来了。"

苏三翔领着韩奕进了病房。重症监护室里有八张床,那些头缠纱布和把腿用支架拉起来的病人,轻轻呻吟着,疼痛让他们对进来的人熟视无睹。小然在靠窗子的位置,蓝色的氧气瓶子在她的头顶汩汩冒着泡,她双眼紧闭,面色惨白,戴着白色的帽子,死了一般。韩奕顿时泪如雨下,站在距她三步之遥的地方,不知所措。

苏三翔贴着小然的耳朵,轻唤她的名字,并推了推她。好半天,小然才慢慢睁开眼睛,望了一眼苏三翔,又合上了眼皮,她看起来实在太累了。苏三翔说:"韩奕来了。"

韩奕走过去,叫了一声小然,便泣不成声。

小然睁开眼,努力了半天,才略微抬了抬头,但她真的撑不住,又重重躺在床上。苏三翔把她的头往起抬了抬,韩奕站起来,把小然抱起,让她躺在自己的怀里。苏三翔讪讪地说:"你们先说会儿话,我出去了。"

小然靠在韩奕的怀里,望了望他的脸,抬了抬左手,韩奕把她的手抓起，贴在自己的脸上，小然就摸到了他满脸的泪水。小然苦笑了一下，闭上眼说："傻瓜！"她缓了缓劲，又说，"我以为永远见不到你了。"

韩奕说："别说傻话了，什么都不用说。"

小然说："你会恨我吗？"韩奕使劲摇了摇头。

小然说："我知道你恨我，你到处找我，就是为了恨我。"说着，她剧烈地咳嗽起来。韩奕拍着她的后背，让她不要说话，可小然不听。等缓过劲来，又说，"再不说，恐怕就没机会了，你知道我离开乌石的时候有多难过吗？我不想让你为我受累，我是个懦夫，你注定有自己更大的理想，我不想成为你的累赘。"

韩奕抓紧小然的手，贴在脸上说："你这个傻瓜！"

小然说："以前的事对不起，让你受了很多苦。"

韩奕说："没有，我一直很好。"

小然说："我做的事我知道，你想听我解释吗？"

韩奕点了点头，说："你说，我听着呢。"

小然说："你来乌石的时候，我真是太兴奋又担忧，那种焦虑没人明白，我们之间的差距我自己清楚，我知道你一直爱着我，你能不离不弃，可我做不到坦然面对，我们是属于两个阶层的人，我爱你，却想离开你。"

韩奕说："我以为我们会像以前那样相爱，抛却很多世俗的眼光。"

小然轻轻摇了摇头，说："不可能，在咱们这个小地方，永远不可能。"

"那我们就去别的地方，陌生的地方。"韩奕说。

"已经来不及了。"眼泪顺着小然的嘴角流了下来。良久，她又说，"我对不起你了，我伤害了你。"

韩奕说："都过去了，我不怪你。"

小然又说："一切都快要结束了，来不及了。"她紧闭双眼，一脸绝望。

韩奕抱紧了小然，说："没事了，都过去了，你会好起来的。"

小然摇了摇头，挣扎着装作高兴的样子说："不谈这个了，你帮我个忙好吗？"

"什么事？"

"帮我照顾一下我父亲，还有三妹、四妹。"小然说，"尤其是三妹小允，她和我长得最像，是个执拗的人，为了给我治病，她在乌石拼命，我怕她学坏了。"

韩奕这时心里不禁一阵难过，想着真是世事如棋局局新啊。她们姐妹情深，小允已经蹚进浑水了，还能怎么照顾！小然看着韩奕出神，又问："你不愿意吗？"

韩奕忙说："当然愿意，你放心吧。"

小然冲他微微一笑，看起来疲乏极了，韩奕只好把她放回床上。小然躺好了，才指着床头的柜子说："你帮我把那个黑色的笔记本拿出来。"韩奕打开抽屉，果然有一个厚厚的笔记本，看起来用了很久，里面还夹着一些相片，他把它递给小然。小然抬手挡回来，说："这个你留着，我已经用不着了，我要说的，都在里面。"

韩奕翻开笔记本，那一沓相片有他一个人的，也有他们两个人的合影。合影是黑白照，高三毕业那年，流行这样的颜色，他们去了镇上的照相馆，在二楼的楼顶上，坐在一堆玉米秆上，他搂着她，两个人笑得很甜蜜，看起来就像是在辽阔的田野。这是他们唯一的一张合影，照片上的小然长发飘飘，面色红润，充满活力，还有一丝害羞。他的个人照，都是他陆续送给她的，有些他甚至都想不起来了，觉得很陌生。

小然说："没事的时候，我就看着这些照片，写日记，给你写信，把我全部的心思都写在这个本子上了。"她停了停，又说，"当然，还有我对你的那些伤害。"

他望着她，回忆他们最初的时光。

小然说："过来，抱住我，我想在你怀里睡一会儿。"韩奕又盘腿坐在床边，把她放在自己的腿上，就像那时候，他们在西梁山上相偎而坐的样子一样，他俯下身子，吻了吻她的脸。小然满足地闭上了眼睛。不久，小然就发出了轻微的鼾声。她真的太累了。

等小然完全睡踏实了，韩奕才慢慢放下她，再次亲了亲她的额头，走出了病房。他用剩余的钱付了小然的医药费。小然的主治大夫说："准备后事吧。"

小然走的那天，韩奕没有去参加她的葬礼。按照乡俗，一个未婚的女子，是不能接受任何追悼的，就像一个夭折的婴儿，只能被随便遗弃在野外或者掩埋掉。韩奕在西梁山上他们待过的地方，坐了整整一天，哭了整整一天，异常清醒。

葬礼的第二天，他去了小然的家，看了看苏三翔，经由他的指点，他独自一人去了小然的坟地。崭新的坟头，香火散尽。习习的风吹来，田野空旷而寂静，韩奕仍然盘腿坐在坟前的麦地里，从怀里掏出小然给他的黑色笔记本，从第一页开始，一页一页地撕下，一页一页地烧掉，从小然开始写的那一天起，任那些或悲或喜的句子慢慢化为灰烬。

韩奕说："你要说的，我都知道，我只想你就是最初那个爱着我的女子，并无伤害。"